過去からの密使

ダニエル・シルヴァ

山本やよい 訳

THE NEW GIRL
BY DANIEL SILVA
TRANSLATION BY YAYOI YAMAMOTO

THE NEW GIRL
BY DANIEL SILVA

Published by K.K. HarperCollins Japan, 2020

二〇一八年に世界中で殺害された五十四人のジャーナリストへ
そして、いつもどおり、妻のジェイミーへ
わが子、ニコラスとリリーへ

やってしまったことはとりかえしがつきません。

——『マクベス』（一六〇六）第五幕、第一場（小田島雄志訳）

0
250km
200mi.
ノルウェー
スウェーデン
北海
デンマーク
レーネスセ
アイルランド
イギリス
オランダ
ベルリン
アウウドルプ
フリントン=オン=シー
ロンドン
ベルギー
ドイツ
チェコ
パリ
ルクセンブルク
大西洋
フランス
オーストリア
スイス
ジュネーブ
リヨン
アヌシー
カルカソンヌ
イタリア
アレアツァ
ポルトガル
スペイン
地中海
チュニジア
アルジェリア
モロッコ

過去からの密使

おもな登場人物

ガブリエル・アロン――イスラエル諜報機関〈オフィス〉の長官。美術修復師
キアラ――ガブリエルの妻
ミハイル・アブラモフ――〈オフィス〉の工作員
クリストファー・ケラー――M I 6の工作員。元暗殺者
サラ・バンクロフト――ニューヨーク近代美術館のキュレーター
ジハン／リーマ――誘拐された12歳の少女
ハリード・ビン・ムハンマド――サウジアラビアの皇太子
アブドゥッラー――ハリードのおじ
オマール・ナーワフ――サウジアラビア出身の反体制派ジャーナリスト。故人
ハニファ・カウリー――ドイツのテレビ局のプロデューサー。オマールの妻
リュシアン・ヴィラール――〈ジュネーブ・インターナショナル・スクール〉の警備主任
ラフィク・アル＝マダニ――パリのサウジアラビア大使館職員
コンスタンチン・ドラグノーフ――ロシアの新興財閥
ポール・ルソー――DGSIのテロ対策ユニット〈アルファ・グループ〉のチーフ
グレアム・シーモア――M I 6の長官
ジョナサン・ランカスター――英国首相
モリス・ペイン――C I A長官
レベッカ・マニング――M I 6の元ワシントン支局長。ロシア対外情報庁職員

序文

二〇一八年八月、わたしは社会改革をめざすアラブの若きプリンスが登場する長編の執筆にとりかかった。宗教のきびしい掟に縛られた国家を現代化し、中東とイスラム世界全体に大きな変化をもたらそうとするプリンスの物語である。しかし、その二カ月後、原稿を捨てることにした。プリンスのモデルとなったサウジアラビアのムハンマド・ビン・サルマン皇太子が、サウジの体制を批判していた『ワシントン・ポスト』紙のコラムニスト、ジャマル・カショギ氏の惨殺事件に関与していたからだ。『過去からの密使』のディテールがカショギ氏の死をとりまく出来事にヒントを得ているのは事実である。それ以外の部分は、プリンスの盟友であり、敵でもあるガブリエル・アロンが住む架空の世界だけで起きていることだ。

第一部

誘拐

1

ジュネーブ

転校生の身元に最初に疑問を持ったのはベアトリス・ケントンだった。十一月下旬の金曜日午後三時十五分、職員室でのことだ。金曜の午後はいつもそうだが、誰もが浮かれ気分になり、少々羽目をはずしたがっている感じだった。よく知られているように、専門職の人々の場合、仕事に追われた一週間が終わるのを心待ちにしている点で教師をうわまわる者はいない――〈ジュネーブ・インターナショナル・スクール〉のような名門校の教師にしても同じことだ。職員室は週末の予定の話題で持ちきりだった。ベアトリスは雑談の輪に入らなかった。なんの予定もないし、同僚の教師たちにそれを知られるのがいやだったからだ。五十二歳、未婚、家族なし。親戚と呼べるのは、毎年夏になると英国ノーフォーク州の屋敷に泊めてくれる年老いた金持ちのおばしかいない。週末はいつも、スーパーの〈ミグロ〉へ買物に出かけ、宇宙と同じく膨張するいっぽうのウェストラインのために湖畔をウォーキングするだけだ。アラビア半島のルブ・アル・ハーリー砂漠みたいに乾ききった日々のなかで、月曜一時間目の授業はまさにオアシスだった。〈ジュネーブ・インターナショナル〉は、はるか昔に解散した国際機関によって創設された学校で、ジュネーブ在住の外交官の子供たちの教育にあたってきた。ベアトリスが講読と作文を担当するミドル・スクールには、百を超える国々の生徒が在籍している。教職員の国籍も同じくさまざまだ。みんなの絆(きずな)を強めるためにカクテルパーティ、料理持ち寄り(ポットラック)ディナー、自然散策など、人事部の主任があれこれ努力しているが、職員室にはやはり昔ながらの同族意識がはびこりがちだ。ドイツ人はドイツ人どうし、フランス人はフランス人どうし、スペイン人はスペイン人どうしでかたまる。この金曜の午後、職員室にいる英国人はベアトリスと、歴史を教えているセシリア・ハリファクスだけだった。セシリアはスタイリングしにくい黒髪と凡庸な政治信条の持ち主で、何かにつけてベアトリスにその信条を押しつけようとする。また、教師仲間のクルト・シュレーダーとベッドで過ごす情熱のひとときの様子を、ベアトリスにこと細かに語りたがる。クルトはハンブルク出身の数学の天才で、〈ビルケンシュトック〉のサンダルを愛用するタイプだ。高収入のエンジニアの職を捨て、十一歳の子供たちに掛け算と割り算を教えている。

　職員室があるのは十八世紀に建てられた城館(シャトー)の一階で、学校の管理運営にあたる部署のすべてがここに集まっている。職員室の鉛(なまり)ガラスの窓からは前庭が眺められ、目下、〈ジュネーブ・インターナショナル〉で学ぶ特権階級の生徒たちが、外交官ナンバーをつけたドイツ製高級セダンのリアシートに乗りこんでいるところだった。おしゃべり好きなセシリア・ハリファクスがベアトリスの横に立っていた。ロンドンで起きたスキャンダルのことをしゃべりつづけている。MI6とロシアのスパイがからむ何かの事件だ。ベアトリスはろくに聞いていなかった。転校生をじっと見ていた。

転校生はいつものように、日々の大移動（エクソダス）の最後部にいた。ほっそりした十二歳の少女で、潤んだ茶色の目とカラスの濡（ぬ）れ羽（ば）色の髪に早くも美貌が窺（うかが）える。ベアトリスがいまだになじめないのは、この学校に制服がないことだ。あるのは服装規定だけで、自由に行動したい一部の生徒が規定に違反しても処罰を受けることはない。しかし、転校生はそういうタイプではなかった。頭のてっぺんから爪先まで高価なウールとチェックの生地に包まれていた。〈ハロッズ〉のバーバリー・ブティックで目にするような品だ。手にしているのはナイロン製のリュックではなく、革の学生カバン。エナメル革のバレエシューズは艶やかに光っている。行儀のいい真面目な子だ。でも、それだけではない――ベアトリスは思った。どこか雰囲気が違う。まるで王族のよう。ええ、まさにそれだわ。王族……。

その子が転入してきたのは秋学期が始まって二週目のことだった――理想的な時期とは言えないが、〈ジュネーブ・インターナショナル〉のような学校ではとりたてて珍しいことでもない。生徒の親がローヌ川を流れる水のように移動するからだ。校長のデイヴィッド・ミラーが、定員をすでに二人オーバーしているベアトリスの三時間目の教室にその子を押しこんだ。校長がベアトリスに渡した転入時のファイルは、この学校の標準からしても内容に乏しかった。記載されていたのは次のようなことだった――氏名はジハン・タンタウィ。エジプト国籍。父親は外交官ではなく実業家。成績はほどほど。利発だがけっして秀才ではない。〝飛び立つ準備ができた小鳥〟――欄外に校長が赤インクでメモしている。ファイルのなかで注目すべき点はただひとつ、この生徒にとって〝特別に必要な事項〟を記した欄だった。タンタウィ家にとってはプライバシーが重大な関心事のようだ。〝セキュリティ最優先〟と校長の字で書いてあった。

そういうわけで、この午後――いや、どの午後もそうだが――有能な警備主任のリュシアン・ヴィラールが学校の前庭に姿を見せていた。リュシアンはフランス出身で、以前は国家警察の警備部に所属し、訪仏中の外国の要人やフランス政府高官の警護を担当していた。最後の配属先はエリゼ宮で、大統領直属の警護隊の一員だった。校長は〈ジュネーブ・インターナショナル〉が生徒の安全を重視する証拠として、リュシアンのこうした輝かしき経歴を使っている。セキュリティ最優先の生徒はジハン・タンタウィだけではない。しかし、この転校生のような形で登下校をする生徒はほかに一人もいなかった。この子が乗りこんだ黒いベンツのリムジンは、国家元首か独裁者にふさわしいものだった。ベアトリスは車にはあまり詳しくないが、そんな彼女の目にも、シャシーに装甲が施され、窓に防弾ガラスが使われているように見える。リムジンのうしろに車がもう一台、こちらはレンジローバーで、黒っぽいジャケット姿のいかつい男が四人、にこりともせずに乗っている。

「いったい何者かしら」二台の車が通りへ出ていくのを見つめながら、ベアトリスはつぶやいた。

セシリア・ハリファクスは怪訝(けげん)な顔をした。「ロシアのスパイのこと？」

「転校生よ」ベアトリスはのろのろと答えた。次に疑わしげな口調でつけくわえた。「ジハン」

「父親がカイロの半分を所有してるって噂ね」

「誰から聞いたの？」

「ヴェロニカ」ヴェロニカ・アルバレスは気性の激しいスペイン人で、担当科目は美術。いい加減なゴシップを流すことにかけては、セシリア自身を除くどの教職員にもひけをとらない。「母親はエジプト大統領の親戚なんですって。姪(めい)かしら。ううん、もしかしたら、いとこかも」

ベアトリスは前庭を横切るリュシアン・ヴィラールを見つめた。「わたしがどう思ってるかわかる？」

「なんのこと？」

「誰かが嘘をついてるんだわ」

そして、ベアトリス・ケントンは——英国の二流パブリック・スクールのいくつかで教鞭をとったベテラン教師で、ロマンスと冒険を求めてジュネーブに来たものの、どちらにも出会えなかったのだが——転校生の正体を探るべく、ひそかに調査を始めたのだった。まず、インターネット・ブラウザーの検索エンジンの小さな白いボックスにジハン・タンタウィという氏名を打ちこんだ。画面に数千件の結果が表示されたが、三時間目が始まると同時に一分も遅刻せずに教室に入ってくる十二歳の美少女に該当するものはひとつもなかった。

ベアトリスは次に、さまざまなソーシャルメディアのサイトを調べてみたが、そこにも転校生の痕跡は見られなかった。青い地球上に存在する十二歳の子のなかで、現実とサイバースペースとの二重生活を送っていないのはこの転校生だけのようだ。感心な子だと思った。ひっきりなしのメール、ツイート、写真共有が子供たちの感情と発達に及ぼす破壊的な結果を、ベアトリスはその目でじかに見てきている。嘆かわしいことに、こうした行動は子供だけにかぎらない。セシリア・ハリファクスなども、トイレへ行くときですら、その前にかならず、修正した自分の画像をインスタグラムに投稿するほどだ。

父親のアドナン・タンタウィなる人物も、サイバー世界では同じく匿名の存在だった。タンタウィ建設、タンタウィ・ホールディングス、タンタウィ開発に関する記事はいくつか見つかったが、本人については何もなし。ジハンの転入ファイルに記載された住所はローザンヌ通りの高級住宅地になっていた。ベアトリスは土曜の午後にそばを通ってみた。スイスの有名な大富豪、マーティン・ランデスマンの屋敷の少し先だった。レマン湖畔のこの界隈はどこもそうだが、転校生の屋敷も高い塀をめぐらし、防犯カメラの目が光っていた。ゲートの鉄柵から覗いてみると、きれいに刈りこまれた芝生が壮麗なイタリアふうのヴィラの柱廊玄関まで続いているのが見えた。次の瞬間、男が一人、車寄せをベアトリスに向かって走ってきた。レンジローバーに乗っていたいかつい男の一人に違いない。ジャケットの下に銃があることを隠そうともしない。

「私有地（プロプリエテ・プリヴェ）だ！」男は訛（なま）りのひどいフランス語でどなった。

「すみません（エクスキュゼ・モワ）」ベアトリスはぼそぼそと謝り、急いで歩き去った。

　翌週月曜の朝に調査は次の段階へ進み、謎めいた転校生を三日にわたって細かく観察した。まず気がついたのは、教室で教師にあてられたときの返事が遅いことだった。また、転入以来、友達が一人もできず、誰かと友達になろうという努力もしていなかった。ベアトリスは凡庸な作文を盛大に褒めようと腐心するうちに、ジハンがエジプトに関して通り一遍の知識しかないことに気づいた。カイロが大都市であることと、川が流れていることは知っているが、それ以外はほとんど知らないようだ。父親は大金持ちだと当人が言っていた。高層マンションやオフィスタワーを建設している。エジプト大統領と仲がいいからだ。ムスリム同胞団が父親をこころよく思っていないため、一家はジュネーブで暮らすことになった。

「納得できる話だと思うけど」セシリアは言った。

「でもね」ベアトリスは答えた。「誰かがこしらえた筋書きみたいに聞こえるの。あの子、カイロに足を踏み入れたこともないんじゃないかしら。それどころか、エジプト人かどうかも怪しいものだわ」

ベアトリスは次に、母親に注意を向けた。母親を目にするのは、主としてリムジンの防弾スモークガラス越しで、たまに、ジハンを迎えるためにリアシートから前庭に出てくることもあった。ジハンに比べると肌の色が薄く、髪の色も淡い。魅力的だが、ジハンとは比べものにならない。はっきりいって、母親の面差しを子供に見つけるのは無理だった。身体の触れあいもひどく冷淡で、ベアトリスがキスや温かな抱擁を目にしたことは一度もなかった。ベアトリスはまた、力関係がひどくアンバランスなことにも気づいていた。偉そうな態度をとっているのは、母親ではなくジハンのほうだ。

十一月が終わって十二月に入り、冬休みが近くなったころ、ベアトリスは謎の転校生の母親であるよそよそしい女性との面談を画策した。英語の綴(つづ)りと単語テストでジハンがとった点数を口実にしようと決めた。点数順にクラスを上中下に分けると〝下〟のグループだったのだ。ただし、キャラハン少年に比べればずっとましだ。キャラハンはアメリカの外務省職員を父親に持ち、英語が母国語だというのに……。ベアトリスはミセス・タンタウィの都合のいいときに面談したいというメールを作成し、転入ファイルに出ていたアドレスに送信した。数日たっても返事がなかったので、もう一度送った。その後、デイヴィッド・ミラー校長から軽い叱責を受けた。どうやら、ミセス・タンタウィはジハンの教師たちとじかに連絡をとるのを望んでいないらしい。校長から〝気がかりなことがあれば、まずわたしにメールしてほしい。それをわたしがミセス・タンタウィに伝える〟と言われた。校長はジハンの本当の身分を知っているのではないか、とベアトリスは思ったが、たとえ遠まわしであってもそれを話題にするような愚かなまねはしなかった。〈ジュネーブ・インターナショナル〉の口の堅い校長に比べれば、スイスの銀行家から秘密を聞きだすほうがまだしも簡単だろう。

残るはフランス生まれの警備主任、リュシアン・ヴィラールだけとなった。ベアトリスは金曜の午後、自分の授業がない時間にリュシアンに会いに出かけた。彼のオフィスはシャトーの地下にあり、掃除用具のクロゼットのとなりだった。いまのところ、クロゼットは掃除用具のかわりに、パソコン制御を担当する陰険そうな小柄なロシア人に占領されている。リュシアンは細マッチョ・タイプで、四十八歳という年齢よりはるかに若々しく見える。女性教職員の半数が彼に熱を上げている。セシリア・ハリファクスもその一人で、サンダル好きなゲルマン民族の数学の天才をベッドに誘いこむ以前は、リュシアンを虚しくく追いかけまわしていたものだ。

「お願いがあるの」ベアトリスはさりげない態度を装って、リュシアンのオフィスの開いたドアにもたれかかった。「転校生のことでちょっと話を聞かせてもらえないかしら」

リュシアンはデスクの向こうから冷静に彼女を見つめた。「ジハンのこと？　なぜ？」

「あの子のことが心配なの」

リュシアンは吸取紙の上に置いてあった携帯電話に書類の束をかぶせた。ベアトリスには確信はなかったものの、彼がいつも持ち歩いている機種とは違うような気がした。「ジハンのことを心配するのはわたしの役目だ、ミス・ケントン。あなたではない」

「本名じゃないんでしょ？」

「いったいどこからそんなことを思いついたんだ？」

「わたしはジハンの教師よ。教師にはいろいろと見えてくるものなの」

「無責任な噂やゴシップを禁ずるというジハンのファイルの条項を、どうやら読んでいないようだね。その条項に従うよう助言させてもらう。さもないと、この件をムッシュー・ミラーに報告するしかなくなるだろう」

「ごめんなさい、何もそんなつもりは――」

リュシアンは片手を上げた。「心配ご無用、ミス・ケントン。ここだけの話(アントレ・ヌー)にしておくから」

二時間後、グローバルなエリート外交官のひな鳥たちが学校の前庭を通り過ぎるのを、ベアトリスは職員室の鉛ガラスの窓から見つめていた。いつものように、ジハンは最後のグループの一人だった。いえ――ベアトリスは思った――ジハンじゃないわ。謎の転校生……少女は軽やかなスキップで石畳の前庭を横切り、革カバンをふりまわしていて、横についているリュシアン・ヴィラールの存在など気に留めていないようだ。リムジンの開いたドアのそばで女性が待っていた。転校生はそちらを見ようともせずにリアシートに乗りこんだ。ベアトリスが少女の姿を目にしたのはこのときが最後だった。

2

ニューヨーク

ブレイディ・ボズウェルが二杯目のベルヴェデール・マティーニを注文した瞬間、サラ・バンクロフトは自分が大きな失敗をしたことを悟った。二人が食事をしているのは〈カサ・レヴェール〉。パーク・アヴェニューにある高級イタリアンで、オーナーが所有するアンディ・ウォーホルのコレクションの何点かが飾ってある。ブレイディ・ボズウェルがここを選んだのだ。ボズウェルはセントルイスにある小規模ながらも評価の高い美術館の館長で、主要なオークションに参加するためと、ニューヨークの美食を堪能するために――それもたいてい人の奢りで――年に二回ずつこの街にやってくる。サラはいいカモにされている。四十三歳、金髪、青い目、聡明、未婚。さらに重要なのは、ニューヨークの閉鎖的な美術界の誰もが知っているように、サラが経費を無尽蔵に使えることだ。

「ほんとに酒をつきあう気はないのかい?」二杯目のグラスを濡れた唇に運びながら、ボズウェルが訊いた。顔色はミディアム・ウェルにローストしたサーモンのようだし、グレイの髪はバーコードみたいに丹念になでつけてある。ボウタイは歪み、鼈甲縁の眼鏡も傾いている。眼鏡の奥で涙っぽい目がまばたきをくりかえしている。「わたしは一人で飲むのが大嫌いでね」

「まだ午後の一時よ」

「ランチのときは飲まないのかい？」

ええ、いまはもう。しかし、サラは昼酒禁止の誓いを破りたくてうずうずしていた。

「ロンドンへ行く予定なんだ」ボズウェルがいきなり言った。

「ほんと？　いつ？」

「明日の夕方」

もっと早く発てばいいのに——サラは思った。

「きみ、あちらで学んだんだったね？」

「コートールドで」サラは用心深くうなずいた。ランチをとりながら履歴書を話題にするのはごめんだった。自由に使える莫大な経費と同じく、サラの履歴もニューヨークの美術界ではよく知られている。少なくとも履歴の一部が。

サラ・バンクロフトはダートマス・カレッジ卒業後、ロンドン大学付属の有名なコートールド美術研究所で美術史を専攻し、そののちにハーヴァードで博士号を取得した。高い授業料はシティグループのインベストメント・バンカーである父親がすべて出してくれたし、さらにワシントンDCのフィリップス・コレクションのキュレーターの職まで手に入れてくれた。ただし、給料は雀の涙だった。サラはやがて、具体的な理由を言わないままフィリップスを退職し、謎の日本人バイヤーがオークションで落札したピカソの作品のごとく、人々の前から姿を消した。その時期の彼女はCIAのために活動し、ガブリエル・アロンという名のイスラエルの伝説的な諜報員と組んで、危険な極秘任務をいくつか遂行していたのだ。現在はニューヨーク近代美術館（MoMA）に籍を置き、この美術館を代表するコレクションの管理にあたっている——総額五十億ドルにのぼる現代アートと印象派のみごとなコレクションで、途方もない富豪だったサウジアラビアの投資家ジジ・アル＝バカリの娘、いまは亡きナディア・アル＝バカリの屋敷から美術館に移したものだ。

サラがブレイディ・ボズウェルのような男とランチをとる羽目になったのも、そもそもはこのコレクションのせいだった。先日、マイナーな作品をロサンゼルス郡立美術館に何点か貸しだすことを承知したところ、ブレイディが次はぜひうちにと頼んできたのだ。無茶な話で、それはブレイディ自身も承知している。彼の美術館にはアル＝バカリ・コレクションの展示に必要な名声も伝統もない。そのため、ランチの注文をようやく終えたあと、避けがたい拒絶の瞬間をブレイディが雑談で先延ばしにしているというわけだ。サラは胸をなでおろした。できれば衝突はしたくない。すでに一生分の衝突を経験してきた身だ。いや、一生の二回分と言ってもいい。

「このあいだ、きみのことでいかがわしい噂をひとつ耳にしたぞ」

「ひとつだけ？」

ボズウェルは微笑した。

「で、どんな噂だったの？」

「アルバイトに精を出しているとか」

人を欺（あざむ）く訓練を積んできたサラなので、衝撃を隠すのは簡単だった。「ほんと？　どういう種類のアルバイト？」

ボズウェルは身を乗りだすと、声をひそめ、内緒話をするようにささやいた。「きみがひそかにＫＢＭのアート・アドバイザーを務めているという噂だ」ＫＢＭというのはサウジアラビアの未来の国王のイニシャルで、世界的に通用している。「あの疑わしいダ・ヴィンチに五億ドルを注ぎこむよう、きみがアドバイスしたそうだな」

「あのダ・ヴィンチは疑わしくなんかないわ」

「ほう、やっぱり本当だったか！」

「ふざけないでよ、ブレイディ」

「否定しないところを見ると、やはりそうか」彼の返事は当然ながら疑いの口調だった。

サラは厳粛に宣誓するかのように右手を上げた。「わたしはハリード・ビン・ムハンマドなる人物のアート・アドバイザーではないし、過去にアドバイザーを務めたこともありません」

ボズウェルは明らかに疑っていた。アンティパストを食べながら、ついに美術品貸与の件を出してきた。サラは冷静さを装ってから、どういう条件であろうとアル＝バカリ・コレクションの絵画を貸しだすつもりはないことをボズウェルに伝えた。

「モネを一点か二点、どうだろう？　もしくは、セザンヌのなかから一点とか」

「申しわけないけど、論外よ」

「ロスコは？　ずいぶん持ってるんだから、一点ぐらいいいじゃないか」

「ブレイディ、やめて」

二人は愛想よくランチを終え、パーク・アヴェニューの歩道で別れた。サラは美術館まで歩いて戻ることにした。記録的な暖かさだった秋が終わり、マンハッタンにようやく冬が訪れた。新たな年が何を運んでくるかは誰にもわからない。この惑星は極端から極端へ揺れ動いているように見える。サラも同じだ。かつては秘密の兵士としてテロとのグローバルな戦いをくりひろげ、いまは世界最大のアート・コレクションのひとつを管理する身だ。サラの人生にその中間はない。

しかし、角を曲がって東五十三丁目に出た瞬間、自分がとてつもなく退屈していることに気づいた。美術界の羨望（せんぼう）の的になっているのは事実だ。しかし、ナディア・アル＝バカリ・コレクションは確かに魅惑的だし、公開時には大評判になったが、いまは美術館にひっそりと鎮座するばかりだ。サラはその魅惑的な広告塔に過ぎない。最近の彼女はブレイディ・ボズウェルのような連中とのランチに時間をとられることが多すぎる。

それに対して、私生活のほうは味気なくなる一方だ。資金集めパーティやレセプションなどで多忙な日々を送っているにもかかわらず、ちょうどいい年齢の男性や、仕事で業績を上げている男性との出会いがない。いや、四十代前半の男たちと出会ってはいるのだが、向こうは同年代の女性との長期にわたる関係（いやな言葉！）には興味がない。四十代前半の男たちが求めるのは二十三歳のセクシーな美女、ヨガマットを手にしてレギンス姿でマンハッタンを歩く物憂げな女たちの一人だ。サラは自分が後妻候補の領域に入ったような気がして憂鬱だった。ひどく落ちこんだときなど、六十三歳の金持ち男の腕にすがった自分の姿が浮かんでくる。白髪を染め、ボトックスと男性ホルモンの注射を定期的に打ちに行っているような男。最初の妻とのあいだに生まれた子供たちから、家庭を破壊する女だと思われ、軽蔑されるだろう。何年も不妊治療を受けて老齢の夫とのあいだにようやく子供が一人生まれ、夫が四度目のエベレスト登山に挑戦して悲劇的な死を迎えたあとは、サラが一人でその子を育てることになる。

ＭｏＭＡのアトリウムに響くざわめきを耳にして、サラの気分は一時的に浮き立った。ナディア・アル＝バカリ・コレクションの展示は二階、サラのオフィスは四階だ。留守中に電話が十二件入っていた。いつもと同じ用件ばかり――メディアからの問いあわせ、カクテルパーティや画廊のオープニングの招待、おいしいネタを求めるゴシップ誌の記者。

最後のメッセージはアリステア・マクミランという人物からだった。マクミラン氏はどうやら、閉館後に個人的にコレクションを見たがっているらしい。連絡先はメッセージに含まれていなかった。それは構わない。サラは彼の個人的な電話番号を知っている世界でも数少ない人間の一人なのだから。番号をプッシュする前にためらった。イスタンブール以来、連絡がとだえていた。

「ずっと電話をくれないんじゃないかと心配していた」電話の向こうの声には、アラビア語とオックスフォードのアクセントが混ざりあっていた。口調は静かだが、かすかな疲労が滲んでいた。

「ランチに出てたから」サラは冷静に答えた。

「パーク・アヴェニューのイタリアンで、相手はブレイディ・ボズウェルという輩だね」

「どうして知ってるの？」

「少し離れたテーブルで、わたしの廷臣二人が食事をしていた」

サラはまったく気づいていなかった。ＣＩＡを去ってから八年のあいだに、監視の人間を見抜く能力が明らかに衰えてしまったようだ。

「手配してもらえるかな？」彼が尋ねた。

「何を？」

「アル゠バカリ・コレクションの個人ツアーに決まってるじゃないか」

「やめたほうがいいわ、ハリード」

「わが国の女たちに運転免許を与えたいとわたしが父に告げたとき、父もそう言った」

「五時半に閉館よ」

「だったら、六時に待っていてほしい」

3

ニューヨーク

西側世界でもっとも強く彼を擁護する者たちでさえ、世界第二の大きさを誇るクルーザー〈トランキリティー号〉のこととなると考えこんでしまう。未来の国王がこの船を初めて目にしたのは、父親がマヨルカ島に所有している休暇用ヴィラのテラスに立ったときだった（あくまでも噂だが）。流れるようなラインを描く船体と鮮やかなネオンブルーの航海灯に魅せられて、彼はすぐさま使いの者を出し、購入可能かどうかを打診した。船のオーナーはコンスタンチン・ドラグノーフという巨万の富を持つロシアの新興財閥（オリガルヒ）で、機を見るに敏な人物だったので、五億ユーロを要求した。未来の国王は、このロシア人と大人数の一行がただちに下船することを条件に、支払いを承諾した。ロシア人一行はクルーザーの専用ヘリで去っていった。クルーザーの販売価格にはこのヘリも含まれていた。未来の国王自身も取引にかけては抜け目がない人物なので、ロシア人に法外なヘリの燃料代を請求した。

未来の国王は、いささか考えが甘いと言うべきか、クルーザー購入の件は父王への釈明の言葉が見つかるまで伏せておくつもりだった。ところが、購入のわずか四十八時間後に、ロンドンのタブロイド新聞に驚くほど詳しい記事が出てしまった。ほかならぬロシアの新興財閥本人が情報を流したものと思われる。未来の国王の祖国、すなわちサウジアラビアの公式メディアはこの件を黙殺したが、ソーシャルメディアと反体制派のブログ界に火がついた。原油価格の世界的な下落に伴って、未来の国王は甘やかされた国民にしばらく前からきびしい緊縮財政を押しつけるようになり、かつては快適だった国民の生活水準も大幅に下がってしまった。王族の贅沢(ぜいたく)が国家の永遠不変の要素となっているサウジアラビアではあるが、未来の国王の金遣いの荒さにはさすがに眉をひそめる者が多かった。

未来の国王の正式名はハリード・ビン・ムハンマド・ビン・アブドゥルアズィーズ・アル・サウード。一街区ほどの広さがある豪華な宮殿で育ち、王族男子のための学校で学んだあと、オックスフォード大学に進んで経済学を専攻し、西欧の女たちを追いかけ、禁じられたアルコールを浴びるように飲んだ。いつまでも西欧で暮らすのが彼の願いだった。しかし、父親が王座についたのをきっかけにサウジアラビアに戻り、国防大臣に就任した。軍服を着たことも、鷹以外の武器は操ったこともないのに、たいしたものだ。

若きプリンスはさっそく、巨額の費用を投じて、親イラン勢力を擁するイエメンの内戦に無謀な軍事介入をおこない、成り上がり者のカタールと国交を断絶し、ペルシャ湾岸地域に危機をもたらした。王宮においては、ライバルたちの力を弱めるための陰謀と策略に主力を注いだ。すべて父親である国王の承認を得たうえでのことだった。年をとり、糖尿病を患っている国王は、自分の治世が長くないことを悟っていた。サウード王家では兄弟間で王位を継承していくのが伝統となっている。しかし、国王はその伝統を破って息子を皇太子の位につけ、それによって彼が王位継承者となった。弱冠三十三歳でサウジアラビアの実質的な支配者となり、資産総額一兆ドルを超す一族の長となったわけだ。

しかし、この国の富の大部分が蜃気楼であることも、一族が宮殿や装身具に莫大な金を浪費してきたことも、化石燃料から再生可能エネルギーへの転換が完了する二十年後には、サウジアラビアの地中の原油が大地を覆う砂のごとく無価値になるであろうことも、未来の国王は承知していた。このまま放置しておけば、王国は昔の姿に立ち戻り、砂漠の遊牧民が戦闘をくりかえす不毛の地になってしまう。

祖国をこうした悲惨な未来から救うために、彼はこの国を七世紀からひきずりだして二十一世紀に連れてこようと決意した。アメリカのコンサルティング会社の協力を得て綿密な経済計画を立て、その計画に〝成功への道〟という大仰な名前をつけた。そこに描きだされたのは、イノベーションと外国の投資と起業家精神によって発展を遂げる現代的なサウジ経済だった。甘やかされてきた国民は、政府の援助も、ゆりかごから墓場までの福祉も今後はもう期待できない。かわりに、食べるために働き、コーラン以外のものを学習しなくてはならない。

この新生サウジアラビアの労働人口を男だけで賄うのは無理であることを、皇太子は理解していた。女も必要だ。そのためには、女たちを奴隷に近い境遇にとどめていた宗教の足枷をはずさなくてはならない。そこで、長いあいだ禁止されていた車を運転する権利を女に与え、男と同じ場所でスポーツ競技を観戦するのも認めることにした。

しかし、皇太子は宗教上のささやかな改革だけでは満足しなかった。宗教そのものを改革しようとした。ワッハーブ派――サウジアラビアの国教で、イスラム教スンニ派をより厳格にしたもの――をイスラム世界全域に広めるためにおこなってきた資金提供をとりやめ、アルカイダやISISのようなテロ組織に対する個人的な支援もきびしくとりしまることを誓った。『ニューヨーク・タイムズ』紙の有名なコラムニストが若き皇太子とその野望について好意的な記事を書いたとき、サウジアラビアの宗教権威である最高ウラマー会議のメンバーは聖なる怒りに打ち震えた。

皇太子は過激派の宗教指導者を何人か投獄し、愚かにも穏健派まで投獄した。また、民主主義と女性の権利の擁護者や、軽率にも彼を批判した者たちを投獄した。さらには、百人を超える王族とサウジアラビアのビジネス・エリートを一斉逮捕して、リッツ・カールトン・ホテルに幽閉した。ホテル内の窓のない部屋できびしい尋問がおこなわれ、ときには皇太子自らが尋問にあたることもあった。最終的に全員が釈放されたが、それは合計一千億ドル以上の金を差しだしたおかげだった。皇太子に言わせれば、その金は賄賂とリベートを貯めこんだものだ。王国における昔ながらの取引方法はすでに終わったのだ、と皇太子は宣言した。

もちろん、皇太子自身は別だった。驚異的なペースで自分だけの富を積みあげ、その金を派手に浪費した。ほしいものは片っ端から買い、買えないものは奪いとった。彼の意に従うのを拒む者には、四五口径の弾丸を一発だけ入れた封筒が届けられた。

その結果、西側世界を中心にして、皇太子の評価が大きく変わりはじめた。政策立案者や中東関係の専門家は首をひねった——KBMは本当に改革者なのか？　それとも、彼もやはり権力狂いの砂漠のシークに過ぎず、敵を幽閉し、国民を犠牲にして富を独占しようとしているだけなのか？　サウジの経済再建を本気で考えているのか？　イスラムの狂信者とテロ組織への資金援助を打ち切る気でいるのか？　それとも、ジョージタウンとアスペンの上流の連中を感心させようとしているだけなのか？

サラは美術界の友人たちにも仕事仲間にも説明できない理由から、もともとは懐疑派の一人だった。そのため、以前、ニューヨーク訪問中のハリードから会ってほしいという連絡が来たときは、無理もないことだが、気が進まなかった。最終的には会うことに同意したが、その前にラングレーの警備部の了承をとり、遠くから見守ってもらうことにした。

二人が会ったのはフォーシーズンズ・ホテルのスイートルームで、皇太子の護衛と側近はすべて席をはずしていた。サラは『タイムズ』紙でKBMを称える記事をいくつも読み、伝統的なサウジのローブとかぶりものを着けた彼の写真を見ている。しかし、英国製のスーツを着た彼のほうがはるかに印象的だった――雄弁で、教養があり、洗練され、自信と権力があふれていた。そして、もちろん、金もあふれていた。想像を絶する莫大な金。皇太子は説明した――金の一部を使って超一流の絵画をコレクションしようと思っている。きみにアドバイザーになってもらいたい。

「集めた絵をどうなさるおつもりですか？」

「リヤドに建設予定の美術館に展示しようと思っている」皇太子はもったいぶって言った。「美術館はいずれ、中東のルーブルと呼ばれるようになるだろう」

「では、あなたのルーブルを訪れるのはどんな人々でしょう？」

「パリのルーブルを訪れるのと同じ連中だ」

「観光客？」

「ああ、もちろん」

「サウジアラビアに？」

「何が悪い？」

「だって、あなたが入館を許可する観光客は、メッカとメディナを訪れるムスリムだけでしょうから」

「現時点ではな」皇太子は尖った声で言った。

「なぜわたしに？」

「きみはナディア・アル＝バカリ・コレクションのキュレーターではないのか？」

「ナディアは改革者でした」

「わたしもだ」

「あいにくですが」サラは言った。「興味が持てません」

ハリード・ビン・ムハンマドのような男は拒絶されることに慣れていない。サラにしつこくつきまとった――電話、花、贅沢な贈物。サラは何ひとつ受けとろうとしなかった。ついに折れたときには、無料奉仕を強く主張した。ＫＢＭというイニシャルで知られる男に好奇心をそそられてはいたが、サウード王家の金はただの一リヤールも受けとるわけにいかなかった。さらに、皇太子のためにも、彼女自身のためにも、二人の関係は厳重に伏せておくほうがいいと思った。

「なんとお呼びすればいいのでしょう？」サラは尋ねた。

「殿下と呼んでくれればいい」

「何か別の呼び方はありません？」

「ハリードではどうだ？」

「そのほうがすてきです」

戦後派、印象派、巨匠などの作品を、二人は次々と強引に買い進めていった。値段の交渉はほとんどなかった。サラが自分の付値を言えば、ハリードの廷臣の一人が支払いをおこない、輸送の手配をするのだった。二人は買物三昧の日々をできるだけ秘密にし、スパイどもに嗅ぎつけられないよう気をつけていた。それでも、新たな大物顧客が登場したことを美術界が悟るのに長くはかからず、ハリードがダ・ヴィンチの《サルヴァトール・ムンディ》に五億ドルを平然と支払ってからはさらに噂が高まった。サラはこの絵の購入に反対した。《モナリザ》を別にすれば、これだけの金額に見合う価値を持つ絵画はたぶん一点もないと思う、と主張した。

コレクションを増やしていくあいだ、サラはハリードと二人きりで多くの時間を過ごした。ハリードはサウジアラビアのために立てている計画をサラに話し、ときには彼女の意見を求めることもあった。サラが彼に抱いていた不信感は少しずつ消えていった。ハリードは不完全な器だ。でも、永続する本物の変化をサウジアラビアにもたらすことができるなら、中東も、それよりさらに広いイスラム世界も大きく変わっていくだろう。

ところが、オマール・ナーワフの事件をきっかけに、すべてが変わってしまった。ナーワフはサウジの有名な反体制派ジャーナリストで、ベルリンで亡命生活を送っていた。サウード王家に批判的で、とくにハリードへの評価が低く、だまされやすい西欧人の耳に無意味な甘い言葉をささやく一方で蓄財に励み、批判者の投獄を続けるペテン師だと言っていた。二カ月前、イスタンブールのサウジ総領事館でそのナーワフが惨殺され、遺体が切り刻まれて遺棄された。

サラ・バンクロフトは激怒して、ほかの者たちと同じく、ＫＢＭというイニシャルで知られる、かつては期待の星だった若き皇太子との絆を断ち切った。ハリードに留守電メッセージを残した。「あなたもほかの王族と同じなのね。ついでに申しあげておくと、殿下、地獄で朽ち果てておしまいになればいいのに」

4

ニューヨーク

五時数分過ぎに最初のアナウンスが流れた。閉館時刻が近くなったことを礼儀正しい口調で来館者に告げ、出口へ向かうよう勧めていた。五時二十五分にはほぼ全員がアナウンスに従い、残っているのは、ファン・ゴッホの《星月夜》の前からどうしても離れられずにいる悲しげな表情の女性だけになった。警備員がその女性を夕方の街へ丁重に送りだし、そののちに展示室をひとつずつまわりながら、悪賢い絵画泥棒が残っていないかどうかを確認していった。

〝異常なし〟の合図が出たのは五時四十五分だった。管理スタッフの大半はすでに退出していた。そのため、外交官ナンバーをつけた黒いSUV車三台が西五十三丁目に到着したところを見た者は誰もいなかった。ビジネススーツにダークな色合いのオーバーをはおったハリードが二台目の車から降り立ち、機敏な足どりで歩道を渡って美術館の入口に向かった。サラは一瞬ためらったが、彼を迎え入れた。アトリウムの薄明かりのなかで見つめあい、やがて、ハリードが握手の手を差しだした。サラはその手をとろうとしなかった。

「あなたが入国を許されただけでも驚きね。あなたと二人でいるところなんて、誰にも見られたくないわ、ハリード」

彼の手が二人のあいだで静止した。静かな口調で彼は言った。「オマール・ナーワフの死はわたしの責任ではない。どうか信じてもらいたい」

「以前だったら、あなたを信じたでしょう。この国に住む多くの人々も。重要な人々。聡明な人々。あなたただけは違う、あなたの国と中東を変える人だと信じたかった。それなのに、あなたはわたしたち全員をだましたのよ」

ハリードは手をひっこめた。「やってしまったことはとりかえしがつかないのだ、サラ」

「だったら、なぜここに?」

「電話で話したときに、はっきり言ったつもりだった」

「そして、わたしは二度と電話しないでほしいと言ったつもりでしたけど」

「ああ、そうだったね。覚えている」ハリードはオーバーのポケットから電話をとりだし、サラの最後のメッセージを再生した。

〝ついでに申しあげておくと、殿下、地獄で朽ち果てておしまいになればいいのに〟

「こういうメッセージを残したのは、わたしだけじゃなかったはずよ」

「そのとおり」ハリードは電話をポケットに戻した。「だが、きみのメッセージがいちばんこたえた」

サラは興味を覚えた。「なぜ？」

「きみを頼りにしていたからだ。そして、わが祖国の政治と宗教に混乱を招くことなく改革を進めるのがいかに困難な仕事かを、きみなら理解してくれると思っていたから」

「だからといって、権力を批判したことを理由に人殺しをする権利はないわ」

「そういう単純なことではない」

「あら、違うの？」

ハリードは反論しなかった。サラは彼が何かで悩んでいるのを感じた。急激に権威を失ったときに感じたはずの屈辱以上の何かで。

「見てもいいかな？」彼が尋ねた。

「コレクションを？　ここに来た目的は本当にそれなの？」

ハリードはわずかに不快そうな表情を見せた。「ああ、もちろん」

サラは上の階のアル＝バカリ・ウィングへ彼を案内した。入口の外にナディアの肖像画がかかっていた。サウジアラビアのルブ・アル・ハーリー砂漠で彼女が死亡したあとほどなく描かれたものだ。

「ナディアは本物だったわ」サラは言った。「あなたみたいなペテン師ではなかった」

ハリードはサラをにらみつけ、それから肖像画のほうへ視線を上げた。ナディアは細長いカウチの端に腰を下ろしている。白に身を包み、首には真珠のネックレス、指はダイヤモンドと黄金に飾られている。肩の上のほうで時計の文字盤が満月のごとく輝いている。素足のそばに蘭の花々。現代アートと古典様式がみごとに溶けあっている。技巧も構図も非の打ちどころがない。

ハリードは一歩近づき、カンバスの右下の角に目を凝らした。「サインがない」

「作品にけっしてサインを入れない画家なの」

ハリードは絵の横の解説パネルを指さした。「ここにも画家のことはまったく出ていない」

「当人が匿名を望んでいるの。絵のモデルの影が薄くならないように」

「有名な画家なのか？」

「一部の世界では」

「きみも面識があるのか？」

「ええ、もちろん」

ハリードの視線が肖像画に戻った。「ナディア自身がモデルをしたのか？」

「じつをいうと、画家は記憶だけで描いたんですって」

「写真も使わずに？」

サラはうなずいた。

「驚異的だ。ここまで美しく描いたからには、その画家は彼女によほど敬服していたに違いない。残念ながら、わたしは彼女と会う光栄に浴すことができなかった。若いころから噂に聞く女性だった」

「父親を亡くしてから、ナディアは大きく変わったわ」

「ジジ・アル゠バカリは亡くなったのではない。カンヌのオールド・ポートで冷酷に殺されたのだ。ガブリエル・アロンという名の暗殺者によって」ハリードは一瞬、サラの視線を受け止め、それからアル゠バカリ・ウィングの第一室に入っていった。印象派の絵が四点展示されている部屋だ。ルノワールに近づき、羨望のまなざしを向けた。「これらの絵はリヤドに置くべきものだ」

「ナディアがMoMAに永久的に委託し、管理者としてわたしを指名してくれたのよ。置くべき場所に置かれています」

「わたしに買わせてもらいたい」

「売りものじゃないわ」

「売りものでない品などない、サラ」ハリードはほんの一瞬、笑みを浮かべた。無理に作った微笑であることはサラにもわかった。彼は次の作品の前で足を止めた。モネの風景画だ。それから室内を見渡した。「ファン・ゴッホはないのか？」

「ええ」

「妙だな。そう思わないか？」

「何が？」

「これだけのコレクションにしては、大きな欠落だ」

「ゴッホの名画を手に入れるのは大変なの」

「わが情報源の報告とは違うようだ。確かな筋からの情報だが、世にほとんど知られていないゴッホの《鏡台のマルグリット・ガシェ》をジジがいっとき所有していたそうだ。ロンドンの画廊で購入したとか」ハリードはサラをしげしげと見た。「話を続けようか？」

サラは無言だった。

「画廊のオーナーはジュリアン・イシャーウッドという人物だ。売買がおこなわれたとき、画廊のスタッフにアメリカ人女性がいた。ジジはその女性にぞっこんだったらしい。毎年恒例のカリブ海への冬のクルーズに彼女を誘った。彼のクルーザーはわたしのよりはるかに小さかった。名前は――」

「〈アレクサンドラ号〉」サラは彼の言葉をさえぎった。それから尋ねた。「いつからご存じだったの？」

「わたしのアート・アドバイザーがCIAの捜査官であることを？」

「過去の話よ。いまはもうCIAの人間じゃないわ。それに、もうあなたのアドバイザーでもない」

「イスラエルとの関係はどうなっている？」ハリードは微笑した。「きみの背景を最初に調べもしないで、わがアドバイザーとしてきみを雇ったなどと、本気で思っているのか？」

「それなのに、わたしを口説き落としたのね」

「そのとおりだ」

「なぜ？」

「アート・コレクション以外の分野でも、いずれ役に立ってもらえると思ったからだ」ハリードはそれ以上何も言わずにサラの横を通り過ぎ、ナディアの肖像画の前に立った。

「彼に連絡する方法を知っているか？」

「誰のこと？」

「参考にする写真もなしにこの絵を生みだした男」ハリードはカンバスの右下の角を指さした。「ここに名前を書くべきだった男」

「あなた、サウジアラビアの皇太子でしょ。イスラエルの諜報機関の長官に連絡をとるのに、どうしてわたしが必要なの？」

「わたしの娘」ハリードは答えた。「わたしの娘が何者かに誘拐された」

5

アスタラ、アゼルバイジャン

サラ・バンクロフトがその夜ガブリエル・アロンにかけた電話には応答がなかった。彼が例によって現場に出ていたからだ。その任務が国家機密に関わるものだったため、彼の居場所を把握していたのは首相と、彼がもっとも信頼しているひと握りの上級スタッフだけだった。そこは黄土色の塀に囲まれたほどほどの広さのヴィラで、カスピ海の海岸ぎりぎりのところに建てられていた。ヴィラの裏には長方形の農地があり、東のカフカス山脈のふもとまで続いている。丘のひとつのてっぺんに小さなモスクが見える。光塔（ミナレット）にとりつけられた拡声器が、日に五回ずつ、信者たちを祈りに誘（いざな）う。ガブリエルはイスラム過激派との長きにわたる抗争にもかかわらず、祈りを呼びかける声の響きに安らぎを感じた。いまこの瞬間、彼にとっては、アゼルバイジャンに住むイスラム教徒たちが世界における最高の友人だった。

ヴィラの表向きの所有者は、アゼルバイジャンの首都バクーにある不動産会社となっている。しかし、本当の所有者はイスラエルの諜報機関のハウスキーピング課という部署で、隠れ家の調達・管理を担当している。ヴィラの購入については、アゼルバイジャンの国家保安機関の長官の承認をひそかに得ている。ガブリエルが長官とことのほか親しいからだ。アゼルバイジャンの南の隣国がイラン。じっさい、ヴィラのわずか五キロ先はもうイランとの国境だ。ガブリエルがヴィラに到着したあと、塀の外へ一歩も出ていないのもそれで説明がつく。イラン革命防衛隊が彼の存在を知れば、暗殺か誘拐作戦にとりかかるに決まっている。イランから目の敵にされていることを恨む気持ちは、ガブリエルにはない。政情不安定な地域では当然のことだ。それに、革命防衛隊のトップを殺すチャンスがあれば、ガブリエルも自ら進んで引金をひくだろう。

ガブリエルが作戦遂行のさいにアゼルバイジャンで自由に使えるものは、海辺のヴィラだけではなかった。彼が長官を務める機関は——所属メンバーから〈オフィス〉と呼ばれていて、それ以外の名称はない——少数の漁船と貨物船と高速の発動機艇も所有していて、それらはすべて、アゼルバイジャン船籍を正式に取得している。これらの船はアゼルバイジャンの港とイランの海岸線のあいだを定期的に行き来して、〈オフィス〉の工作員と作戦チームを潜入させ、イスラエルの命令に喜んで従おうという貴重な協力者をイラン国内で集めている。

一年前、そうした協力者の一人で、イランの極秘核兵器開発計画に深く関わっている男性が、アスタラにある〈オフィス〉のヴィラに船で案内されてきた。男性はそこでガブリエルに会い、テヘランの陰気な商業地区にある倉庫の話をした。その倉庫にはイラン製の金庫が三十二台保管されているという。金庫に入っているのは、数百個のコンピュータ・ディスクと何百万ページものファイル。男性は断言した——イランが長期にわたって否定してきた事実をそれらが疑問の余地なく立証している、と。つまり、爆縮型核爆弾を製造してイスラエルとさらにその先まで到達可能な運搬システムに搭載すべく、イラン国内で秩序立った開発がたゆみなく続けられてきたわけだ。

〈オフィス〉はこの一年の大半を費やして、熟練の監視要員と超小型カメラで倉庫の監視にあたった。その結果、早朝シフトの警備員が出勤するのは毎朝七時と判明。また、毎晩十時ごろから数時間のあいだ、倉庫を守るのはドアの錠と周囲のフェンスだけになってしまうこともわかった。ガブリエル・アロンと特別作戦室チーフのヤコブ・ロスマンは、午前五時までにチームを倉庫から撤退させる必要ありということで意見が一致した。金庫のうち、どれを開く必要があるか、どれを無視してもいいかは、情報源の男性が教えてくれた。侵入のさいに摂氏二千度の炎を上げるトーチランプを使うため、作戦を秘密にしておくのは不可能だ。ガブリエルはチームの面々に、該当するディスクをコピーせずにそのまま持ち去るよう命じた。コピーでは簡単に否認される。オリジナルならイラン側も説明に困るはずだ。それに、イランの核開発関連の資料を盗んで国外へ持ちだすという大胆なことをやってのければ、不満を持つイランの民衆の前で政権を愚弄できる。ガブリエルが何よりも愛してやまないのは、イランの権力者どもに恥をかかせることだ。

しかし、オリジナルのファイルを盗みだそうとすると、作戦の危険度が飛躍的に高まる。暗号化したコピーなら大容量のメモリースティックに入れて国外へ持ちだせばいい。オリジナルとなると、運ぶのも隠すのもはるかに困難だ。〈オフィス〉の息のかかったイラン人の協力者が、ボルボの貨物トラックの購入をすでにすませている。倉庫の警備員たちがいつもの時刻に出てくるのなら、〈オフィス〉のチームはそれより二時間早くひきあげなくてはならない。テヘラン郊外からアルボルズ山脈へ向かい、山越えをしてカスピ海の岸に出る。脱出地点はバボルサルの町に近いビーチ。そこがだめなときは、ハザール・アバドの東数キロの地点に変更。チームのメンバー十六人全員がそろって脱出する予定。大部分がペルシャ語に堪能なイラン系ユダヤ人で、生粋のペルシャ人として充分に通用する。ただし、チームリーダーはミハイル・アブラモフといって、モスクワ生まれの工作員。〈オフィス〉のために無数の危険な任務を遂行してきた男で、一度など、イランの核開発の先頭に立っていた科学者をテヘランの中心部で暗殺したこともある。今回の作戦においては、ミハイルが目立ちすぎる存在だ。ガブリエルの経験からすると、どんな作戦を遂行する場合も、少なくとも一人はそういう人間がいる。

かつてのガブリエル・アロンならきっと、チームの一員として加わっただろう。生まれたのはイズレルの谷、肥沃な土壌に恵まれ、イスラエル最高の戦士とスパイを何人も世に送りだしてきた土地だ。一九七二年九月、彼がエルサレムのベザレル美術学校で絵の勉強をしていたとき、アリ・シャムロンと名乗る男と出会った。その数日前に、パレスチナ解放機構の最大派閥から生まれたテロ組織〈ブラック・セプテンバー〉によって、ミュンヘン・オリンピックの選手村でイスラエルの選手とコーチ十一人が殺害されたばかりだった。ゴルダ・メイア首相は犯人グループを捜しだして暗殺するために〝若者たちを送りだす〟よう、シャムロンと〈オフィス〉に命じた。ベルリン訛りのドイツ語を流暢に話し、画家と名乗れば充分に通用するガブリエルを、シャムロンは復讐の道具に使うことにした。ガブリエルは若者特有の反発を示して、誰か他の者を見つけてほしいとシャムロンに言った。だが、シャムロンは、その後何度もくりかえされることだが、自分の要求を強引に押しつけた。

その作戦には〈神の怒り〉というコードネームがつけられた。それから三年のあいだ、ガブリエルと少人数の工作員から成るチームは獲物を追って西ヨーロッパと中東地域をまわり、夜間も日中も殺害を決行し、いつ地元の官憲当局に逮捕されて殺人罪で起訴されるかわからない恐怖のなかで暮らしつづけた。合計十二名の〈ブラック・セプテンバー〉のメンバーが彼らの手で殺害された。ガブリエル自身が二二口径のベレッタで殺したテロリストは六名だった。状況が許すかぎり、相手に十一発の弾丸を撃ちこむことにしていた。

殺されたユダヤ人一人につき一発というわけだ。ガブリエルがようやくイスラエルに帰国したときは、こめかみのあたりの髪がストレスと疲労で白髪交じりになっていた。シャムロンはそれを、〝炎のプリンスについた灰の汚れ〟と呼んだ。

当時のガブリエルは画家として再出発するつもりでいた。しかし、カンバスの前にすわるたびに、殺害した男たちの顔しか浮かばなくなってしまった。そこでヴェネツィアへ赴き、国外で暮らしていたイタリア人のマリオ・デルヴェッキオということにして、絵画修復の技術を学びはじめた。修業を終えたところで〈オフィス〉に戻り、待ち受けていたアリ・シャムロンの腕に迎えられた。その後はヨーロッパを拠点に活躍する才能豊かだが寡黙な美術修復師という隠れ蓑(みの)をまとって、イスラエルにとって危険きわまりない敵を何人も排除し、〈オフィス〉の歴史に残る名高い作戦のいくつかを遂行してきた。今夜の作戦はそのなかでも最高ランクと言えるだろう。ただし、成功したらだ。失敗したらどうなるか？　高度な訓練を積んだ〈オフィス〉の工作員十六名が逮捕され、拷問にかけられ、十中八九、公開処刑される運命となる。そうなれば、ガブリエルも辞任せざるをえない。他の追随を許さなかった伝説のスパイとしてのキャリアが、汚辱にまみれた最後を迎えることになる。首相までも道連れにしかねない。

いまのところ、死ぬほど心配しながら待つ以外、ガブリエルにできることは何もなかった。チームはゆうべイランに潜入し、テヘランにいくつも用意されている隠れ家へ向かった。テヘラン時間の午後十時十五分、キング・サウル通りのオペレーション・デスクから安全な回線経由でガブリエルにメッセージが届き、最終シフトの警備員たちが倉庫を離れたという連絡があった。ガブリエルはチームに侵入を命じ、午後十時三十一分、チームは倉庫に忍びこんだ。ターゲットの金庫をこじあけて核開発関連の資料を盗みだすのに残された時間は六時間二十九分。ガブリエルの希望より一分短い。小さなつまずき。彼の経験からすると、一秒一秒がきわめて貴重だ。

ガブリエルは生まれつき忍耐心に恵まれたタイプで、美術修復師としても、諜報機関の工作員としても、それが大いに役立ってきた。しかし、その夜のカスピ海の海辺にあるヴィラでは、その忍耐心も消え失せていた。ろくに家具も入っていない部屋から部屋へ歩きまわり、一人で何やらつぶやき、辛抱強い警護係二人に向かって理不尽にどなりちらす有様だった。そのあいだも絶えず頭に浮かんでいたのは、最高の腕を持つ十六人の工作員がイランから無事に脱出するのを阻む理由の数々だった。ひとつだけ確かなことがあった。イラン軍が立ちはだかったとしても、チームがおとなしく降参することはありえない。ガブリエルはイスラエル国防軍の特殊部隊サイエレット・マトカルの元隊員だったミハイルに、いざというときはイランを脱出するのに武力を行使できるよう、大きな裁量権を与えていた。イラン軍に退路を阻まれれば、チームにもかなりの死者が出るだろう。

テヘラン時間の午前四時四十五分、安全な回線経由でついに連絡が入った。チームがファイルとコンピュータ・ディスクを持って倉庫を脱出、現在逃走中。次の連絡が来たのは午前五時三十九分。チームはアルボルズ山脈に向かう途中だった。警備員の一人が定時より早く倉庫にやってきたという。三十分後、ガブリエルはＮＡＪＡ（イラン国家警察）が全国に非常線を張り、路上検問を始めたことを知った。

夜明けを迎えて空が白みはじめたころ、ガブリエルはヴィラを抜けだして海辺まで行った。背後の低い丘陵地帯にイスラムの信者たちへの呼びかけの声が響いた。〝祈りは眠りに勝る〟……この瞬間、ガブリエルはこれ以上の真実はないと思った。

6

テルアビブ

電話をしても、携帯メールを送っても、まったく返事がなかったので、サラ・バンクロフトはニューヨークからイスラエルへ飛ぶしかないと決心した。飛行機の手配はハリードがしてくれた。おかげで、プライベート・ジェットの贅沢な旅ができた。給油のためにアイルランドに短時間立ち寄ったのが唯一の不便な点だった。昔のCIA時代の偽名はどれも使うのを禁じられているため、ベン・グリオン空港での入国審査のときは本名――イスラエルの諜報機関と保安機関によく知られた名前――のパスポートを使い、運転手つきの迎えの車でヒルトン・テルアビブへ向かった。ハリードがいちばん広いスイートルームを予約してくれていた。

部屋に入ったサラは、緊急の用件で話しあうために一人でテルアビブにやってきたという内容のメールを、ガブリエル個人の携帯にあらためて送った。これまでと同じく、返事はなかった。無視するなんてガブリエルらしくない。番号を変えたのか、もしくは、私用に使っていた電話をやむなく手放したのか。いや、忙しすぎて会う時間がとれないのかもしれない。なんといっても、彼はイスラエルの秘密諜報機関の長官。つまり、この国でもっとも大きな権力と影響力を持つ人物の一人なのだ。

しかしながら、ガブリエル・アロンにサラが抱くイメージはこの先もずっと、ジョージタウンのＮストリートに建つ赤レンガの優美な建物で初めて出会ったときの、冷たく近寄りがたい男のままだろう。彼はあのとき、封印してある彼女の過去を隅々まで探ってから、〝ジハード社〟のために働く気はないかと尋ねた。イスラムのテロ組織の資金源となっていた後援者、ジジ・アル＝バカリのことだった。そのあとに続いた作戦のなかでサラは幸いにも生き延び、やがて、馬の産地として有名なヴァージニア州北部にあるＣＩＡの隠れ家で何カ月か心身の回復に努めることになった。しかし、ガブリエルがイヴァン・ハリコフというロシアの新興成金を狙った作戦で最後のひと押しを必要としたとき、サラは彼と一緒にふたたび活動できるチャンスに飛びついた。

それと同時に、いつしか彼に熱い恋心を抱くようになった。やがて、ふりむいてもらえないとわかると、軽率にもミハイル・アブラモフという名の〈オフィス〉の工作員と関係を持った。最初からうまくいくはずのない関係だった。二人とも規則によって、よその機関の職員との交際を禁じられている。状況を正直に分析すれば、ミハイルとの関係が自分を拒絶したガブリエルへのあからさまな当てつけであることは、サラ自身にもわかっていた。案の定、関係は破綻した。その後サラがミハイルと顔を合わせたのは一度だけ、ガブリエルの長官就任を祝うパーティの席だった。愛らしいフランス系ユダヤ人女性がミハイルの腕に手をかけていた。サラは頰ではなく片手を冷ややかに彼に差しだした。ガブリエルから応答がないままさらに一時間が過ぎたところで、サラは一階に下り、海岸沿いの遊歩道を散歩した。よく晴れた穏やかな日で、レバント地方特有の青い空にふっくらした白い雲がいくつか、飛行船のように浮かんでいる。サラは北へ向かって歩き、スパンデックスに身を包んだ日焼けした人々に混じって、海辺のトレンディーなカフェをいくつか通り過ぎた。アングロサクソン系の顔立ちをした金髪のサラには、周囲から浮いた感じはほとんどない。あたりの雰囲気は俗っぽい南カリフォルニアに似ていて、サンタモニカを地中海の海辺に持ってきたように見える。国境を越えれば混乱が続く内戦のシリアだとは、とうてい想像できない。あるいは、東へ十五キロも行けば、丘陵地帯のごつごつした尾根にヨルダン川西岸地区でもっとも手に負えない村がいくつかあることも。あるいは、車で南へ一時間もかからないところに、人類の悲惨さと憤りに満ちた細長いガザ地区があることも。サラは思った——おしゃれなテルアビブにいるかぎりは、シオニズムの夢を犠牲者なしで実現できた、と信じているイスラエル国民のことを許す気になれるかもしれない。

海辺を離れて街の通りをぶらついた。何をするあても、どこへ行くあてもないように見えるが、じつはＣＩＡと〈オフィス〉の両方で叩きこまれたテクニックを使って尾行の有無を確認していたのだった。必要もないシャンプーを買ってディゼンゴフ通りの薬局を出たときには、尾行ありという結論に達していた。とくに何かがあるわけでも、証拠となるものを目にしたわけでもないが、誰かに見られているという感覚は消えなかった。

栴檀(せんだん)の並木の涼しい木陰を歩いていった。歩道は午前中の買物客でにぎわっていた。ディゼンゴフ通り……聞き覚えのある名前だ。この通りでかつて惨劇が起きた——確かそうだった。やがて思いだした。一九九四年十月、この通りがパレスチナの過激派組織ハマスの自爆テロの標的にされ、二十二人が命を落とした。

テロで負傷した人物をサラは知っている。〈オフィス〉のテロ専門のアナリストで、名前はダイナ・サリド。前に一度、そのときの様子をサラに話してくれた。爆弾には二十キロの軍用ＴＮＴ火薬と殺鼠(さっそ)剤に浸けた釘が使われていた。午前九時に五系統のバスの車内で爆発した。爆風の威力で人々の手足が近くのカフェまで吹き飛ばされた。その後も長いあいだ、栴檀の葉から血が滴り落ちていた。

〝あの朝、ディゼンゴフ通りに血の雨が降ったのよ、サラ……〟

でも、通りのどのあたりで起きたの？　たったいま、バスがディゼンゴフ広場で人々を何人か乗せ、北へ向かって走りだしたところだった。サラはｉＰｈｏｎｅで現在地を確認した。それから通りの反対側に渡り、南のほうへ歩きつづけると、やがて栴檀の木の根元に小さなグレイの追悼碑が見つかった。その木は通りのほかの木々に比べると丈がかなり低く、樹齢も若そうだ。

追悼碑のそばまで行き、そこに記された犠牲者たちの氏名に目を凝らした。ヘブライ語で書かれていた。

「読めるのか？」

びくっとしてふりむくと、まだらな光に染まった歩道に男性が立っていた。長身で、手足が長く、淡い色の髪と血の気のない青白い肌をした男だった。サングラスが目を隠している。

「いいえ」サラはようやく答えた。「読めない」

「ヘブライ語はできないのか？」男性の英語には紛れもなきロシア語のアクセントがかすかに混じっていた。

「しばらく勉強したけど、やめたの」

「なぜ？」

「話せば長くなるわ」

男性は追悼碑の前にしゃがんだ。「きみが捜している名前はここにある。サリド、サリド、サリド」サラを見上げた。「ダイナの母親と妹二人だ」

男性は立ちあがってサングラスをはずした。目があらわになった。透きとおったブルーグレイの目——氷河のようだとサラは思った。昔からミハイルの目が好きだった。

「いつから尾行してたの?」

「きみがホテルを出てからずっと」

「なぜ?」

「ほかに尾行がついていないかチェックするために」

「対監視作戦ね」

「われわれは別の呼び方をしている」

「ええ」サラは言った。「覚えてるわ」

いきなり、黒のSUV車が歩道の脇に泊まった。カーキ色のベストを着た若い男が助手席から降りてきて、うしろのドアをあけた。

「乗ってくれ」ミハイルが言った。

「どこへ行くの?」

ミハイルは答えなかった。サラはうしろのシートに乗りこみ、スモークガラスの窓の外を通りすぎる五系統のバスを見つめた。どこへ行こうと関係ない。かなり長時間のドライブになりそうだ。

7

テルアビブ――ネタニヤ

「どうせ迎えの人間をよこすのなら、ガブリエルもどうしてほかの人にしてくれなかったのかしら」

「おれが自分で志願した」

「どうして？」

「気まずい場面は二度とごめんだと思ったからだ」

サラは窓の外に目を凝らした。いま走り抜けているのはイスラエル版シリコン・バレーの中心部だった。完璧に整備された高速道路の両側に光り輝く真新しいオフィスビルが並んでいる。イスラエルはわずか数年のあいだに、社会主義の過去を捨て、テクノロジー主導のエネルギッシュな経済をとりいれた。イノベーションの多くは軍と保安機関に直接の成果をもたらし、おかげでイスラエルは中東の敵対諸国よりずっと優位に立てるようになった。ＣＩＡの対テロ・センターにいるサラの元同僚でさえ、〈オフィス〉と、八二〇〇部隊――サイバー世界の情報収集・攻撃にかかわるイスラエルの精鋭部隊――の並外れたハイテクの実力に驚嘆していたものだ。

「じゃ、くだらない噂はやっぱり本当だったのね」

「くだらない噂とは?」

「あなたとフランスのあの美人が結婚したって噂。悪いけど、名前を忘れてしまったわ」

「ナタリー」

「すてきね」サラは言った。

「すてきな女だ」

「いまも医者をやってるの?」

「いや、そういうわけでは……」

「じゃ、いまは何を?」

黙りこんだミハイルの姿で、フランスの美人女医は〈オフィス〉のスタッフになったのではというサラの疑惑が裏づけられた。サラの記憶のなかのナタリーは、嫉妬でぼやけてはいるが、浅黒い肌をした異国的な容貌で、アラブ人として充分に通りそうな感じだ。

「そのほうが面倒も少なくてすむでしょうね。夫と妻が同じ機関に属していれば、ずっと楽だもの」

「きみとのことは、それだけが原因では――」

「やめましょう、ミハイル。長いあいだ考えもしなかったわ」

「どれぐらいのあいだ？」

「少なくとも一週間」

車はハイウェイ五号線の下を通り抜けた。海岸平野と、ヨルダン川西岸地区の奥にあるユダヤ人入植地アリエルを結ぶ安全な道路である。ジャンクションは〝グリロート・インターチェンジ〟と呼ばれている。その向こうにあるのがショッピングセンターで、シネコンも併設されている。また、複合オフィスビルもあり、鬱蒼(うっそう)たる木々に一部が隠れている。サラが想像するに、ここもイスラエルの巨大テクノロジー企業の本社なのだろう。

ミハイルの左手を見た。「もうなくしてしまったの？」

「なんのことだ？」

「結婚指輪」

ミハイルは指輪がないことに驚いたような顔をした。「現場に出る前にはずしておいたんだ。戻ってきたのはゆうべ遅くだったし」

「どこへ行ってたの？」

ミハイルは無表情にサラを見た。

「教えてくれてもいいでしょ、ダーリン。過去があるのよ、あなたとわたしには」

「過去は過去だ、サラ。いまのきみは部外者だ。それに、もうじきわかる」

「せめて、場所だけでも教えてよ」

「言っても信じないだろうな」

「どこへ行ったにしても、きっとひどい場所だったのね。あなた、地獄を見てきたような顔よ」

「最後がめちゃめちゃだった」

「負傷者が出たの？」

「悪いやつらだけ」

「何人ぐらい？」

「おおぜい」

「でも、作戦は成功したんでしょ？」

「大成功だった」ミハイルは言った。

ハイテクのオフィスビルが姿を消し、ヘルツリアーヤというテルアビブの北にある裕福な都市に変わった。ミハイルは彼の携帯で何かを読んでいた。退屈そうな顔。いつもの表情だ。

「彼女によろしく伝えてね」サラはいたずらっぽく言った。

ミハイルは上着のポケットに電話を戻した。

「ひとつ訊きたいんだけど、ミハイル。どうしてわたしの案内役を買って出たの？」

「二人だけで話がしたかった」

「なぜ？」

「おれたちの仲があんな終わり方をしたのを謝りたかった」

「あんな？」

「きみにあんな態度をとってしまった。ひどいことをした。きみの心のなかに少しでも――」

「終わりにするよう、ガブリエルに命じられたの？」

ミハイルは心底驚いた様子だった。「いったいどこからそんな考えが？」

「ずっと疑ってたの。それだけよ」

「ガブリエルはおれに、アメリカへ行って残りの生涯をきみと送るようにと言った」

「どうして言われたとおりにしなかったの？」

「ここがおれの故郷だからだ」ミハイルは窓の外にパッチワークのごとく広がる農地を見つめた。「イスラエルと〈オフィス〉が。アメリカで暮らすなんて無理だ。たとえきみがそばにいても」

「わたしがこっちに来てもよかったのよ」

「こっちの暮らしは楽じゃないぞ」

「別れるよりましだわ」サラはたちまち自分の言葉を後悔した。「でも、過去は過去――

あなたもそう言わなかった？」

ミハイルはゆっくりうなずいた。

「後悔したことはない？」

「きみと別れたのを？」

「そうよ、馬鹿な人」

「もちろん」

「で、いまは幸せなの？」

「とても」

彼の返事でひどく傷ついたことに、サラは自分でも驚いた。

「話題を変えたほうがよさそうだな」ミハイルが言った。

「ええ、そうね。どんな話題にする？」

「きみがこっちに来た理由」

「悪いけど、それについてはガブリエル以外の誰にも話せないの。でも——」サラは冗談っぽく続けた。「わたしの予感だと、あなたにももうじきわかるはずだわ」

車はすでにネタニヤの南の端まで来ていた。海辺に並ぶ白い高層アパートメントを見て、サラはカンヌを思いだした。ミハイルが運転席の男にヘブライ語で二言三言話しかけた。

ほどなく、車は広い遊歩道の縁で止まった。

ミハイルは荒廃したホテルを指さした。「二〇〇二年に起きた過越祭の虐殺の現場があそこだ。三十人が死亡、百四十人が負傷した」

「テロの被害を受けていない場所がこの国のどこかにあるの?」

「さっきも言ったように、こっちの暮らしは楽じゃない」ミハイルは遊歩道のほうを頭で示した。「少し歩こう。話はそれからだ」

サラは車を降り、広場に足を踏み入れた。〝過去は過去……〟一瞬、それは真理だと信じそうになった。

8

ネタニヤ

遊歩道の中央に細長いブルーの池があり、池のまわりで正統派ユダヤ教徒の少年が数人、長く伸ばしたもみあげをなびかせて鬼ごっこをしていた。少年たちの言葉はヘブライ語ではなくフランス語。かつらをかぶった母親たちも、〈シェ・クロード〉というブラッスリーのテーブルからサラに賞賛の視線を投げかけている黒いシャツ姿のヒップな若者二人も、同じくフランス語だ。カーキ色のくたびれた建物と中東の強烈な日差しがなかったら、パリ二十区の広場を歩いているような気がしたかもしれない。

サラは突然、誰かに名前を呼ばれていることに気づいた。〝サ〟より〝ラ〟のほうが強調されている。ふりむくと、広場の向こうで黒髪の小柄な女性がこちらに向かって手をふっていた。軽く足をひきずりながら近づいてきた。

サリド、サリド、サリド……

ダイナがサラの頬にキスをした。「イスラエルのリヴィエラにようこそ」

「ここにいるのはフランス系の人ばかりなの?」

「みんなじゃないけど、フランスから渡ってくる人が日に日に増えてるわ」ダイナは広場の向こう端を指さした。「あそこに〈ラ・ブリオッシュ〉という小さなカフェがあるでしょ。わたしのお勧めはパン・オ・ショコラ。イスラエルでいちばんおいしいのよ。たっぷり二人分注文してきて」

サラはカフェまで歩いた。流暢なフランス語でカウンターの女性としばらく話をしてから、ペストリーを何種類かとコーヒー二杯を頼んだ。カフェ・クレームとエスプレッソ。

「お好きな席にどうぞ。ご注文の品はそちらへお持ちします」

サラはカフェの外に出た。広場のへりにテーブルがいくつか並んでいる。そのひとつにミハイルの姿があった。彼はサラの視線をとらえ、一人ですわっている中年過ぎの男性のほうへうなずきを送った。男性はダークグレイのスーツに白いドレスシャツという装いだった。面長、ほっそりした顎、頬骨が高く、尖った鼻は木を彫って作ったかのようだ。黒っぽい髪は短くカットされ、こめかみのあたりに白髪が交じっている。目は不自然なほど鮮やかな緑色。

立ちあがった男性は、サラと初めて会うかのように礼儀正しく片手を差しだした。サラはその手をやや長めに握った。「こんなところで会うなんて驚きだわ」

「わたしはしょっちゅう人前に出ている。それに」ミハイルにちらっと視線を向けて、男性はつけくわえた。「あの男がいてくれる」

「わたしのハートを破った男」サラは椅子にすわった。「彼一人だけ？」

ガブリエルは首を横にふった。

「何人いるの？」

彼の緑色の目が広場を見渡した。「八人いるはずだ」

「ちょっとした軍隊ね。あなた、今回は誰のご機嫌を損ねたの？」

「イランの連中がわたしに少々むっとしているようだ。それから、クレムリンにいるわが旧友も」

「二カ月ほど前に、あなたとロシア人のことを新聞で読んだわ」

「ほう？」

「スパイをめぐるワシントンのあのスキャンダルのとき、あなたの名前が出てきたでしょ。レベッカ・マニングをダレス国際空港からロンドンへ送り届けたビジネスジェットに、あなたも乗ってたって噂だけど」

レベッカ・マニングというのは、ＭＩ６の元ワシントン支局長。いまでは毎朝、ＳＶＲ（ロシア対外情報庁）の本部であるモスクワ・センターに出勤している。

「それから、別の噂も聞いたわ」サラは話を続けた。「メリーランド州のチェサピーク・オハイオ運河で発見されたロシアの工作員三人を殺したのはあなただって」

注文の品を持ってウェイターがやってきた。エスプレッソを恭(うやうや)しい態度でガブリエルの前に置いた。

「イスラエルでもっとも有名な人物になったご気分は？」サラは尋ねた。

「それなりに不便な点がいくつもある」

「あら、それほど悪くないはずよ。今後のことは誰にもわからない。長官として手腕を発揮すれば、いずれ首相にだってなれるかもしれない」サラは彼のスーツの袖をひっぱった。「それだけの貫禄も備えてるし。でも、わたしは昔のガブリエル・アロンのほうが好き」

「昔のガブリエル・アロンというと？」

「ブルージーンズと革ジャケットのアロン」

「人はみな、変わらざるをえない」

「わかってる。でも、ときどき、時計の針を戻せればいいのにって思うことがあるわ」

「どこに戻りたい？」

サラはしばらく考えこんだ。「コペンハーゲンのあの小さなレストランであなたと食事をした夜。凍えそうな寒さだったのに、テラス席にすわったわね。わたしは自分の心にしまっておくべきだった暗い大きな秘密を打ち明けた」

「覚えてないな」

サラは籠のパン・オ・ショコラをとった。「あなたは食べないの？」

　ガブリエルは片手をかざして断わった。

「結局、あなたは変わってないのかもしれないわね。知りあって何年にもなるけど、日中に何か食べるところって、一度も見た覚えがないわ」

「太陽が沈んでから日中の分まで食べるんだ」

「この前会ったときに比べて、ただの一グラムも太ってないでしょ。わたしにも同じことが言えればいいのに」

「きみは魅力的だ、サラ」

「四十三歳の女にしては？」サラは自分のコーヒーに人工甘味料を加えた。「携帯番号を変えたのかと思ったわ」

「電話をくれたときは手が離せなかったんだ」

「何回もかけたのよ。ショートメッセージも十回以上送ったわ」

「連絡する前に警戒する必要があった」

「わたしを？　どういうわけで？」

　ガブリエルは用心深く微笑を浮かべた。「きみがサウジ王家のある著名な人物と関わりを持っているからだ」

「ハリードのこと？」

「きみたち二人がファーストネームで呼びあう仲とは知らなかった」

「わたしがそう頼んだの」

ガブリエルは無言だった。

「非難してるようね」

「わたしが非難するのは、きみが購入を勧めた何点かの絵画のことだけだ。とくにそのうちの一点について」

「ダ・ヴィンチ?」

「きみがそう言うのなら」

「ダ・ヴィンチのものかどうか怪しいというの?」

「わたしでもあれよりましなダ・ヴィンチが描けるだろう」ガブリエルはサラに真剣な目を向けた。「きみがあの男からアート・アドバイザーになるよう頼まれたとき、わたしに相談してくれればよかったのに」

「そしたら、どんな助言をくれたの?」

「こう言っただろう――やつがきみに目をつけたのは偶然ではない。きみとCIAの関係を充分に承知していた、と」ガブリエルはいったん言葉を切った。「そして、わたしとの関係も」

「あなたが正しかったのかもしれない」

「わたしはつねに正しい」

　サラはペストリーを手にとった。「彼のことをどう思ってるの？」

「きみにも想像がつくだろうが、ハリード・ビン・ムハンマド皇太子は〈オフィス〉が特別な関心を寄せている人物だ」

「わたしが訊いたのは〈オフィス〉じゃなくて、あなたの意見よ」

「ＣＩＡと〈オフィス〉はホワイトハウスとわが国の首相に比べると、ハリードへの評価がはるかに低い。オマール・ナワフが殺害されたことで、われわれの懸念が裏づけられた」

「ハリードが殺害を命じたというの？」

「ハリードのような立場にある者なら、じかに命令を下す必要はない」

「〝あの口うるさい大司教を遠ざけてくれる者はどこにもいないのか？〟」

　ガブリエルは考えこみながら同意のうなずきを見せた。「専制君主が自分の望みを露骨に示したという完璧な例だ。ヘンリー二世がそうつぶやくと、ベケット大司教は数週間後に命を奪われた」

「ハリードを王位継承者から排除すべきだと思う？」

「排除したところで、さらにろくでもないやつがその地位につくだけだ。ハリードが始めたささやかな社会改革と宗教改革をつぶしてしまうやつが」

「では、ハリードに危険が迫っているとわかったら？　あなたならどうする？」

「そんなことは始終耳に入ってくる。多くは皇太子自身の口から出たものだ」

「どういう意味?」

「きみのクライアントが〈オフィス〉と八二〇〇部隊から厳重に監視されているという意味だ。われわれはしばらく前に、ハリードのおそらく盗聴防止機能がついていると思われる携帯電話のハッキングに成功した。以来、やつの通話に耳を傾け、携帯メールとeメールに目を通している。八二〇〇部隊は電話のカメラ機能とマイクの起動にも成功し、おかげで、対面型ビデオ通話の多くも盗聴できるようになった」ガブリエルは微笑した。「そんな驚いた顔をしないでくれ、サラ。CIAの元捜査官のきみなら、ハリード・ビン・ムハンマドのような男のもとで仕事をすると決めた以上、プライバシーは望めないことぐらいよく承知していたはずだ」

「どこまで知ってるの?」

「六日前に皇太子がフランス国家警察に何度も緊急電話をかけ、スイスとの国境からそう遠くないオート・サヴォワ県内での事件を通報したことが、われわれにはわかっている。また、その夜遅く、皇太子が警察に護衛されて車でパリへ案内され、フランス政府の高官多数と会い、国務大臣と大統領もそこに含まれていたことがわかっている。皇太子はパリに七十二時間滞在し、その後ニューヨークへ向かった。そこで、ある人物と会う約束になっていた」

ガブリエルは上着の胸ポケットからブラックベリーをとりだし、画面を二回タップした。数秒後、二人の人物の会話がサラの耳に届いた。一人はサウジアラビアの未来の国王。もう一人はニューヨーク近代美術館でナディア・アル゠バカリ・コレクションの管理を担当している女性。

〝彼に連絡する方法を知っているか?〟

〝誰のこと?〟

〝参考にする写真もなしにこの絵を生みだした男。ここに名前を書くべきだった男〟

ガブリエルは〝停止〟をタップした。「けさ、わが国の首相と朝食をとったときに、わたしがこの件に関わるつもりはいっさいないことをはっきり告げておいた」

「で、あなたの国の首相はどう答えたの?」

「考えなおしてほしいと言った」ガブリエルはブラックベリーをポケットに戻した。「きみの友達にメッセージを送ってくれ、サラ。わたしの身元を伏せておくため、言葉は慎重に選んでほしい」

サラはバッグからiPhoneを出してメッセージを打ちこんだ。一瞬の間を置いて、電話がピッと鳴った。

「どうだね?」

「ハリードが今夜会いたいって」

「どこで?」

サラはその質問を打ちこんだ。返事が届くと、ガブリエルに電話を渡した。

ガブリエルは憂鬱そうに画面を見つめた。「そう来るだろうと思っていた」

9

ナジュド、サウジアラビア

サラ・バンクロフトをイスラエルへ運んだ飛行機はガルフストリームG五五〇だった。全長九十六フィート、巡航速度は時速五百六十一マイル。ガブリエルはフライトクルーを元イスラエル空軍の戦闘機パイロット二人に替え、キャビンクルーを〈オフィス〉の警護係四人に替えた。ガルフストリームは午後七時少し過ぎにベン・グリオン空港を飛び立ち、トランスポンダーをオフにしたままアカバ湾上空を南下した。右のほうに、沈みゆく太陽のまばゆいオレンジ色の光をあびて輝くシナイ半島が見える。複数のイスラム過激派武装組織があのあたりを安全な避難所にしていて、ＩＳＩＳの支部もそのひとつだ。左のほうに見えるのがサウジアラビア。

ガルフストリームはシャルマでサウジの海岸線を越えると、ヒジャーズ山脈の上空を東へ向かって飛び、ナジュドをめざした。十八世紀に砂漠で細々と布教をおこなっていたムハンマド・アブドゥル・ワッハーブという人物が、イスラム教は預言者ムハンマドと初期の信者たち〝アル・サラフ・アル・サリー〟の教えから危険なほど逸脱してしまったと悟った場所が、このナジュドの地だった。ワッハーブは巡礼の旅に出てアラビア各地をまわるあいだに、煙草を吸ったり、ワインを飲んだり、贅沢な衣装で音楽に合わせて踊ったりするムスリムを見て愕然（がくぜん）とした。さらに許しがたいのが、人々が聖人たちに縁（ゆかり）のある木々や岩や洞窟を崇拝していることだった。ワッハーブの教えに従えば、それは多神崇拝、すなわち〝シルク〟という最大の罪であった。

イスラム教を本来の姿に戻そうと固く決心したワッハーブと熱狂的な弟子（ムワヒドゥーン）たちは、コーランで認められていないものをナジュドから一掃しようという狂暴な活動を開始した。ナジュドに住むアル・サウードという部族が強い味方になってくれた。一七四四年に両者が結んだ同盟が現代のサウジ国家の基礎となっている。世俗的な権力はアル・サウード一族が握り、信仰に関することはムハンマド・アブドゥル・ワッハーブの子孫の手に委ねられることとなった。彼らは西洋とキリスト教とユダヤ人とイスラム教シーア派を軽蔑し、シーア派のことは背教者、異端者とみなしている。オサマ・ビン・ラディンとアルカイダも同じ考えだ。タリバン、ISISの聖戦士たち、その他すべてのスンニ派ジハーディストのテロ組織もそうだ。マンハッタンで崩壊した高層ビル、西ヨーロッパの鉄道駅に仕掛けられた爆弾、斬首、爆破されたバグダッドの市場——これらをたどれば、すべてが二百五十年以上も前にナジュドで結ばれた同盟に行き着く。

ハイルの街はこの地区の中心地だ。宮殿がいくつか、博物館がひとつ、複数のショッピングモールと公園がある。サウジアラビア王室空軍の基地もあって、ガルフストリームは八時少し過ぎにそこに着陸した。パイロットは機体をタキシングさせて、滑走路のへりに待機している四台の黒いレンジローバーのほうへ向かった。車を囲んでいるのは制服姿の護衛たち。いずれも自動火器で武装している。

「やはり賢明な案ではなかったかもしれない」ガブリエルはつぶやいた。

「あなたの身の安全はハリードが保証してくれたわ」サラは言った。

「ほう？　では、あの頼もしそうなサウジの護衛の一人が王室の別の派閥に忠誠を誓っているとしたら？　あるいは、さらにうれしいことに、アルカイダの秘密のメンバーだったら？」

サラの電話がピッと鳴ってメッセージの着信を知らせた。

「誰からだ？」

「誰だと思う？」

「あのレンジローバーのどれかにハリードが乗っているのか？」

「いいえ」

「では、誰が乗っている？」

「きっと、わたしたちを護衛する人たちだわ。ハリードの話だと、あなたの古い友人が一人交じってるそうよ」

「わたしにサウジの友人はいない」ガブリエルは言った。「いまはもう」

「わたしが先に降りたほうがよさそうね」

「ベールを着けていないアメリカ人の金髪女が？　それはまずいんじゃないかな」

ガルフストリームの前方の扉には格納式のタラップがついている。ガブリエルはそれを下ろし、四人の警護係をうしろに従えて滑走路に降り立った。数秒後、レンジローバーの一台のドアが開いて人影がひとつ現われた。陰気なオリーブ色の無地の制服に身を包んだその人物は長身で、骨張っていて、小さな黒い目と鷲鼻のせいで猛禽のように見える。ガブリエルも知っている男だ。サウジアラビア内務省所属の秘密警察マバーヒスの人間。ガブリエルはかつて、リヤドにあるマバーヒスの中央尋問施設に一カ月放りこまれたことがある。猛禽のような顔をしたこの男が尋問を担当した。友人ではないが、敵でもない。

「サウジアラビアにようこそ、アロン長官。それとも、お帰りなさいと言うべきですかな？　前回会ったときに比べると、はるかにお元気そうだ」男はガブリエルの手を強く握った。「傷もすっかり癒えたことと思いますが」

「笑ったときに痛むだけだ」

「ユーモアのセンスは健在のようですね」

「わたしのような立場の者にはユーモアが必要だ」

「わたしも同じです。ご想像どおり、仕事がかなり忙しくて」男はガブリエルの警護係たちにちらっと目を向けた。「あの者たちは武装していますか？」

「重装備だ」

「機内に戻るよう命じてください。ご心配なく、アロン長官。長官のことはわたしの部下たちがきちんと警護します」

「それが心配なんだ」

警護係たちはガブリエルの命令に渋々従った。しばらくすると、ジェット機のドアのところに、砂漠の風に金髪をなびかせたサラが姿を見せた。

男は渋い顔になった。「ベールをお持ちでないようだ」

「ニューヨークに忘れてきたらしい」

「ご心配なく。念のために一枚用意してあります」

高速道路はガラスのようになめらかで、昔のレコード盤のように黒かった。どの方角へ向かっているのか、ガブリエルにはほとんどわからなかった。テルアビブを出る前にポケットにすべりこませた使い捨て携帯には〝圏外〟という表示が出ていた。空軍基地を出たあと、車列は何キロも続く小麦畑のあいだを通り抜けた。ハイルはサウジアラビアの穀倉地帯だ。いまは周囲の景色が荒々しくきびしいものになっていて、まるでワッハーブと偏狭な弟子たちが信奉するイスラム教宗派のようだった。ワッハーブの教えが厳格なのはきっと偶然の産物ではないのだ、とガブリエルは思った。砂漠の苛酷さが信仰にまで影響を及ぼしている。

レンジローバーのリアシートの助手席側にすわっているおかげで、ガブリエルは速度計を見ることができた。時速百六十キロを超えている。運転しているのはマバーヒスの人間だし、助手席の男もそうだ。一台のレンジローバーが前を走り、うしろに二台が続いている。それ以外の車もトラックもずっと目にしていない。おそらく、道路を封鎖しているのだろう。

「息ができない。気を失ってしまいそう」

ガブリエルはリアシートのとなりの黒いかたまりに目を向けた。その正体はサラ・バンクロフト。彼女の足がサウジの土に触れた数秒後に、マバーヒスの上級警官に分厚い黒のアバヤを頭からかぶせられ、いまはそれに全身を包まれている。

「前にこういうのを着たのは、ジジ作戦が失敗した夜だったわ。覚えてる、ガブリエル?」

「昨日のことのように」

「日陰でも五十度近くあるというのに、サウジの女性たちって、よくもこんなものを着てられるわね」サラは手で自分の顔をあおいでいた。「前にハリードが六〇年代の写真を見せてくれたことがあるわ。ベールを着けない女性たちがスカートでリヤドの街を歩いてる写真だった」

「アラブ世界全体がそうだった。一九七九年以降、すべてが変わってしまった」

「ハリードも同じことを言ってるわ」

「ほう?」

「ソビエトがアフガニスタンに侵攻し、イランではホメイニが権力を握った。やがて、メッカで事件が起きた。サウジの武装集団が大モスクを占拠し、サウード王家に対して権力放棄を要求した。王家では鎮圧のためにフランス国家憲兵隊の治安介入部隊の出動を要請するしかなかった」

「そうだったな。わたしも覚えている」

「サウード王家は危機感を抱いた」サラは話を続けた。「そこで、方針を多少変更することにした。シーア派が優勢なイランの影響力に対抗するため、ワッハーブ派の勢力拡大を後押しし、国内の強硬派による宗教面の取締りの強化を容認するようになった」

「王家にとっていささか都合のいい意見だな。そう思わないか?」

「それが過ちだったことを、ハリードは真っ先に認めてるわ」

「ずいぶん高潔な男だ」

　レンジローバーの車列は未舗装道路に曲がり、そこを進んで砂漠に入っていった。やがて検問所の前まで来たが、スピードを落とすことなく通過した。次の瞬間、野営地が見えてきた。天に向かってそびえる岩山のふもとに大きなテントがいくつも並んでいる。

レンジローバーが停止すると同時に、サラは無意識にアバヤの乱れを整えた。「わたし、どう見える？」

「最高だ」

「そういうイスラエルふうの皮肉は慎んでね。ハリードは皮肉を喜ばないから」

「サウジの人間の大半もそうだ」

「それから、何をするのも自由だけど、ハリードとの口論だけはやめてね。反論されるのが好きじゃない人なの」

「きみが忘れていることがひとつある、サラ」

「なんなの？」

「向こうがわたしの助けを必要としてるんだ。逆ではない」

サラはため息をついた。「仰せのとおりかもしれない。結局、あまりいい案じゃなかったのかもね」

10

ナジュド、サウジアラビア

欧米諸国における記者会見の席で、ハリード・ビン・ムハンマド皇太子は砂漠への崇敬の念をしばしば口にする。リヤドの宮殿をひそかに抜けだして、一人でアラビアの荒野に入っていくのが何よりも好きだという。そこに素朴なキャンプ地を設営し、数日のあいだ鷹狩りや断食や祈禱に明け暮れる。また、彼の一族の名前がついた王国の将来についても考える。〝成功への道〟という野心的な計画を思いついたのも、サラワト山脈のキャンプ地に滞在していたときだった。それは石油時代終焉後のサウジ経済を立て直すための計画だった。女性たちに運転免許を与えようと思いついたのは、ルブ・アル・ハーリー砂漠でのキャンプ中だったという。絶えず形を変えつづける砂丘の真ん中に一人で佇(たたず)んだ彼は、この世に永遠というものはなく、サウジアラビアのような国でも変化は避けられないことを痛感した。

だが、ＫＢＭの砂漠の冒険の真実は、当人の話とは大きく違っていた。ガブリエルとサラが案内されたテントは、ハリードの祖先のベドウィン族が暮らしていたはずのラクダの毛織物でできた住居とは似ても似つかないものだった。どちらかと言えば、離宮といった趣(おもむき)だ。豪華な絨毯(じゅうたん)が敷かれ、クリスタルガラスのシャンデリアが頭上でまばゆい光を放っている。本日のニュースが何台もの大型テレビから流れている――CNNインターナショナル、BBC、CNBC、そして、もちろん、アルジャジーラも。これはカタールを拠点とする衛星テレビ局で、ハリードがその壊滅に全力を傾けている。

ガブリエルは皇太子と個人的に顔を合わせるものと思っていたが、テントにはおつきの者がひしめいていた――側近、役人、召使い、取巻き、未来の国王が行くところならどこへでもついていく腰巾着。全員が同じ服装で、白のトーブをはおり、赤い市松模様のグトゥラをかぶり、アガルという黒い輪をはめている。それから、軍服姿の士官が数人。若き未知数の皇太子がサラワト山脈の向こうにあるイエメンの内戦に軍事介入していることを示す証拠だ。

ただ、皇太子の姿はどこにもなかった。召使いの一人がガブリエルとサラを待合室に案内した。ふかふかのソファと椅子が置いてあり、高級ホテルのロビーのようだ。お茶とスイーツを勧められ、ガブリエルは断わったが、サラはアバヤを着たまま、蜂蜜をたっぷりかけたアラブのペストリーを食べることにした。

「みんな、どうやって食べてるのかしら」

「食べないんだ。女性どうしの席でしか食べない」

「女はわたし一人だわ――気がついた？　このテントにはわたし以外に女がいない」

「このなかの誰がわたしに殺意を抱いているのかと心配で、気づく余裕がなかった」ガブリエルは腕時計にちらっと目をやった。「やつはどこにいる？」

「ＫＢＭ時間の世界にようこそ。ほかの世界より一時間二十分遅れてるの」

「待たされるのはいやなんだが」

「きっと、あなたを試してるんだわ」

「くだらん」

「どうする？　帰る？」

ガブリエルはソファの絹地をてのひらでなでた。「さほど粗悪品ではなさそうだな」

「ほんとは何ひとつ信じてなかったのね？」

「もちろん。なぜすべてを打ち明ける気になったのかと、不思議に思っただけだ」

「どうしてそれが問題なの？」

「誰か一人に嘘をつく者は、たいていほかの人間にも嘘をつくからだ」

白いローブをまとった側近たちのあいだに不意にざわめきが起き、ハリード皇太子がテントに入ってきた。トーブにグトゥラの伝統的な装いだが、あとの者と違って、ビシュトという外套を重ねている。公の場で着用するもので、茶色の生地に金で縁どりがしてある。

それを左手で押さえていた。右手は携帯電話を耳に押しつけている。八二〇〇部隊が盗聴している電話だろうとガブリエルは推測した。気になるのはほかに誰が聞き耳を立てているかということだ——UKUSA協定に加盟して情報を共有している〝ファイブ・アイズ〟と呼ばれる五カ国（アメリカ、英国、カナダ、オーストラリア、ニュージーランド）。それから、たぶん、ロシアとイランも。

ハリードは通話を終了すると、預言者の地にイスラエルの復讐の天使が来ているのを目にして、ガブリエルをしげしげと見た。しばらくすると、高価な絨毯が敷き詰められた床を用心深く横切った。重装備の護衛四人もそれに倣った。信頼できる側近に囲まれていても、KBMは命の危険を感じているわけだ、とガブリエルは思った。

「アロン長官」ハリードが片手を差しだすことはなかった。いまも電話を握りしめたままだった。「急な呼びだしに応えてもらって感謝している」

ガブリエルは一度だけうなずいたが、何も言わなかった。

ハリードはサラを見た。「その衣装の下にいるのかね、ミス・バンクロフト？」

肯定のしるしに黒いかたまりが動いた。

「アバヤをはずしてくれ」

サラは顔を覆ったベールを持ちあげ、スカーフのように頭にかけて、金髪の一部が見えるようにした。

「そのほうがずっといい」ハリードの護衛たちが同意していないのは明らかだった。四人ともあわてて目をそらし、ガブリエルに冷たい視線を据えた。「わが護衛たちのことを許してほしい、アロン長官。サウジの地でイスラエル人の姿を見ることに慣れていないのだ。とくに、きみのような評判を持つ者の姿は」

「どのような評判だ？」

ハリードの微笑は短く偽善的だった。「フライトを楽しんでもらえたのならいいが」

「すばらしかった」

「ドライブで疲れたのではないだろうか？」

「とんでもない」

「食べものや飲みものはどうだね？　さぞ空腹のことだろう」

「いや、それよりもまず――」

「わたしも同じ気持ちだ、アロン長官。だが、わがキャンプ地を訪れた客人を歓待するという砂漠の伝統はどうしても捨てられない。たとえ客人がかつての敵であっても」

「ときとして」ガブリエルは言った。「あなたが信頼できる相手は敵だけという場合もある」

「きみを信頼してもいいのだろうか？」

「選択の余地はあまりないように思うが」ガブリエルは護衛たちをちらっと見た。「散歩に出るよう、護衛の連中に言ってくれ。そいつらがいると気が休まらない。それから、その電話は連中に渡しておけ。誰が聞き耳を立ててるかわからないからな」

「この電話は百パーセント安全だと専門家たちが言っている」

「言うとおりにするんだ、ハリード」

皇太子は護衛の一人に電話を渡し、護衛は全員部屋を出ていった。「わたしがきみに会おうとした理由はサラから聞いていると思うが」

「聞く必要はなかった」

「知っていたのか?」

ガブリエルはうなずいた。「誘拐犯から何か連絡は?」

「あった」

「いくら要求してきた?」

「そういう単純なことならどんなにいいか。サウード王家には約一兆五千億ドルの資産がある。金の問題ではない」

「金でないなら、誘拐犯は何が望みだ?」

「こちらが渡すわけにはいかないものを。きみに娘を見つけてもらいたい理由はそこにある」

11

ナジュド、サウジアラビア

犯人側の要求は七行にわたって英語で書かれていた。綴りは正確、時制もきちんとしていて、翻訳ソフトにつきものの妙な言葉遣いはまったくなかった。ハリード・ビン・ムハンマド皇太子殿下に対し、十日以内に退位してサウジアラビア国王となる権利を放棄するよう求め、拒否すれば娘のリーマ王女が死ぬことになると書いてあった。具体的な処刑方法や、イスラム法に則った処刑になるかどうかには触れていない。それどころか、宗教がらみの語句はどこにもなく、テロ組織からの連絡につきものの大仰な表現はまったくない。どちらかと言えばビジネスライクな文面だとガブリエルは思った。

「いつ届いたんだ？」

「リーマが誘拐された三日後に。それまでのあいだ、娘はどんな目にあわされたことだろう。父やおじたちと違って、わたしは妻を一人しか持っていない。不幸なことに、妻はもう子供を生むことができない。子供はリーマ一人だけだ」

「フランスの連中に手紙を見せたのか?」

「いや。きみを呼んだ」

二人はキャンプ地を離れ、いまは涸れ谷（ワジ）と呼ばれる雨期以外は水のない川床を歩いていた。サラが二人のあいだを歩き、護衛たちがうしろからついてくる。星々がきらめき、月が松明（たいまつ）のごとく輝いている。ハリードはビシュトをいじっている。サウジの男たちの癖だ。民族衣装をまとったハリードは広大な砂漠に溶けこんでいた。西洋のスーツとオックスフォード・シューズのガブリエルはまるで侵入者のようだ。

「手紙はどんな方法で届けられた?」

「使いの者が持ってきた」

「どこに?」

ハリードはためらった。「イスタンブールの総領事館に」

ガブリエルの目は岩場に向けられていた。そこではっと視線を上げた。「イスタンブール?」

ハリードはうなずいた。

「誘拐犯たちがあなたにメッセージを送ろうとしたように思える」

「どんなメッセージを?」

「オマール・ナーワフを殺し、遺体を切り刻んでキャリーケースに詰めこんだあなたに、罰を与えようとしているのかもしれない」

「皮肉なものだ。そう思わないか？　偉大なるガブリエル・アロンが些細な殺人指令をめぐって説教をするとは」

「われわれが実施するのは、世に知られたテロリストやわが国の安全を脅かすその他の人物を標的とした殺害作戦で、その多くはあなたの国から資金援助を受けている連中だ。だが、われわれはわが国の首相に関する非難記事を書く人々を殺すようなことはしない。何もせずに傍観するだけだろう」

「オマール・ナーワフのことは、きみとはなんの関係もない」

「あなたの娘のことも、わたしには関係ない。だが、娘を見つけてくれとあなたが頼んできた。わたしとしては、王女の誘拐とナーワフ殺しのあいだに関係があるかどうかを知る必要がある」

ハリードはその点について慎重に考えている様子だった。「おそらくないだろう。サウジの反体制派の連中には、このような誘拐を実行するだけの能力がない」

「おたくの情報機関のほうで容疑者の見当をつけているはずだが」

「イランがリストのトップに来ている」

サウジの常套手段だとガブリエルは思った。すべてをイランのシーア派という異端者どものせいにする。とはいえ、ガブリエルもその説をすぐさま却下するつもりはなかった。

ハリードは中東におけるイランの野望達成を阻む大きな障害とみなされている。それをうわまわる障害はガブリエル自身だけだ。

「ほかには？」ガブリエルは尋ねた。

「カタール。わたしを忌み嫌っている」

「無理もない」

「それから、ジハーディスト」ハリードは言った。「サウジの宗教界の強硬派は、イスラム過激派とムスリム同胞団に関するわたしの発言に激怒している。また、わたしが女性の運転免許やスポーツイベントの観戦を認めたことも気に入らないようだ。王国内におけるわたしの身の危険度はきわめて高い」

「ジハーディストがあの手紙を書いたとは思えないが」

「いまのところ、連中も容疑者に過ぎない」

「イラン、カタール、それから、宗教界の連中？　おいおい、ハリード。もっとましな意見があるはずだ。皇太子になるためにあなたが排除した親戚連中はどうなんだ？　あるいは、リッツ・カールトンに幽閉していた百人ほどのサウジの名士や王族は？　解放する前に、彼らにいくらぐらい支払わせたか、教えてくれないか。金額を度忘れしてしまったのでね」

「一千億ドル」

「で、そのうちどれだけがあなたのポケットに入った？」

「金は国庫に納められた」

「別名あなたのポケットだ」

「レタ・セ・モア」ハリードは言った。〝朕は国家なり〟。

「だが、あなたに金を巻きあげられた連中の一部はいまも大金持ちだ。あなたの娘を誘拐するためにプロの実行犯チームを雇えるだけの金を持っている。連中もあなたに近づくのは無理なことを承知している。昼も夜も護衛の一団に囲まれているからな。だが、相手がリーマなら話は違う」返ってきたのは沈黙だったので、ガブリエルは尋ねた。「抜けている人物はあるかな？」

「わたしの父の後妻。跡継ぎの変更に反対だった。わたしが自宅軟禁にした」

あたりが急に冷えこんできた。ガブリエルはスーツの上着の襟を立てた。「リーマをスイスの学校にやったのはなぜだ？　なぜイングランドにしなかった？　あなたもあちらで教育を受けているのに」

「正直に言うと、英国がわたしの第一候補だったが、MI5の長官からリーマの身の安全は保証できないと言われた。スイスのほうがはるかに協力的だった。そちらの学校の校長がリーマの身元を伏せておくことを承知し、スイスの保安機関が遠くから目を光らせてくれることになった」

「ずいぶん寛大な連中だな」

「寛大さはこの件となんの関係もない。リーマの警備にかかる費用を負担するために、わたしがスイス政府に莫大な金を払ったのだ。スイス人というのは有能なホテルマンのようなもので、口が堅い。わたしの経験から言うと、生まれ持った才能だな」

「では、フランス人は？　オート・サヴォワ県にあるあの派手なシャトーでリーマが週末を過ごしていたことは、フランスの連中も知っていたのか？」ガブリエルは空の星々のほうへちらっと視線を上げた。「あのシャトーにあなたがいくら注ぎこんだのか思いだせない。あのダ・ヴィンチを買ったときと同じぐらいだったかな」

ハリードはガブリエルの言葉を無視した。「大統領に話したような気もするが、フランス政府に警備を頼んだことはない。リーマの車が国境を越えてフランスに入ったら、リーマの身はわたしの護衛たちが守ることになっていた」

「あなたの判断ミスだな」

「あとで考えてみれば、確かにそうだ」ハリードは同意した。「リーマを誘拐した連中は正真正銘のプロだった。問題は連中が誰の依頼を受けていたかだ」

「あなたは短期間のうちに多くの敵を作った」

「共通点だな、きみとわたしの」

「わたしの敵はモスクワとテヘランにいる。あなたの敵はもっと近くにいる。わたしがこの件に関わりたくない理由はそこにある。犯人からの手紙をフランスの連中に見せて、知っていることをすべて打ち明けたほうがいい。優秀な連中だ」ガブリエルは言った。「わたしはよく知っている。サウジのイデオロギーとサウジの富ゆえに、数多くの対テロ作戦でフランスと連携するしかない立場に立たされてきたからな」

ハリードは微笑した。「文句を言って気分がよくなったかね？」

「多少は」

「わたしには過去を変える力はない。変えられるのは未来だけだ。二人で力を合わせればできる。きみとわたしで。歴史を作っていける。ただし、きみがわたしの娘を見つけてくれれば」

ガブリエルは歩みをゆるめて立ち止まり、星明かりを受けて目の前に立つローブ姿の長身の人影を見つめた。「あなたはどういう人なんだ、ハリード？　高潔な人物なのか、それとも、オマール・ナーワフの批判が正しかったのか？　優秀な広報担当者にたまたま恵まれただけの、権力狂いの族長の一人に過ぎないのか？」

「わたしは現在のサウジアラビアが望みうるなかで、高潔な人物にもっとも近い存在と言っていい。それに、わたしが王位継承権を放棄せざるをえなくなれば、イスラエルと西側諸国にとって悲惨な結果になるだろう」

「それだけは信じられる。残りの点については……」ガブリエルはそのあとを言わずにすませた。「わたしの関与については誰にも何も言わないでほしい。アメリカにも」

平民の指図など受けるものかという思いが、ハリードの表情にあからさまに出ていた。

大きく息を吐いて、グトゥラのかぶり方をわずかに変えた。「きみには驚かされる」

「どういう意味だ？」

「わたしに協力することを承知した。それなのに、なんの見返りも求めようとしない」

「いずれ要求するとしよう。そのときは、わたしが望むものを渡してもらう」

「自信満々の口調だな」

「自信があるからだ」

12

エルサレム

真夜中を少し過ぎたころ、ガルフストリームがベン・グリオン空港に着陸すると、ガブリエルを迎えに来た車列が滑走路に待機していた。サラもエルサレムまで一緒に来た。ガブリエルはキング・デイヴィッド・ホテルのエントランスでサラを降ろした。

「部屋は〈オフィス〉のものだ」彼女に説明した。「心配するな。カメラとマイクのスイッチは切ってある」

「どういうわけか、信じる気になれないわ」サラは微笑した。「あなたの今後の計画は？」

「不本意ではあるが、ハリード・ビン・ムハンマド皇太子殿下の娘の探索に大至急とりかかろうと思っている」

「どこからスタートするつもり？」

「フランスで誘拐されたとなれば、そこから始めるのがよさそうだ」

サラは顔をしかめた。

「申しわけないが、長い一日だったから、このへんで……」

「わたし、ご存じのように、フランス語が流暢にしゃべれるのよ」

「わたしもだ」

「しかも、父がスイスで仕事をしていたあいだ、〈ジュネーブ・インターナショナル〉の生徒だったの」

「覚えてるとも、サラ。だが、きみはニューヨークに帰るんだ」

「できれば、あなたと一緒にフランスへ行きたい」

「それは無理だ」

「どうして?」

「きみが遠い昔に秘密の世界を離れてまっとうな世界に移ったから」

「でも、秘密の世界のほうがはるかにおもしろいわ」サラは時刻を確かめた。「あら、もうずいぶん遅いのね。パリへは何時に発つ予定?」

「十時発のエル・アル航空でシャルル・ド・ゴール空港へ。最近はエル・アル航空を予約してばかりいるような気がする。明日の朝八時にホテルできみを拾って、空港まで送っていこう」

「じつは、一日か二日、エルサレムの街をのんびり歩こうと思ってるの」

「何か馬鹿なことをする気じゃないだろうな?」

「例えば？」

「ミハイルに連絡をとるとか」

「夢にも思ってないわ。それに、ミハイルが呆れるほどはっきり言ってくれたし。なんとかって女と一緒になれてすごく幸せだって」

「ナタリーだ」

「あ、そうそう。すぐ忘れてしまうのよ」サラはガブリエルの頬にキスをした。「こんなことにひきずりこんでしまってごめんなさい。わたしに何か手伝えることがあったら、遠慮なく電話してね」

それだけ言うとサラはSUV車を降り、ホテルのエントランスを通って姿を消した。ガブリエルはキング・サウル通りのオペレーション・デスクに電話を入れ、午前中の遅い時間にパリへ飛ぶ予定であることを当直のスタッフに伝えた。

「ほかに何かありますか、長官？」

「キング・デイヴィッドの四三五号室のスイッチを入れてくれ。マイクだけでいい」

電話を切り、窓にぐったりもたれかかった。サラはひとつだけ正しいことを言った。秘密の世界のほうがはるかにおもしろい。

キング・デイヴィッド・ホテルからナルキス通りまでは車で五分だった。ナハロートというエルサレムの歴史地区にある緑の多い静かな通りで、ガブリエル・アロンは〈オフィス〉の警護課と多くの隣人の反対にもめげずに、いまもここで暮らしている。通りの両端に検問所が置かれ、十六番地にある石灰岩造りの古いアパートメントの建物の外で警備員が見張りに立っている。ガブリエルがSUV車のリアシートから降りると、大気はユーカリの香りに満ちていて、トルコ煙草のかすかな匂いも感じられた。匂いの源は謎でもなんでもない。ガブリエルの車列のために空けてある歩道の縁に、アリ・シャムロンの真新しい装甲リムジンが止まっていた。

「到着は真夜中ごろでした」警備員が説明した。「長官と会う約束だと言っておられました」

「その言葉を信じたのか?」

「ほかにどうすればいいんです? あの人はメムネなんですよ」

ガブリエルはゆっくりと首をふった。長官となって二年たつのに、いまも彼の警護係までがシャムロンのことを〝指揮する者(メムネ)〟と呼んでいる。

ガーデンウォークを歩いて正面玄関から入り、煌々(こうこう)と照らされている階段をのぼって三階まで行った。開いたドアのところで、黒いレギンスをはき、同じく黒いセーターを着たキアラが待っていた。冷静な態度でしばらくガブリエルを見つめてから、ようやく彼の首に両腕を投げかけた。

「サウジアラビアに出かける頻度が高くなりそうだ」

「いつ話してくれるつもりだったの？」

「たったいま」ガブリエルはキアラのあとから自宅に入った。リビングのコーヒーテーブルにカップとグラスが散乱し、食べ残しをのせた皿が何枚か置かれていた。深夜まで緊張して起きていた証拠だ。ＣＮＮインターナショナルにチャンネルを合わせたテレビが無言の映像を流していた。「夜のニュースにわたしが出てたのかい？」

キアラは夫をにらみつけたが、何も答えなかった。

「誰に聞いた？」

「誰だと思う？」キアラはテラスのほうへ視線を投げた。二人のやりとりをシャムロンがすべて聞いていたのは間違いない。「わたし以上に心配してたわよ」

「本当かい？　信じがたいな」

「空軍に連絡して、あなたの乗ったジェット機を追跡するよう命じたんだから。着陸すると、ベン・グリオンの管制塔からこちらに連絡があったわ。もっと早く帰ってくると思ってたのに、あなたったら寄り道したみたいね」キアラはコーヒーテーブルの食器類を集めた。いらいらすると整理整頓を始めるのがキアラの癖だ。「きっと、サラとの再会を楽しんでたのね。あの人、ずっとあなたのことが好きだったから」

「遠い昔の話だ」

「それほど昔じゃないわ」

「いいか、わたしは彼女になんの感情もなかったんだぞ」

「あったとしても充分に納得できるわ。すごい美人だもの」

「きみに比べればたいしたことはない、キアラ。きみの足元にも及ばない」

それは事実だった。キアラには永遠の美しさがある。ガブリエルは彼女の顔のなかに、アラビア、北アフリカ、スペインなど、彼女の先祖がヴェネツィアの大昔のユダヤ人街(ゲットー)の閉ざされた門の奥に腰を落ち着けるまでにめぐり歩いた、数々の土地の痕跡を見てとった。豊かな鳶(とび)色の髪はところどころ赤褐色と栗色にきらめいている。目は大きくてカラメル色、金色の斑点が散っている。そうとも、よその女が入りこむ余地はない。ガブリエルが危惧しているのはただひとつ、キアラがいつの日か、自分のように若く美しい女がこんな老いぼれの妻でいるのはおかしいと気づくのではないか、ということだ。

ガブリエルはテラスに出た。錬鉄の椅子が二脚と小さなテーブルが置いてあり、テーブルにはシャムロンが灰皿がわりに使っている皿がのっていた。吸殻が六本、使用済みの薬莢(やっきょう)のように並べてある。シャムロンは七本目の煙草に古いジッポーのライターで火をつけようとしていたが、ガブリエルが彼の唇から煙草をとりあげた。

シャムロンは渋い顔をした。「もう一本吸ったからって命に別状はない」

「あるかもしれません」

「これまでの生涯で何本ぐらい吸ってきたかわかるかね？」

「天の星と海辺の砂をすべて合わせたぐらい」

「喫煙のような悪癖について議論するときに創世記の言葉を借りてはならん。悪しきカルマだ」

「ユダヤ人はカルマなど信じません」

「どこでそんな考えを仕入れてきた？」

シャムロンは肝斑が浮いた震える手で煙草の箱からもう一本抜きだした。服装はいつものように、プレスされたカーキ色のズボン、白いオックスフォード・シャツ、左肩の鉤裂(かぎ)きを修理せずに残してある革のボマージャケット。この鉤裂きは、ウィーンでタリク・アル＝ホウラニという大物テロリストがガブリエルの車に爆弾を仕掛けた夜、シャムロンのボマージャケットにできたものだ。爆発でガブリエルの幼い息子ダニエルが死亡した。最初の妻リーアは大火傷(やけど)を負った。現在はマウント・ヘルツル精神科病院に入院したまま、記憶という牢獄と火傷を負った肉体のなかに閉じこめられて生きている。そして、ガブリエルはイタリア生まれの美しい妻と二人の幼い子供と共に、ここナルキス通りで暮らしている。終わりなき彼の悲しみを家族には隠している。しかし、シャムロンにまで隠すつもりはない。そもそも死が二人を結びつけたのだ。そして、死が二人の絆の根底をなしている。

ガブリエルは椅子にすわった。「誰があなたに話したんです？」

「きみがサウジアラビアへ飛んだことを？」シャムロンの微笑はいたずらっぽかった。

「確かウージだったと思う」

ウージ・ナヴォトは〈オフィス〉の前長官で、ガブリエルと同じく、シャムロンの薫陶を受けた一人だ。〈オフィス〉の伝統を破って、長官を退いたあともキング・サウル通りにとどまることを承知し、おかげで、ガブリエルは長官でありながら現場で作戦の指揮をとれるようになった。

「ウージからどこまで聞きだすことができたんです？」

「圧力は必要なかった。囚われの身となって一カ月近くを送った国をきみがふたたび訪ねようと決めたものだから、ウージは心配でたまらなかったんだ。言うまでもないが、わたしもウージと同じ気持ちだった」

「あなただって長官時代にアラブ諸国へお忍びで出かけてたじゃないですか」

「ヨルダンへ行ったことはある。モロッコももちろん行った。サダトがエルサレムを訪問したあとでエジプトへ出かけたことすらある。だが、サウジアラビアに足を踏み入れたことは一度もなかった」

「わたしの身に危険はありませんでした」

「いくらそう言われても、ガブリエル、わたしから見れば疑わしい。どうせ会うなら中立地帯にすべきだった。〈オフィス〉の息のかかった場所に。あの皇太子は気性の激しい男だ。イスタンブールで殺害されたあのジャーナリストの二の舞にならなくて、きみは幸運だったたな」

「わたしはつねづね、死んだジャーナリストより生きているジャーナリストのほうがはるかに役に立つと思っています」

シャムロンは微笑した。『ニューヨーク・タイムズ』に出ていたハリードに関する記事を読んだかね？　次のように書いてあった――アラブの春がようやくサウジアラビアに到達した。ワッハーブ派とナジュド出身の砂漠の民が必要に迫られて結んだ盟約の上に築かれた国を、力量については未知数の皇太子が改革しようとしている、と。記事を読んだときは信じられんと思ったし、もちろん、いまも信じていない。ハリード・ビン・ムハンマドが興味を持っているものはふたつだ。ひとつは権力。もうひとつは金。サウード王家にとって、それらは同一のものだ。権力のない者は金持ちになれん。そして、金のない者は権力者になれん」

「しかし、皇太子はわれわれと同じくイランを警戒しています。その点だけでもわが国にとって大きな利用価値があります」

「そこで、きみは娘を捜しだすことを承知した」シャムロンは横目でガブリエルを見た。「やつはそのためにきみに会おうとした。そうだろう？」

ガブリエルが犯人からの手紙をシャムロンに渡すと、シャムロンはジッポーの揺らめく火明かりのなかでそれを読んだ。「きみはどうやら、王家の権力争いに巻きこまれてしまったようだな」

「まさしくそのようです」

「危険がなくはないぞ」

「価値のあることには危険がつきものです」

「同感だ」シャムロンはたくましい手首をひねってライターを閉じた。「王女を見つけるのに失敗したとしても、きみの努力はリヤドの宮廷で実を結ぶことだろう。そして、もし成功すれば……」シャムロンは肩をすくめた。「ハリードは一生恩に着るだろう。皇太子は実質的に〈オフィス〉の協力者となる」

「では、認めてくれるんですね？」

「わたしもまさに同じことをしただろう」シャムロンはガブリエルに手紙を返した。「しかし、ハリードはなぜ自分の身を危うくしかねない機会をきみに差しだしたのだろう？　なぜ〈オフィス〉に頼ろうとする？　なぜホワイトハウスにいる仲良しに助けを求めなかったんだ？」

「たぶん、わたしのほうが役に立つと思っているのでしょう」

「もしくは、無慈悲になれると」

「それもあります」

「可能性をひとつ考えておくべきだ」しばらくしてから、シャムロンは言った。

「どのような？」

「誰が娘を誘拐したのか、ハリードにはすでにわかっていて、きみに汚れ仕事をさせようとしているとも考えられる」

「喜んで自分の手を汚す気でいることは、本人が断言しています」

「だったら、二度とサウジアラビアへ行ってはならん」シャムロンは真剣な表情でしばらくガブリエルを見つめた。「あの夜、わたしはラングレーにいた——覚えてるかね？　軍用ドローンのプレデターのカメラを通して、すべてを見守っていた。連中がきみとナディアを処刑するため砂漠へ連れていくのを目にした。ナイフの激痛からきみを救うため、きみを狙ってヘルファイア・ミサイルを発射するよう、アメリカの連中に懇願した。わたしはこれまでの生涯で地獄のような夜を幾度も経験してきたが、たぶん、あの夜が最悪だったと思う。ナディアがあの弾丸の前に飛びださなかったら……」シャムロンはステンレス製の大型の腕時計に目をやった。「少し眠ったほうがいいぞ」

「もう遅すぎます」ガブリエルは言った。「ゆっくりしていってください、わが父(アバ)。わたしはパリへ向かうあいだに寝ますから」

「きみが機内で眠れるとは思わなかった」

「いや、じつは無理です」

シャムロンはユーカリの木々のあいだを風が渡るのを見つめた。「わたしも昔から無理だった」

13

リーマ・ビント・ハリード・アブドゥルアズィーズ・アル・サウード王女は、必死に威厳を保ちながら監禁生活の数々の恥辱に耐えてきたが、バケツを渡された瞬間、ついに耐えきれなくなった。

バケツは水色のプラスチック製で、ふつうなら、サウード王家の者が手を触れることなどありえない品だった。トイレへ行ったときにリーマが逃げようとしたため、監禁部屋にバケツが置かれたのだ。側面に貼りつけられたタイプ打ちのメモには、〝追って指図があるまでこれを使うように。前のように行儀よくすれば、トイレを使う許可を与える〟と書いてあった。リーマはこんな屈辱的なやり方で用を足すのを拒み、監禁部屋の床をトイレがわりにした。すると、誘拐犯一味がまたしてもメモをよこし、食べものも水も与えないと脅しをかけた。「いいわよ！」メモを持ってきた覆面の人物に向かってリーマはわめいた。「缶詰を温めただけみたいな、あんなまずいものを食べるぐらいだったら、飢え死にしたほうがましだわ。あんなもの、豚だって食べないのに、サウジアラビアの将来の国王の娘に食べさせようとするなんて、ふざけないでよ」

監禁部屋は狭かった。たぶん、リーマが足を踏み入れたことのあるどの部屋よりも狭いだろう。簡易ベッドが部屋のスペースの大半を占めていた。壁は白くなめらかで、ひんやりしていて、天井の照明は四六時中ついていた。リーマは時間の感覚をなくしてしまい、昼か夜かもわからなくなっていた。疲れると眠り、眠ることが多くなり、夢のなかに以前の暮らしが出てきた。想像を絶する富と贅沢を当然のことと思ってきたが、いまはすべて消えてしまった。

父の許しをもらってよく見ていたアメリカ映画のシーンとは違い、犯人グループがリーマを鎖で床につなぐようなことはなかった。さるぐつわをはめることも、手足を縛ることも、無理にフードをかぶせることもなかった——フードをかぶせられたのは、拉致されたあとに車で延々と運ばれた数時間のあいだだけだった。監禁部屋に放りこまれたあとは、犯人グループのほうが顔を隠す側になった。全部で四人。背丈、体形、目の色から、リーマは四人を区別することができた。三人は男、一人は女。四人ともアラブ人ではない。

リーマは必死に恐怖を押し隠していたが、死ぬほど退屈していることは隠そうとしなかった。好きな番組を見るためのテレビを要求した。連中はメモで拒絶を伝えた。ゲームをするためのパソコンを、あるいは、音楽を聴くためのｉＰｏｄとヘッドホンを要求した。しかし、要求はふたたび拒絶された。リーマは最後にペンとメモ帳がほしいと言った。この経験を小説のように書き綴り、自由の身になったらケントン先生に見せようと思ったのだ。女はリーマの願いを慎重に検討する様子だったが、次の食事が運ばれてきたとき、そっけない拒絶のメモがついていた。それでも、リーマはおそろしくまずい料理を食べた。空腹でたまらず、ハンガーストライキなど続けられそうになかったからだ。食事がすむとトイレへ行く許可が出て、部屋に戻ったときには、バケツは消えていた。リーマの小さな世界はもとに戻った。

ケントン先生のことがよく思いだされた。リーマはみんなをだましてきた――ハリファクス先生、シュレーダー先生、ピカソふうに描くことをリーマに教えようとした気性の激しいスペイン人の女の先生――でも、ケントン先生だけはだませなかった。リーマが学校を出たあの最後の午後、先生は職員室の窓のところに立っていた。襲撃されたのはフランスに入ってからで、アヌシーから父親のシャトーへ向かう道路でのことだった。道路脇にバンが止まり、男がタイヤ交換をしていたのをリーマは覚えている。一台の車がリーマたちの車にぶつかり、その衝撃でドアが開いた。リーマの母親に扮していたボディガードのサルマが撃たれた。レンジローバーの運転手も、乗っていたほかのボディガードもすべて射殺された。襲撃者一味はリーマをバンの後部に押しこんだ。頭にフードをかぶせ、注射で眠らせた。意識をとりもどしたとき、リーマは小さな白い部屋に閉じこめられていた。生まれてから一度も見たことがないような狭い部屋だった。

でも、なぜあたしを誘拐したの？　映画だと、犯人はかならず身代金を要求してくる。あたしのパパは大金持ち。お金なんて問題じゃない。誘拐犯が要求する金額を払ってくれれば、あたしは自由になれる。そしたら、パパが家来に命じて誘拐犯を見つけさせ、一人残らず殺してくれる。もしかしたら、一人か二人はパパが自分で殺すかもしれない。あたしにはすごく優しいパパだけど、敵対する人たちにパパがどんなことをしたか、あたしも聞いたことがある。一人娘を誘拐した連中に慈悲をかけるなんてありえない。

そう考えて、リーマ・ビント・ハリード・アブドゥルアズィーズ・アル・サウード王女はじきに自由の身になれることを確信し、必死に威厳を保ちながら監禁生活の数々の恥辱に耐えることにしたのだった。おそろしくまずい食事を文句も言わずに食べ、暗い廊下の先にあるトイレに連れていかれたときもおとなしくしていた。ある日、トイレから部屋に戻ると、簡易ベッドの裾のほうにペンとノートが置いてあった。〝おまえは死んだ〟――リーマは最初のページに書いた。〝死んだ、死んだ、死んだ……〟

14

エルサレム――パリ

リーマ王女は知らなかったが、彼女の父親は娘を見つけるために、ときに暴力を使うことも辞さない危険な人物の協力をすでにとりつけていた。その人物は夜の残りの時間を、もはや安眠をむさぼることができなくなった古くからの友と過ごした。そして、翌朝、眠っている妻と子供たちにキスをしたあと、車でベン・グリオン空港に向かった。今日もフライトが彼を待っている。乗客名簿に彼の名前がのることはない。いつものように、最後に搭乗した。ファーストクラスの席が用意されていた。となりは例によって空席になっている。

フライト・アテンダントから離陸前の飲みものを勧められた。紅茶にした。それから、二二Bの乗客をとなりの席に連れてきてほしいと頼んだ。通常の場合は、エコノミークラスの乗客を機体前方の席へ案内することはできないと説明するところだが、フライト・アテンダントはひとことも異議を唱えなかった。この男性が誰なのかを知っているからだ。

イスラエル国民なら誰だって知っている。

フライト・アテンダントは後部へ向かい、戻ってきたときは、金髪に青い目の四十三歳の女性を連れていた。最後に搭乗した男性のとなりの席にこの女性がすわると、ファーストクラスにざわめきが走った。

「わたしが飛行機に乗るとき、うちの警備課が乗客名簿の氏名の点検もせずにそれを許可するなどと、きみ、本気で思っていたのか？」

「いいえ」サラ・バンクロフトは答えた。「でも、やってみる価値はあると思ったの」

「わたしをだましたんだな。きみに旅行の予定を尋ねられて、わたしは愚かにも正直に答えてしまった」

「最高の師に訓練してもらったから」

「訓練内容をどれぐらい覚えている？」

「ひとつ残らず」

ガブリエルは苦笑した。「そう答えるんじゃないかと思っていた」

飛行機がパリに到着したのは午後二時を数分過ぎたころだった。ガブリエルとサラは入国審査のゲートを別々に通り——ガブリエルは偽名で、サラは本名で——ターミナル２Ａの混雑した到着ロビーで合流した。そこで〈オフィス〉のパリ支局の連絡係が待っていて、ガブリエルに車のキーを渡してくれた。車は短期貸し駐車場の二階で待機していた。

「パサート？」サラは助手席に乗りこんだ。「もう少しおしゃれな車を用意することはできなかったのかしら」

「おしゃれでなくてもいい。わたしがほしいのは信頼できる目立たない車だ。それに、この車はスピードも出るぞ」

「あなたが最後に運転したのはいつだったの？」

「今年の初め。レベッカ・マニング事件でワシントンへ出かけていたときだ」

「人を殺したりしてない？」

「ひき殺してはいない」ガブリエルはグローブボックスをあけた。グリップにウォルナット材を使ったベレッタの九ミリが入っていた。

「あなたのお気に入りね」サラは言った。

「輸送課は配慮が行き届いている」

「警護係は？」

「連中がいたのでは思うように動けない」

「警護をつけずにパリの街を動きまわっても安全なの？」

「そのためにベレッタがある」

ガブリエルはバックで駐車スペースを出ると、スロープを下って一階まで行った。駐車代の支払いは現金でおこない、防犯カメラからできるだけ顔を背けた。

「誰もだませっこないわよ。あなたがこの国に来たことを、フランス当局はすぐに嗅ぎつけるはずだわ」

「わたしが心配しているのはフランス当局のことではない」

黄昏（たそがれ）が濃くなっていくなか、ガブリエルはA1道路を走ってパリの北端をめざした。パリに到着したときはすでに暗くなっていた。ラファイエット通りを西に向かって市内を横断し、ビラケム橋のところでセーヌ川を渡ると、その先は十五区だった。ネラトン通りで曲がり、重装備の国家警察の警官たちに守られている警備厳重なセキュリティ・ゲートの前で車を止めた。ゲートの奥に面白味のない現代的なオフィスビルが見える。小さな表示板に、〝このビルは内務省に所属し、四六時中防犯カメラの監視下にある〟との警告が出ていた。

「まるでバグダッドの旧米軍管理区域（グリーン・ゾーン）みたい」

「最近は」ガブリエルは言った。「グリーン・ゾーンのほうがパリより安全だ」

「ここ、どこなの？」

「〈アルファ・グループ〉の本部だ。DGSIのテロ対策部に所属する精鋭ユニット」DGSIというのは国内治安総局のことで、フランス国内の治安を守る機関である。「きみがCIAを去ってほどなく、フランスで〈アルファ・グループ〉が組織された。以前はグルネル通りの古い優美な建物のなかにその存在を隠していた」

「あのISISの自動車爆弾に破壊された建物？」

「爆弾はバンに積んであった。そして、爆発の瞬間、わたしも建物のなかにいた」

「あなたらしいわね」

「〈アルファ・グループ〉のチーフのポール・ルソーも一緒だった。わたしの長官就任を祝うパーティの席で、きみに紹介した男だ」

「フランス人スパイというより大学教授のように見えたわ」

「じつは、以前ほんとに教授をしていた。プルースト研究におけるフランスの第一人者だ」

「〈アルファ・グループ〉の任務というのは？」

「ジハーディストの組織に工作員を潜入させること。だが、ルソーはあらゆることに関わっている」

　制服姿の警備員が車に近づいてきた。ガブリエルは警備員に偽名をふたつ告げた。ひとつは男性、もうひとつは女性。どちらもフランスの名前で、デュマの小説からとったものだ。ルソーをとくに意識して選んだのだ。最上階の新たな執務室でルソーが待っていた。ビル内のほかのオフィスと違って、ここは落ち着いた雰囲気の部屋で、壁は羽目板張り、本とファイルがどっさり置いてある。ルソーもガブリエルと同じく、デジタルの書類よりこちらのほうを好んでいる。しわだらけのツイードの上着にグレイのフランネルのズボン。ガブリエルと握手をするあいだも、片時も放さないパイプから紫煙が立ちのぼっていた。

「われらが新しきバスティーユにようこそ」ルソーはサラに手を差しだした。「ふたたびお目にかかれて光栄です。イスラエルでお会いしたときは、ニューヨークから来た美術館のキュレーターだとおっしゃった。あのときは信じる気になれなかったし、いまはさらに信じられません」

「でも、事実ですけど」

「だが、裏に何かあるのは間違いない。ムッシュー・アロンがいるところ、つねに裏がある」ルソーはサラの手を放し、読書用眼鏡の縁の上からガブリエルをじっと見た。「けさの電話では、きみは用件を曖昧にぼかしていた。社交的な訪問ではなさそうだな」

「先日、オート・サヴォワ県でいささか不愉快な事件があったと聞いている」ガブリエルは言葉を切り、やがてつけくわえた。「アヌシーの西数キロの地点で」

ルソーは片方の眉を上げた。「ほかにどんなことを聞いた？」

「被害者の父親の頼みにより、フランス政府は事件を公にしないことにした、と。父親はたまたま、あの地区でいちばん大きなシャトーを所有している。さらに、たまたま――」

「サウジアラビアの未来の国王でもある」ルソーは声を低くした。「頼むから、きみはいっさい関わっていないと言ってほしい――」

「冗談はやめてくれ、ポール」

ルソーはパイプの吸い口を軽くかじりながら、じっと考えこんだ。「きみの言う不愉快な事件はほどなく、テロ行為ではなく犯罪行為と認定された。ゆえに〈アルファ・グループ〉の担当ではなくなった。われわれが扱う事件ではないのだ」

「しかし、事件発生後数時間はあなたも捜査に関わったに違いない」

「もちろん」

「国家警察とDGSIが集めた事件の詳細と機密情報のすべてにアクセスできたはずだ」

ルソーはガブリエルを長々と見つめた。「皇太子の娘の誘拐事件になぜイスラエル国が関心を持つ？」

「もともと人道的な問題に関心がある国なので」

「爽やかな気分転換だな。誰に頼まれてやってきた？」

「サウジアラビアの未来の国王」

「おやまあ」ルソーは言った。「世界はなんという変貌を遂げたことか」

15

パリ

　ほどなく明らかになったことだが、リーマ王女の誘拐事件を伏せておくというフランス政府の決定は、ポール・ルソーにしてみれば納得できないことだった。ルソーの話によると、辺鄙（へんぴ）な土地で起きた事件なので、伏せておくのは簡単だったそうだ。現場はアヌシーの西で、D14とD38という田舎の道路が交差する地点。たまたま真っ先に現場に駆けつけたのが、退職して近くの村に住む元憲兵隊員だった。次に到着したのが皇太子本人と、いつもつき従っている護衛たちだった。彼らは王女の車とそれを護衛していた車をとりかこんだ。そばには誘拐犯一味が乗り捨てていったもう一台の車があった。現場を通りかかった者たちの目には、中東の裕福な男たちを巻きこんだ大きな交通事故のように映った。

「そういう事故は、フランスではよくあることだ」ルソーは言った。

　彼の話は続いた——元憲兵隊員は秘密厳守を誓わされたし、ただちにフランス全土でくりひろげられた王女捜索に関わった警官たちも同様だった。ルソーは〈アルファ・グループ〉の協力を申しでたが、DGSI長官と内務大臣から助力は無用との連絡があった。

「なぜだ？」

「皇太子がわが国の内務大臣に、王女誘拐はテロリストの犯行ではないと言ったからだ」

「なぜまた、そんな短時間のうちに断定できた？」

「本人に訊いてもらわなくては。だが、論理的な説明をつけるとすれば――」

「背後に誰がいるのかを皇太子はすでに知っていた」

二人はルソーの会議用テーブルに積み重なったファイルの山を囲んでいた。ルソーがそのひとつを開いて写真を一枚とりだし、ガブリエルとサラの前に置いた。弾丸の穴だらけになったレンジローバー、衝突されたメルセデス・マイバッハ、つぶれたシトロエンのステーションワゴン。サウジの護衛たちの遺体はすでに運びだされたあとだ。しかし、レンジローバーとマイバッハの車内には彼らの血が飛び散っている。大量の血液だとガブリエルは思った。マイバッハのリアシートがとくにひどい。その一部が王女のものではないかと気にかかった。

「現場には少なくとももう一台、車があった。フォードのトランジットバンだ」ルソーはD14沿いの草むらのほうを指さした。「バンはちょうどここに止まっていた。王女の車が近づいてきたとき、ドライバーはたぶん、ボンネットの下をのぞきこむか、タイヤを交換するふりをしていたのだろう。もしくは、そんな手間はかけなかったのかもしれない」

「どうしてフォード・トランジットだとわかったんだ？」

「まあ、待て」ルソーはシトロエンのつぶれたフロント部分を指さした。「目撃者は一人もいなかったが、タイヤ痕と衝突時の損傷が現場の様子を正確に伝えている。二台の車がD14を西へ向かい、皇太子のシャトーをめざしていた。シトロエンはD38を北へ向かっていた。タイヤ痕から推測するに、マイバッハの運転手が衝突を避けようとしてハンドルを切ったが、シトロエンがマイバッハの運転席側に強烈な勢いで突っこんだために装甲板が破壊され、マイバッハは道路から押しだされた。四人の護衛は瞬時に殺されたものと思われる。レンジローバーの運転手は急ブレーキを踏んでマイバッハの背後で停止した。弾道検査と法医学鑑定の結果、弾丸はシトロエンとフォード・トランジットの両方の方角から飛んできたことが判明している」

「防弾ガラスの窓がついた装甲リムジンから、犯人一味はどうやって少女をひきずりだしたんだろう？」

ルソーはファイルから写真をもう一枚とりだした。マイバッハの助手席側が写っている。装甲板つきのドアが衝突の衝撃で開いている。なかなか手際がいい――ガブリエルは思った。〈オフィス〉の工作員だって、これ以上うまくはできないだろう。

「おたくの鑑識の専門家たちがマイバッハの車内の血液を鑑定したものと思うが」

「二人の人物のものだった。運転手の男性と護衛の女性。レンジローバーに乗っていた護衛四人と同じく、九ミリの弾丸で射殺されている。薬莢のマークはH&KMP5、もしくはそのモデルチェンジ型と一致する」

ルソーはさらに写真をとりだした。フォード・トランジット、明るいグレイ。夜間に撮影したものだ。岩だらけの乾燥した大地の一部分をカメラのフラッシュが照らしだしている。フランス北部の大地ではない、とガブリエルは思った。

「どこで見つけた?」

「ヴィエル゠オールという村のはずれ。交通量がほとんどない道路だ。この村は……」

「ピレネー山脈の山中にあり、スペインの国境まであと数キロ」

「きみがわが国について熟知していることを、わたしはときどき忘れてしまう」ルソーはバンのタイヤのひとつを指さした。「誘拐現場で発見されたタイヤ痕と完全に一致する」

ガブリエルはバンの写真をじっくり見た。「おそらく盗難車だろう」

「もちろん。シトロエンも同様だ」

「車のトランクに血痕は?」

ルソーは首を横にふった。

「DNAはどうだ?」

「何種類も」

「そのなかにリーマ王女のものは?」

「サンプルを要求したが、渡せないときっぱり言われた」

「ハリードに？」

ルソーは首を横にふった。「皇太子がフランスを離れたあと、じかに連絡をとることができなくなっている。目下、連絡はすべて、パリのサウジ大使館勤務のムッシュー・アル＝マダニなる人物を通しておこなっている」

サラがはっと顔を上げた。「ラフィク・アル＝マダニ？」

「知りあいですかな？」

サラは答えなかった。

「あくまでもわたしの推測だが、ミス・バンクロフト、あなたは現在ＣＩＡの人間であるか、もしくは過去にそうだったのだろう。言うまでもないが、あなたの秘密がこの壁の外に漏れることはけっしてありません」

「ラフィク・アル＝マダニはワシントンのサウジ大使館に何年かいた人物よ。イスラム省の代表者として。ワッハーブ派を世界じゅうに広めるためにサウード王家が使っているパイプ役の一人なの」

ルソーは慈悲深い笑みを見せた。「そう、わたしも知っている」

「ＦＢＩはアル＝マダニにいい感情を持っていなかったわ」サラは言った。「ラングレーにあるＣＩＡの対テロ・センターもそう。わたしたちは彼がワシントンへ赴任する前につきあっていた連中のことが気に入らなかったの。ＦＢＩはまた、彼がアメリカで資金提供をしてきたプロジェクトの一部に批判的だった。そこで、米国務省がリヤドに連絡をとり、アル＝マダニをどこかよそへ移してほしいと内密に頼みこんだ。すると、意外にもサウジ側は頼みを聞いてくれた」

「迷惑なことに」ルソーが言った。「やつをパリに送ってよこした。アル＝マダニはパリに到着した瞬間から、サウジの金と援助をフランスでいちばん過激な複数のモスクに注ぎこんだ。われわれの見たところ、ラフィク・アル＝マダニは強硬派で、イスラム教の熱烈な信者だ。また、皇太子とかなり親しい。シャトーを頻繁に訪れているし、去年の夏は皇太子が購入したばかりのクルーザーで数週間を過ごしている」

「アル＝マダニはＤＧＳＩの監視対象になっているようだな」ガブリエルは言った。

「ときたま」

「ハリードの娘が国境を越えてジュネーブの学校に行っていたことは、アル＝マダニも知っていただろうか？」

ルソーは肩をすくめた。「なんとも言えないな。皇太子はほとんど誰にも話していないし、学校の警備態勢はきわめて厳重だった。リュシアン・ヴィラールという男性が警備にあたっていた。スイス人ではなく、フランス人だ。かつてはフランス国家警察の警備部の人間だった」

「警備部のようなエリート部署にいた男がなぜまた、ジュネーブの私立学校の警備員なんかになったんだ？」

「円満退職ってわけじゃなかった。大統領夫人と不倫していたという噂もあった。大統領がそれを知ってクビにしたとか。王女が誘拐されたことにヴィラールはひどく責任を感じたようだ。数日後に警備主任の職を辞した」

「いまはどこに？」

「まだジュネーブにいるはずだ。なんなら住所を調べてきみに——」

「それには及ばない」ガブリエルはテーブルに並べられた三枚の写真をじっと見た。

「何を考えている？」ルソーが尋ねた。

「この手の襲撃を成功させるには実行犯が何人ぐらい必要だろう？」

「どう思う？」

「誘拐そのものに必要なのは八人から十人。ほかに支援メンバーもいるはずだ。それなのに、西側世界で最悪のテロの脅威に立ち向かっているＤＧＳＩが、なぜか全員に逃げられてしまった」

ルソーはファイルから四枚目の写真をとりだした。「いや、わが友よ。全員ではない」

16

パリ

〈ブラッスリー・サン゠モーリス〉は中世の面影を残す街、アヌシーの中心部にある。窓と鎧戸とバルコニーの手すりがちぐはぐな感じの、崩れかけた古い建物の一階が、このブラッスリーだ。三つのモダンな長方形の日除けが影を落とす歩道には、四角いテーブルがいくつか置いてある。そのひとつで、男性がコーヒーを飲みながら携帯電話をじっと見ている。髪は金色のストレート、端正に整えてある。顔立ちも端整だ。ウールのピーコートをはおり、シルクのスカーフを粋に結んで、ラップアラウンド・サングラスをかけている。写真右下の時刻表示は〝16：07：46〟。日付は十二月十三日。リーマ王女が誘拐された日だ。

「解像度からわかるように」ルソーが言った。「この画像は拡大してある。こちらがオリジナルだ」

ルソーは別の写真を会議用テーブルの向こうからすべらせてよこした。まわりの風景が広がったおかげで、通りの様子もわかる。歩道の縁に車が何台か止まっている。写真を見た瞬間、ガブリエルの目はシトロエンのステーション・ワゴンに吸いよせられた。

「わが国の交通監視システムは、おたくや英国に比べると、オーウェル的要素はさほど強くないが、テロの脅威によって能力を飛躍的に向上させるしかなくなった。車を見つけるのに長くはかからなかった。あるいは、運転していた男を見つけるのに」

「その男についてどんなことがわかった？」

「誘拐事件の二週間前、アヌシー郊外の別荘を借りている。一カ月分の料金を現金で支払ったので、不動産屋も別荘の持ち主も大喜びだった」

「パスポートはたぶん持っていなかっただろうな」

「いや、英国のパスポートを見せたそうだ。不動産屋がコピーをとった」

ルソーは一枚の紙をテーブルにすべらせた。コピーのそのまたコピーだが、文字は鮮明だった。パスポートの名義はロナルド・バーク。一九六九年マンチェスター生まれとなっている。写真の顔は、リーマ王女が誘拐される数時間前に〈ブラッスリー・サン＝モーリス〉にいた男とかすかに似ている。

「このパスポートが本物かどうか、英国に問いあわせてみたか？」

「どう説明すればいい？　誘拐事件の容疑者だと言うのか？　そんな事件は起きなかったことになってるんだぞ」

ガブリエルは男の顔をじっくり調べた。皮膚がぴんと張っていてしわがない。それに、目の形も不自然なところからすると、最近、整形手術を受けたようだ。虹彩がカメラのレンズを虚ろに見つめている。唇に微笑はない。「言葉に訛りはあったか？」

「不動産屋と話したときは英国訛りのフランス語だったそうだ」

「フランスに入国した記録はあるのか？」

「ない」

「誘拐事件のあと、男の目撃情報は入っていないのか？」

ルソーは首を横にふった。「忽然（こつぜん）と消えてしまったようだ。リーマ王女と同じく」

ガブリエルは〈ブラッスリー・サン＝モーリス〉のテーブルの男が風景と一緒に写っている写真を指さした。「これはたぶん、ビデオ録画からとった画像だな」

ルソーはノートパソコンを開き、現代テクノロジーの便利さにいまだになじめない男にありがちな手つきで、キーをいくつか叩いた。それから、パソコンの向きを変えてガブリエルとサラに画面が見えるようにし、〝再生〟をクリックした。男が電話で何かを見ている。となりのテーブルで白ワインを飲んでいる女も同じことをしている。専門職らしい服装。魅力的な顔に垂れた黒っぽい髪。カフェの席は日陰なのに、この女もサングラスをかけている。レンズは大きくて長方形だ。有名女優が人目につくのを避けたいときにかけるタイプのサングラス——ガブリエルはそう思った。

16：09：22、女が電話を耳にあてる。彼女のほうからかけたのか、よそからかかってきたのか、ガブリエルにはわからなかった。しかし、何秒かあとの16：09：48に、男も電話で話していることにガブリエルは気がついた。

〝停止〟をクリックした。「すばらしい偶然だ。そう思わないか？」

「続きを見てみろ」

ガブリエルは〝再生〟をクリックして、〈ブラッスリー・サン＝モーリス〉の二人が通話を終えるのを見守った。最初に女。その二十七秒後の16：11：34に男。男は16：13：22にカフェを出て、シトロエンのステーション・ワゴンに乗りこんだ。女は三分後に徒歩で立ち去った。

「もう止めてもいいぞ」

ガブリエルは映像を止めた。

「問題の金曜の午後四時十一分、〈ブラッスリー・サン＝モーリス〉にいた二人が電話回線で話していたのか、それともインターネット通話だったのか、われわれには突き止められなかった。わたしが推測するに――」

「電話は小道具だった。二人はカフェでじかに話をしていた」

「単純だが、うまいやり方だ」

「女はそのあとどこへ？」

ルソーは別の写真をテーブルにすべらせた。専門職らしい服装の女がライトグレイのフォード・トランジットの助手席に乗りこもうとしている。手袋をはめた女の手がドアのハンドルにかかっている。

「撮影場所は？」

「クラン通り。アヌシーの西端にある労働者階級の住む地区にある通りだ」

「運転手の顔は見たか？」

テーブルの向こうから別の写真がすべってきた。ずんぐりした男が写っていた。毛糸の帽子をかぶり、もちろんサングラスをかけている。背後の席には実行犯がさらに何人か乗っているはずだ。全員がH&K MP5サブマシンガンで武装して。ガブリエルは儀式のようにパイプを用意しているルソーに写真を返した。

「きみがこの件に首を突っこんでいる理由を説明してもらうには、いまがいいタイミングかもしれん」

「皇太子殿下に協力を求められた」

「イスラエルの秘密諜報機関の協力がなくとも、フランス政府にはリーマ王女をとりもどす能力が充分にある」

「殿下の意見は違う」

「ほう？」ルソーはマッチをすってパイプの火皿に近づけた。「誘拐犯から連絡は入っているのか？」

ガブリエルは犯人側の要求が記された手紙を渡した。ルソーは紫煙の靄のなかでそれを読んだ。「ハリードがなぜわれわれに黙っていたのか理解できない。わたしが思うに、きっと、サウード王家の内部の権力争いに首を突っこまれるのがいやなのだろう。だが、なぜまた、かわりにきみを頼ったりするのだ？」

「わたしも同じことを自分に問いかけていた」

「で、きみが期限までに王女を見つけられなかったら？」

「皇太子はむずかしい決断を迫られることになる」

ルソーは眉をひそめた。「きみのような男があんなやつのために動くとは驚きだ」

「皇太子にいい感情を持っていないのか？」

「あの男はきみの国よりわたしの国で過ごす時間のほうが多いと言っていいはずだ。わたしはDGSIの上層部の人間として、やつを間近で観察する機会があった。やつがサウジアラビアと中東を変えようとしているなどというお伽話を、わたしは一度も信じたことがない。大胆にも皇太子を批判したジャーナリストの殺害をやつが命じたときも、驚きはしなかった」

「オマール・ナーワフ殺しにフランスが眉をひそめているのなら、ハリードが娘と過ごすために週末ごとにフランスに入国するのをなぜ許していた？」

「皇太子殿下一人の力で景気を刺激してくれるからだ。それに、好むと好まざるとにかかわらず、今後長きにわたってあの殿下がサウジアラビアの支配者となる」ルソーは静かな声でつけくわえた。「きみの力で王女を見つけることができれば」

ガブリエルは返事をしなかった。

ルソーが選択肢について検討するあいだに、室内にパイプの煙が充満した。やがて、彼は言った。「フランス政府の公式見解としては、きみが皇太子の娘の捜索に関わることは認めないだろう。とはいえ、きみが加わってくれれば、〈アルファ・グループ〉にとってプラスになるかもしれん。もちろん、いくつか基本原則を定めたうえで」

「どのような？」

「きみがつかんだ情報はわたしと共有する。わたしがきみと情報を共有してきたように」

「承知した」

「フランス共和国市民に対する盗聴、脅迫、暴力行為は慎んでもらいたい」

「承知した。相手が極悪人でないかぎりは」

「それから、フランス国内でリーマ王女を救出しようとするのはやめてほしい。王女の行方がわかったら、わたしに連絡してくれ。そうすれば、わが戦術部隊が王女を自由の身にする」

「神の御心（インシャラー）のままに」ガブリエルはつぶやいた。

「では、交渉成立だな？」

「そのようだ。わたしがリーマ王女を見つけだし、あなたが手柄を独り占めする」

ルソーは微笑した。「わたしの計算によると、きみに与えられた時間は約五日。どう進めるつもりだ？」

ガブリエルは〈ブラッスリー・サン＝モーリス〉のテーブルにすわっている男の写真を指さした。「こいつを見つける。次に、王女をどこに隠しているかを尋ねる」

「秘密のパートナーとして、きみにひとつ助言したい」ルソーはバンに乗りこもうとする女の写真のほうを指さした。「かわりに、この女に尋ねろ」

17

パリ――アヌシー

イスラエル大使館はセーヌの向こう岸のラブレー通りにある。ガブリエルとサラはそこで一時間近くを過ごした。ガブリエルは盗聴される心配がない地下の〈オフィス〉支局で。サラは大使の執務室に通じる控えの間で。大使館を出た二人は、角のテイクアウトの店でサンドイッチとコーヒーを買ってから、パリの南の地区を通ってA6、オートルート・デュ・ソレイユへ向かった。夕方のラッシュはとっくに解消し、ガブリエルの前方の道路はがらがらだった。パサートのアクセルをめいっぱい踏みこむと、エンジンが轟音を上げて反応し、ガブリエルは小さな背徳のスリルを味わった。

「このケチな車の優秀さは充分にわかったわ。頼むからスピードを落として」サラはサンドイッチのラップをはがし、夢中になって食べていた。「フランスでは何を食べてもおいしいわね。なぜかしら」

「いや、そんなことはない。スイスとの国境を越えても、そのサンドイッチの味は変わらないはずだ」

「いまからスイスへ行くの？」

「最終的には」

「犯行現場を見ておいたほうがいいと思ってね」

サラはサンドイッチをまたひと口食べた。「ほんとに食べないの？」

「あとで」

「太陽はもう沈んだわ、ガブリエル。食事をしてもいい時間よ」

サラは車内灯のスイッチを入れてファイルを開いた。ガブリエルと二人で〈アルファ・グループ〉の本部を出るときに、ポール・ルソーがガブリエルのアタッシェケースに入れてくれたものだ。〈トランキリティー号〉で過ごすハリードとラフィク・アル＝マダニの監視写真がはさんであった。ガブリエルはそれを横目でちらっと見てから、道路に視線を戻した。

「撮影されたのはいつだ？」

サラは写真を裏返して、ＤＧＳＩのほうで記入したキャプションを読んだ。「八月二十二日、カンヌ湾」写真を丹念に見た。「ハリードのこの表情、見覚えがあるわ。聞きたくもない話を人から聞かされると、こういう顔になるのよ。わたしが初めてこの表情を見たのは、アート・アドバイザーになる気はないと彼に告げたときだった」

「では、二回目は？」

「真偽のほどが疑わしいダ・ヴィンチに五億ドルも注ぎこむのは馬鹿だ、と彼に言ったとき」

「彼のクルーザーに乗ったことは？」

サラは首を横にふった。「あのクルーザーに関してはいやな思い出ばかり。ハリードに招待されるたびに、何か口実をでっちあげて断わってきたわ」サラはふたたび写真を見た。

「この二人、どんな話をしてると思う？」

「たぶん、オマール・ナーワフという名の口うるさいジャーナリストを始末するために、いちばんいい方法は何かを話しあっているのだろう」

サラは写真をファイルに戻した。「ハリードが過激派への資金の流れを断ち切るものと思ってたのに」

「わたしもだ」

「だったら、ハリードはなぜ、アル＝マダニみたいなワッハーブ派の狂信的信者と関わりあってるの？」

「いい質問だ」

「わたしがあなただったら、アル＝マダニを監視下に置くと思うけど」

「わたしが大使館の地下で何をしていたと思う？」

「わかるわけないでしょ。誘ってもらえなかったのに」サラはルソーのファイルから別の写真をとりだした。アヌシーにある〈ブラッスリー・サン＝モーリス〉で別々のテーブルにつき、携帯電話を手にしている男と女。「この二人、何を話してたと思う？」

「いい話のはずはない」

「サウジ人じゃないのは明らかね」

「明らかだ」

サラはパスポートの写真を調べた。「英国人には見えない」

「英国人はどんなふうに見えるんだ？」

サラはもう一個のサンドイッチのラップをはがした。「少し食べなさい。多少は不機嫌が直るわよ」

ガブリエルは初めてひと口食べた。

「どう？」

「これまで食べたなかで最高のサンドイッチかもしれない」

「言ったでしょ。フランスでは何を食べてもおいしいって」

二人がアヌシーに到着したのは午前零時を数分過ぎたころだった。〈ブラッスリー・サン＝モーリス〉の前にパサートを置き、大聖堂の近くにある小さなホテルにチェックインした。午前四時を少し過ぎたころ、ガブリエルは窓の外の口論で目をさました。もう眠れそうになかったので、一階に下りて朝食用の部屋へ行き、コーヒーを何杯か飲みながらパリとジュネーブから届いた新聞に目を通した。最近のワシントンの騒然たる状況を報じる記事で埋めつくされていたが、行方不明のサウジアラビア王女のことはどこにも出ていなかった。

九時数分過ぎにサラが姿を見せた。二人は尾行の有無を確認するため、旧市街を流れるモスグリーンの運河のほとりを一時間ほど散歩した。アムール橋を渡りながら、尾行はついていないということで二人の意見が一致した。

ホテルに戻って荷物をとると、歩いて〈ブラッスリー・サン＝モーリス〉へ向かった。サラがカフェ・クレームを飲んでいるあいだに、ガブリエルは車が動かなくなったドライバーのふりをして、ゆうべカフェの前に止めておいたパサートを点検し、爆弾や追跡装置が仕掛けられていないかどうかを調べた。車に細工がされたことを示す証拠は見つからなかったので、二人のカバンをうしろのシートに放りこみ、軽いうなずきでサラを呼んだ。クラン通りを通ってアヌシーをあとにし、写真の女がフォード・トランジットに乗りこんだ場所を通り過ぎ、D14をめざして走った。

フィエ川の土手沿いに並ぶアルプスふうの町や村を通りながら、車は西へ向かって走りつづけた。ラ・クロアという小さな村を過ぎたところで、道路が急な上りになって雑木林に入り、やがて、よく手入れされた農地が広がるゴッホの絵のような風景のなかに入っていった。D38と交差する地点で道路脇の草むらに車を寄せてエンジンを切った。完璧な静寂に包まれた。一キロほど向こうの丘の上に一軒のヴィラが見える。それを除けば、建物や住宅はどこにもない。

ガブリエルは運転席側のドアをあけて地面に足を下ろした。その瞬間、靴の下に車のガラスの破片を感じた。ガラスは至るところにあり、交差点の四隅のすべてに散乱していた。大あわてだったフランスの警察が現場を片づけたさいに手を抜いたのだろう。アスファルトにはオイルのしみに似た少量の血痕すら見受けられたし、長いタイヤ痕もあった。レンジローバーのタイヤだろうとガブリエルは推測した。当時の状況が目に見えるようだ――衝突、発砲、小規模な爆発、高級車のリアシートからひきずりだされる少女。ガブリエルは右手で必要な秒数を数えていた。二十五秒。最長で三十秒。

車に戻り、サラの横にすわった。スタートボタンを押そうとしてためらった。

「何を考えてるの？」

「わたしもロナルド・バークは英国人に見えないと思う」ガブリエルはエンジンをスタートさせた。「きみ、ハリードのシャトーへ行ったことは？」

「一度あるわ」

「道を覚えてるかい?」

サラは西のほうを指さした。

ガブリエルたちが正門にたどり着く前から、シャトーはその存在を主張していた。まず、塀があった。何キロも続く塀で、地元産の石が使われ、塀の上には外へ向けて傾斜をつけた有刺鉄線が設置されている。ガブリエルはロンドンのグローヴナー・プレースに沿って延びる塀を連想した。バッキンガム宮殿の敷地と、隣接するベルグレーヴィア地区の平民どもを隔てる塀だ。シャトーの門は鉄格子をはめこんだ巨大なもので、金色を帯びたランプがとりつけてある。門の奥には砂利敷きのみごとな車道があり、ヴェルサイユ宮殿の小型版といった感じの華美なシャトーに向かって延びている。

ガブリエルは無言で考えこんだ。やがて尋ねた。「こんな家に四億ユーロも無駄遣いできる男を、わたしはなぜ助けようとしているのか?」

「答えは?」

返事をする前に、彼のブラックベリーが振動した。ガブリエルは画面を見て眉をひそめた。

「どうしたの?」サラが尋ねた。

「たったいま、ラフィク・アル＝マダニがパリの内務省に入った」

18

ジュネーブ

〈オフィス〉のパリ支局に立ち寄った短時間のうちにガブリエルが指示したのは、ラフィク・アル゠マグニを監視下に置くことだけではなかった。〈ジュネーブ・インターナショナル〉の以前の警備主任だったリュシアン・ヴィラールの住所を調べるよう、八二〇〇部隊に命じておいた。部隊に所属するサイバー泥棒たちは、開いたドアを通り抜けるみたいに楽々と学校のコンピュータ・ネットワークに入りこみ、わずか数分で人事部のセクションから住所を調べだした。ヴィラールの住まいはジュネーブ暮らしのパリっ子が好みそうな雰囲気のアパルトマンが建ち並ぶにぎやかな地区にあった。通りには商店とカフェが軒(のき)を連ねていて、見張りをする者にとってはまさに楽園だ。こぢんまりしたホテルまであり、ガブリエルとサラは正午ごろそこに着いた。ガブリエルがフロントでランジュという客に会いたいと言うと、三階の部屋へ案内された。ドアのノブに〝起こさないでください〟の札がかけられ、軽く開いたドアの隙間にミハイル・アブラモフが立っていた。

ミハイルはサラを見て微笑した。「何かまずいことでも?」

「いえ、ただ――」

「誰かほかのやつを予想してたのかい?」

「ほかの人ならいいのにと思ってたの」サラはガブリエルを見た。「ねえ、ミハイルがここに来るって、わたしに言ってくれればよかったのに」

「ミハイルはプロだし、きみもそうだ。おたがい、意見の相違は脇へどけて、協力しあえるはずだ」

「イスラエルとパレスチナのように?」

「いかなることも可能だ」

ガブリエルは二人の横を通り抜けて部屋に入った。照明は消され、窓のシェードはしっかり下ろしてある。唯一の光源は蓋を開いてライティング・デスクに置いてあるノートパソコンと、ミハイルが〈オフィス〉から支給されたブラックベリーだけだ。

ミハイルは小さな旅行カバンの外ポケットから薄いファイルをとりだした。「ゆうべ、アヌシーにいた男と女の写真をあらゆるデータベースで検索してみた」

「それで?」

「該当者なし。パスポートも同様だ」

ガブリエルは窓辺へ行き、シェードの端から外をのぞいた。「ヴィラールが住む建物はどれだ？」

「二十一番地」ミハイルはガブリエルにツァイスの望遠鏡を渡した。「四階。建物の右側」

ガブリエルはリュシアン・ヴィラールが住む部屋の、通りに面したふたつの窓に望遠鏡を向けた。わずかな家具しかない独身男のリビングが見えたが、ヴィラール自身の姿はなかった。「あそこにいるのは間違いないのか？」

ミハイルはノートパソコンの音量を上げた。数秒後、コルトレーンの『アイ・ウォント・トゥ・トーク・アバウト・ユー』のイントロが聞こえてきた。

「音源は？」

「やつの携帯。八二〇〇部隊が学校の教職員電話帳から番号を手に入れた。おれがけさこの部屋に入ったときには、電話はすでに大活躍で、おれたちはメールとメッセージに次々と目を通した」

「興味深いものはあったか？」

「明日の午後、やつはマラケシュへ向かう」

ガブリエルは望遠鏡をミハイルに向けた。「本当か？」

「ルフトハンザの便を予約した。途中でミュンヘンに立ち寄る。すべてファーストクラス」

ガブリエルは望遠鏡を下ろした。「帰国はいつだ？」

「航空券はオープン。帰りの便はまだ予約していない」

「仕事をやめたおかげで、暇な時間がたっぷりあるわけだ」

「それに、この季節のモロッコはすばらしい」

「覚えているとも」ガブリエルは遠い目をして言った。「八二〇〇部隊のほうでヴィラールの人事ファイルを見ることはできたのか？」

「ネットワークから出るときにコピーをいただいてきた」

「フランス大統領夫人と不倫関係になって国家警察の警備部を追いだされたことも、ファイルに出ていたか？」

「学校の面接を受けたときに、本人がその点を省略したようだ」

「賞罰のうち、罰のほうは？」

ミハイルは首をふった。

「給料はどれぐらいだった？」

「ジュネーブのシックな住宅地にアパルトマンを借りるには充分だったが、小さな贅沢をするには足りなかった」

「例えば、長期のモロッコ旅行とか？」

「ファーストクラスも忘れるな」

「忘れてないさ」リュシアン・ヴィラールの音楽が静寂を埋めた。「やつの私生活については?」

「百年ほど前に一度結婚している」

「子供は?」

「娘が一人。たまにメールをやりとりしている」

「いいことだ」

「おれだったら、やつのメールを読むまでは判断を控えるだろう」

ガブリエルはふたたび望遠鏡を手にとり、ヴィラールのアパルトマンに向けた。「女はいるのか?」

「もしいるとしたら、まだ起きていないようだな。だが、ヴィラールは五時にイザベル・ジャヌレという女と飲むことになっている」

「どんな女だ?」

「いまのところ、メールのアドレスしかわからない。八二〇〇部隊が調べている」

「どこで会う約束だ?」

「シルク広場にある〈カフェ・ルモール〉」

「そこを選んだのは?」

「女のほう」二人のあいだに沈黙が広がった。やがてミハイルが訊いた。「やつが何か知ってるはずだとにらんでるのか?」

「そうでなければ、ここに来たりしない」

「どう進めるつもりだ？」

「やつと内密に言葉を交わしたい」

「友好的な言葉か？」

「それはひとえにリュシアンしだいだ」

「いつ行動に出ればいい？」

「やつが〈カフェ・ルモール〉でマダム・ジャヌレと酒を飲みおえたあとで。きみとサラはとなりのテーブルにすわってくれ」ガブリエルは微笑した。「昔のように」

コルトレーンの曲が終わり、次の演奏が始まった。

「この曲は？」サラが尋ねた。

「『ユー・セイ・ユー・ケア』」

サラはゆっくりと首をふった。「ジュネーブに送りこむ人材として、ほかに誰か見つからなかったの？」

「こいつが勝手に名乗りを上げたんだ」

三人が初めてヴィラールの姿を見たのは午後一時半。上半身裸でリビングの窓辺に立ち、盗聴されている携帯電話を耳にあてていた。女性とフランス語で話していたが、通話からわかったのはモニクという名前だけだった。かなり親しい関係のようだ。現に、今夜会うことをヴィラールが承知してくれたらその肉体にどんなことをするつもりかを、モニクのほうから十分ほどにわたって微(び)に入(い)り細(さい)を穿(うが)って説明した。ヴィラールはスケジュールの調整がむずかしいと言って断わった。五時にイザベル・ジャヌレという名の女と飲む約束であることにはひと言も触れなかった。マラケシュ旅行に出かけることも言わなかった。ガブリエルは通話を聞きながら、たいしたものだと思った。リュシアン・ヴィラールは巧みに嘘がつける常習犯のようだ。

女がいきなり電話を切り、ヴィラールはガブリエルたちの視界から消えた。彼が電話のカメラに映る範囲を横切ったときだけ、その姿をとらえることができたが、あとは主として引出しの開閉音に耳を傾けることとなった——その音から、監視作戦を数多くこなしてきたガブリエルには、旅行用の荷造りの最中であることが察知できた。荷物は二個だ。ダッフルバッグが一個に、船旅用のトランクみたいに大きな長方形のキャリーケース。ヴィラールは両方を玄関ホールに置き、それから階下へ向かった。

次にガブリエルたちがヴィラールの姿を目にしたのは、ミドル丈の革コート、ダークな色調のジーンズ、スエードのチャッカブーツという装いで彼がにぎやかな通りに出てきたときだった。歩道でしばし立ち止まり、左右に視線を走らせた——習慣かもしれないし、監視の目を恐れているせいかもしれない、とガブリエルは思った。煙草が唇にくわえられ、ライターの炎が上がり、吐きだされた煙が冷たい冬の風に運び去られた。ヴィラールはやがてポケットに両手を深く突っこむと、ジュネーブの中心部へ向かって歩きはじめた。

　ガブリエルだけホテルに残り、ミハイルとサラが徒歩でヴィラールを尾行した。八二〇〇部隊がヴィラールの携帯を通じて遠くから彼の動きを追っている。ミハイルとサラはターゲットを目で確認しているに過ぎない。二人は彼とのあいだに安全な距離をとり、ときにはカップルのふりをして、ときには別々に尾行を続けた。その結果、ローヌ通りの小さなプライベート・バンクにヴィラールが入っていくのを目にしたのはサラだけとなった。電話の盗聴のおかげで、ガブリエルは銀行内でヴィラールがおこなった取引の内容を知ることができた——かなりの金額をマラケシュの銀行へ送金している。ヴィラールは次に、銀行の貸金庫を使いたいと言った。その時点で携帯が彼のポケットに入ったため、カメラ機能は使えなくなった。しかし、蝶番（ちょうつがい）のきしむ音、紙のがさがさいう音、革コートのジッパーの音など、次々と続く音から、ガブリエルは貸金庫に品物が入れられたのではなく、とりだされたのだと結論した。

　ヴィラールがようやく銀行から出てきたとき、通りの向かいの〈スターバックス〉でミハイルがコーヒーを飲んでいた。ヴィラールは腕時計で時刻を確かめ——ちょうど四時半——ローヌ通りを歩きはじめた。そのまま進んで川まで行き、次に旧市街の狭い静かな通りをいくつも抜けてシナゴーグ広場に出た。そこに止まったパサートの運転席にガブリエルがすわっていた。

〈カフェ・ルモール〉はジョルジュ＝ファヴォン大通りを百メートルほど行ったところにある。シルク広場に空いたテーブルがいくつかあり、日除けの下にさらにいくつかある。ヴィラールは広場のテーブルに腰を下ろした。ミハイルは日除けの下のテーブルにいるサラと合流した。ガスヒーターが夕暮れどきの冷えこみを追い払っている。

サラが赤ワインのグラスを口に持っていった。「わたし、どうだった？」

「悪くなかった」ミハイルは答えた。「なかなかのものだ」

それから十分のあいだ、誰も現われなかった。ヴィラールは一本目の煙草の火を二本目に移し、テーブルに置いた携帯のほうへ何度か視線を投げた。五時十五分、通りかかったウェイターについに合図を送って注文をした。しばらくすると、クローネンブルグのボトルが一本運ばれてきた。

「すっぽかされたみたいだな」ミハイルが言った。「おれだったら、手遅れになる前にモニクに電話する」

しかし、サラは聞いていなかった。大通りをカフェに向かって歩いてくる男性をじっと見ていた。服装と物腰からすると、スイスの銀行家か実業家という感じで、年齢は四十代後半から五十代の初めぐらい。職場で実り多き一日を終えて帰宅するところのようにも見える。高価な仕立てのオーバーは黄褐色、左手に持った革のアタッシェケースは濃い赤。男はそれをリュシアン・ヴィラールのそばの歩道に置いてから、となりのテーブルにすわった。

ミハイルがひそかな声で訊いた。「空いたテーブルがほかにいくつもあるのに、あの男がおれたちの坊やのとなりのテーブルを選んだのは、果たして偶然だろうか?」

「いいえ」サラが答えた。「偶然じゃないわ」

「どっかで見たような顔だが」

「でしょう?」

「どこで見たんだろう?」

「アヌシーの〈ブラッスリー・サン゠モーリス〉」

ミハイルはサラを凝視した。困惑の表情だった。

「あなた、ゆうべ、キング・サウル通りのデータベースであの顔を検索したじゃない」

ミハイルはブラックベリーをとりだして電話をかけた。「たったいま〈カフェ・ルモール〉に誰がやってきたか、ぜったいわからないだろうな」

「わかるさ」ガブリエルは言った。「通りのちょうど向かいにいるんでね」

19

ジュネーブ

ガブリエルはシルク広場に車を止めたが、そのスペースはけっして合法的な場所ではなかった。グリップにウォルナット材を使ったベレッタの九ミリも合法的なものではなかった。銃はいま、『ル・タン』の朝刊をかぶせて助手席に置いてある。黄褐色のオーバーを着た男が大通りを歩いてくるのを見たあとで、そこに置いたのだ。男の服装はビジネスライクだし、髪形が変わっているし、黒縁眼鏡をかけている。それでも、ほかの人間と見間違えることはなかった。巨匠のカンバスの修復に人生を捧げてきたガブリエルだからこそ、見覚えのある顔に出会えば、たとえ巧みに変装した顔であっても正体を見破ることができるという、ほぼ完璧な能力を身につけている。現在、リュシアン・ヴィラールのすぐそばの席にすわっている男は、リーマ王女が誘拐された日にアヌシーの〈ブラッスリー・サン〟モーリス〉にいた男だった。

ガブリエルは男を拘束することも考えたが、即座にその考えを退けた。男はプロだ。厳重に武装しているのは間違いない。おとなしく降参することはないだろう。ジュネーブの中心部にある人通りの多い広場に弾丸が飛びかうことになる。

ガブリエルにはそれだけの危険をあえて冒すつもりはなかった。〈オフィス〉の規則によると、殺傷能力が高い武器の使用は、混雑した市街地においては固く禁じられている。例外的に認められるのは、工作員が生命もしくは自由を（とくに敵対勢力によって）奪われる危険に直面したときだけだ。いまはそういうケースではない。男が〈カフェ・ルモール〉を出たら、ミハイルと一緒にあとをつけ、自分たちが選んだタイミングと場所で男を拉致すればいい。次に、説得か暴力のどちらかを使って、リーマ王女の居所を白状させる。無謀な行動に出て王女の命を救う機会を失う危険を冒すより、待ったほうがいい。ガブリエルはそう判断した。

眺望のきく場所にいるガブリエルは、黄褐色のオーバーの男がまだ何も注文していないのを見てとった。〈ブラッスリー・サン゠モーリス〉のときとまったく同じ姿勢だ――脚を軽く組んで、右肘をテーブルにつけ、左手は腿に置いている。そこならすぐさま銃がとりだせる。男が提げてきたアタッシェケースは、彼のテーブルとヴィラールのテーブルのあいだの歩道に立てて置いてある。妙な場所を選んだものだ。ただし――ガブリエルは思った――カフェを出るときにアタッシェケースを置いていくつもりなら、話は違う。

しかし、黄褐色のオーバーの男が〈ジュネーブ・インターナショナル・スクール〉の元警備主任のとなりにすわっているのはなぜだ？　盗聴中のヴィラールの携帯が彼の前のテーブルにのっていた。八二〇〇部隊が電話の周囲の物音を安全な回線経由でガブリエルのブラックベリーに転送してくる。音質はきわめて鮮明——カフェの店内でカトラリーとグラスが触れあう音や、歩道を通り過ぎる人々のおしゃべりを、ガブリエルははっきり聞きとることができた。ただ、転送で数秒の時差が生じる。音声と映像にずれがある古い映画を見ているような感じだ。この映画の中心人物二人はまだセリフを言っていない。最後まで無言かもしれない、とガブリエルは思った。

そのとき、彼の車の窓を叩く音がした。警官がこぶしでガンガンと二回叩き、続いて、手袋をはめた手でぶっきらぼうに合図をよこした。ガブリエルは片手を上げて詫びるしぐさを見せてから、歩道の縁をゆっくり離れ、スピーディーに流れている夕方の車の列に加わった。右折してメイユ通りへ、左折してアリ・マルク通りへ、さらにまた左折してジョルジュ・ファヴォン大通りへという具合に矢継ぎ早に何度もターンして、シルク広場に戻った。

赤信号のおかげでしばらく停止できた。目の前の横断歩道を何人かが渡っていく。そのなかに黄褐色のオーバーを着た裕福そうな男性がいた。何歩かあとに続くのはミハイル・アブラモフ。サラは〈カフェ・ルモール〉に残っている。歩道に立てて置かれたアタッシェケースのほうへ手を伸ばすリュシアン・ヴィラールに、サラはじっと視線を据えていた。

長い手足に青白い肌、色彩のない目をした男に彼が初めて気づいたのは、その男が〈カフェ・ルモール〉で魅力的な金髪女のとなりにすわったときだった。そして、いま、夕暮れのコラットリ通りで同じ男が彼を尾行してくる。車も一台ついてきている——シルク広場で違法駐車していた車だ。運転席の男に目をやったが、見えたのはこめかみのあたりの白髪交じりの髪だけだった。

だが、あいつら、どうやっておれを見つけたんだ？〈カフェ・ルモール〉へ行くまで尾行がついていなかったのは確かだ。となると、監視されていたのは自分ではなくヴィラールだったと考えるほうが理屈に合っている。まあ、気にすることはない。ヴィラールはほとんど何も知らないのだから。それに、あの男はあと数分で脅威ではなくなる。

コートのポケットから電話をとりだし、登録してある番号にかけた。会話は短く、暗号化されていた。話を終えて電話を切り、ショーウィンドーの前で立ち止まった。左にちらっと目をやると、青白い肌の男の姿が見えた——そして、通りの先にはあの車。

路面電車が通り過ぎるのを待って通りの反対側へ渡り、小さな映画館に入った。上映が始まったばかりだった。チケットを買い、半分ほどしか埋まっていない暗い館内に入った。スクリーンの左側に非常口があった。非常用のラッチを押すと、大きなアラーム音が響きわたり、彼はふたたび夜の屋外に出た。

そこは高い塀に囲まれた中庭だった。塀を苦もなくよじのぼって石畳の通りに飛びおりると、そのまま進んで通路を抜け、旧市街に入った。古本屋の外でピアッジオのスクーターが待機していて、革ジャケットとヘルメット姿の人物がサドルにまたがっていた。彼はうしろのシートに乗り、ほっそりしたウエストに両腕をまわした。

ミハイルが映画館の入口に飛びこんだのは、火災報知器が鳴り響いている最中だった。チケットを買う手間は省いて、非常口の外にある中庭の塀を二度目の挑戦で乗り越えた。飛び下りたときにつんのめって倒れたが、通りには車も歩行者もいなかった。起きあがって石畳の道をがむしゃらに走っていくと、やがて、旧市街の中心部の古風な広場に出た。黄褐色のオーバーの男がスクーターのうしろのシートに乗る姿を目にした。銃を抜いて引金をひくことをちらっと考えた。だが、かわりにコラットリ通りまで小走りで戻った。そこでガブリエルが待っていた。

「やつはどこだ?」

ミハイルはスクーターのことを説明した。

「ハンドルを握っていたやつを見たか?」

「ヘルメットをかぶった女だった」

「女? 確かか?」

ミハイルはうなずいた。「ヴィラールはどこにいる？」

「いま〈カフェ・ルモール〉を出るところだ」

「尾行するのは丸腰の美術館のキュレーター。街なかでの尾行テクニックについてはわずかな訓練しか受けていない」

ガブリエルはアクセルを踏みこみ、近づいてくる路面電車の前でUターンをした。

「この道は一方通行だから、逆走になるぞ」

「法規どおりに走ったら、シルク広場に戻るのに十分かかってしまう」

ミハイルはセンターコンソールをいらいらと指で叩いていた。「アタッシェケースに入ってるのはなんだと思う？」

「金であってほしい」

「同感だ」


サラが犯した最初のミスは事前に支払いをすませておかなかったことだった。尾行をおこなう場合、それは致命的なミスだ。彼女がウェイターの無関心な目をようやくとらえたときには、リュシアン・ヴィラールはすでにシルク広場を出て、ジョルジュ・ファヴォン大通りのはるか先まで行っていた。サラは夕方の混雑のなかで彼を見失っては大変だと思い、獲物を追う歩調を大幅に速めた。それが第二のミスだった。

事件が起きたのはスタンド通りの交差点だった。ヴィラールは通りを渡ろうとしたが、信号が赤になったのであわてて足を止め、煙草の箱をとりだした。ローヌ川のほうからそよ風が吹いていた。川はすぐ目の前だ。ふりむいた彼は三十メートルほど離れたワインショップのウィンドーをのぞいているサラに気づいた。煙草をくわえ、ライターを右手に、アタッシェケースを左手に持ったまま、長いあいだ無遠慮に彼女を見つめた。アタッシェケースは黄褐色のオーバーの男から渡されたものだった。

ヴィラールは不意に煙草を歩道に投げ捨てると、荒々しい足どりでサラのほうへ二歩進んだ。その瞬間、サラはまばゆい白色光が炸裂するのを目にし、ハリケーン級の灼熱の風が襲いかかってくるのを感じた。風の勢いで地面から持ちあげられ、歩道に叩きつけられた。動くことも呼吸することもできずに、じっと横たわったまま、自分は生きているのか、それとももう死んでしまったのかと考えていた。彼女の意識のなかにあったのは、砕け散ったガラス、人の手足と内臓、そして血だけだった。あたり一面、血が飛び散っている。自分の血も混じっていそうで怖かった。木の下に倒れたままでいると、葉を落とした枝からも血が滴り落ちてきた。

ようやく、誰かに名前を呼ばれているのに気づいた。サラの〝サ〟ではなく〝ラ〟にアクセント。足をひきずりながら、灼熱の太陽に照らされた海辺の遊歩道をゆっくり歩いてくる女の姿が見えた。女の顔は黒いベールに包まれている。やがて女は消え、かわりに男が現われた。氷河のようなブルーグレイの目をした男で、声をかぎりに叫んでいた。

「サラ！　サラ！　聞こえるか、サラ！」

第二部

退位

20

ジュネーブ——リヨン

爆弾は小型で、軍用高性能爆薬を五キロしか使用していなかったが、巧みに設計されていた。車やトラックではなく、アタッシェケースに仕込んであった。爆発した瞬間にアタッシェケースを手にしていた男は臓器と四肢の破片となってしまい、片手はジョルジュ・ファヴォン大通りを走っていた車のフロントウィンドーにぶつかった。ずたずたになって胴体の残骸(ざんがい)に巻きついていた革コートの内側から札入れが出てきた。そのすべてがリュシアン・ヴィラールという男のものだった。フランス国家警察の警備部を退職して、最近まで〈ジュネーブ・インターナショナル〉の警備主任をしていた男だ。爆発の犠牲者はほかに二人いた。二十八歳の男性と三十三歳の女性。二人とも、スタンド通りの交差点で信号待ちをしていたヴィラールのすぐ横にいた。どちらもスイス国民で、ジュネーブの住人だった。

アタッシェケースのことを調べるほうが大変だった。なにしろ、残っている部分がほとんどない。その後、スイス連邦警察が防犯カメラのビデオ映像を入手した。〈カフェ・ルモール〉でアタッシェケースに手を伸ばすリュシアン・ヴィラールの姿が映っていた。黄褐色のオーバーを着た眼鏡の男性が置いていったものだ。男性が徒歩でカフェを出ると、青白い肌に淡い色の髪をした長身の男が尾行した。ほかにもう一人、パサートのセダンであとをつける男もいた。黄褐色のオーバーの男性は電話で誰かと短く話をしてからコラットリ通りの映画館に入り、そのあとすぐに出ていった。オニキスというスイスの優秀な信号情報システムで傍受した通話内容が公表された。電話の相手は女性で、二人はフランス語で簡潔なやりとりをした。言語分析の専門家は二人ともフランス語が母国語ではないと判定。

リュシアン・ヴィラールのほうは、午後五時十七分にアタッシェケースを持って〈カフェ・ルモール〉を出た。カフェで長身の男と一緒だった女性があとをつけた。爆発が起きたとき、女性はジョルジュ・ファヴォン大通りでヴィラールから半ブロックほど離れて立っていた。数分間、歩道に倒れたまま身動きもせず、死者の仲間入りをしたかに見えた。やがて長身の男が現われ、パサートのリアシートに大急ぎで女性を押しこんだ。

パサートはフランスで登録されたもので、爆発現場を離れた数分後にはフランスに戻る道を走っていた。もうじき午後九時になろうとするころ、後部のナンバープレートの大部分に泥をつけたまま、車はリヨン中心部の駐車場に入った。ガブリエルが左側の後輪の下にキーを隠すあいだに、ミハイルがサラに手を貸してリアシートから降ろした。二人で通りを渡ってリヨン・パール＝ディユー駅へ向かうあいだ、サラの足どりはふらふらだった。

パリ行きの最終夜行列車はすでにホームに入っていた。ミハイルが三人分の切符を現金で購入し、三人でホームへ向かった。三人が入った車両はがらがらに空いていた。ミハイルは車両の前方へ行き、進行方向と逆のシートに一人ですわった。ガブリエルとサラは右側の席にすわった。サラの顔は蒼白で、髪は湿っていた。ミハイルが清潔な服に着替えさせる前に、髪についた血をヴィッテルの一リットルボトル二本を使って洗い流したのだ。幸い、その血はサラのものではなかった。リュシアン・ヴィラールの血だった。

サラは窓に映った自分の姿を点検した。「外傷はまったくない。あなたならどう説明する？」

「爆弾を設計するさいに、周囲の死傷者を最小限にとどめるよう計算したのだろう」

「爆発を見た？」

ガブリエルは首をふった。「音を聞いただけだ」

「わたしは見たわ。少なくとも、見たと思ってる。記憶に残っているのは、全身を粉々にされたときのリュシアン・ヴィラールの表情だけ。まるで……」

「自爆テロの実行犯のようだった？」

サラはゆっくりうなずいた。「前に見たことがあるの？」

「自爆テロを？　数えきれないほど見てきた」

サラは急に身を震わせた。「トラックに轢かれたような気分だわ。肋骨が一本か二本折れてるかもしれない」

「きみが飛行機に乗る前に医者に診てもらおう」

「飛行機って？」

「きみがパリからニューヨークに帰るための便だ」

「わたし、どこへも行かないわよ」

ガブリエルは返事もしなかった。窓ガラスに映った顔が苦悩に歪んでいた。

「今夜は計画どおりに進まなかったわね」サラは言った。「リュシアン・ヴィラールは吹き飛ばされた。リーマ王女誘拐犯の一人はわたしたちの指のあいだをすり抜けた」

「残念ながら、的確な要約だ」

「向こうからこっちの腕に飛びこんできたのに、みすみす逃してしまった」

「やつを逃したのはミハイルとわたしだ。きみではない」

「カフェでつかまえるべきだったかもしれない」

「もしくは、やつが映画館のそばの静かな通りを歩いていたときに、弾丸を撃ちこむべきだったかも。弾丸にはきわめて意志強固な人間の口を割らせる威力がある」

「それはわたしも覚えてるわ」サラは列車の窓の外を過ぎていく醜悪な郊外を見守った。

「ハリードの娘があの学校に転入したことを誘拐犯がどうやって知ったのか、どうやらわかったようね」

「かならずしもヴィラールから聞きだす必要はなかったと思うが」

「じゃ、ヴィラールは一味のために何をしたの？」

「その点については、わたしのほうで推測する必要がある」

「パリまで長い道のりよ。好きなだけ推測して」

「ヴィラールはターゲットを近くで監視する役目だったのだろう」しばらくして、ガブリエルは言った。

「それで？」

「犯人一味にはできないことだった。スイスの保安機関が王女に目を光らせていることはわかっていたからな。そこで、かわりに監視をおこなう者を雇った。王女の身の安全を守るはずだった人物を」

「誰に雇われたのか、ヴィラールは知っていたのかしら？」

「それは疑わしい」

「だったら、連中はなぜヴィラールを殺したの？」

「自分たちの身を危うくする恐れのある人間はすべて抹殺することにしたのだろう。もしくは、ヴィラールが何か愚かなことをしたのかもしれない」

「どんなことを？」

「連中を脅迫したんじゃないかな。もしくは、もっと金をよこせと迫ったか」

「きっと、アタッシェケースにお金が入ってると思いこんでたのね。そうでなければ、どうしてアタッシェケースを持ち去ったりするかしら」サラは車両の前方でこちらをじっと見ているミハイルに目を向けた。「わたしが死んだと思いこんだときの彼の顔、あなたにも見せてあげたかったわ」

「見たとも」

「彼がなんとかって女と恋に落ちたことはわたしも知ってるけど、わたしのこともまだ気になるみたい」サラはガブリエルの肩に頭を預けた。「これからどうするの？」

「きみは家に帰るんだ、サラ」

「もう帰ってきたわ」サラはそう言って目を閉じた。

21

同じ夜のもっと遅い時間、イスラエルの諜報機関の長官を乗せた列車がパリのリヨン駅に入ろうとしていたころに、覆面をした三人の人物がリーマ・ビント・ハリード・アブドゥルアズィーズ・アル・サウード王女を浅い眠りから起こした。三人とも興奮している様子で、リーマにはそれが意外だった。ノートの一件以来、リーマと犯人一味のやりとりは堅苦しい無言のものになったが、よけいな敵意は消えていた。覆面をした三人は全員が男だった。そういえば、ここしばらく女の姿を見ていない。いつから見ていないのか、正確なことはわからない。リーマが時間と日々の経過を推測するのに使うのは時計やカレンダーではなく、食事の間隔と監視つきでトイレへ行く回数だった。

男の一人がヘアブラシとパドル形の小さな鏡を手にしていた。ノートも持っていた。リーマの外見を整えようとした。理由は言わなかった。鏡に映った自分の顔を初めて見た瞬間、リーマはショックを受けた。血の気のない痩せ細った顔が自分だとはとても思えなかった。漆黒の髪は薄汚れ、もつれていた。

男が出ていったので、リーマは手鏡をかざし、もつれた髪に無理にブラシをかけた。しばらくすると、ロンドンで発行されている新聞と真っ赤なインスタント・カメラを持って、男が戻ってきた。カメラはおもちゃのようで、冷酷な犯罪者が使うものとは思えなかった。男はリーマに新聞を渡し――『デイリー・テレグラフ』の朝刊だ――それを顎の下で持つよう、粗野な手つきで指示した。リーマはカメラに向かって〝ジュハイミン〟、つまり、アラビアのベドウィン族に伝統的に伝わる〝怒りの形相〟を作った。しかし、その目には、早くこの苦しみから救いだしてという父親への懇願が滲んでいた。

カメラが光り、数秒後に写真を吐きだした。男がもう一枚写真を撮った。最初のよりこちらのほうが気に入ったようだ。二枚とも手にしたまま、あと二人の男と部屋を出ていこうとした。

「それ、もらってもいい？」

覆面の奥の目がいぶかしげにリーマを見た。

「わたしの父に送るのをやめたほうの写真。わたしがいまも生きてることを証明するために、一枚だけ送るんでしょ？」

その目がリーマの頼みについて慎重に検討しているように見えた。やがて、不要なほうの写真が放り投げられ、柔らかなカーブを描いてから、リーマのそばの簡易ベッドに落ちた。ドアが閉まり、デッドボルトがカチッとかけられた。天井の照明はあいかわらずついたままだ。

リーマはスナップ写真を拾いあげた。よく撮れていると思った。十二歳という年齢より大人びて見える。酒かドラッグに軽く酔っている感じで、ちょっとセクシー。『ヴォーグ』や『グラマー』のモデルみたい。父親が同じように思うかどうかは疑問だが。

ベッドに仰向けになって身体を伸ばし、写真の少女の目をじっと見た。「おまえは死んだ」とつぶやいた。「死んだ、死んだ、死んだ」

22

パリ――ロンドン

〈オフィス〉の隠れ家はブーローニュの森のはずれに建つ小さなアパルトマンの建物のなかにあった。二つの寝室をミハイルとサラがそれぞれ占領したため、ガブリエルはリビングのソファベッド――〈オフィス〉内部の呼び方に従うなら〝釘のベッド〟――で寝るしかなくなった。結果として、リーマ王女と同じく、その夜はろくに眠れなかった。

早朝に起きて着替えをすませ、白銅貨のような色の冷たい光に満ちた朝の戸外に出た。大使館から派遣された二人組の警護チームが、外交官ナンバーをつけたルノーのセダンに乗ったまま、歩道の縁で待っていた。車は静かな通りを走ってパリ北駅まで行き、ガブリエルは八時十五分発のロンドン行きのユーロスターに乗りこんだ。彼の座席はビジネスクラスだった。商業や金融業に携わる人々に囲まれて朝刊を読んだ。ジュネーブで起きた謎の爆破事件をめぐる、いい加減な憶測記事がでかでかと出ていた。外交官の子女が学ぶ名門私立校で警備主任をしていた男が事件に巻きこまれたという。

列車が海峡トンネルに近づくあたりで、ガブリエルは暗号化した携帯メールを送った。英国の首都にもうじき到着することを相手に知らせるためだった。返信が届くまでに長い時間がかかり、しかも不愛想な文面だった。歓迎の言葉も挨拶もなし。住所が書いてあるだけだ。たぶん隠れ家の住所だろう。いや、違うかもしれない。英国の連中には〝隠れ家(セーフハウス)〟はない。少なくとも、モスクワ・センターに知られていない安全(セーフ)なものはひとつもない。

列車がロンドンのセント・パンクラス・インターナショナル駅にすべりこんだのは九時半だった。出迎えの人間が来ているものと思っていたのに、光り輝くコンコースを横切るあいだ、英国側の歓迎委員会の姿はどこにも見あたらなかった。本当なら、すぐさま〈オフィス〉のロンドン支局に電話を入れて運転手と警護係を呼ぶべきだった。しかし、ガブリエルはそれから二時間ほどウェスト・エンドの通りをうろつき、尾行されていないかどうかをチェックした。〈オフィス〉の規則に反する行動だが、ガブリエルの場合、前例のないことではない。前回、一人で現場に飛びだしたときは、ＭＩ６のワシントン支局長という立場で組織を裏切っていたレベッカ・マニングと、彼女を国外へ脱出させるために送りこまれた重装備のロシア人チームと対決した。ロシア人チームは命を落とした。レベッカ・マニングは幸か不幸か生き延びた。

在英ロシア大使館はケンジントン宮殿に近い高級な地区の一角を占め、大使館内に多数の職員を擁するレジデンテュラ――ＳＶＲ(ロシア対外情報庁)の海外支局――がある。

ガブリエルはベイズウォーター・ロードを歩いて大使館の前を通り過ぎ、ノッティング・ヒルへ向かった。このファッショナブルなエリアの北のほうに聖ルカ・ミューズがある。ウェストウェイの近くだ。七番地の建物もこの通りに建ち並ぶすべてのコテージと同じく、厩（ミューズ）を改装したものである。外側はグレイの濃淡になっている——レンガは淡いグレイ、窓枠とドアは濃いグレイ。ノッカーは大きな銀色の輪だった。ガブリエルはそれでドアを二回叩いた。だが、応答がなかったので、もう一回叩きつけた。

ようやくドアがあいて、ナイジェル・ウィットカムがガブリエルを招き入れた。ウィットカムは最近四十歳になったが、いまだに、思春期の子が身体だけひきのばされて大人の体形にされたような印象だ。ガブリエルは彼がＭＩ５の実習生だったころから知っている。いまの彼は英国の秘密情報部、すなわちＭＩ６の長官の個人的な側近となり、非公式な用件の処理にあたっている。

「わたしは元気だ」ドアを閉めたウィットカムに、ガブリエルはあてつけがましく言った。「きみはどうだね、ナイジェル？」

「デイヴィーズです」ウィットカムは答えた。「隠れ家では本名を使わず、仕事用の名前で通すことになっています」

「では、今日のわたしの名前は？」

「マッド」ウィットカムは言った。

「魅力的だ」

「われわれが却下した名前も聞いてほしかったです」

「想像はつく」ガブリエルは狭いコテージの内部を見まわした。最近改装をおこない、ペンキも塗り替えたようだが、家具はほとんど入っていない。

「先週購入したばかりでして」ウィットカムは説明した。「あなたが最初のゲストです」

「光栄だ」

「こんなことになるとは思いもしませんでした。これまで所有してきた隠れ家をすべて処分しているところです。しかも、ロンドンだけではない。世界じゅうの隠れ家を」

「だが、その情報をロシアに売ったのはわたしではないぞ。レベッカ・マニングだ」

しばらく時間が過ぎた。やがて、ウィットカムが言った。「思えば長いつきあいですね、ミスター・マッド」

「もう一度その名前を使ったら――」

「ハリコフ作戦のころまでさかのぼります。ご存じのように、わたしはあなたをこの上なく尊敬しています」

「しかし？」

「彼女を黙って亡命させたほうがよかったはずです」

「それでも何も変わらなかっただろう、ナイジェル。やはりスキャンダルになり、きみたちはすべての隠れ家を捨てるしかなかっただろう」

「隠れ家だけじゃありません。何もかもです。ネットワーク、支局長たち、暗号。事実上、われわれの諜報活動は停止状態です」

「ロシアの連中が情報機関の上層部にモグラを潜入させれば、そうなるのもやむをえない。だが、少なくとも、新しい隠れ家がいくつも入手できたじゃないか」ガブリエルは言った。

「ここだって、ストックウェルのあのあばら家よりずっといい」

「あれも処分しました。矢継ぎ早に物件の売買を続けているため、ロンドンの不動産市場に影響が出ているほどです」

「わたしもベイズウォーターにすてきなフラットを持っていて、それを手放そうと思ってるんだが」

「公園に面したあのフラットですか？　あれが〈オフィス〉の隠れ家だってことは、この世界の者なら誰だって知っています」ウィットカムはここで初めて微笑した。「すみません。ここ数カ月、悪夢だったんです。レベッカがモスクワ・センターの新しい執務室でショーを見て楽しんでいることでしょう」

「〝C〟は持ちこたえているのか？」

「その答えは本人からどうぞ」

正面の窓の外に、ジャガーのリムジンのリアシートから大儀そうに降りてくるグレアム・シーモアの姿がちらっと見えた。こぢんまりしたトレンディーなミューズの前では場違いな印象だ。裕福な年配の男性が自由奔放な若い愛人を訪ねてきたといったところか。シーモアにはつねにそんな雰囲気がある。いつ撮影に応じてもよさそうな顔立ちと豊かな銀髪のおかげで、万年筆やスイス製腕時計といった高価な装飾品の広告に登場する男性モデルのように見える。シーモアはコテージに入ってくると、不動産屋に熱意を悟られまいとするような態度でリビングを見まわした。

「ここにいくら払ったんだ?」ウィットカムに尋ねた。

「二百万近くです、長官」

「わたしの記憶では、チジックのワンルームで充分だった時代もあった。家政婦はパントリーに食料をストックしただろうか?」

「いや、まだです」

「角を曲がったところに〈テスコ〉がある。紅茶とミルクと缶入りビスケットを買ってきてくれ。ゆっくり時間をかけていいぞ、ナイジェル」玄関ドアが開いて閉じた。シーモアは〈クロンビー〉のオーバーを脱いで椅子の背に放り投げた。椅子は〈イケア〉の製品のようだ。「インテリアにかける金はあまり残っていなかったのだろう。二百万ポンドの値札がついていたのだから」

「こういう狭い家には家具を詰めこまないほうがいい」

「そういうものかね」シーモアはイートン広場にあるジョージ王朝様式の贅沢な家で、たいそう料理好きだが腕前はお粗末なヘレンという名の妻と一緒に暮らしている。資産はヘレンの実家のものだという。シーモアの父親はＭＩ６の伝説的職員で、中東が主な活躍の場だった。「ここしばらく忙しかったようだな」

「わたしが？」

シーモアは唇を閉じたまま微笑した。「数日前の夜、テヘランで起きた異常な量の無線と電話のやりとりをＧＣＨＱが傍受している」ＧＣＨＱとは英国政府通信本部のことだ。「率直に言うと、現場で大火事が起きたのかと思ったほどだ」

「何があったんだ？」

「何者かが倉庫に侵入し、重量にして二トン分ぐらいのファイルとコンピュータ・ディスクを盗んでいった。そこにはどうやら、イランの核兵器開発計画の記録がすべて収められていたらしい」

「なんとまあ」

ふたたび微笑。さっきより長かった。「イランの核開発を阻止すべく、コードネーム〈マスターピース〉を含む無数の作戦できみと協力しあった者として、われわれもその資料に目を通させてもらいたい」

「そう来ると思っていた」

「きみがアメリカの連中に見せる前にな」

「ラングレーのほうに資料を見せていないとどうして断言できる？」

「それだけのお宝を分析するための充分な時間が、きみにはまだなかったからだ。それに、きみがアメリカ側にその一部でも渡していれば、連中がわたしに見せてくれたはずだ」

「わたしならそんな確信は持てないだろう。アメリカの連中もきみの機関に対して、われわれと同じ懸念を抱いている。無理もない。なにしろ、レベッカはＭＩ６のワシントン支局長だった最後の数カ月間に、アメリカの秘密を片っ端から盗みだしていたのだから」

　顔に影が落ちたかのように、シーモアの表情が暗くなった。「レベッカはもういない」

「いや、それは違う、グレアム。モスクワ・センターの英国セクションで活動している。そして、あなたは身動きがとれない状態だ。なぜなら、レベッカがＭＩ６内部にほかのモグラをひきいれていたか否かがはっきりしないから」

「だからこそ、わたしにはおいしい秘密が必要なのだ。諜報の世界でまだまだ活躍できることを証明するために」

「だったら、現場に出て秘密を盗んでくるがいい」

「われわれは目下、わが身を責め苛むのに忙しくて、本物のスパイ活動をしている暇がない。完全な麻痺状態だ」

「ちょうど、あの時代と同じように——」

「そうだ」シーモアはガブリエルの言葉をさえぎった。「当時と現在の状況は驚くほどよく似ている。フィルビーになぎ倒されたあと、われわれがふたたび立ちあがるまでに何年もかかった。二度とそんな事態を招いてはならない、とわたしは肝に銘じている」

「だから〈オフィス〉の協力がほしいわけか」

シーモアは何も言わなかった。

「イランのファイルが最終的にモスクワ・センターのレベッカのデスクに置かれるようなことはない、という保証がどこにある？」

「そうはさせない」シーモアは重々しく言った。

「では、わたしがあなたにイランの資料を渡したら？ お返しに何をくれる？」

「内輪揉めをやめて、以前のような関係に徐々に戻ることにする」

「もっと具体的なものにしてもらえないかな」

「わかった」シーモアは言った。「その資料を渡してくれたら、KBMが退位を余儀なくされる前に王女を見つけだせるよう、きみに協力する」

「なぜ知っている？」

シーモアは肩をすくめた。「情報源もあれば、手段もある」

「アメリカ側も知っているのか？」

「ゆうべ、別件でモリス・ペインと話をした」ペインというのはCIA長官だ。「ハリードの娘が誘拐されたことは知っていたが、きみの関与については知らないようだ」シーモアは唐突につけくわえた。「この街に来ているぞ」

「モリスが?」

「ハリードだよ。昨日の午後の便で到着した」シーモアはガブリエルを注意深く見つめた。「意外だな。きみと新たに親密な関係を築いたというのに、ロンドンに来ることをハリードが内緒にしていたとは」

「ハリードからはひとことも聞いていない」

「きみ、やつの携帯電話を追跡していないのか?」

「信号が消えてしまった。たぶん、新しいのに替えたのだろう」

「GCHQも同じ意見だ」

「ハリードはなんの用でロンドンに?」

「ゆうべ、大好きなアブドゥッラーおじさんと食事をした。現国王の弟の」

「腹違いの弟」ガブリエルは言った。「大きな違いだ」

「そのせいで、アブドゥッラーはほとんどの時間をこのロンドンで過ごしている。じつを言うと、わたしとは近所どうしなんだ。もとはハリードの皇太子昇格に反対していたが、ハリードが財産没収と自宅軟禁をちらつかせて脅したため、協調路線をとるようになった。いまでは、もっとも親しい相談相手の一人だ」シーモアは顔をしかめた。「二人でどんな話をしていることやら。ロンドンの高級住宅地に住んでいるにもかかわらず、アブドゥッラーは西欧のことがあまり好きではない」

「イスラエルのことも」ガブリエルはつけくわえた。

「そのとおり。だが、サウード王家内部で大きな権力を持っているから、ハリードはアブドゥッラーを味方につけておく必要がある」

「MI6の協力者なのか？」

「アブドゥッラーが？　どこからそんなことを思いついた？」シーモアは椅子にすわった。

「『ゲーム・オブ・スローンズ』を現実と混同しているようだな。きみに少しでも分別があるなら、関わりあいを避けて、サウード王家の内紛を見物するだけにしておくべきだ」

「中東のように物騒な地域でサウジアラビアを不安定な状態にしておくのは危険すぎる」

「同感だ。だからこそ、われわれはKBMの暴挙に目をつぶってきた。オマール・ナーワフ殺害の件も含めて」

「ハリードはなぜあんなことを？」

「わたしが聞いたのは噂だけだが」シーモアは言葉を濁した。

「どんな噂だ？」

「ナーワフが知ってはならないことを知ってしまったとか」

「どんな？」

「きみの仲良しに尋ねたらどうだね？　偽名でドーチェスター・ホテルに泊まっている」

シーモアは非難の表情で首をふった。「ひとつ言っておくと、わたしだったら、わが子が誘拐されたときに、ドーチェスターの贅沢なスイートに泊まることはありえない。誘拐犯を見つけようとするだろう」

「ハリードはそのためにわたしを頼ってきた」ガブリエルはアタッシェケースから一枚の写真をとりだした。フランスのカフェにすわっている男の写真だった。

「何者だ？」

「あなたに教えてもらえるかと期待していたのだが」ガブリエルはパスポートのコピーをシーモアに渡した。「けっこう腕の立つ男だ。ゆうべもジュネーブで五秒もかからずにミハイルの尾行をふりきった」

シーモアは顔を上げた。「ジュネーブ？」

「あなたの組織の一員だった可能性はないだろうか、グレアム。ＭＩ６の元職員が自分のスキルを売りに出しているとか」

「調べておこう。だが、そうは思えないな。そもそも、英国人には見えない」シーモアは写真をつくづく眺めた。「プロだと思うか？」

「間違いない」

シーモアは写真とパスポートのコピーを返した。「諜報の世界の暗黒面に詳しい人物に見せたほうがいいかもしれない」

「そういう人物に心当たりは？」

「あるかもしれない」

「わたしが訪問してもかまわないか？」

「いいとも。いまのところ、暇を持て余しているようだから」シーモアは家具が半分ほどしか入っていない部屋を見まわした。「われわれ全員がそうだ」

23

ケンジントン、ロンドン

世の中には贖罪（しょくざい）への道をまっしぐらに進む者もいれば、クリストファー・ケラーのように遠いまわり道をする者もいる。彼の住まいはケンジントンにあるクイーンズ・ゲート・テラスの贅沢なメゾネット。いくつもある部屋にはほとんど家具が入っておらず、室内装飾もされていない。元ファッション・モデルで、現在はセント・ジェームズでモダンアートの画廊を経営して成功を収めているオリヴィア・ワトソンとの関係が終わってしまったことを示す証拠だ。オリヴィアの過去もケラーに劣らず波乱万丈だった。ガブリエルが二人の唯一の共通項だ。

「馬鹿なことをしでかしたんじゃなかろうな？」

「ちょっと数えてみる」そう言って、ケラーは思わず苦笑した。明るいブルーの目、太陽に漂白された髪、そして、中央に刻み目があるがっしりした顎。唇にはつねに皮肉な笑みが張りついているかに見える。

「何があったんだ？」

「オリヴィア」

「その意味は？」

「あんたが気づいてないといけないから言っておくと、オリヴィアはいまじゃロンドンの美術界の大スターだ。魅力的な写真が新聞にしじゅう出ている。男関係はどうなってるのかと、憶測が乱れ飛んでる。おれは彼女と人前に出ることができなくなってしまった」

「当然ながら、二人の仲がぎくしゃくしはじめた」

「オリヴィアは家庭でおとなしくしてるタイプじゃないんだ」

「きみもそうだろ、クリストファー」

ケラーは英国陸軍の特殊空挺部隊の元エリート兵士で、北アイルランドに潜入して情報収集をおこない、第一次湾岸戦争にも従軍している。また、コルシカ島に住むマフィアのボスのもとで働いたこともある。おおざっぱに言うと、金をもらって人を殺す仕事をしていた。しかし、すべてはもう過去のこと。ガブリエルの尽力のおかげで、ケラーは女王陛下の秘密情報部の立派な職員になった。修復されたのだ。

ケラーは電気ケトルにペットボトルの水を入れ、スイッチを入れた。古いジョージ王朝様式の家の半地下がキッチンになっている。インテリアデザインの雑誌に出てくるようなキッチンだ。御影石のカウンターは広くて、趣味のいい照明器具がついている。ガス台はヴァルカン社製。冷蔵庫はサブゼロ社のものでステンレス仕上げ。そして、アイランド式カウンターにはシンクとワインクーラーが備えられ、ガブリエルはその前で背の高いスツールに腰かけている。窓の外に、雨の歩道を急ぎ足で通り過ぎる人々の脚がちらっと見える。まだ三時半なのに、外はもう薄暗い。ガブリエルはイングランドの冬に何度も耐えてきた——一度など、辺鄙なコーンウォール州西部の海辺のコテージで暮らしたこともある——しかし、十二月のロンドンで雨の午後を過ごすと、いつも気分が暗くなる。

ケラーが戸棚をあけてトワイニングの箱に手を伸ばした——右手ではなく左手であることに、ガブリエルは気がついた。

「その後、具合はどうだ？」

ケラーは右の鎖骨に片手をあてた。「あの弾丸で思った以上にダメージを受けた。治るのにずいぶんかかっている」

「年をとると治りが遅くなるものだ」

「明らかに経験から出た言葉だな。正直なところ、いささかきまりが悪い。同僚に撃たれた職員なんて、ＭＩ６の歴史始まって以来、たぶんおれだけだろう」

「レベッカは同僚ではなかった。ＳＶＲの大佐だった。自分をＭＩ６の職員だと思ったことは一度もない、と本人がわたしに言っていた。潜入工作員だったんだ」

「父親と同じように」ケラーは紅茶の箱をとりだし、音を立てずに戸棚を閉めた。「二度とあんたに会えないかと思っていた。ワシントンであんな結末を迎えたからな。言うまでもないが、おれたちの友情を新たにする許可をグレアムがくれたんで、驚いたがうれしかった」

「グレアムからどこまで聞いている?」

「あんたが〝バラバラ殺人皇太子〟に関わりあったということだけだ」

「皇太子は紛争地域におけるわれわれの貴重な資産だ」

「その口調、まさにスパイの世界の支配者って感じだな。以前のあんただったら、あんな男のために手を汚すようなことはしなかっただろう」

「子供がからんでいることをグレアムから聞いてるか?」

ケラーはうなずいた。「おれに見せたい写真をあんたが持ってるってことも聞いた」

ガブリエルは写真をカウンターに置いた。カフェにいる男。となりのテーブルの女。

「どこで撮った?」

ガブリエルは質問に答えた。

「アヌシーか? なつかしい」

「この男に見覚えは?」

「うーん、ないなあ」

「こっちはどうだ?」

ガブリエルはパスポートの写真をケラーに渡した。

「おれたち英国人は体形も身長もいろいろだが、おれたちと同じ国の人間とは思えん」

そのとき、ガブリエルのブラックベリーが振動して、メッセージの受信を知らせた。

「あんたの表情からすると」ケラーは言った。「いい知らせじゃなさそうだな」

「誘拐犯一味がハリードの退位の期限は明日の真夜中だと言ってきた」

ブラックベリーが振動して次のメッセージが届いた。今度は、ガブリエルの顔に笑みが浮かんだ。

「どうした?」

「打開策」

「意味は?」

「途中で説明する」

「どこへ行くんだ?」

ガブリエルはいきなり立ちあがった。「ドーチェスター・ホテル」

24

メイフェア、ロンドン

ケラーの派手なベントレー・コンチネンタルが〈ハロッズ〉の前を猛スピードで通り過ぎた瞬間、ガブリエルは反射的に革のアームレストを握りしめた。車はハイドパーク・コーナーで地下にもぐり、しばらくするとピカデリーで地上に出た。ケラーはロンドンのタクシー運転手にも負けない機敏な運転で、迷路のように入り組んだメイフェアの道路を走り、車はドーチェスター・ホテルの入口の外で揺れながら停止した。ホテルはクリスマスツリーのように光り輝いていた。

「あんたはここで待っててくれ」ケラーは言った。

「ほかにどこへ行けるというのだ？」

「武器はあるか？」

「鋭敏なウィットと豊かな魅力だけ」

ケラーはオーバーのポケットから古いワルサーPPKを出し、ガブリエルに渡した。

「恩に着る、ミスター・ボンド」

「楽に隠せるし、すごい威力だ」

「窓ガラスにレンガを投げつけるようなものだな」ガブリエルは背中のくぼみに手をまわし、ズボンのウェストに銃をすべりこませた。「やつはアル＝ジュベイルという偽名でチェックインしている」

「おれの名前は？」

「ミスター・アレンビー」

「橋の名前と同じか？」

「そうだ、クリストファー、橋の名前と同じだ」

「護衛なしで出かけるのを向こうが拒否したら？」

「娘をとりもどすにはその方法しかないと言ってやれ。向こうも考えなおすはずだ」

ケラーはホテルに入っていった。ごろつきみたいなサウジの男が二人、ロビーでピスタチオを食べていたが、マスコミ関係者の姿はどこにもなかった。世界でいちばんひどく罵倒されている男がロンドンの最高級ホテルに泊まっていることに、どういうわけか英国のマスコミは気づいていないようだ。

フロントのほうへ歩いていくケラーに、サウジの男二人が警戒の目を向けた。カウンターの奥にいる美人の顔が反射的に明るくなった。モーションセンサーでスイッチが入る照明みたいなものだ。

「アル＝ジュベイル氏に会いに来た。約束してある」

「お名前を伺ってもよろしいでしょうか？」

ケラーは名前を告げた。

女性は受話器を耳元へ持っていき、感じのいい声で何やらささやきかけた。それから受話器を戻して、エレベーター乗り場のほうを手で示した。「アル＝ジュベイル氏の秘書の一人がスイートルームまでご案内します」

ケラーはサウジのごろつき二人に監視されつつエレベーター乗り場まで歩いた。五分たったころ、ようやくハリードの側近がやってきた。完璧な仕立てのスーツとネクタイ姿の眠そうな目をした小男だった。

「アロン長官が来られるものと思っていました」

「そして、おれは皇太子が来るものと思っていた」

「殿下は下っ端にはお会いになりません」

「おれがあんただったら、友よ、黙って上の階へ案内するだろう。でないと、おれはここから出ていき、あんたはおれに逃げられたことをノコギリ皇太子に説明しなきゃならなくなる」

サウジの小男は数秒たってからエレベーターのボタンを押した。ハリードが宿泊している部屋はテラス・ペントハウスだった。ケラーとサウジの側近が入っていくと、ハリードは電話を耳にあてたまま、ハイドパークを見渡す大きな窓の前を行きつ戻りつしていた。護衛の一人がケラーに両手を上げるように言った。武器の有無を調べようというのだ。ケラーは早口のアラビア語で、口にするのもはばかられる性行為をラクダとやるがいい、と護衛に言ってやった。

ハリードが足を止め、電話を下ろした。「誰だ、この男は？」

小柄な側近は能力の及ぶかぎりの説明をした。

「アロンはどこだ？」

今度はケラーが返事をした。イスラエルの諜報機関の長官は下に止めた車のなかで待っている、と。ワルサーPPKのことは省略した。

「アロンと緊急に話がしたい」ハリードは言った。「ここに来るよう言ってくれ」

「残念ながら、それは無理かと」

「なぜだ？」

「ここはおそらく、ロンドンでもっとも安全性の低い部屋でしょうから」

ハリードは早口のアラビア語で側近に二言三言命じた。

「いや」同じくアラビア語でケラーは言った。「リムジンも護衛もだめです。一緒に来てほしい。一人で」

「護衛なしでここを出るわけはいかない」

「護衛など必要ない。さあ、コートを着て、ハリード。ひと晩じゅうぐずぐずしてはいられない」

「皇太子殿下と呼べ」皇太子は横柄な口調で言った。

「ちょっと長ったらしくないか？」ケラーは微笑した。「おれのことは簡単にネッドと呼んでくれ」

ハリードが西側世界で出歩くときはかならず中折れ帽をかぶり、黒縁眼鏡をかけることにしている。雑な変装だが、見破られることはほとんどない。現に、未来の国王が光り輝く大理石の床のロビーをケラーと並んで大股で歩いていっても、サウジの用心棒二人はピスタチオから顔を上げようともしなかった。ガブリエルはすでにベントレーのリアシートに移っていた。ケラーが運転席に腰を下ろすあいだに、ハリードは助手席に乗りこんだ。それからほどなく、車はラッシュアワーの車のあいだを縫いながら、パーク・レーンを疾走していた。

ハリードが肩越しにガブリエルをちらっと見た。「この男、いつもこんな運転なのか？」

「生命が危険にさらされているときだけだ」

「どこへ連れていく気だ？」

「あなたがぜったいにいてはならない場所へ」

ハリードはベントレーの車内を賞賛のまなざしで見まわした。「少なくとも、わたしを乗せるにふさわしい車を用意してくれたようだな」

「気に入ったか？」

「ああ、大いに」

「よかった」ガブリエルは言った。「それを聞いてどんなに安堵したか、口では言えないぐらいだ」


ケラーはそれから三十分かけて、尾行がついていないことをガブリエルが確信するまでロンドンのウェスト・エンドを走りまわった――ナイツブリッジ、ベルグレーヴィア、チェルシー、アールズ・コート。確信できたところでようやく、ケンジントン・パレス・ガーデンズへ向かうよう、ガブリエルはケラーに命じた。大使館の多い通りで、一般の車が自由に通行することはできない。ケラーのベントレーは綿密に調べられることもなく検問所を通過し、ヴィクトリア朝様式の赤レンガの建物の前庭に入っていった。屋根の上に青と白のイスラエル国旗がひるがえっていた。

ハリードはまさかと言いたげに窓の外を見つめた。「本気じゃあるまいな」

ガブリエルは沈黙によって、本気であることを示した。

「わたしがあそこに足を踏み入れたらどうなるか、わかっているのか?」

「十五名からなる暗殺チームに殺され、切り刻まれる」

ハリードは正真正銘の警戒の表情でガブリエルを凝視した。

「冗談だよ、ハリード。さあ、車を降りてくれ」

25

ケンジントン、ロンドン

ハリードの単純な変装では、大使館の警備スタッフや大使の目をごまかすことはできなかった。イスラエルの伝説的なスパイの親玉がサウジアラビアの事実上の支配者を連れて大使館の事務局に飛びこんだとき、大使はたまたま外交関係のレセプションに出かけようとしているところだった。「あとで説明する」ガブリエルが声をひそめてヘブライ語で言うと、大使がこうつぶやくのが聞こえた。「かならず説明してもらいますぞ」

地下に下りたガブリエルは〝蜂の巣〟と呼ばれる電波を遮断するボックスにハリードの真新しい電話をしまい、それから〈オフィス〉支局の地下金庫のようなドアをあけた。ドアの向こうで新任支局長のモーシェ・コーヘンが待っていた。まず長官のガブリエルに目を向け、次に、サウジアラビア皇太子を驚きの表情で見た。

「ど、どういうことで――」

「この人の電話は蜂の巣にしまってある」ガブリエルはヘブライ語でそっけなく口をはさ

んだ。

コーヘンにはそれ以上の指示は必要なかった。

「どれぐらい時間をもらえる?」

「五分」

「できれば十分ほしい」

ハリードにはこのやりとりの内容は理解できなかったが、だいたいの趣旨をつかんで大いに感心している様子だった。ガブリエルのあとについて支局の中央廊下を進み、次の頑丈なドアの前に立った。ドアの奥の部屋は二・五×三メートルほどの狭いものだった。電話が二台、パソコン一台、そして、壁にとりつけたビデオモニター。支局のほかの場所に比べると、気温が何度か低い。ハリードはオーバーを脱がないことにした。

「盗聴の心配のない部屋か?」

「われわれは別の名前で呼んでいる」

「どのような?」

ガブリエルは躊躇(ちゅうちょ)した。「至聖所(ホーリー・オブ・ホーリーズ)」

オックスフォードで教育を受けたハリードではあるが、この表現が理解できないのは明らかだった。

「至聖所とはユダヤ神殿の最奥部にある神聖な場所のことだ。完璧な立方体で、縦も横も高さもすべて二十キュービット。そこに〝神の契約の箱〟が置かれ、箱のなかにはモーセがシナイ山で神から授かった十戒が保管されている」

「石板か？」信じられないという口調でハリードが尋ねた。

「神なら、ヒューレット・パッカードのレーザージェットで印字するようなことはしないだろう」

「で、きみはその荒唐無稽（こうとうむけい）な話を信じているのか？」

「石板の真偽については喜んで議論に応じよう」ガブリエルは言った。「だが、それ以外の点を論じるつもりはない」

「〝ソロモンの神殿〟なるものは実在しなかったのだぞ。ユダヤ民族によるパレスチナ征服を正当化するためにシオニストの連中がついた嘘だ」

「神殿のことはユダヤ教の律法（トーラー）に詳細に記されている。シオニズムが誕生するよりはるか以前のことだ」

「それでも、偽りであるという事実に変わりはない」ハリードはこの議論を見るからに楽しんでいた。「数年前にきみの国の政府がいわゆる〝神殿〟の柱が発見されたと発表したときのことを、わたしは覚えている」

「わたしも覚えている」ガブリエルは言った。

「柱はイスラエル博物館で展示されることになった。そうだったな？」ハリードは軽蔑の口調で言った。「あの展示も、ムスリムの土地にきみたちが居すわっていることを正当化するために計画された粗末なプロパガンダだ」

「わたしの妻が展示の設計を手がけた」

「ほう？」

「そして、柱を見つけたのはわたしだった」

今回、ハリードは何も反論しなかった。

「ワクフが神殿の丘の地下五十メートルの部屋に柱を隠していたのだ」ワクフというのはイスラム教宗教協議会のことで、岩のドームとアル＝アクサー・モスクの管理にあたっている。「誰にも見つかるまいと思っていたのだろう。心得違いというものだ」

「それも嘘だ」ハリードが言った。

「イスラエルに来るといい」ガブリエルは提案した。「博物館に案内しよう」

「わたしが？　イスラエルを訪ねる？」

「いいじゃないか」

「きみの国の反応が想像できるか？」

「ああ、できる」

「わたしも認めざるをえないが、〝高貴な聖地〟で祈ることができるのはすばらしい栄誉だ」〝高貴な聖地〟とはイスラム教徒が神殿の丘を呼ぶときの名称である。

「それも二人でできるぞ」

ハリードは小さな会議用テーブルの片側の椅子にすわり、室内を見渡した。「われわれが同じときにロンドンにいたとは、なんという幸運だろう」

「そうだな」ガブリエルはうなずいた。「わたしはきみの娘の捜索に必死だというのに、きみはアブドゥッラーおじさんとディナーをとり、ドーチェスターでいちばん高いスイートに泊まっている」

「わたしがおじに会ったことをどうやって知った？」

ガブリエルはその質問を無視して片手を差しだし、犯人からの手紙を見せるよう要求した。ハリードは手紙をテーブルに置いた。コピーしたものだった。オリジナルはパリのサウジ大使館へ送ったという。活字も余白も最初の手紙とまったく同じだった。そっけない事務的な文面も同じだ。〝退位発表の期限は明日の午前零時。拒否すれば、娘には二度と会えない〟

「生きている証拠はあるのか？」

ハリードは写真のコピーを渡した。少女が前日の『テレグラフ』を手にしてカメラのレンズをまっすぐ見つめている。父親譲りの目だ。疲労の滲む薄汚れた姿だが、怯えている様子はまったくない。

ガブリエルは写真を返した。「父親がこんな写真を見せられるとは酷すぎる」

「自業自得かもしれない」

「まあな」ガブリエルは持参した写真をテーブルに置いた。アヌシーのカフェにすわっている男の写真。「この男に見覚えは？」

「ない」

「こっちの男はどうだ？」ガブリエルは二枚目の写真をテーブルに置いた。ＤＧＳＩが撮影したもので、ラフィク・アル＝マダニが〈トランキリティー号〉でハリードと並んですわっている。

「どこで手に入れた？」

「『タトラー』誌」ガブリエルは写真をひっこめた。「あなたの友達か？」

「わたしに友達はいない。廷臣と泊まり客と家族がいるだけだ」

「アル＝マダニはどのカテゴリーに入る？」

「一時的な同盟者というところかな」

「ジハーディストとサラフィストへの資金の流れをあなたが断ち切るものと思っていたが」

ハリードは相手を見下すような微笑を浮かべた。「アラブのことがよくわかっていないようだな」親指とほかの指をこすりあわせた。「シュワイヤ、シュワイヤ。ゆっくり、ゆっくり。少しずつ」

「つまり、いまも仲良しのラフィク・アル＝マダニの手を借りて、過激派に資金提供を続けているということだね」

「ラフィクのような人物の協力を得て慎重に動く必要があるということだ。大物宗教指導者の信頼を得ている人物。わたしが必要とする援護を差しだせる人物。でないと、サウード王家は崩壊し、アラブ世界はアルカイダとＩＳＩＳの息子たちに支配されることになってしまう。きみはそれを望んでいるのか？」

「あなたがやっているのは昔ながらの裏切りのゲームだ」

「いまのわたしは虎の耳をつかんでいるようなものだ。手を離せば虎に食われてしまう」

「すでに食われているぞ」ガブリエルはブラックベリーのメッセージを呼びだした。クリストファー・ケラーの家のキッチンにすわっているあいだに受信したものだ。「二通目の手紙のことをあなたに告げたのはアル＝マダニ。ロンドン時間で午後三時十二分のことだった」

「わたしの電話を盗聴しているのか？」

「あなたではなく、アル＝マダニの電話を。そして、アル＝マダニはあなたに電話をした五分後に、ほかの誰かに暗号化したメッセージを送っている。われわれはやつが打つキーを見ていたから、苦もなく判読できた」

「なんと書いてあった？」

「やつがあなたの娘の居所を知っていることが、文面からはっきりわかった」

「見てもいいか？」

ガブリエルは彼の電話をハリードに渡した。

皇太子はアラビア語で低く悪態をついた。「あの男、殺してやる」

「娘の居所を突き止めるのが先だと思うが」

「それはきみの仕事だ」

「この件に関するわたしの役目は正式に終了した。サウード王家の内紛に首を突っこむのはまっぴらごめんだ」

「家族（ファミリー）についての格言を知っているかね？」

「なんだ？」

「くそ（ファック）の別名である」

ガブリエルは思わず微笑した。

ハリードはブラックベリーに視線を戻した。「きみとビジネス取引ができるかもしれない」

「無駄遣いはよせ、ハリード」

「とにかく助けてくれないか？」

「きみのところの政府高官の一人をわたしに尋問しろというのか？」

「まさか。やつにはわたしがじきじきに尋問する。長くはかからないだろう」ハリードは声を低くした。「なんといっても、わたしにはある程度の評判がある」

「控えめな言い方だな」

「どこでやつを尋問する？」ハリードは尋ねた。

「人里離れた場所でないと。警察に見つかる心配のない場所」ガブリエルは言葉を切った。「多少物音がしても近所に聞かれずにすむ場所」

「ぴったりの場所がある」

「不審を持たれることなく、やつをそこまで連れていくことはできるか？」

ハリードは微笑した。「わたしの電話を使えばできる」

26

オート・サヴォワ県、フランス

ハリードはロンドン・シティ空港にガルフストリームを待機させておいた。パリのル＝ブールジェ空港に寄ってミハイルとサラを乗せ、そこからアヌシー空港へ向かった。空港の黒ずんだ滑走路で黒いレンジローバーの車列が待っていた。ハリード個人のヴェルサイユ宮殿までは車で二十分の道のりだった。シャトーで働くスタッフはフランス人とサウジアラビア人が入り交じっていて、そびえるように高い玄関ホールに聖歌隊のごとく整列していた。ハリードは全員にそっけなく挨拶してから、ガブリエルとあとの二人を来客のもてなしに使われるシャトーのメインルーム――ハリードの呼び方に従うなら〝大広間〟――へ案内した。長く延びる長方形の部屋で、大聖堂のような雰囲気だ。ハリードのアートコレクションの一部が壁にかけてあり、真偽のほどが疑わしいダ・ヴィンチの《サルヴァトール・ムンディ》もそこに含まれていた。ガブリエルは片手を顎にあて、首を軽くかしげて、その絵を注意深く観察した。次にしゃがみこみ、斜めに絵を照らしているライテイングのなかで、絵筆のタッチを調べた。

「どう？」サラが尋ねた。

「きみ、ハリードがこれを買うのをどうして黙って見ていられたんだ？」

「ダ・ヴィンチじゃないの？」

「部分的には、たぶんダ・ヴィンチだろう。それもずっと昔の話だ。だが、いまはもうダ・ヴィンチではない」

ハリードがそばに来た。「すばらしいだろう？」

「どちらがより大きな愚行か判断しかねる」ガブリエルは答えた。「オマール・ナーワフを殺したことか、それとも、工房で修復しすぎた作品に五億ドルも無駄遣いしたことか」

「工房？　本物のダ・ヴィンチだとミス・バンクロフトが保証してくれたのだぞ」

「ミス・バンクロフトはコートールドとハーヴァードで美術史を学んだだけだ。このような問題には疎(うと)いに決まっている」使用人の一人が飲みもののトレイを広間に運んでくるのを、ガブリエルはうんざりという目で見つめた。「パーティじゃないんだぞ、ハリード」

「長旅のあとで茶菓を運ばせるぐらい、いいではないか」

「使用人はどれだけいる？」

「二十二人かな、確か」

「それだけの人数をよくも使いこなせるものだな」

皮肉はハリードには通じなかった。「使用人の上に立つのはサウジ人だが」と説明した。

「あとは大半がフランス人だ」

「大半？」

「庭師はモロッコと西アフリカの連中だ」蔑(さげす)みの口調だった。「サウジ人スタッフは敷地の北の端にある別棟に住んでいる。あとの者はアヌシーか近くの村で暮らしている」

「今夜は全員に休みをやれ。運転手たちにも」

「だが――」

「それから、防犯カメラのスイッチは切っておけ」ガブリエルは相手の言葉をさえぎった。

「あなたがイスタンブールでやったように」

「やり方をよく知らない」

「小さなスイッチをオンからオフにすればいい。それで切れるはずだ」

ハリードはアル゠マダニに一人でシャトーに来るよう指示しておいた。ところが、アル゠マダニは未来の国王の命令をすぐさま無視して、運転手つきの車を用意するよう大使館に要求した。車がパリ八区を出発したのは午後六時。〈オフィス〉の監視チームがそれを尾行して、車はA6に向かった。盗聴中の電話経由でガブリエルとハリードが耳にした会話からすると、アル゠マダニと運転手がかなり親しいことは明らかだった。また、両者が銃を携帯しているのも明らかだった。

アル＝マダニの車がマコンの街に差しかかったところで、ガブリエルはハリードのレンジローバーを一台借り、サラを乗せて田園地帯に出ていった。寒い夜で空気が澄んでいた。D14とD38が交差する地点を見下ろす高台に車を止め、ヘッドライトを消し、エンジンを切った。

「憲兵に見つかったらどうするの？」

「〈オフィス〉の規則では、恋人のふりをすることになっている」

サラは微笑した。「わたしの一生の夢が叶うわね」

ガブリエルのブラックベリーが二人のあいだのコンソールにのっていた。アル＝マダニの電話を経由した音声がそこから流れてくる。いまのところは、ドイツ製エンジンの響きと、チェスの駒を置くときのようなカチャカチャというリズミカルな音が聞こえるだけだ。

「この音、なんなの？」

「祈禱用のビーズ」

「彼の声、不安そうね」

「こんな時間にハリードから呼びだしがかかれば、きみだって不安になるんじゃないか？」

「しょっちゅうだったわ」

「それでも、ハリードが世間で言われているような偉大なる改革者ではないことに、きみは気づかなかったのか？」

「わたしがかつて知っていたハリードは、オマール・ナーワフ殺害を容認するような人ではなかった。たぶん、絶大な権力を握ったことで人が変わってしまったのね。権力の座に押しあげられたのがあまりにも急だったから、性格のなかに潜んでいたハマルティアが表に出てきたんだわ。ハマルティアって、〝悲劇的な欠陥〟という意味のギリシャ語よ」サラは説明を加えた。

「意味なら知っている、ドクター・バンクロフト。〈オフィス〉のせいで正式な教育を最後まで受けることはできなかったが、わたしも馬鹿ではないからね」

「あなたみたいに頭のいい人に出会ったのは初めてよ」

「そんなに頭がいいのなら、わたしはなぜ、こんな遅い時間にフランスの道路の端にすわってるんだ？」

「悲劇のヒーローが自ら破滅を招くのを防ごうとしているからよ」

「勝手に破滅させたほうがいいかもしれない」

「あなたは美術修復師なのよ、ガブリエル。手直しするのが仕事でしょ」ブラックベリーからはビーズのカチャカチャいう音が聞こえてくる。「ハリードがいつも言ってたわ。いずれこういうことが起きるだろうって。誰かが自分を破滅させようとするのを予期してたみたい。たぶん身近な人間だろうと言ってたわ。血縁者の誰か」

「血縁ではなく、ビジネスライクなつながりだ。そして、権力を握った者に利権がころがりこむ」

「要するにそういうことなの？　お金？」

「じきにわかる」

アル＝マダニの電話がピッと鳴ってメールの受信を知らせた。ビーズの音がやんだ。

「誰からだと思う？」

一瞬遅れてガブリエルの電話が振動した。八二〇〇部隊のオペレーション・デスクからだった。「発信者はハリード。アル＝マダニが何時に到着するかを尋ねるメールだった」

アル゠マダニが返事を打ちこんでハリードに送信する音に、二人は耳を傾けた。アル゠マダニはそのあと、二件目のメールを作成して送信した。数秒遅れてガブリエルの電話にそのメールが届いた。送信先の番号も添えてあった。

「これからハリードに会うことを、アル＝マダニが誘拐犯一味に知らせた。終わったらすぐに最新状況を送ると約束している」

「来たわ」

サラは風景のなかを近づいてくる一台の車のほうを指さした。ベンツSクラスのセダン。ハリードの娘が誘拐された交差点を通りすぎ――カチャヤカチャヤ、カチャヤカチャヤ、カチャヤカチャヤ――視界から消えた。ガブリエルは三十秒待ってからレンジローバーのエンジンをスタートさせた。

ベンツがハリードのシャトーに近づくにつれて、祈禱用ビーズの音が高まっていった。金色の王冠飾りをつけた鉄の門が開いていたので、アル＝マダニはアラビア語で驚きの言葉をつぶやいた。外の寒い車寄せでハリード自身が待っていたのも驚きだった。

やがて、高級車のドアが開閉する音と、平和を願うイスラムの挨拶の言葉が続いた。そのあとに聞こえてきたのは足音だった。最初は砂利道に、次は大理石の床に響く音。玄関ホールの照明が消えていることをアル＝マダニが指摘した。ハリードは愛想のいい口調で、このシャトーに四億ユーロも支払ったのに配線がいい加減なのだと説明した。

それを聞いて、アル＝マダニは追従笑いをした。これが彼の最後の笑い声になる運命だった。格闘の音。それはすぐにやみ、頬骨と顎にパンチが何度か命中する音に変わった。ガブリエルはのちに、相手をおとなしくさせるのに過剰な暴力を用いたと言って、ケラーとミハイルを叱責することになる。二人ともその指摘に異議を唱えた。すさまじい殴打を加えたのは自分たちではなくハリードだ、と二人は言った。

ガブリエルが車寄せにレンジローバーを入れたときには、盗聴されていた電話はすでにスイッチを切られ、もはや電波を発していなかった。ミハイルは運転手の右腕に永久的な損傷を負わせているところだった。銃を差しだすよう丁重に頼んだのに、運転手が愚かにもそれを拒んだのだ。シャトーのなかでは、意識朦朧としているラフィク・アル＝マダニをケラーが粘着テープで大広間の椅子に縛りつけているところだった。ハリード・ビン・ムハンマド・ビン・アブドゥルアズィーズ・アル・サウード皇太子殿下は左手の人差し指と中指に祈禱用ビーズを巻きつけていた。そして、右手には銃が握られていた。

27

オート・サヴォワ県、フランス

ラフィク・アル＝マダニが自分の置かれた状況の深刻さをはっきり悟るには、ほんの一瞬しかかからなかった。胸にがっくり垂れていた顎が徐々に持ちあがり、その視線が広々とした部屋をおぼつかなげにさまよった。いまもビーズをつまぐっている未来の君主のところでまず視線が止まり、次にガブリエルのところで止まった。アル＝マダニの目は茶色くて温厚そうだ。鹿の目に似ている。面長な顔と乱れた黒っぽい髪のせいで、不運にもオサマ・ビン・ラディンを彷彿（ほうふつ）させる姿になっていた。

さらに何分かたったところで、アル＝マダニはイスラエルの諜報機関の長官の顔に気づいた。温厚そうな茶色い目が大きくなった。ガブリエルの印象では、怯えているものの、驚いてはいないようだ。

アル＝マダニは軽蔑の目でハリードを見て、サウジアラビア語で話しかけた。「汚れ仕事をやらせるために、お友達のユダヤ人を連れてきたわけか。そして、故国に自分の敵がたくさんいるのはなぜかと訝っている」

ハリードは銃の床尾で殴りかかった。左目の上に裂傷を負ったアル＝マダニは、血が噴きだすなかでサラをにらみつけた。「わたしの前では顔を覆い隠せ、アメリカのクソ女！」

ハリードが激怒して銃をふりあげた。

「だめ！」サラが叫んだ。「もうやめて」

ハリードが銃を下ろすと、アル＝マダニは激痛のなかでどうにか笑みを浮かべた。「女の命令に従うのか？　ついでに、もうじき女の格好をするようになりそうだな」

ハリードがふたたび彼を殴りつけた。骨が砕ける音にサラはすくみあがった。

「どこにいる？」ハリードが詰問した。

「誰が？」口のなかを血でいっぱいにして、アル＝マダニは尋ねた。

「わたしの娘」

「知るわけがない」

「誘拐犯一味と連絡をとっているくせに」ハリードはケラーからアル＝マダニの電話を奪いとった。「メールを見せてやろうか？」

アル＝マダニは黙りこんだ。

ハリードはここぞとばかりに畳みかけた。「なぜわたしの娘をひどい目にあわせた、ラフィク？　かわりにわたしを殺せばよかったのに」

「殺そうとしたが無理だった。警備が厳重すぎる」

突然の告白に、ハリードですら驚いていた。「おまえを重用してやったのに。そうだろう?」

「召使いのような扱いだった。あんたが女どもに運転する権利を与え、アメリカやユダヤの連中と仲良くするあいだ、宗教界の連中をおとなしくさせておく手段としてわたしを利用したんだ」

「われわれは変わらなくてはならん、ラフィク」

「イスラムが答えだ!」

「イスラムが問題なのだ、友(ハビビ)よ」

「あんたは背教者だ」アル＝マダニはいきり立った。

イスラム世界においてこれ以上の侮辱はない。だが、ハリードはあっぱれな自制心を発揮してこれに耐えた。「誰にそそのかされたんだ、ラフィク?」

「わたし一人でやったことだ」

「これだけの計画を立てるほどの頭は、おまえにはない」

アル＝マダニは軽蔑の微笑をどうにか浮かべた。「リーマはそう思わないかもしれん」

次の殴打は突然で狂暴だった。「リーマ王女と呼べ」ハリードの顔は憤怒(ふんぬ)にゆがんでいた。「そして、ラフィク、おまえには娘の靴の裏をなめる資格すらない」

「背教者の娘か。そして、あんたが明日の真夜中までに退位しなければ、娘は死ぬ」

ハリードはアル＝マダニの目の前で銃を構えた。

「どうする気だ？　殺すのか？」

「そうだ」

「では、娘の居場所を教えたら？　どうする？」アル＝マダニは自分で自分の質問に答えた。「わたしはもう死んだも同然だ」

ハリードは銃口をアル＝マダニの額の中央に押しつけた。

「殺せ、殿下。あんたが得意とするのはそれだけだ」

ハリードは引金に指をかけた。

「やめろ」ガブリエルは冷静に言った。

ハリードが肩越しにうしろを向くと、ブラックベリーの画面に見入っているガブリエルの姿があった。

「こいつのメールを受信した電話の現在位置がわかった」

「どこだ？」

「スペインのバスク地方にある家」

ラフィク・アル＝マダニがガブリエルのいるほうへ血と唾を吐いた。「ユダヤ人め！」

ガブリエルはブラックベリーをポケットに戻した。「考えが変わった。こいつを殺してもいいぞ」

ミハイルは運転手の腕を折り、肩を脱臼させたあとで、ベンツSクラスのセダンのトランクに無理やり彼を押しこんでおいた。いま、ケラーに手伝わせて、そこにラフィク・アル＝マダニを加えた。ハリードは銃を手にしたまま、満足そうにそれを見ていた。ガブリエルのほうを向いた。「こいつらをどうする？」

「スペインまで連れていくことにしよう」

「車のトランクに入れて運ぶには長い道のりだぞ。このオート・サヴォワの人里離れた森に捨てていったほうがいい」

「長く寒い夜になりそうだ」

「寒ければ寒いほどいい」ハリードは車のうしろに近づき、狭いスペースに押しこめられた二人の男を見下ろした。「もう少し居心地よくしてやる方法がありそうだ」

「例えば？」

ハリードは銃を持ちあげると、ふたつの標的に向かって弾丸を撃ちつくした。それからふりむいてガブリエルに目を向け、顔に血が飛び散っていることには気づかないまま微笑した。「わたしが邸内でこいつらを殺すとは、きみも思わなかっただろう？　このシャトーにはひと財産はたいたからな」

ガブリエルは蜂の巣にされたふたつの遺体を見下ろした。「どうやって処分する？」

「心配するな」ハリードは蓋を勢いよく閉めた。「わたしが責任を持つ」

28

オーヴェルニュ――ローヌ――アルプス

「念のために言っておくと、殺してもいいと言ったのはほんの冗談だった」

「そうだったのか？　ときとして、わかりにくいことを言うやつだな」

二人を乗せた車はオートルートA89を西へ向かって走っていた。イスラエルの秘密諜報機関の長官と、サウジアラビアの未来の国王。ハンドルを握るのはガブリエルで、ハリードは助手席にぐったりもたれていた。アダプターで充電中のラフィク・アル＝マダニのiPhoneが二人のあいだに置いてある。数分前にアル＝マダニのそっけない文体をまねて、ハリードが犯人一味に最新情報を送信した。娘の解放を必死に願う皇太子が退位の準備を始めた、という内容だった。返事はまだ来ない。

ハリードはふたたび電話をチェックし、それからコンソールに乱暴に置いた。

「扱いは丁寧に、熱血殿下。電話はこわれやすい」

「返事が来ないのはなぜだと思う？」

「たぶん、スペインのあの住所にあなたの娘が間違いなくいることを確認するまで、ラフィクを殺すべきではなかったのだろう」

「娘がそこにいると言ったのはきみだぞ」

「わたしはただ」ガブリエルは言いかえした。「ラフィクのメールを受信した電話の現在位置がわかったと言っただけだ。できれば、生きて呼吸をしている証人にその点を確認したかった」

「やつは認めたも同然だった」

「頭に銃を突きつけられた状態でな」

「隠れ家については真実を言っていたと思う。だが、あとはでたらめだ」

「ラフィク自身が計画したことだとは思っていないんだな?」

「やつは小さな歯車に過ぎん。わたしをつぶす陰謀にはほかの者も加担しているはずだ」

「ラフィクをもう一度尋問して、そいつらの正体を突き止めるべきだったな」ガブリエルはバックミラーにちらっと目を向けた。二百メートルほどうしろを、ミハイルとケラーとサラの乗った車が走っている。「死体をどうやって始末するんだ?」

「安心しろ。死体は消える」

「あなたの銃も消したほうがいい」

「わたしのではない。ラフィクのだ」

「だが、あなたの指紋がべたべたついている」沈黙のあとで、ガブリエルは言った。「あの二人を殺すべきではなかったな、ハリード。おかげで、わたしはいまや殺人の共謀者になってしまった。サラもだ」

「誰にもわかりはしない」

「だが、あなたが知っている。それを材料にして、いつでも好きなときにわたしを脅迫できる」

「きみを巻きこむのはわたしの本意ではなかった」

「性急に行動に出るというあなたの実績からすると、その言葉を信じてもよさそうだな」

ハリードはふたたび電話に目をやった。「わたしの気のせいだったのだろうか。シャトーにきみがいるのを見ても、ラフィクは驚いていないようだった」

「あなたも気がついたか?」

「リーマの捜索にきみが加わっていることを、何者かがラフィクに教えたようだな」

「先日の夜、わたしをサウジアラビアで見かけた者が、あなたの宮廷に二百人ぐらいいるはずだ」

「わたしはどこへ行くにも一人ではないのでね」

「いまは一人だ、ハリード」

「しかも、よりによってきみと一緒だ」彼の微笑はすぐに消えた。「ところで、血が少しばかり流れても、わがアート・アドバイザーがショックを受けた様子はなかったな」

「簡単にひるむ女ではなくなった。ジジ・アル＝バカリにあんな目にあわされてからは」

「いったい何があったんだ？」

ガブリエルはハリードに打ち明けてもなんの害もあるまいと判断した。すでに遠い過去の話だ。「サラがＣＩＡの工作員で〈オフィス〉に一時的に協力していることをジジが突き止め、アルカイダの支部に彼女を渡して尋問と処刑をさせようとしたのだ」

「だが、きみの手で救出できた」

「そのついでに、サウジが資金提供をしていたローマ教皇暗殺計画を阻止する結果となった」

「きみは大変な人生を歩んできたわけだ」

「それなのに、どんな報奨を得ることができた？　オート・サヴォワ県にシャトーを所有できる身分ではない」

「あるいは、世界で二番目の大きさを誇る超大型クルーザーも所有していない」ハリードは指摘した。

「あるいは、ダ・ヴィンチも」

「わたしもダ・ヴィンチを所有してはいないようだ」

「なぜそんなにいろいろほしがる？」ガブリエルは尋ねた。

「わたしを幸せにしてくれるから」

「本当にそうか？」

「誰もがきみのような幸運に恵まれるわけではないぞ。きみは抜きんでた才能を持つ男だ。幸せになるのにおもちゃは必要ない」

「おもちゃをひとつかふたつ持つのも楽しいかもな」

「何が望みだ？　なんでも進呈しよう」

「わたしの望みは、あなたが王女をふたたびその腕に抱く姿を見ることだ」

「もっとスピードを上げられないのか？」ハリードは苛立たしげに尋ねた。

「いや、無理だ」

「だったら、運転をかわれ」

「ハンドルを握ったことのない者には運転させられない」

ハリードは暗くなった田園地帯に目を凝らした。「娘はそこにいると思うか？」

「ああ」ガブリエルは自分で思った以上の確信をこめて答えた。

「もしいなかったら？」

ガブリエルは沈黙した。

「アブドゥッラーおじがわたしになんと言ったかわかるか？　娘のかわりはいるが、国王のかわりはいない、と」

エンジンの響きが静寂を満たした。しばらくのちに、ガブリエルはハリードが左手の指で祈禱用ビーズをつまぐっていることに気づいた。「アル＝マダニのか？」

「わたしのはドーチェスターに置いてきた」

「イスラム教にはきっと、自分が殺したばかりの男のビーズを使うことを禁じる掟があるはずだ」

「いや。わたしの知るかぎりではない」


月光に照らされたサン＝シュルピス村の野原の端で、使いの者が待っていた。彼がガブリエルに渡したナイロン製のスポーツバッグには、ミニタイプのウージ・プロ・サブマシンガン二挺、四五口径のジェリコ二挺、ベレッタの九ミリ一挺が入っていた。ガブリエルはウージとジェリコをミハイルとケラーに渡し、ベレッタは自分用にとっておいた。

「わたしの分はないのか？」ふたたび車が走りだしたところで、ハリードが訊いた。

「あなたはその家にけっして近づかないでほしい」

ボルドーに到着するころ、炎のような日の出がバックミラーに映しだされた。一行はビスケー湾に沿って南下し、パスポートのチェックなしでスペインの国境を越えた。天気は気まぐれで、いま金色の日差しが降り注いでいたかと思うと、次の瞬間には空が暗くなり、風混じりの雨が降りだすという具合だった。

「スペインにはけっこう来ているのか？」ハリードが訊いた。

「最近、セビーリャに出かける機会があった」

「あそこはかつてムスリムの都市だった」

「いまのような情勢が続けば、ふたたびムスリムの都市になるだろう」

「セビーリャにはユダヤ人も住んでいた」

「それがどんな形で終焉を迎えたかは、われわれ全員が知っている」

「歴史に残る無体な行為のひとつだ」ハリードは言った。「そして、五世紀後に、きみたちがパレスチナ人に対して同じことをした」

「サウード王家がアラビア半島の覇権を握るまでに、いったいどれだけの人間を殺害し、追いだしたかについて議論しようか？」

「われわれは植民地主義を奉じる国家ではなかった」

「わたしの国もだ」

サン・セバスティアンが近くなってきた。リゾートタウンで、バスク人からはドノスティアと呼ばれている。次の大都市はビルバオだったが、ガブリエルはそこまで行き着く前に南へ方向を変え、バスク地方の内奥部に入っていった。オラッラという村で道路脇に車を止め、サラが乗ってくるのを待った。サラは這うようにしてリアシートに乗りこんだ。髪は乱れ、目には疲労が色濃くにじんでいる。ミハイルとケラーの車は脇道に曲がってガブリエルたちの視界から消えた。

「きみの部下たちと一緒に行きたかった」ハリードが言った。

「足手まといになるだけだ」ガブリエルはサラにちらっと視線を向けた。「いまでも秘密の世界のほうがおもしろいと思っているかい？」

「秘密の世界にコーヒーはないの？」

ヴィリャーロはアレアツァというバスク名を持つ町で、南へ数キロ行ったところにあった。人気の観光地ではないが、中心部に小さなホテルが何軒かあり、広場にはカフェもある。ガブリエルはまずまずのスペイン語で注文をした。

「きみにできない言語はあるのかね？」ウェイトレスが立ち去ったあとで、ハリードが訊いた。

「ロシア語」

ハリードはカフェの窓から、変化していく広場の光と、アーケードで新聞を追いかける小さなつむじ風を見つめた。「こんな日を目にしたのは生まれて初めてだ。すばらしく美しいと同時にひどく醜悪だ」

三人の若い女が髪を風に乱して寒い戸外からカフェに入ってきたので、ガブリエルとサラは視線を交わした。破れたレギンス、鼻にはピアス、両手にタトゥーを入れ、手首に何本ものバングルとブレスレットをはめていて、カウンター近くのテーブルを囲んで三つの椅子に崩れるようにすわりこむと、それらがチリチリ、ジャラジャラと音を立てた。ウェイトレスは女たちと顔見知りのようで、三人が禁酒の掟を守っていないことを話題にした。これは彼女たちの一日の始まりではなく終わりなのだ、とガブリエルは思った。

「あの女たちを見てみろ」ハリードが蔑(さげす)みの口調で言った。「まるで魔女だ。これがサウジアラビアの未来となることを覚悟するしかないのだろうな」

「いやいや、ご心配なく」

アル＝マダニのｉＰｈｏｎｅがガブリエルのブラックベリーと並べてテーブルの中央に置いてあったが、ずっと沈黙したままだった。ハリードは親指でビーズをつまぐっていた。

「しまったほうがいいんじゃないか？」ガブリエルは言った。

「心が落ち着くんだ」

「いまのその姿は、娘にふたたび会えるかどうかを心配しているサウジの皇太子そのものだぞ」

注文した朝食が運ばれてきたので、ハリードはビーズをポケットにしまった。「あの女たちがわたしを見ている」

「たぶん、魅力的な男だと思ってるんだろう」

「わたしが何者か、知っているのだろうか？」

「ありえない」——

ハリードはアル＝マダニのｉＰｈｏｎｅを手にとった。「なぜ返事をよこさないのか理解できん」

そのとき、ガブリエルのブラックベリーが光って、メッセージの受信を知らせた。

「なんて書いてある？」

「家の場所を突き止めたそうだ」

「いつ突入する？」

急に降りだした雨が広場の石畳を叩くなかで、ガブリエルはブラックベリーをテーブルに戻した。

「いまから」

29

アレアツァ、スペイン

ミハイルは夜道を延々と走りつづける車のなかで、商業衛星経由で入手した家の画像をあらかじめ調べておいた。上空から見ると完璧な正方形で、赤い瓦屋根がのっている。平屋か二階家かはわからない。森の開墾地の真ん中にあり、私道がそこまで長く延びている。森の木陰から望遠鏡のレンズ越しにのぞいてみると、質素だが手入れの行き届いた二階建ての住宅であることがわかった。ペンキを塗ったばかりの青い鎧戸がついていて、どの鎧戸もぴったり閉ざされている。敷地内の車道に車の姿はなく、朝の淡い光に満ちた冷たい大気のなかに、コーヒーや調理の匂いも感じられない。大型のベルジアン・シープドッグが一匹、これはかなり獰猛な犬種だが、釣り針にかかった魚のごとく、長いリードの先端で暴れていた。しきりに吠えていて、よく響く深い声が木々までも振動させているかのようだ。

「あんな家のとなりに住むなんて想像できるか？」ケラーが訊いた。

「マナーを心得ない連中がいるからな」

「なんであんなにうるさく吠えるんだろう？」

「ガブリエルが町に来たことを風の噂に聞いたのかも。犬どもがガブリエルのことをどう思っているか、きみも知ってるはずだ」

「犬とそりが合わないのか？」

ミハイルは重々しく首をふった。「ガソリンとマッチのように危険な組み合わせだ」犬は休みなく吠えつづけている。「なんの騒ぎが確かめようとして、家から出てくるやつが一人もいないのはなぜなんだ？」

「四六時中吠えてるのかもな」

「もしくは、おれたちが家を間違えたのかも」

「すぐにわかる」

ケラーはウージ・プロのスライドをひくと、まっすぐ伸ばした手に銃を構えて、無言で開墾地に入っていった。数歩うしろにミハイルが続いた。犬はすでに二人の存在を嗅ぎつけて怒り狂っている。ワイヤロープのリードを噛みちぎるのではないかとケラーが恐れたほどの勢いだ。

リードの長さが十メートルほどあるため、玄関は犬の支配圏内だった。ケラーは家の裏にまわった。こちらも鎧戸が厳重に閉めてあり、裏のドアにはめこまれたガラス窓にもブラインドが下りていた。

ケラーはラッチを軽く押してみた。ロックされていた。ガブリエルなら十秒もあればロックをはずせるだろうが、ケラーも、ミハイルも、簡単なピッキングツールを駆使するガブリエルの超人的技巧を持ちあわせていない。それに、ガラスを肘で割るほうがはるかに短時間ですむ。

ガラスが割れた瞬間の音は心配したほどの大きさではなかった。最初にバリッと割れ、そのあと、タイルの床に破片が散らばる音がしただけだった。ケラーはガラスの割れ目に手を突っこんでラッチをまわし、ミハイルを従えて家に突入した。

二分後、ガブリエルのブラックベリーにメッセージが届いた。ガブリエルはウェイトレスの手に紙幣を何枚か押しつけ、サラとハリードを連れて急いで広場に出た。レンジローバーは角を曲がったところに置いてある。三人で車に乗りこみ、ドアを閉めるまで、ハリードは冷静さを失わなかった。ガブリエルは彼を説得して家へ行くのをやめさせようとしたが、言うだけ無駄だった。娘が監禁されていた場所をどうしても見たいとハリードが主張したのだ。ガブリエルもそれを非難することはできなかった。彼がハリードの立場だったら、やはり見たいと思うだろう。

開墾地に車を入れると、狂ったように吠える犬の声が聞こえてきた。車道にケラーが立っていた。ガブリエルたちを案内して裏口から家に入り、ガラスの破片を踏みながら、地下への階段を下りた。金属製のドアの外の床に業務用の南京錠がころがっていて、その横に水色のプラスチックのバケツがあった。部屋に入ったとたん、ひどい悪臭にハリードは吐きそうになった。

むきだしの白い壁に囲まれた狭い部屋で、簡易ベッドを置くスペースしかなかった。汚れた寝具にポラロイド写真とノートがのっていた。写真は誘拐犯一味がパリのサウジ大使館に送りつけてきたのと同じときに撮ったものだ。ノートには十二歳の少女の丸文字がびっしり並んでいた。どのページも同じ言葉のくりかえしだった。

〝おまえは死んだ……死んだ、死んだ、死んだ……〟

30

パリ――エルサレム

ハリードがドーチェスター・ホテルに置き去りにした側近と護衛たちが、パリのル＝ブールジェ空港のVIPラウンジで待っていた。輸出入禁止の盗品を受けとるような態度で皇太子を迎え、大急ぎでプライベート・ジェットに乗せた。イスラエル大使館の車がガブリエルとあとの連中を近くのシャルル・ド・ゴール空港まで送った。一行はターミナルビルに入ったあと、それぞれの目的地に向かった。ケラーはロンドンに戻る。サラはニューヨークへ。ガブリエルとミハイルはエル・アル航空のテルアビブ行きの便を二時間待たなくてはならなかった。ガブリエルは何もすることがなかったので、CIA長官モリス・ペインに連絡をとり、米大統領お気に入りのアラブ世界の指導者が娘の命を救うために退位しようとしていることを知らせた。ペインは情報源を教えろとガブリエルに迫った。ガブリエルは例によってとぼけるだけだった。

彼とミハイルがベン・グリオン空港に到着したのは夕方だった。二人でそのままキング・サウル通りへ向かい、ガブリエルはウージ・ナヴォトのオフィスに一時間ほど閉じこもって、留守中にたまっていた作戦関係と管理運営関係の雑用を片づけた。ナヴォトはストライプのおしゃれなシャツに最新流行の縁なし眼鏡という装いで、フォーチュン五〇〇に選出された会社の重役会議室からたったいま出てきたかのように見える。以前、ガブリエルのたっての願いで、カリフォルニアの民間軍事会社の高額報酬の仕事を蹴り、副長官として〈オフィス〉に残ることにした。口うるさい妻のベッラはそれを根に持ち、ガブリエルをけっして許そうとしない。ついでに言うと、夫のことも。

「テヘランの文書に関してアナリストたちが順調に分析を進めている」ナヴォトが説明した。「現在進行中の計画に関する証拠は出ていないが、以前の計画については、弾頭と運搬システムの両方に関して動かぬ証拠を入手した」

「いつごろ公表できる？」

「何をそんなに焦っている？」

「あと数時間で、イスラムの法学者どもがハリードの退位を祝うことになる。イランの件をトップニュースにすれば、世間の関心も多少はハリードからそれるだろう」

「きみの仲良しが没落するという事実には変わりがないぞ」

「ハリードがわたしの仲良しだったことは一度もない、ウージ。やつは首相の仲良しだ」

「首相がきみに会いたいそうだ」

「会いたくないな。車のなかから電話するとしよう」

ガブリエルは彼の車列がバブ・アル＝ワドの坂をのぼってユダヤ山地に入るあたりで首相に電話をかけた。知らせを聞いて、首相もモリス・ペインと同じく不機嫌になった。ハリードこそが、イランを孤立させ、スンニ派のアラブ国家との関係を正常化し、パレスチナとの和平交渉をイスラエルに有利な条件で締結するための地域戦略の要だったのだ。ガブリエルはその戦略がめざす全般的なゴールを支持してはいるが、気まぐれで情緒不安定な皇太子が自分で自分の首を絞める結果になりかねないことも、首相に警告してきた。

「きみの望みが叶ったようだな」バリトンの声で首相は言った。

「お言葉ですが、わたしの立場を誤解しておられます」

「思いとどまらせることはできないのか？」

「信じてください。やってみました」

「いつになる？」

「リヤド時間の午前零時前です」

「本当にやる気だろうか？」

「気が変わるとは思えません。今日のあの様子を見たかぎりでは」

ガブリエルの車列が自宅のあるナルキス通りに入ったのは夜の九時を数分過ぎたころだった。いつもなら子供たちはすでに寝ている時刻だが、ガブリエルがひどく驚いたことに、玄関から入ったとたん、二人が彼の腕に飛びこんできた。未来の画家のラファエルは最新の作品を披露した。アイリーンは母親に手伝ってもらって作ったお話を読みあげた。お話が書いてあるノートは、リーマ王女が監禁されていたスペインのバスク地方の粗末な部屋で見つかったのとよく似ていた。

〝おまえは死んだ……死んだ、死んだ、死んだ、死んだ……〟

ガブリエルは子供たちを寝かしつける役目を買って出た。リーマ王女を見つけるための作戦と同じく、これもなかなか成功しなかった。ようやく子供部屋をあとにすると、キアラがオレンジ色のキャセロール鍋をオーブンから出しているところだった。なんの料理かは匂いでわかった。オッソ・ブーコ、彼の大好物だ。二人はキッチンに置かれた小さなカフェテーブルで、ガリラヤ産のシラーズのボトルとガブリエルのブラックベリーをあいだに置いて食事をした。カウンターに置かれたテレビから音声のない映像が流れている。キアラは夫が選択したチャンネルに戸惑っていた。

「いつからアルジャジーラを見るようになったの？」

「サウジアラビア国内の情勢を詳しく知ることができる」

「何が起きてるの？」

「地震」

ガブリエルはパリへ出発した朝以来、漠然とした内容のメールを二回送った以外にキアラと連絡をとっていなかった。いまようやく、これまでの出来事を残らず彼女に話した。使っているのはイタリア語、夫婦で話すときの言葉だ。キアラは熱心に聴き入った。工作現場でのガブリエルの活躍を聞くのが何よりも好きなのだ。母親になるためにあきらめた人生とのつながりを――細いものではあるが――感じることができる。

「さぞ驚いたでしょうね」

「何に？」

「パリ行きの便にサラも乗ってることを知って」キアラはテレビにちらっと目を向けた。ガザ地区の国境沿いで起きた最新の暴動の様子が報道されている。全面的にイスラエルの責任にされているらしい。「異常事態が起きていることに誰も気づいていないようね」

「もうじき気づく」

「どういう展開になるの？」

「皇太子が父親である国王に、自分は皇太子の位を退く以外に選択肢がないと告げる。父親は四人の妻とのあいだに子供があと二十八人もいるが、皇太子の決断に異議を唱えるに違いない」

「誰がムハンマド国王の跡継ぎになるの？」

「ハリードを権力の座からひきずりおろそうとする陰謀の陰に誰がいるかで変わってくる」ガブリエルは時刻を確かめた。エルサレム時間で九時四十二分、リヤド時間で十時四十二分。「ぎりぎりまで粘るものだな」

「考えなおしてるところかもしれない」

「退位すれば、すべてを失うことになる。ハリードがサウジアラビアにとどまることはたぶんないだろう。流浪のプリンスの一人に過ぎなくなる」

「いまこの瞬間、ハエになって宮廷の壁に張りつきたいものだわ」

「そうか？」ガブリエルはブラックベリーを手にとり、キング・サウル通りのオペレーション・デスクを呼びだした。数分後、アラビア語でわめく老人の声がブラックベリーから流れはじめた。

「なんて言ってるの？」

「子供のかわりはいるが、国王のかわりはいない」

サウジアラビア政府が多額の出資をおこなっている国際ニュース衛星放送のアル＝アラビーヤが、いつもの深夜番組を中断して宮殿の緊急発表を報じたのは、リヤド時間で午後十一時半のことだった。ニュース原稿を読みあげるキャスターは驚愕の表情を浮かべていた。ハリード・ビン・ムハンマド・ビン・アブドゥルアズィーズ・アル・サウード皇太子が退位し、それによって王位継承権を放棄した。忠誠委員会――上位の王族から成る委員会で、誰が次の支配者になるかを決定する――が近々招集され、新たな皇太子を選定することになっている。しかしながら、不治の病に侵されて統治能力をなくしたサウジアラビアの絶対君主には、現時点において、後継者がいないことになる。

　このニュースを全世界に伝えたアルジャジーラは喜びを抑えきれない様子だった。イラン人、ムスリム同胞団、パレスチナ人、ヒズボラ、ＩＳＩＳ、オマール・ナーワフの未亡人も同様だった。ホワイトハウスはただちに声明を発表し、ハリードの後任者と緊密に協力していく決意を表明した。その数分後、ダウニング街の首相官邸も似たようなことをつぶやいた。エリゼ宮も然り。イスラエル政府だけは沈黙を通した。

　しかし、ハリードはなぜ、冷酷に戦って手に入れた皇太子の位を放棄したのか？　メディアには推測することしかできなかった。中東の専門家たちは異口同音に、ハリードは自発的に退位したのではないとの意見を述べた。問題とすべき点はただひとつ、圧力はサウード王家の内部から来たものか、それとも、外部からかということだ。ハリードの失脚への喜びを隠そうとする記者やコメンテーターはほとんどいなかった。とくにひどいのが、権力の座についた彼に喝采を送った初期の支持者たちだった。『ニューヨーク・タイムズ』の大物コラムニストは「いい厄介払いができた」と断言した。かつてはアラブ世界の救世主だなどとハリードを持ちあげていたくせに。

　その夜、多くの謎のひとつとされたのが、ハリードの具体的な居場所だった。もしも誰かがイスラエルの諜報機関の長官に尋ねたなら、長官は次のようにきっぱりと答えることができただろう。父王との喧嘩腰の協議を終えたハリードはただちにパリへ飛び、いつもと違って供の者たちは連れずに、オテル・ドゥ・クリヨンにお忍びでチェックインした。

翌日の午後五時、ハリードのもとに電話があった。相手の声はデジタル処理されていて、薄気味悪いほど愛想がよく、いくつか指示を出したあとで電話を切った。半狂乱になったハリードはニューヨークのサラ・バンクロフトに電話をした。サラはハリードに頼まれてキング・サウル通りのガブリエルに連絡した。じつを言うと、その必要はなかった。ガブリエルはオペレーション・センターで事態を見守りつづけ、すべてを盗聴していた。誘拐犯一味が求めたのはハリードの退位だけではなかった。ハリード本人を求めていた。

31

テルアビブ――パリ

じっさいには、状況はもう少し複雑だった。犯人側が出してきた条件は、リーマ王女を解放するさいの最後の交渉と段取りをガブリエルに担当させろというものだった。脅しではなく人道的立場からの配慮だ――向こうはそう主張した。誘拐事件でつねにもっとも危ぶまれるのは、人質が無事に帰れるかどうかだが、それを確実にするためだという。娘をとりもどすのに必死で、ときに怒りを爆発させることがある父親よりも、プロフェッショナルと交渉するほうが好ましい――それが犯人側の意見だった。しかしながら、ガブリエルのほうは、電話の向こうの誘拐犯一味が彼を指名した理由についてなんの幻想も抱いていなかった。陰謀の陰にいるのが誰にせよ、動機が何にせよ、機会がありしだい彼を殺す気でいるのだ。そして、ハリードも。

無理からぬことだが、キング・サウル通りの塀の奥には、その条件を歓迎する者はいなかった。問題外だとウージ・ナヴォトが言い、上級スタッフの残りの面々もみな同じ意見だった。ヤコブ・ロスマンもその一人で、ガブリエルを手錠でデスクにつないでおくと言って脅した。監視課のチーフでガブリエルのもっとも良き友であるエリ・ラヴォンですら、行くだけ無駄だと言った。さらには、ハリードが退位した以上、尽力してもなんの価値もないし、彼のために危険を冒すなどもってのほかだ、と言った。

ガブリエルは首相にお伺いを立てるのを省略した。かわりに、妻に電話をかけた。通話時間は短く、ほんの二分か三分だった。それから、ミハイルと二人でキング・サウル通りの建物をそっと抜けだし、ベン・グリオン空港へ向かった。その夜、パリ行きの便はもうなかった。だが、なんの問題もない。ハリードのよこした飛行機が待っていた。

二人がオテル・ドゥ・クリヨンに着いたのは午前一時を少し過ぎたころだった。クリストファー・ケラーがラウンジバーにいて、コルシカ訛りのフランス語で美人バーテンダーをふざけ半分に口説いていた。

「上へはもう行ったのか？」ガブリエルは尋ねた。

「おれがなんでロビーにいると思う？　あの男のそばにいると変になりそうだ」

「どんな様子だ？」

「混乱の極みだな」

ハリードの部屋は五階のグランド・プレミアルームだった。ドアをあけるという日常的なことを彼が自らおこなうのを見るのは衝撃だった。ハリードは急いでドアを閉めてロックした。メインリビングのコーヒーテーブルには、ミニバーから出したスナックの缶や包み紙が散らばっていた。どこかでハリードの電話が苛立たしい電子音のメロディーを奏でている。

「いまいましいことに、鳴りやまんのだ」ハリードは腹立たしげに片手を上げ、巨大なテレビ画面のほうへ向けた。「みんな、わたしを笑っている！　オマール・ナーワフのことが原因で、退位を余儀なくされたと言っている」

「あとで訂正すればいい」ガブリエルは言った。

「それがなんの役に立つ？」ふたたび電話が鳴っていた。留守電メッセージに切り替わった。「またしても、いわゆる友達からだ」

「いまのは誰だい？」

「ブラジル大統領。その前はハリウッドの芸能事務所の社長からだった。やつの事務所に投資する計画に変わりはないかと問い合わせてきた」ハリードは言葉を切った。「かけてこないのは娘を誘拐した連中だけだ」

「わたしの予想だと、もうじき連絡がありそうだ」

「なぜそこまで断言できる？」

「わたしが到着したことを知ったはずだから」

「連中がホテルを監視しているというのか？」

ガブリエルはうなずいた。

「連絡が来たら一億ドル渡そうと思っている。それだけあれば、向こうも約束を守ってリーマを返してくれるだろう」

ガブリエルはほんの一瞬笑みを浮かべた。「そういう単純なことならいいが」

しばらくしてハリードが言った。「もちろん、わたしのような男のために死ぬつもりなど、きみにはないはずだ」

「ない」ガブリエルは認めた。「ここに来たのはあなたの娘のためだ」

「とりもどせるか？」

「精一杯やってみる」

「なるほど」ハリードは言った。「きみはイスラエル国の秘密諜報機関の長官だ。そして、わたしは王座を捨てたばかりの男。つまり、もはや利用価値がない」

「わたしも幼い子が二人いる」

「なんと幸運な。わたしは一人だけだ」

鉛のように重い沈黙が部屋に広がった。それを破ったのはハリードの電話の甘ったるいメロディーだった。ハリードは急いで電話をつかみ、それから着信を拒否した。

「誰だった？」

「ホワイトハウスだ」ハリードは目で天井を仰いだ。「何度もかけてくる」

「その電話には出るべきだと思わないか?」

ハリードは必要ないと言いたげに片手をふり、テレビに視線を据えた。ダウニング街で英国首相と会見するKBM。失脚以前のKBM。

「あんなやつの言葉に耳を貸さなければよかった」ハリードは誰にともなくつぶやいた。

「誰のことだ?」ガブリエルは尋ねたが、ハリードは答えなかった。またしても電話が鳴っていた。「今度は誰だ?」

「言っても、きみは信じないだろう」

電話を受けとったガブリエルはロシア大統領のファーストネームを目にした。

「かわりに出てくれ」ハリードが言った。「きみの声を聞けば、向こうはきっと大喜びだ」

ガブリエルは着信音がさらに数回鳴るまで放っておいた。それから、深い満足のなかで〝拒否〟をタップした。

長い一夜が明けるまで、時計の針は地殻を構成するプレートのごとく緩慢な歩みを続けた。しかしながら、ハリードの気分のほうは、裏切り者たちへの怒りと娘の命を奪われる恐怖のあいだを激しく揺れ動いていた。電話が鳴るたびに、点火された手榴弾を拾うような手つきでつかみ、期待を込めて画面を見つめたあと、今回もまた彼の不幸を喜ぶ以前の友達か君主仲間に過ぎないとわかったとたん、コーヒーテーブルに無造作に投げ捨てた。

「わかっている、わかっている」とガブリエルに言った。「電話はこわれやすい、熱血殿下」

ミハイルとケラーは二、三時間の睡眠をどうにか確保したが、ガブリエルはハリードのそばを離れなかった。KBMはアラブ世界の偉大な改革者である、というお伽話を信じたことは一度もないが、王座とわが子のどちらを失うかという苛酷な選択を迫られたとき、ハリードは権力と財産への飽くなき欲望に執着する、想像もつかないほど裕福でわがままな専制君主ではなくなり、人間らしい行動をとった。当人が自覚しているかどうかは別として、この男にはまだ希望があるとガブリエルは思った。

ようやく、夜明けの鈍い灰色の光が豪奢(ごうしゃ)なリビングに差しこんだ。それから一時間ほどして、コンコルド広場に面した窓のひとつの前に立ったガブリエルは、驚くべき光景を目にした。ルーブル美術館から凱旋門まで、黄色いベストを着けた何千人というデモ参加者が警察と衝突している。ほどなく、パリ一区全域が催涙(さいるい)ガスの濃い靄に包まれた。テレビのチャンネルをフランス2に替えたガブリエルは、フランス大統領による燃料税引き上げに〝黄色いベスト運動〟の参加者が怒りをぶつけていることを知った。

「これが民主主義の姿だ」ハリードが嘲笑(ちょうしょう)した。「野蛮人がのさばっている」

わたしの思い違いだったのかもしれない――ガブリエルは思った。ハリードには結局、何も期待できないのかもしれない。

そして、諜報機関の長官と失脚した皇太子はそこに立ったまま、西洋文明として広く知られている偉大なる実験が足元で崩れ去っていくのを見守った。そちらに注意を奪われていたため、電話の着信音に珍しくも気づかなかった。ガブリエルがコーヒーテーブルまで歩き、待ちつづけた長い夜のあいだにたまったゴミの真ん中で振動している電話に目をやった。画面を見た。発信者の名前はわからず、番号も出ていない。

〝応答〟をタップし、電話を耳にあてた。「そろそろ時間だ」ガブリエルは英語で言った。イスラエル訛りを隠す努力はしなかった。「いいか、細心の注意を払って聞け」

32

パリ

誘拐犯を相手にするときは、向こうが犯罪者であれ、テロリストであれ、交渉役の者が相手の要求を最後まで聞くのが通常のやり方だ。しかし、それは人質の解放とひきかえに差しだせるものを交渉役が持っている場合の話である。例えば、金とか、獄中の同志とか。だが、ガブリエルには誘拐犯に差しだすための価値ある品がなかったため、いきなり高圧的に出るしかなかった。この日の終わりまでにリーマ王女を解放するよう、誘拐犯一味に告げた。

「王女になんらかの危害が加えられたり、わたしの生命、もしくはサウジの元皇太子の生命を脅かす企てがなされたりした場合は、陰謀に加わった者をイスラエルの諜報機関が一人残らず追いつめて殺害するから、覚悟しておけ。いちばん望ましいのは、芝居がかったまねや最後の悪あがきなどせずに、できるだけ迅速に片をつけることだ」最後にそう言って通話を終了させ、ハリードに電話を渡した。

「正気か？」

「正気ならここには来ていない」

「自分がたったいま何をしたか、わかっているのか？」

「あなたとわたしが途中で命を落とすことなく王女をとりもどすために、きわめて細い糸にすがることにしたのだ」

「向こうから何か指示はあったか？」

「なぜだ？」

「わたしがその暇を与えなかった」

「アラブ人は交渉の達人とされているから」

ハリードの目が怒りで大きくなった。「向こうからかけてくることは二度とないぞ！」

「かならずかけてくる」

「なぜそこまで断言できる？」

ガブリエルは静かな足どりで窓辺へ行き、眼下のデモ騒ぎを見守った。「わたしの言葉がはったりではないからだ。向こうはそれを知っている」

ガブリエルが大いに安堵したことに、わずか二十分ほど待っただけで、彼の意見の少なくとも一部は正しかったことが立証された。犯人側の指示は録音された人工音声で伝えられた。スパム電話と同じやり方だ。明るい女性の声で、どことなくエロティックだった。その声が、パリ発十二時のTGVに乗ってマルセイユまで行くよう、ガブリエルと元皇太子に告げた。次の指示は列車で移動中に伝える。フランスの警察に知らせてはならない。護衛を連れていくのは禁止。指示に背いた場合、子供は死ぬ。「あなたがたは監視されています」声が警告したあとで電話は切れた。

公正な条件とはとうてい言えないが、いまの状況では、ガブリエルもこれでよしとするしかなかった。ただし、条件を守るつもりはない。その点は犯人側も同じだ。

ハリードがホテルのリムジンを手配した。パリ市内を東へ向かってのろのろと進むあいだ、黄色いベストのデモ隊に嘲笑され、悪態をつかれ、唾を吐きかけられた。リヨン駅の入口へ急ぐあいだ、催涙ガスが目にしみた。発車案内板の下にミハイルとケラーが他人どうしのような顔で立ち、それぞれ別の方向を見ていた。

ハリードはガラス製のアトリウムを驚きの表情で見上げた。「この駅は、二、三年前にテロ攻撃を受けたのではなかったかね？」

「立ち止まらずに歩くんだ」ガブリエルは言った。「でないと、列車に乗り遅れる」

「あ、追悼碑がある」不意にハリードが言い、光沢のある御影石でできた黒い碑のほうを指さした。

発車案内板がカタカタ鳴って最新表示に変わった。マルセイユ行きの列車の乗車が始まっている。ガブリエルはハリードを自動発券機のところへ連れていき、一等を二枚買うように言った。ハリードは困惑の表情で発券機を見つめた。

「どうやって買えばいいのか、わたしには——」

「わかった、わかった」ガブリエルはクレジットカードをリーダーに差しこんだ。彼の指がタッチスクリーンの上を飛ぶように動くと、発券機からチケット二枚とレシートが吐きだされた。

「次は?」ハリードが訊いた。

「列車に乗る」

ガブリエルはハリードを連れて、列車が入っているホームまで行き、一等車両に乗りこんだ。車両のいちばん前の席にミハイルが、うしろの席にケラーがすわっていた。二人とも車両の中央のほうを向いていて、ガブリエルはそちらへハリードを連れていった。客席は三分の一ほど埋まっている。サウジアラビアの王位を放棄したばかりの男が同じ車両に乗っていることに気づいた者は、乗客のなかには一人もいないようだ。

ハリードがガブリエルの耳元でひそやかに言った。「最後に列車で旅をしたのがいつだったのか、思いだすこともできない。きみは列車によく乗るのかね?」

「いや」TGVがガタンと揺れて動きだすあいだに、ガブリエルは言った。

南へ向かう旅が始まってから三時間のあいだ、マナーモードにしてあるハリードの電話はひっきりなしに振動していたが、誘拐犯一味が次の指示をよこしたのは列車がアヴィニヨンに到着してからだった。今度もまた、発信者の名前も番号も表示されず、女性の人工音声が聞こえてきただけだった。マルセイユ＝サン＝シャルル駅でレンタカーを借りて中世の城塞都市カルカソンヌまで行くよう、女性の声がガブリエルに指示した。「ジェネラル・ルクレルク通りに〈プラン・シュッド〉というピッツェリアがある。その近くで少女を車から降ろす。ボディガード二人は連れてこないで」媚を含んだ声が警告した。「従わなければ、少女は死ぬ」

ガブリエルはキング・サウル通りに電話を入れ、ハーツのレンタカーを二台頼んだ。一台はミハイルとケラーのため、もう一台はハリードと彼自身のため。二台ともルノーのハッチバック。ミハイルとケラーが先に出発し、北のエクサン＝プロヴァンスのほうへ走り去った。ガブリエルは海岸沿いに西へ向かい、午後のまばゆい太陽のほうを向いて走りつづけた。

ハリードがダッシュボードの埃を人差し指でなぞった。「せめて清潔な車を用意してくれればよかったのに」

「あなたが乗る車だということを、わたしから向こうに言っておくべきだった。もっといい車を見つけてくれたに違いない」

「あの二人をエクサンのほうへ行かせたのはなぜだ？」

「誘拐犯一味が二人を追うほどの間抜けかどうか、確かめてやろうと思って」

「もしそうなら？」

「連中がいささか無礼な不意打ちを受けることになる。そして、われわれが無傷でここから抜けだせる可能性が飛躍的に高まる」

ハリードは海に見とれていた。「きれいな海だ。なあ？」

「きっと、世界最大のクルーザーのデッキから眺めるよりもきれいだろう」

「世界で二番目だ」ハリードがガブリエルの言葉を訂正した。

「人はみな、倹約しなくてはならないからな」

「今後はあの船で多くの時間を過ごすことになるだろう。リヤドはもはや、わたしにとって安全な場所ではない。しかも、父が亡くなれば――」

「自分の地位を脅かす王族やその他すべての相手にしたのと同じ仕打ちを、今度はあなたが新たな皇太子から受けることになる」

「それがわが一族のやり方だ。王家の者たちの争いといったら、ほかに類を見ないほど熾烈なものだ」悲惨な状況にいるにもかかわらず、ハリードは笑みを浮かべた。「残りの生涯はリーマのために使うつもりでいる。あの子は〈トランキリティー号〉が大好きだ。二人で世界をまわることにしようと思う」

「王女が今回の試練から立ち直るためには、医療面と精神面の充分なケアが必要になるだろう」

「経験から出た言葉のようだな」

「わたしのファイルを読んでくれ」

「すでに読んだ。ウィーンで起きたことにも触れてあった。爆弾事件があったとか。そのため――」

「あなたは意外に思うかもしれないが、できればその話はしたくない」

「では事実なのか？　目の前で妻子を殺されたのか？」

「違う。妻は生き延びた」

水平線上で太陽が燃えていた――あの車と似ている、とガブリエルは思った。ウィーンの静かな広場で車が赤々と燃えていた。ハリードが急に話題を変えたので、ガブリエルはほっとした。

「カルカソンヌへ行くのは初めてだ」

「中世にはカタリ派の拠点だった」

「カタリ派？」

「彼らがとくに強く信じていたのは、神は二人いるということだった。新約聖書の神と旧約聖書の神だ。一人は善で、もう一人は悪」

「どっちがどっちだ？」

「どう思う？」

「悪はユダヤ人の神のほうだな」

「そのとおり」

「その後、どうなった？」

「ほとんど見込みがなかったにもかかわらず、古くからの故郷に新たな国家を建設した」

「わたしはカタリ派のことを訊いたのだが」

「アルビジョア十字軍によって壊滅させられた。いちばん有名な虐殺の舞台となったのがモンセギュールの村だ。カタリ派の〝完徳者〟約二百人が火あぶりにされた。処刑がおこなわれた場所は〝火刑の野〟と呼ばれるようになった」

「キリスト教徒も残虐になれるようだな」

「十三世紀の出来事だ、ハリード」

ガブリエルのブラックベリーが振動して電話の着信を知らせた。ミハイルからの最新情報だった。ガブリエルは話に耳を傾け、それから、カルカソンヌへ向かうようミハイルに命じた。

「連中に尾行がついていたのか？」ハリードが訊いた。

「いや。あいにくだが」

太陽が水平線の向こうに沈みつつあった。もうじき姿を消すだろう。ほかに何もなくとも、それだけはガブリエルがほっとできることだった。

33

マザメ、フランス

スペインのバスク地方にある隠れ家からあわただしく連れだされたあと、リーマ王女は四十八時間のあいだ、ほぼ休みなしに移動させられていた。そのあいだのことは切れ切れにしか覚えていない。絶えず鎮静剤を注射されていたため、記憶に靄がかかっていた。覚えているのは、木箱が積み重なった倉庫、ヤギの臭いがしみついた薄汚い納屋、誘拐犯のうち二人が隣室で口論しているのを漏れ聞いた狭いキッチンなどだ。連中の会話を初めて聞いた。下品な言葉遣いにショックを受けた。

口論が静まったあとしばらくして、ふたたび鎮静剤を注射された。目がさめたときは、いつものように頭が割れそうに痛く、口のなかがアラビア砂漠のように乾いていた。約二週間にわたって着せられていたぼろを脱がされ、誘拐された午後に着ていた服を与えられた。お気に入りのバーバリーのコートまでついていた。コートがいつもより重いように思われた。もっとも、気のせいかもしれない。監禁生活で衰弱しているし、鎮静剤のせいで手足が鉄でできているように感じられる。

最後の注射のときは鎮静剤の量が少なめだった。意識のへりを漂っているような感覚があった。走る車のトランクに閉じこめられているのは間違いないと思われた。下のほうからタイヤの轟音が聞こえてくるからだ。また、車内で二人の人間の声がしていた。どちらも同じような言葉遣いだ。リーマにショックを与えた下品なしゃべり方。聞き分けられたのはふたつの単語だけだった。

ガブリエル・アロン……。

車の揺れと汚いトランクのむっとする悪臭で吐きそうになった。肺に空気を送りこむのが辛かった。たぶん、鎮静剤を注射されたせいだろう。いえ、違う。コートのせいだ。コートが重くて押しつぶされそうだ。

両手は縛られていなかった。トグルボタンをはずして襟をひっぱったが、だめだった。開かない。目を閉じ、長い監禁生活のなかで初めて泣いた。

コートの前開きの部分が縫いつけられていた。

ジェネラル・ルクレルク通りはカルカソンヌの中世の城塞をとりまく二重壁の外に延びる通りで、旧市街の美や魅力はどこにもなかった。〈プラン・シュッド〉は通りの南側に立つパイ形の建物のなかにあった。この界隈に住む労働者階級を顧客とする商店や事務所がわずかに並んでいて、いちばん端にあるのがこのピッツェリアだった。店内は清潔で、きちんと片づき、明るく照明されていた。南仏の人間らしい顔立ちの大柄な男がピザ窯のところで立ち働き、悲しげな表情の女がパエーリャを作っている。こぢんまりした客席にテーブルが四つ。壁にはアフリカン・アートの絵が飾られ、通りに面してスライド式の大きなガラス扉がある。狙撃手の射撃練習場みたいな場所だ、とガブリエルは思った。

ひとつだけ空いていたテーブルにハリードと二人ですわった。あと三つのテーブルにいる客は、けさパリの通りで見かけたデモ隊とよく似た感じの連中だった。もうひとつのフランス、ガイドブックには登場しないフランスの市民たちだ。搾取され、置き去りにされた市民、エリート層が学ぶ大学の立派な学位など持っていない連中。グローバリゼーションとオートメーションによって、労働力としての彼らの価値は失われてしまった。サービス業が彼らに残された唯一の道だ。英国とアメリカではすでに、この連中と同じ層の者たちが投票で意思表示をしている。次はフランスの番だとガブリエルは思った。

ブラックベリーにメールが入った。ガブリエルはそれを読んでからポケットに戻した。二人のあいだのテーブルに置かれたハリードの電話は暗く沈黙したままだ。

「それで？」ハリードが聞いた。

「うちの連中からだ」

「いまどこに？」

ガブリエルは視線の動きだけで、ケラーたちが近くに駐車していることを伝えた。

「犯人一味は？」

「まだ来ていない」

「われわれが着いたことを知っているだろうか？」

「もちろん」

「なぜわかる？」

「あなたの電話を見てみろ」

ハリードは視線を落とした。電話が入っていた。発信者の名前はない。番号もない。

ガブリエルは〝応答〟をタップして電話を耳にあてた。話しかけてきた声は女性のもので、どことなくエロティックだった。ただし、人工の音声ではなかった。生の声だった。

34

カルカソンヌ、フランス

「きみはじかに話をせずにはいられなかった。そうだな？」

「でしょうね。だって、あなたのような男と話をするチャンスがどれだけあるというの？」

「わたしのような男というのは？」

「戦争犯罪人。尊厳と国家の独立を求めて苦闘する人々を殺害する男」

女の英語は完璧だった。ドイツふうのアクセントだが、どこかよその訛りがかすかに感じられる。もっと東のほうの訛りだ、とガブリエルは思った。「きみは自由のために戦う闘士なのか？」

「プロフェッショナルよ、アロン。あなたと同じように」

「ほう？　それで、どんな仕事をしている？　子供を誘拐して拷問するとき以外は？」

「子供なら大事に世話をしてきたわ」

「きみたちがあの子を監禁していたアレアツァの部屋を見せてもらった。犬を入れておくのも気の毒なほどの部屋だ。ましてや十二歳の少女にはひどすぎる」

「想像を絶する贅沢な環境で育った子なのよ。いまはとりあえず、世界の大多数がどんな暮らしをしているか、多少わかるようになったでしょうね」

「あの子はどこだ？」

「近くよ」

「だったら、この店の前で解放しろ。わたしにはきみたちを追うつもりはない」

女は笑った。低くかすれた声だった。ガブリエルは電話の音量を最大に上げて耳にきつく押しあてた。女は走る車のなかにいる――それを確信した。

「次の指示を受ける準備はできてる？」女が尋ねた。

「そろそろ最後にしてほしいものだ」

「カルカソンヌの北にセサックという村があるわ。D629で県境まで行ってちょうだい。そこから一キロほど走ると、道路の右側のフェンスに隙間があるのが見えてくる。そこを曲がって野原に入り、きっかり百メートル進んでから、ヘッドライトを消す。指示に背いた場合、少女は死ぬことになる」

「少女の髪の毛ひと筋でも傷つけたら、わたしがきみの頭に弾丸を撃ちこむからな」

「こんなふうに？」

突然、ピッツェリアのスライド式のガラス扉が砕け散り、灼熱の弾丸がガブリエルとハリードのあいだの空気をひき裂いて壁にめりこんだ。
「猶予は三十分」女が冷静に言った。「それが過ぎたら、次の弾丸を受けるのは少女よ」

パニックを起こした〈プラン・シュッド〉の客たちに続いて、ガブリエルとハリードは車の往来の激しい通りに飛びだした。となりの商店の外にルノーが止めてある。ガブリエルは運転席にすべりこむなりエンジンをスタートさせ、中世の城塞の外壁に沿って猛スピードで走りはじめた。ハリードが携帯電話でルートを指示した。じつのところ、ガブリエルには指示など必要なかった――セサックまでのルートはいくつもの道路標識が明確に教えてくれる――しかし、スピードを上げろとガブリエルにわめく以外に、ハリードにも何かすることがあったほうがいい。

セサックまで行くだけでも四十キロ近い道のりだ。ガブリエルはそれを二十分ほどで走った。旧市街の中心部をあっというまに通り抜けた。視野の端に、低地を見渡す塁壁、銃眼つき胸壁の残骸、一軒のカフェがちらっと見えた。新市街は北西の方角だ。憲兵隊の支部があり、環状交差路があった。猛スピードで交差路に入ったガブリエルは、ルノーが横転しそうに感じて一瞬肝を冷やした。

交差路を過ぎると、町が遠くなっていった。そこから二キロほどはよく手入れされた農地が続いたが、しだいに荒涼たる風景に変わっていった。道路が狭くなり、川にかかる石の橋を渡ると、道路はふたたび狭くなった。ガブリエルはダッシュボードの時計にちらっと目をやった。彼の計算では、すでに三分か四分の遅れが出ている。次にバックミラーに目を向けると、ヘッドライトが見えた。どんどん近づいてくる。ガブリエルはブラックベリーをとって電話をかけた。

応答したのはケラーだった。

「離れろ」ガブリエルは言った。

「ごめんだね」

「道路脇へ車を寄せるよう、ミハイルに言うんだ」

ケラーがその指示をしぶしぶ伝えるのがガブリエルの耳に届いた。数秒後、車が道路の端へ寄るのをガブリエルは見守った。それから電話を切ってポケットに戻した。ハリードの電話に不意にライトがついた。発信者の名前なし。番号もなし。

「スピーカーホンにしろ」

ハリードは画面をタップした。

「遅刻よ」女が言った。

「もうじき着くと思う」

「そうね。ついでに、あなたの部下たちも」

「道路脇に寄るよう命じておいた。もう近づいてこないだろう」

道路標識が見えてきた。タルヌ県。

「県境を越えた」ガブリエルは言った。

「そのまま進んで」

車は木々のトンネルに入った。そこを出ると、道路の右側のワイヤフェンスがたるんでいるのが見えてきた。フェンスの向こうの野原は闇のなかだ。雲が垂れこめて月のない夜になっている。

「スピードを落として」女が命じた。「フェンスの破れ目はすぐそこだから」

ガブリエルは減速して破れ目を通り抜けた。小道は未舗装で、深いわだちが刻まれ、最近の雨でぬかるんでいた。ガブリエルは車をがたがた揺らしながら百メートルと思われる距離を進み、ブレーキをかけた。

「もう少し進んで」女が言った。

ガブリエルがゆっくり車を進めると、荒波に翻弄（ほんろう）される船のごとく、車が上下に揺れた。

「そこでいいわ」

ガブリエルは車を停止させた。

「エンジンとヘッドライトのスイッチを切って」

ガブリエルはためらった。

「さあ」女が言った。「でないと、次の弾丸がフロントウィンドーを突き抜けるわよ」

ガブリエルはエンジンを切り、ヘッドライトを消した。あたりは完璧な闇になった。電話の向こうの静寂も完璧だった。女が自分の電話をミュートにしたのだろう。

「どれぐらい待たせるつもりだと思う？」ハリードが訊いた。

「聞こえてるわよ」女が言った。

「そちらの声も聞こえる」ハリードは冷たく言った。

「脅しのつもり？」

ハリードが返事をする前に、ルノーのリアウィンドーが割れた。ガブリエルは腰のくびれに差しこんであったベレッタを抜き、最初の弾丸を薬室に送りこんだ。

「あなたが銃の名手なのは知ってるわ、ミスター・アロン。でも、挑戦するつもりはありません。それに、ほぼ終わったようなものだし」

「少女はどこだ？」

「ヘッドライトをつけて」女が言い、電話が切れた。

35

タルヌ県、フランス

少女は小道に立っていた。ガブリエルの車の前方五十メートルほどのところで道がゆるやかな上り坂になり、そのてっぺんに少女がいる。タータンチェックのスカート、黒いタイツ、女子生徒がよく着るタイプのトグルボタンつきのコートを着させられていた。ボタンもきちんとかけてあるかに見える。だが、じつはそうではない。ボタンはひとつもかかっていない。

いきなり、ハリードが車のドアを乱暴にあけ、リーマの名前を叫びながら泥だらけの小道を走りだした。数歩遅れてガブリエルが続いた。腰を軽くかがめ、伸ばした手にベレッタを構えて。左右を見まわしたが、何を捜しているのか、彼自身にもわからなかった。リーマと背後の野原は煌々と照らされているが、あとは完全な闇のなかだ。ガブリエルには何も見えない。目に恐怖を湛(たた)えた娘に向かって駆けていく父親の姿があるだけだ。

どこか変だった。少女は父親の声を聞いてもなぜ安堵の表情にならないのか？　次の弾丸はどこから飛んでくるのか？　ガブリエルの頭を撃ち抜くと女が約束した弾丸は？　その瞬間、ガブリエルはリーマのコートが身体にぴったり合っていない理由に気づいた。狙撃手はいない。少女自身が凶器なのだ。

「その子に近づくな！」ガブリエルはどなった。しかし、ハリードはぬかるんだ小道をつんのめるようにして進んでいく。野原を縁どる木立のなかで何かがきらっと光ったのをガブリエルが目にしたのは、そのときだった。

携帯電話……。

かなりの距離だ。少なくとも百メートルはある。ガブリエルは光を狙ってベレッタを構え、弾倉が空になるまで撃ちつづけた。それから銃を投げ捨て、ハリードのほうへ飛んでいった。

ハリードのほうがずっと若いが、身体を鍛えていないし、それに対して、一種の狂乱状態がガブリエルに力を与えていた。大股で走ってハリードとの距離を詰め、濡れた地面に彼を押し倒した瞬間、リーマのトグルボタンつきのコートが爆発した。

灼熱の光が炸裂して野原の四方八方を照らしだし、飛散した金属の破片が、飛んでいく砲弾のごとくガブリエルの頭上の空を満たした。彼が顔を上げたときには、リーマは消えていた。小道の両側に遺体の残骸が散乱していた。

ガブリエルはハリードを地面に押さえこもうとしたが、ハリードは彼の手をふりほどき、よろめく足で立ちあがった。全身にリーマの血を浴びていた。ガブリエルも同じだった。ハリードの肺から最初の苦悶の叫びがあふれでた瞬間、ガブリエルは顔を背けて耳をふさいだ。

一台の車が道路を走ってきた。ガブリエルはベレッタを見つけだし、使用済みのマガジンを抜いて新しいのを装塡した。ゆっくり向きを変えると、娘の手足を必死に拾い集めているハリードの姿が見えた。「救急車を呼んでくれ」ハリードが言っていた。「頼む。病院へ運ばなくては」

ガブリエルは膝を突くと、激しく嘔吐した。それから月のない空のほうへ顔を上げ、顔に浴びた少女の血を突然の雨が洗い流してくれるよう祈った。「おまえは死んだ！」声のかぎりに叫んだ。「死んだ、死んだ、死んだ！」

第三部
赦免

36

フランス南西部――エルサレム

ミハイル・アブラモフとクリストファー・ケラーは狂ったように続く銃声を聞いた――全部で十発、すべて同じ銃から発射されたものだ――数秒後に爆発音が聞こえた。音の響きからすると比較的小規模なようだが、爆発の閃光はタルヌ県の僻地(へきち)の空をまばゆく照らしだすに充分だった。二人が野原に駆けつけた瞬間に目にした光景は、さながらダンテの『神曲　地獄篇』の一場面だった。二人とも戦闘のベテランで、法規を無視した殺害を無数に遂行してきた身だが、目の前の光景にはさすがに吐き気を催した。ガブリエルが泥のなかに膝を突き、血に濡れたまま、天を仰いで絶叫している。ハリードは小さな腕らしきものを抱え、救急車を呼べとわめいている。ミハイルとケラーがこの光景について話すことは二度とないだろう。二人のあいだでも、もちろんフランスの官憲に対しても。

ガブリエルはさきほど、わずかに冷静さをとりもどしたあとでパリのポール・ルソーに電話を入れた。ルソーはＤＧＳＩの長官に電話し、長官が内務大臣に電話し、大臣がエリゼ宮に電話をした。数分もしないうちに憲兵隊の最初の一団がD629を疾走して到着し、ほどなく、野原全体が現場検証の照明に煌々と照らしだされた。フランス大統領直々の命令が出ているため、狂乱状態に陥った被害者の父親と、呆然としているイスラエルの諜報機関の長官に質問が向けられることはいっさいなかった。

鑑識チームが被害者の遺体を丹念に拾い集めた。爆発物の専門家たち。少女を殺した爆弾の破片。証拠品はその夜のうちにすべて、警察のヘリでパリへ運ばれた。ガブリエル、ハリード、ミハイル、ケラーも同様だった。夜明け前に、ハリードと娘の遺体はふたたび飛び立った。今度はサウジアラビアへ向かって。しかしながら、ガブリエルとその仲間については、フランスのほうで別の計画を立てていた。

ガブリエルはフランスの盟友だ――事実、フランス国内に広がっていたISISのテロのネットワークを彼がほぼ独力で壊滅させたこともある――だから、フランスもそれなりの丁重な扱いをした。同じ日の遅い時刻におこなわれた事情聴取は形ばかりのもので、シャンデリアが下がった内務大臣の華美な執務室が使われた。大臣本人、警察とさまざまな情報機関の長官、記録係数人、給仕、いくつかの省庁の職員が顔をそろえた。ミハイルとケラーは直接の尋問を受けずにすんだし、フランス側は電子機器による録音はしないと誓った。もっとも、たぶん嘘だとガブリエルは思っている。

大臣は事情聴取を始めるにあたって、まず、イスラエルの諜報機関の長官が王女の捜索をおこなうことになったのは、そもそもどういう事情によるものかと質問した。ガブリエルは少女の父親に依頼されて捜索をひきうけたことを正直に告げた。

「しかし、サウジアラビアはイスラエルの敵国だ。違うかね？」

「それを変えたいと願っていました」

「フランスの保安機関や情報機関内部の者から協力を得たことは？」

「ありません」

大臣は何も言わずにガブリエルに写真を差しだした。ネラトン通りにある〈アルファ・グループ〉の本部のセキュリティ・ゲートを通り抜けるパサートの写真。挨拶に寄っただけだとガブリエルは弁明した。

「では、助手席の女性は？」大臣が尋ねた。

「同僚です」

「スイス連邦警察によると、次の日の夕方、リュシアン・ヴィラールがアタッシェケース爆弾で死亡したときに、同じ車がジュネーブで目撃されている。たぶん、きみもそこにいたと思われるが？」

「いました」

「イスラエルの諜報機関がリュシアン・ヴィラールを殺害したのか？」

「冗談はやめてください」

大臣は一枚の写真をガブリエルの鼻先につきつけた。アヌシーのカフェにすわっている男の写真。「これが殺害犯か？」

ガブリエルはうなずいた。

「身元を突き止めることはできたかね？」

「いいえ」

さらに別の写真。「この女はどうだ？」

「ゆうべ、わたしが電話で話した相手だと思います」

「この女が交渉役だったのか？」

「交渉はしていません」

「金の受け渡しはなかったというのか？」

「向こうが要求してきたのは退位でした」

「では、きみが十発も撃ったのは？」

「携帯電話のライトを目にしたのです。やつがそれを起爆装置にするのだと思いました」

「やつ？」

ガブリエルは写真の男のほうへ首を傾けた。「こいつを仕留めておけば――」

「少女の命が救えたかもしれない」

ガブリエルは無言だった。

「われわれに無断で事を進めたのが間違いだったな。われわれなら少女を無事にとりもどせただろう」

「少女を殺すと言われました」

「なるほど」大臣は言った。「そして、少女は死んでしまった」

こうして事情聴取は続き、午後も遅くなり、やがて内務省の窓の外にパリの街の明かりが輝きはじめた。事情聴取など無意味だし、どちらの側もそれを承知していた。フランス側はこの無惨な事件全体を隠蔽するつもりでいる。ついに質問することがなくなり、記録係がペンを置くと、あちこちで握手が始まった。葬儀のあとにも似て、労りのこもった束の間の握手だった。内務省の車がガブリエルとミハイルとケラーをシャルル・ド・ゴール空港まで送った。ケラーはロンドン行きの便に乗った。ガブリエルとミハイルはテルアビブ行き。四時間のフライトのあいだ、タルヌ県の野原で起きた出来事には二人ともいっさい触れなかった。今後も触れることはないだろう。

翌日、南仏の新聞のひとつに小さな記事が出た。人里離れた野原で遺体の一部が見つかったというような記事だった。若い子で、女性にほぼ間違いないとのこと。『フィガロ』紙に転載され、夕方のニュース番組でも短くとりあげられた。しかし、フランス側の隠蔽工作が完璧だったのに加えて、メディアが〝黄色いベスト〟のほうに気をとられていたため、この件はほどなく忘れ去られた。ガブリエルでさえ、ときたま、あれは夢ではなかったかと思うことがある。しかし、少女が目の前で粉々に吹き飛ばされたことを思いだすには、女との会話の録音に耳を傾けるだけで充分だった。

たとえ悲嘆に暮れていたとしても、ガブリエルがそれを顔に出すことは、少なくともキング・サウル通りの塀の内側ではいっさいなかった。ハリードの退位によって、サウジアラビアが、ひいてはアラブ世界全体が政治的混乱のなかに投げこまれた。事態をさらに悪化させたのは、米大統領がシリアからの米軍撤退の意志を表明したことだった。実質的には、シリアの支配権をイランとその同盟国のロシアに譲り渡すようなものだ。ツイッターで米大統領が撤退を宣言してから数時間もしないうちに、ヒズボラのミサイルがシリア領内から発射されてイスラエル領空に入り、ハデラという町の上空で迎撃された。ガブリエルはダマスカスの南にあるイラン軍の秘密地下司令部の位置を首相に報告した。イスラエルの報復攻撃によってイラン革命防衛隊の士官数人が死亡し、イスラエルとイランの関係は一触即発の状態になった。

しかし、フランスから帰国したあとのガブリエルの多忙な日々の大半を占めたのは、サウジアラビア関係の事柄だった。ハリードの退位を正確に予言したばかりに、ガブリエルは不意にＣＩＡの注目を浴びることとなった。アラブ世界でもっとも親しい同盟国の王室内部で何が起きているのかを推測しようとして、ＣＩＡは藁にもすがる思いだったのだ。

ハリードはリヤドにいるのか？　そもそも生きているのか？　ガブリエルもアメリカ側に情報を伝えることはほとんどできなかった。なにしろ、ハリードに連絡をとろうとしてもだめだし、盗聴していたサウジの電話はもはや電波を発していなかった。また、誰がハリードの後継候補となるかについても、アメリカ側に――ついでに言うなら、イスラエルの首相にも――ガブリエルが確かな情報を渡すことはできなかった。その結果、国王の腹違いの弟でロンドン在住のプリンス・アブドゥッラーが皇太子になるというニュースで午前三時に叩き起こされたときには、ガブリエル自身、誰にも負けないぐらい驚いた。

〈オフィス〉がアブドゥッラーの平凡な経歴に関して把握していたのは基本的な事柄だけだったので、皇太子選定後の数日間に、人材課とリサーチ課が急いで未知の部分を埋めていった。反イスラエル、反西欧の立場をとり、中東の暴力と政治的混乱の責任の多くはアメリカにあると主張して、アメリカに飽くなき怒りを抱いている。リヤドに妻が二人いるが、顔を合わせることはめったになく、金のかかる若い男娼や娼婦をベルグレーヴィアの屋敷に呼び寄せて性的欲求を満たしている。敬虔なワッハーブ派ムスリムのくせに大酒飲みで、チューリッヒ郊外の高級施設でアルコール依存症の治療を受けたことが三回もある。ビジネスに関しては、積極的ではあるが分別がない。月々莫大な生活費をもらっているにもかかわらず、つねに金に困っている。

アブドゥッラーは暫定的な皇太子に過ぎず、次の世代から未来の国王にふさわしい候補者を選定できるときが来るまで、その地位にとどまるだけだろうというのが、大方のメディアの意見だった。ところが、アブドゥッラーは甥であるハリードの息のかかった王族と保安機関の人間を追放しはじめ、自分の権力をたちまち強固なものにした。また、〝成功への道〟という、サウジ経済に変化をもたらすためのハリードの野心的な計画を廃棄し、信仰の改革が話題にのぼることは今後いっさいないと断言した。ワッハーブ派こそがサウジ王国の国教であり、純粋かつ厳格な形で守っていくと宣言した。女性たちは運転する権利も、スポーツイベントを観戦する権利も、すぐさま奪い去られた。そして、民衆から恐れられてきたサウジの宗教警察ムタワが、イスラム教の純粋さを守るための権限をふたたび与えられ、国民を逮捕することも、必要とあれば暴力をふるうこともできるようになった。これに異議を唱える者は投獄されたり、公開の鞭打ち刑に処せられたりした。束の間の〝リヤドの春〟は終わってしまった。

これをきっかけに、西欧社会を中心として、大きな見直しへの気運が高まった。アメリカも、ヨーロッパの同盟国も、ＫＢＭの悪事をきびしく糾弾しすぎたのではないか？　サウード王家を必要以上に追い詰めて、従来の無難な生存法に立ち戻るしかない状況にしてしまったのではないか？　中東を根本的に変えるための黄金の機会を逃したのではないか？　ワシントンとロンドンの盗聴の危険のない部屋や客間で、サウジアラビアを失った責任が誰にあるかをめぐって口論が続いた。しかしながら、テルアビブでは、ガブリエルがまったく違う方向からこの問題にとりくんでいた。サウジアラビアを失ったわけではない。奪い去られたのだ。しかし、誰に？

〈オフィス〉の面々の前ではどうにか悲しみを隠しとおしたガブリエルだが、キアラは彼の心をガラスでできているかのように読みとっていた。むずかしいことではなかった。毎晩、ガブリエルは熟睡できずに汗びっしょりになり、あの瞬間にひきもどされていた。キアラが彼の叫びで目をさましたことが何回もあった。いつも同じ叫びだった。「おまえは死んだ。死んだ、死んだ、死んだ！」

フランスから戻ったあと、ガブリエルは一部始終を大幅に短縮してキアラに話した。誘拐犯一味の指示によってハリードと二人で人里離れた野原へ誘いだされた。少女は死んでしまった。キアラはもっと詳しく聞きたいという誘惑を抑えこんだ。いつの日か彼がすべて話してくれると信じていた。

そのときのことが彼を苦しめている。それだけは確かだ。キアラは思った――この人に必要なのは絵。ダメージを受けている数メートル四方のカンバスがあれば、この人の手で修復できるのに。でも、絵はない。あるのは守るべき祖国だけ。そして、この人は北のほうで戦争が起きる可能性を危惧している。ヒズボラとイランがシリアやレバノンに十五万発以上のミサイルとロケット弾を備蓄している。最大のものはテルアビブのさらに向こうまで到達できる。紛争が起きれば、ガリラヤ地方全域と海岸平野が射程内に入ってしまう。何千もの人々が死ぬことになる。

「だからこそ、シリアにおけるアメリカの存在が重要なんだ。下手をすれば地雷が爆発しかねない。米軍が撤退すれば、ヒズボラとイランの侵略を抑えこめる勢力はたったひとつになってしまう」

「ロシアね」キアラは言った。

時刻は午前零時を過ぎていた。ガブリエルはベッドに上半身を起こし、膝に〈オフィス〉のファイルをのせていた。読書用のハロゲンランプが彼の肩を明るく照らしている。子供たちを起こさないよう、テレビの音は消してある。この日の夕方、ヒズボラがイスラエルにミサイルを四発打ちこんだ。三発はアイアンドームのミサイル防衛システムによって撃墜されたが、あとの一発がラマト・ダヴィドの郊外に着弾した。ラマト・ダヴィドというのはイズレルの谷にある町で、ガブリエルが子供時代に住んでいたところだ。イスラエル空軍では、〈オフィス〉が提供した情報をもとに大々的な報復攻撃を準備している。

「今後のアトラクションの予告編といったところだ」ガブリエルは静かな口調で言った。

「どうすれば止められるの？」

「全面戦争以外の手段で？」ガブリエルは目を通していたファイルを閉じた。「ロシア、イラン、ヒズボラをシリアから追いだす作戦を立てるしかない」

「どうやって？」

「少数のアラウィー派を中心とする残虐な独裁政権のかわりに、多数のスンニ派が率いるまっとうな中央政府をダマスカスに樹立するんだ」

「それはかなり困難なことじゃないかしら」キアラがベッドの彼の横にもぐりこんだ。「アラブの人々には自治能力がまだ不足していることが一点の曇りもなく証明されたのよ」

「わたしが言っているのはジェファーソン流の民主主義ではない。聡明な専制君主が必要だと言っているんだ」

「例えば、ハリードとか？」キアラが疑わしげな口調で尋ねた。

「どのハリードのことを言っているかによる」

「何人いるの？」

「二人だ。一人目は心の準備ができる前に絶対権力を与えられた男」

「じゃ、二人目は？」

「わが子が想像を絶する無惨な死を迎えるのを見てしまった男」

沈黙が流れた。やがて、キアラは尋ねた。「フランスのあの野原で何があったの？」

「わたしがハリードの命を救った。それをハリードが果たして許してくれるかどうか、わたしにはわからない」

キアラはテレビを見つめた。サウジアラビアの新たな支配者が高位の聖職者たちと会っている。そこには、猿と豚の子孫だと言ってユダヤ人をつねに罵倒している宗教指導者も含まれていた。「これからどうするつもり？」キアラは訊いた。

「誰がサウジアラビアを盗んだかを突き止める」

「そのあとは？」

ガブリエルはランプを消した。「奪いかえす」

37

テルアビブ

　イスラエルが冬の嵐に見舞われた二月下旬のこの日から、〈オフィス〉がのちに〝ハリードはどこに？〟と呼ぶことになる大々的な捜索が始まった。ハリードがそもそも生きているのかどうかが、〈オフィス〉内部で大きな議論の的になった。エリ・ラヴォンはハリードがナジュドの台地の地下一メートルほどのところに、おそらくいくつかに切断されて埋められたのだと確信していた。その根拠として、ハリードの携帯電話が通じなくなっているという事実を挙げた。それ以上に心配なのが、忠誠委員会がアブドゥッラーを皇太子に選定したあとほどなくしてハリードが拘束された、との報告が入っていることだった。ただし、事実かどうかの確認はとれていない。ラヴォンは次のように述べた――そもそも、ハリードが生きてフランスを出ることはないはずだった。娘の遺体と共にサウジアラビアに戻ったのが、陰謀者一味にとっては、彼が今後脅威となることのないように手段を講じる絶好のチャンスになったのだ。

ガブリエルもラヴォンの説を即座に退けたわけではなかった。なにしろ、リーマが殺されたあと数時間にわたって、リヤドに戻るなど狂気の沙汰だと彼自身もハリードに警告したのだから。ハリードのその後を探るために、サウジの秘密警察にいる古くからの強敵にひそかに連絡をとったが、なんの反応もなかった。エリ・ラヴォンが言った――古くからの強敵はたぶん、ハリード失脚後の粛清にあって追放されたのだろう。もしくは――と暗い声でつけたした――ハリードの背中に短剣を突き刺したのがその人物だったのかもしれない。

ハリードの行方を捜しているのはガブリエルと〈オフィス〉だけではなかった。アメリカの連中と世界のメディアの多くもそうだった。前皇太子の目撃情報が各地から入ってきた。メキシコの太平洋側の海岸、魅惑の西インド諸島にあるサン・バルテルミー島、ペルシャ湾を望むドバイのヴィラ。信じてもよさそうなものはひとつもなかった。ハリードはオート・サヴォワ県の豪華なシャトーで贅沢な亡命生活を送っているとの記事が『ル・モンド』紙に出たが、これも信憑性に欠けていた。ポール・ルソーはフランスの官憲当局もハリードを見つけだせずにいることを認めた。

「ラフィク・アル＝マダニに関して、ハリードに質問したいことがいくつかある。アル＝マダニの行方もわからんのだ」

「たぶん、リヤドに戻ったのだろう」

「だとしたら、パスポートにスタンプを捺さずにフランスを出国したことになる。きみ、アル＝マダニに会っていないだろうな？」

ガブリエルは、アル＝マダニの居所は知らない、と多少の真実を交えて答えた。ハリードの居所も謎のままだ。所在が知れぬまま一週間が過ぎたころ、ガブリエルは最悪のことを危惧しはじめた。

最終的にハリードを見つけたのはサラ・バンクロフトだった。いや、正確に言うと、ハリードがサラを見つけたのだ。ハリードは無事に生きていて、最小限度のクルーと信頼できる護衛二人と共に〈トランキリティー号〉に身を潜めていた。ガブリエルと少し話がしたいので時間をとってもらえないか、とサラに連絡があった。

「紅海のシャルム・エル・シェイク沖に錨を下ろしているそうよ」サラは言った。「迎えのヘリをよこしてくれるって」

「親切なことだ。だが、わたしにもっといい考えがある」

「どんな？」

ガブリエルは説明した。

「まさか本気じゃないわよね」

「望みのものをなんでも進呈する、とハリードが前に約束してくれた。わたしの望みはそれだ」

38

エイラト、イスラエル

〈オフィス〉長官としてのガブリエルには大きな権限があり、例えば事前に首相の承認を得なくても、国家機密に関わるレベルの作戦を遂行することができる。しかしながら、敵国であるアラブ国家の失脚した指導者を、いくら非公式とはいえ、イスラエル国に招待する権限までは与えられていない。王女を捜索していた時期にハリードをロンドンのイスラエル大使館にひそかに連れて入ったのと、歴史のなかで数えきれない争奪戦がくりひろげられてきた聖地エルサレムに入るのを許可するのとでは、まったく次元の違う問題だ。首相は白熱した論争を一時間続けたのちにようやく、極秘という条件つきで訪問を承認した。サウジの元皇太子は死んだものと思っていたガブリエルなので、この条件にはなんの異存もなかった。ソーシャルメディアに自撮り写真が出るのを心配する必要はない。ハリードの以前のツイッターとインスタグラムは休止中だし、サウード王家はハリード関連の事柄を消去してしまった。ハリードはすでに過去の人となっている。

翌日の午前八時、ハリードを乗せたエアバスH一七五VIPヘリが土埃を巻きあげて、アカバ湾の端に着陸した。クルーがキャビンのドアをあけると、チノパンツとイタリア製のブレザー姿のハリードがためらいがちな態度で、初めてイスラエルの大地に下り立った。これを目の前で目撃したのはガブリエルとわずかな警護係の一団だけだった。ガブリエルは笑顔で片手を差しだしたが、ハリードは握手のかわりにガブリエルを荒っぽく抱き寄せた。善かれ悪しかれ、そして、紆余曲折があったにもかかわらず、二人はいまやもっとも親しい友となったのだ。

ハリードはカーキ色の荒涼たる風景を見渡した。「いつかここに来たいものだと思っていた。違う状況のもとで」

「たぶん」ガブリエルは言った。「それもわたしがいずれ手配できるだろう」

二人はガブリエルの装甲SUV車で北へ向かい、ネゲヴ砂漠に入っていった。道路を走る車がほかにもあるのを見て、ハリードは驚いている様子だった。

「このほうがいいんだ」ガブリエルは説明した。「人目のある場所に身を隠すほうが」

「誰かに気づかれたらどうする？」

「まさかイスラエルであなたを見かけるなんて、誰も思っていないはずだ」

「わたしがいるべき場所ではないからな。だが、考えてみれば、わたしにはここ以外に行けるところがない」

惨めな境遇に落ちたことと、グローバルな評価が下がったことに、ハリードは見るからになじめない様子だった。雲ひとつない空の下を砂漠の奥深くへ入っていくあいだに、リーマが殺されたあとでサウジアラビアに戻ったときの状況が、ハリードの口から語られた。ワッハーブ派の伝統に則って、砂漠の墓標なき墓にリーマを埋葬した。次に、王位継承権をとりもどすべく急いで手をまわそうとした。だが、危惧していたとおり、それは不可能だった。忠誠委員会のほうですでに、ハリードの助言者であり相談相手でもあったアブドゥッラーを新皇太子として選定していたのだ。ハリードはこのおじに恭しく忠誠を誓ったが、アブドゥッラーはハリードの影響力を恐れて、強大な権力を伴う政府内のポストをすべて奪い去った。ハリードが抵抗すると、逮捕されてリッツ・カールトン・ホテルの一室に連れていかれ、資産の多くを差しだすよう強要された。命の危険を感じたハリードは残った流動資産をかき集めて〈トランキリティー号〉で逃亡した。妻のアスマは一緒に行くのを拒んだ。

「リーマの死であなたを責めているのか？」

ハリードはゆっくりとうなずいた。「皮肉なものだと思わないか？　わたしはサウジアラビアにおける女性の権利を擁護してきた。その見返りとして、妻に捨てられた」

「そして、あなたのおじにも」

「退位するなというアブドゥッラーの助言が虚しく響く」ハリードはうなずいた。「最初からわたしを陥れるつもりだったのだろう。忠誠委員会はアブドゥッラー以外の候補者のことをろくに考えようともしなかった。言うなれば、ケーキはすでにオーブンに入っていたわけだ。わたしを排除すれば、王座はアブドゥッラーのものだ。わたしの父ですら止めることはできなかった」

「どんな状態だ？」

「父のことか？　意識が明晰なときもあるが、ほとんどの場合、認知症の靄に包まれたままだ。いまやアブドゥッラーが王国の実権を完全に掌握し、その結果はきみも見てのとおりだ。だが、安心してくれ。まだ終わってはいない。わたしの血を求めて叫んだワシントンの上院議員や下院議員どもは、わたしを批判した日のことをいずれ後悔するだろう」

水銀の色を帯びた死海の水面が地平線上に見えてきたとき、時刻は十時近くになっていた。エン・ゲディ・ビーチまで来たところで、ガブリエルはハリードにひと泳ぎしてはどうかと尋ねたが、ハリードは片手をふって断わった。前に一度、死海のヨルダン側で泳いだことがあるが、楽しい経験ではなかったという。

ガブリエルたちの車はスピードを落とすことなく検問所を走り抜け、ヨルダン川西岸地区に入った。エリコで道路が枝分かれして、一方はエルサレムへ向かう。だが、ガブリエルたちは北をめざしてそのまま走りつづけた。ヨルダン川に沿って続くイスラエルの入植地を次々と通り過ぎるにつれて、ハリードの表情が暗くなっていった。

「きみたちが土地をすべて奪ってしまったら、パレスチナ人民はどうやって国家を建設すればいい？」

「すべての土地を奪ったわけではない」ガブリエルは答えた。「ただ、言っておくが、われわれがヨルダン地溝帯を離れることはけっしてない」

「国境の両側にユダヤ人が住んでいたら、ふたつの国家は共存しえない」

「時代遅れだな」

「何が？」

「ふたつの国家という解決策。それはすでに葬り去られた。旧来の枠にとらわれない考え方が必要だ」

「ほかにどんな解決策がある？」

「まずは平和を手に入れる。そうすれば、あとはどんなことでも可能だ」

車は次の検問所を過ぎてイスラエル領に入り、なだらかに続く肥沃な農地を猛スピードで走り抜けてガリラヤ湖の南端まで行った。そこから東へ向きを変え、ゴラン高原の坂をのぼった。イスラム教ドルーズ派が住む町、マジュダル・シャムスでは、有刺鉄線のフェンス越しにシリア南部をのぞき見た。シリア軍と、同盟国ロシアとイランの軍隊が反政府軍をすでに一掃していた。イスラエルとの国境地帯はふたたびシリア政府の支配下に入っている。

イスラエル最古の入植地のひとつ、ロシュピナで車を止めてランチにし、それから、高地ガリラヤ地方の横断にとりかかった。ガブリエルは見捨てられたアラブの村々の跡地を指さした。さらには、スメイリヤの廃墟をハリードと一緒に歩きさえした。これは西ガリラヤ地方にある村で、住民は一九四八年にレバノンへ逃げだしている。テルアビブのきらめく新しいスカイラインをハイウェイ六号線から眺め、〝分断された丘の上の町〟であるエルサレムには西側から近づいた。目に見えない境界線を越えて東エルサレムに入ったあと、旧市街に残るオスマン帝国時代の城壁に沿って進み、聖ステパノ門、別名ライオン門まで行った。門の向こうの小さな広場に歩行者の姿はなかった。イスラエルの警官と兵士の姿があるだけだ。

「ここはどこだ？」ハリードが訊いた。緊張した声だった。

ガブリエルは彼の側のドアをあけて車を降りた。「一緒に来てくれ。案内したいところがある」

この日の夕方、ガブリエルがムスリム地区で立入禁止の手配をしておいたのは、ライオン門の内側にある小さな広場だけではなかった。その南にある広々とした神聖な地区も立入禁止になっていた。ユダヤ人はここを神殿の丘と呼び、ムスリムは高貴な聖域（ハラム・アル＝シャリーフ）と呼んでいる。ガブリエルとハリードは赦免門（バブ・アル＝ハッタ）から神殿の丘に入った。夕暮れの冷たい光を受けて、金色の岩のドームが輝いていた。壮麗なアル＝アクサー・モスクは黒いシルエットになっている。

「わたしのために立入禁止に？」

ガブリエルはうなずいた。

「どうやって？」

「わたしもけっこう影響力を持つ人間なのでね」

モスクを管理するワクフ（イスラム教宗教協議会）の代表者が何人か、丘の東側に佇んでいた。「連中はわたしを何者だと思っているのだ？」ハリードが訊いた。

「首長国のひとつからやってきたアラブの名士」

「カタール以外にしてほしい」

二人は岩のドームに入り、厳粛な表情で〝聖なる岩〟を見つめた。聖書に出てくるモリヤの丘の頂上とされていて、イスラム教徒は、預言者ムハンマドがここから昇天したと信じ、ユダヤ教徒は、大天使ガブリエルの介入がなかったらアブラハムがここで一人息子を神に捧げたであろうと信じている。岩のドームを出たあと、ハリードはアル＝アクサー・モスクで祈りを上げ、大天使と同じ名前を持つガブリエルは一人で丘に立ち、オリーブ山の上に月がのぼるのを見つめていた。

ハリードがモスクから出てきたときは、すでに夜の闇が広がっていた。「きみがソロモンの神殿の柱を見つけたという小部屋はどこにある？」

ガブリエルは下のほうを指さした。台地の地中深くに埋もれた場所だ。

「では、嘆きの壁はどこだ？」

ガブリエルは西のほうを頭で示した。

「小部屋に案内してくれないか？」

「今度にしよう」

「嘆きの壁のほうは？」

二人が立っているのは嘆きの壁のてっぺんからわずか数メートルのところだったが、ガブリエルのSUV車で壁まで行った。ヘロデ王時代の巨大な石積みの壁も、その下に広がる大きな広場も、照明を受けて輝いていた。ハリードを連れてくるときにこの広場まで立入禁止にすることは、ガブリエルも考えていなかった。礼拝者と観光客で広場は混雑していた。

「男と女は別々の場所で祈るのだな」ハリードがいたずらっぽく言った。

「リベラルなユダヤ人は眉をひそめている」

「たぶん、われわれの力で変えることができるだろう」

「少しずつ（シュワイヤ）、少しずつ（シュワイヤ）」ガブリエルは言った。

ハリードが上着の胸ポケットから小さな紙片をとりだした。「リーマのための祈禱文だ。

壁に奉納していきたい」

ガブリエルはハリードの黒髪にキッパをかぶせてやり、壁に歩み寄る彼を見守った。ハリードは紙片を切石のあいだにすべりこませると、頭を垂れて無言で祈りを捧げた。顔を上げたとき、目に涙が光っていた。ガブリエルのSUV車が糞門(ふんもん)の外で待っていた。車は市街地の西まで行き、ナハロートと呼ばれる古くからの地区へ向かった。ナルキス通りの入口には警備用の検問所がある。車はスピードを落とすことなくそこを通過し、十六番地の石灰岩造りのアパートメントの外で止まった。

「ここはどこだ?」ハリードが尋ねた。

「わが家に到着だ」ガブリエルは言った。

39

エルサレム

キアラはドメーヌ・デュ・カステルの栓を抜いて待っていた。ユダヤ山地で生産されるボルドータイプのワインだ。ハリードは喜んでグラスを受けとった。皇太子の座を追われたのだから、敬虔なワッハーブ派信者のふりをする理由はなくなった、と言った。ガブリエルほどの権力を持つ者がこんな粗末な家に住んでいることに驚いている様子だった。だが、考えてみれば、一街区ほどの広さの宮殿で育った王家の者にとっては、どんな家も粗末に見えることだろう。

リビングの壁にかかったいくつもの絵を、ハリードは美術に造詣の深い者の目で見渡した。「きみの絵か？」

「何点かは」ガブリエルは答えた。

「あとは？」

「母と祖父の作品だ。それから、一点か二点はわたしの最初の妻のもの」

ハリードと、どこへ行くにもかならず付き従う側近たちのために、キアラが豊富な食事を用意していた。ダイニングルームにビュッフェ式に並べてあった。ハリードがテーブルの上座にすわり、片側にガブリエルとキアラが、反対側にラファエルとアイリーンがすわった。ガブリエルはハリードを〝ミスター・アブドゥルアズィーズ〟として子供たちに紹介したが、当人は〝ハリード〟と呼ぶように強く言った。自宅に客を迎えて、子供たちは興味津々の様子だった。ガブリエルがナルキス通りの家に外部の人間を入れることはめったにないし、子供たちは東エルサレムの近くに住んでいるにもかかわらず、アラブ人を目にする機会はほとんどなく、ましてや一緒に食事をするなどありえないことだった。

それでも、子供たちがハリードになつくのに数分しかかからなかった。黒髪、端整な顔立ち、温かみのある茶色い目という彼の姿は、ハリウッド映画に登場するアラブの王子のようだ。砂漠の民の衣装であるローブとかぶりものを着け、アラビアのロレンスと並んで馬で戦場に駆けこむハリードの姿が、容易に想像できる。財産と高価なおもちゃを失っても、彼の魅力とカリスマ性には抵抗しがたいものがある。

食卓での話題は安全なものにかぎられた——絵、本、イスラエルとヨルダン川西岸地区の一部をハリードが見てまわったこと。リーマの死とハリードの失脚以外のことならどんな話題でもよかった。ハリードが子供たちに鷹狩りの話を聞かせていたとき、ナハロートにサイレンが響きわたった。ガブリエルはキング・サウル通りに電話を入れ、シリアからまたしてもミサイルが飛んできたことを知った。今夜はエルサレムの方角に向かっているという。

「ハラム・アル＝シャリーフに落ちたらどうなる？」ハリードが訊いた。

「あなたのイスラエル訪問がさらに興味深いものになるだろう」

それから数分間、全員が椅子にすわったまま衝撃音を待ち受けたが、しばらくすると、ようやくサイレンが消えた。ガブリエルがもう一度キング・サウル通りに電話をすると、ミサイルは迎撃されたとのことだった。ヨルダン川西岸地区にあるオフラという入植地の外の野原に、ミサイルの残骸がなんの害もなく落下したという。

九時になるころには、子供たちがしきりにもぞもぞし、ぐずりはじめていた。キアラが子供たちをベッドに入れるあいだに、ガブリエルとハリードはテラスに出て、残ったワインを飲んだ。ハリードはシャムロン専用の椅子にすわっていた。ユーカリの香りに酔いそうだった。

「ここに住んでいるのもやはり、人目のある場所に身を隠すためかね？」

「いや、この住所はイスラエルでもっとも広く知られた秘密かもしれない」

「ところで、最初の奥さんというのは？　いまどこに？」

ガブリエルは西のほうをじっと見た。説明した――その病院はかつてアラブ人が住んでいたデイル・ヤシンという村にある。一九四八年四月九日の夜、ユダヤ人地下武装組織イルグンとレビの部隊が、そこで百人以上のパレスチナ人を虐殺した。

「そんな場所で入院生活を送らなくてはならないとは、なんとも酷いことだ」

「それが英国政府のかつての二重外交に翻弄された土地での生き方なのだ」

ハリードは悲しげに微笑した。「現場を目にしたのかね？」

「なんのことだ？」

「きみの子供を殺し、奥さんを負傷させた爆弾」

ガブリエルはのろのろとうなずいた。

「きみのおかげで、わたしはそうした記憶に苛まれずにすむ。感謝するのが本当だろうな」ハリードはワインを少し飲んだ。「リーマを返すよう交渉していたとき、きみ、犯人一味になんと言ったか覚えているかね？」

「録音してある」

「では、爆発のあとできみが叫んでいた言葉については？」

ガブリエルは黙りこんだ。

「正直に言うと、あの夜以来、わたしはそれ以外のことは何も考えられない」ハリードは言った。

「復讐についての格言を知っているか？」ガブリエルは尋ねた。

「どのような？」

「復讐を望むなら、二人分の墓穴を掘れ」

「きわめて古いアラブの諺だ」

「ユダヤの諺だぞ、本当は」

「ふざけるな」以前の傲慢さをちらっと覗かせて、ハリードは言った。「一味を見つけるために何かしたのか？」

「あちこちに探りを入れている」ガブリエルは曖昧に答えた。

「成果はあったか？」

ガブリエルは首を横にふった。

「わたしのほうも成果なしだ」

「おたがいの情報をひとつにまとめたほうがいいかもしれない」

「賛成だ」ハリードが言った。「どこから始めればいい？」

「オマール・ナーワフ」

「ナーワフがどうかしたのか？」

「あなたはなぜナーワフ殺害を命じた？」

ハリードはためらい、やがて言った。「アドバイスされたからだ」

「誰に？」

「親愛なるアブドゥッラーおじに。サウジアラビアの次期国王」

40

エルサレム

しかし、究極の責任はアメリカにある、とハリードは冗談半分で語りはじめた。九・一一のテロのあと、アメリカがサウード王家に対して、アルカイダを叩きつぶし、この組織の強大化を招いた資金とワッハーブ派の思想の流れを止めるようにと強要した。アメリカ本土への史上最悪のテロ攻撃にサウジアラビア王国が関係していたのは、否定できないことだった。ハイジャック犯十九人のうち十五人がサウジ国民であり、アルカイダの創設者にして導き手であったオサマ・ビン・ラディンは、サウード王家御用達の建設業者として莫大な資産を築いたサウジの著名な富豪の息子だった。

「なぜ九・一一が起きたかについては、多くの原因がある」ハリードは言った。「だが、サウジが果たした役割に対してわれわれは責任を負わねばならない。あのテロにより、わが国とわが王家には消すことのできない汚点が残された。ああしたことを二度と起こしてはならない」

アルカイダとの戦いを有利に進めるために、サウジ王国はサイバー監視テクノロジーを切実に必要とした。これがあれば、テロリストの疑いがある人物と支援者たちのネット経由の連絡を監視できるようになる。ソーシャルメディアの普及に伴ってジハーディストのグローバルな動きが変化して形を変えたあとはとくに、こうしたテクノロジーが求められるようになった。テクノロジー構築のために、ロイヤル・データ・センターという漠然とした名称の機関が設立され、ハイテク先進国であるアラブ首長国連邦やイタリアの民間企業から購入した最新式のサイバーツールがセンターにあふれるようになった。ONSシステムズというイスラエルの企業から、携帯電話盗聴ソフトまで購入している。以前、この取引のことを知ったときに、ガブリエルは猛反対したし、八二〇〇部隊の責任者もガブリエルと同じく反対の立場だったが、首相に押し切られてしまった。

ロイヤル・データ・センターは、テロリストの疑いのある者だけでなく一般的な政敵までもサウジ政権が監視することを認めていた。それに基づき、ハリードは皇太子になったときにセンターの実権を掌握した。これを使って政敵の携帯機器の盗聴をおこない、彼らの行動をサイバースペースで追うようになった。センターはまた、ソーシャルネットワークを盗聴・操作する権限までハリードに差しだした。ツイッターとフェイスブックという並行宇宙における自分の評価にひどくこだわっていることを認めるのを、アメリカ大統領と同じく、ハリードも恥ずべきこととは思っていなかった。この執着は単なる虚栄心のせいではない。エジプトのムバラク大統領が退陣に追いこまれたときのように、ツイッターの〝ハッシュタグ〟から生まれた暴動によって政権が崩壊するかもしれないという危惧があるからだ。湾岸諸国のなかの天敵とも言うべきカタールがネットでハリードを攻撃している。その他、政治を変えようと必死のアラブの過激な若者たちを多数フォロワーにしている、多くのコメンテーターやジャーナリストも攻撃的だ。そうしたジャーナリストの一人に、オマール・ナーワフという名のサウジアラビア人がいた。

ナーワフはサウジアラビアでもっとも名の通った英字新聞『アラブ・ニュース』の編集長をしていた。中東地域担当のベテラン特派員で、サウード王家とも――ジャーナリストとして活躍を続けられたのは王室の庇護のおかげでもあった――アルカイダとも、ムスリム同胞団とも友好関係にあった。その結果、王室はイスラム世界の政治勢力とのパイプ役として、何かにつけてナーワフを使ってきた。ナーワフ自身は敬虔なイスラム教徒ではなかったので、ワッハーブ派の教義がサウジ社会の女性たちに強いてきた制約がゆるみはじめたことに以前から声援を送り、若き改革者KBMの登場を最初のうちは社説で褒め称えて歓迎していた。だが、ハリードが政敵を容赦なく失脚させ、利権を食いものにして私腹を肥やすのを見ているうちに、ナーワフの心は離れていった。

自分たちが〝オマール・ナーワフ問題〟を抱えこんでいることをハリードと廷臣たちが悟るのに、長くはかからなかった。ハリード側は、最初は魅力と約束をちらつかせてナーワフを丸めこもうとした。しかし、ナーワフの批判は過激になる一方だったので、やめなければ悲惨な結果が待っていると彼に警告した。沈黙か亡命かの選択を迫られたナーワフは亡命を選んだ。ベルリンへ逃げ、ドイツでもっとも評価の高いニュース週刊誌『シュピーゲル』で記者として活動するようになった。サウジアラビアの圧力から自由になったおかげで、わがままな皇太子を痛烈に批判する記事を次々と出しはじめた。皇太子のことをペテン師と呼び、硬直する一方の王国に真の政治改革をもたらすつもりなど皇太子にはまったくない、と述べた。ハリードはロイヤル・データ・センターの内部からナーワフに戦いを挑んだが、成果はなかった。ナーワフにはツイッターだけでも一千万人のフォロワーがいた。ハリードのフォロワー数よりはるかに多い。亡命中の口うるさいジャーナリストはソーシャルメディアを使った情報戦で勝利を収めつつあった。

「やがて」ハリードは言った。「じつに興味深い展開になった。わたしを痛烈に誹謗していたオマール・ナーワフがインタビューを申しこんできたのだ」

「だが、あなたは断わった？」

「考えるまでもなかった」

「そのあとどうなった？」

ナーワフから二回目の申込みがあった。さらにもう一回。返事をせずにおくと、ナーワフはサウード王家内部に彼が持っているコネを使って、ハリードにじかにメッセージをよこした。

「インタビューの申込みは最初から口実に過ぎなかったようだ。ナーワフはわたしの身を脅かす企みを発見したと主張していた。その企みについてじかに話がしたいというのだ。もちろん、わたしを批判するナーワフの記事や発言を考えれば、大いに疑わしいと思った。わたしの護衛たちも同じ意見だった。わたしを暗殺するつもりに違いないと断言した」

「どんな凶器で？　ペンとノート？」

「九・一一の二日前にビン・ラディンがアフガニスタン北部同盟のアフマド・シャー・マスードを殺害したとき、実行犯たちはテレビ局のリポーターを装っていた」

「続けてくれ」ガブリエルは言った。

「衝動的で無謀な人間だときみに思われていることは、わたしも承知しているが、その件についてはじっくり考えた。最後に、会おうと決めた。ベルリンのサウジ大使館経由でメッセージを送り、帰国するよう勧めたが、ナーワフは拒否した。会うなら中立地帯にしてほしいと言った。安全だと思える場所で。わが護衛たちはナーワフがわたしを暗殺するつもりだと、さらに強く確信した」

「では、あなたは？」

「そこまでの確信はなかった。率直に言って、もしわたしがナーワフの立場だったら、帰国はやはり拒否するだろう」

「だが、ナーワフの話を聞いてみたかったのだね？」

「やつの情報はきわめて正確だ。ナーワフはネットに情報網を張りめぐらしていた」

「で、どうした？」

「わたしが信頼できると思っていた人物にアドバイスを求めた」

「アブドゥッラーおじさんか？」

ハリードはうなずいた。「サウジアラビアの次期国王」

アブドゥッラー・ビン・アブドゥルアズィーズ・アル・サウードは〝スデイリー・セブン〟の一員ではなかった。これは初代国王と彼がもっとも寵愛したスデイリー家出身の王妃のあいだに生まれた七人の王子のことだ。このうち三人が国王に即位していて、その一人がハリードの父親である。こういう状況からして、アブドゥッラーは自分が国王になることはありえないと思っていた。分相応の人生を送ることにし、サウジアラビアと西欧社会を行き来しながら暮らしてきた。それでもなお、サウード王家の内部ではいまも重視され、その知性と政治的洞察力ゆえに尊敬されていた。ハリードはこのおじになら思慮深い助言が期待できると思った。改革の多くをおじに反対されたというのがまさにその理由で、改革には女性が対象のものも含まれていたが、アブドゥッラーから見れば、女性にはただひとつの用途しかなかった。

「で、オマール・ナーワフのことをあなたがアブドゥッラーに話すと？」

「おじは警戒した」

「どんな助言をくれた？」

ハリードは人差し指で自分の喉を掻き切るまねをした。

「過激だな。そう思わないか？」

「われわれの基準からすれば、そうでもない」

「だが、あなたはそういう人物ではないと思われていた。中東とイスラム世界を変える人物になるはずだった」

「死んでしまったら世界を変えることはできない。そうだろう？」

「あとの影響を考えなかったのか？」

「なんの影響もないとアブドゥッラーは保証した」

「ずいぶん利口な男だな」ガブリエルはそっけなく言った。「だが、どうしてそんな保証ができる？」

「わたしの手を汚すことはないから」

「すべて自分が手配するとアブドゥッラーが言ったんだな？」

ハリードはうなずいた。

「アブドゥッラーはどうやってイスタンブールの総領事館にナーワフを呼び寄せたんだ？」

「どうやったと思う？」

「あなたも来るとナーワフに言った」

「ご名答」

「では、ナーワフの死後にあなたが発表したたわごとは？　サウジへの帰国を勧めるはずだったのに手違いが起きてしまった、などと馬鹿なことを言っていたね？」ハリードは重々しく言った。「オマール・ナーワフはあの総領事館から生きて出られない運命だった」

「ずさんな計画だったと思わないか？」

「アブドゥッラーが派手な殺害を望んだのだ。ほかにも暗殺を企む者がいるだろうから、見せしめのために」

「確かに派手だった。そして、きみのおじさんはいまや、次の王座を約束されている」

「そして、わたしはアル＝クッズ（エルサレムのイスラム名）に来て、きみとこうしてすわっている」ハリードは古（いにしえ）の都市のざわめきに耳を傾けた。「アブドゥッラーがわたしの国際的地位を傷つけ、国内における力を弱めるために、わたしをけしかけて無謀な行為に走らせたような気がする」

「そうだな、確かに」

「だが、われわれの最初の前提が間違っていたとしたら？」

「どんな前提なら正しいんだ？」

「わたしに重大な危険が迫っていることを、オマール・ナーワフが本気で警告するつもりだったとしたら？」ハリードは腕時計で時刻を見た。「いかん、もうこんな時間だ」

「わが家の基準からすれば、まだ早い」

ハリードはガブリエルの肩に手を置いた。「お宅に招いてもらって感謝の言葉もない」

「あなたとわたしの小さな秘密だ」

ハリードは微笑した。「贈物を持ってくることも考えたが、受けとってもらえないのはわかっていたので、残念だが、これだけにしておいた」メモリースティックをかざした。

「きれいだろう？」

「何が入っている？」

「リッツ・カールトンで王室の連中を尋問したときに入手した財務データの一部だ。わがおじアブドゥッラーにはビジネスの手腕がまったくないのに、二年ほど前、一夜にして億万長者になった」ハリードはメモリースティックをガブリエルの手に押しつけた。「アブドゥッラーがどんな方法を使ったのか、きみならたぶん解明できるだろう」

41

ニューヨーク——ベルリン

ハリードがエルサレムへまさかの訪問をした日の夜、サラ・バンクロフトは悪夢に出てきそうなタイプの男性とデートをしていた。男性の名前はデイヴィッド・プライス、〈クリスティーズ〉のオークションで共通の友人から強引に紹介された相手だった。五十七歳、仕事は金融関係で、つやつやした黒髪、きらめく白い歯、こんがり日焼けした肌という、精力旺盛な感じの男だった。その日焼けは、離婚した妻と大学生になった子供二人を連れてカリブ海でバカンスを楽しんだときのものだ。今夜は『ニューヨーク・タイムズ』で激賞されていた新作の芝居にサラを誘い、終演後は〈ジョー・アレン〉へ食事に連れていった。バーテンダーとも接客スタッフとも顔なじみのレストランだ。その後、東六十七丁目にあるアパートメントの入口で、サラは水たまりをよけるような調子で彼の唇から逃れた。上階にある自分の住まいに戻り、めったにないことだが、実家の母親に電話をかけて交際相手に恵まれないことを嘆いた。サラの秘密の過去などほとんど知らない母親は、ヨガをやってみるように勧め、きっとすばらしい効果があると断言した。

公平を期すために言っておくと、今夜のデートがうまくいかなかったのはデイヴィッド・プライスだけの責任ではない。自分にかわってガブリエルに連絡をとってほしいとハリードにいきなり頼まれ、そのことでサラの頭がいっぱいだったのだ。ニューヨークに戻って以来、二人のいずれかから連絡が来たのはこれが初めてだった。CNNを見ていたときにハリードの退位を知り、リーマは無事に戻ったのだろうと思っていた。ところが、ガブリエルから真実を知らされた。そのような悪行が罰を受けずにすむわけはないとサラは確信した。犯行に関わった者たちは追い詰められ、報復作戦が展開されるだろう。そのため、サラは芝居を見ているあいだもうわの空だった。俳優たちのセリフも、〈ジョー・アレン〉でのディナーのときの会話も、ほとんど頭に残らなかった。コネティカット州出身で離婚経験ありのヘッジファンド・トレーダーとレバーや玉ねぎを食べながら雑談をするより、スパイ活動の現場に復帰して、ガブリエルや、ミハイルや、クリストファー・ケラーという名の謎めいた英国人と一緒に活動したかった。

だから、三日後の朝に目をさまして、パソコンの受信箱にその夜のベルリン行きルフトハンザ便の搭乗券が届いているのを見たときも、少しもいやな気はしなかった。美術館のスタッフには出張することをぼかした表現で伝え、ニューアーク空港へ向かった。となりのシートの乗客はモルガン・スタンレーのインベストメント・バンカーで、機内の酒を飲み尽くそうと誓っているかのようだった。サラは機内食をほんの少しつつき、あとは雪をちりばめたドイツの平野が窓の下に姿を現わすまで眠った。到着ロビーに出ると、〈オフィス〉のベルリン支局の人間が近づいてきて、外で待っているBMWまで案内してくれた。運転席にミハイルがすわっていた。

「少なくとも、今日はポンコツのパサートじゃないわね」助手席に乗りこみながら、サラは言った。

ミハイルは空港の出口ランプを通ってアウトバーンに出ると、シャルロッテンブルクへ向かった。サラもよく知っている地区だ。ベルリンに半年間滞在し、BfV（連邦憲法擁護庁）と連携しながら、カンシュトラーセのアパートメントで次なる九・一一を画策中だったアルカイダ支部の監視を続けていたのだ。この任務中、ミハイルが何度かこっそりサラに会いに来たものだった。

「またここに来られてうれしいわ」サラは挑発的な口調で言った。「ベルリンの日々はいつも楽しかった」

「冬の終わりはとくにな」ガードレールに汚れた雪がこびりつき、朝の八時半になっても空はまだ暗い。「彼女の住まいがオスロでないことを、われわれも幸運だと思わないと」

「彼女って？」

ミハイルは答えなかった。

「リーマが殺されたとき、あなたも現場にいたの？」

「すぐ近くに」ミハイルは答えた。「ケラーも」

「いまはベルリン？」

「ケラーが？」ミハイルは横目でちらっとサラを見た。「なぜそんなことを訊く？」

「ただの好奇心。それだけよ」

「やつは目下、別の任務についている。今回もわれわれ三人だけだ」

「ガブリエルはどこなの？」

「隠れ家」

ミハイルの運転する車はブンデスシュトラーセに曲がり、そのまま進んでティーアガルテンまで行った。ブランデンブルク門ではデモの最中で、二十代を中心とするジーンズと北欧風のセーター姿の者が二百人ほど集まっていた。環境保護を訴える緑の党の支持者とか、平和運動の連中といった雰囲気だった。しかしながら、プラカードに彼らの本当の政治信条が出ていた。

「ジェネレーション・アイデンティティというグループの連中だ」ミハイルが説明した。「なんの害もなさそうに見えるが、ネオナチのスキンヘッドやその他の連中と同じ思想にかぶれている」

右折してエーバートシュトラーセに入り、ホロコースト記念碑の前を通ったとき、ミハイルは無言になった。都市の一街区ほどの広さを持つ敷地に約二千七百の石碑が並んでいる。ミハイルがベルリンまでこっそり会いに来ていたとき、サラは記念碑に彼を案内したことがあった。せっかくの週末が暗く沈んでしまった。

冷戦時代は無人地帯だったポツダム広場にいまではドイツの経済力を示すガラスと鋼鉄のビルが並んでいるあたりまで行くと、ミハイルは東へ向かい、ミッテ区に入った。何度も右折をくりかえし――これは時間をかけて尾行をふりはらうテクニックだが――やがて、急にクローネンシュトラーセの縁に車を寄せてエンジンを切った。

「ガブリエルの家族について、きみはどの程度知っている?」

「ほんの少し」

「ドイツ系ユダヤ人だ、われらがガブリエルは。生まれたのはイスラエルだが、ヘブライ語よりも先にドイツ語をしゃべるようになった。ベルリン訛りが強いのはそのせいだ。母親のしゃべり方が移ったんだな」ミハイルは現代的なアパートメントのほうを指さした。「母親は子供のころ、ちょうどあそこにあった建物に住んでいた。一九四二年の秋、家族と一緒に家畜車でアウシュヴィッツへ送られた。生き残ったのは母親だけだった」

サラの頬に涙がこぼれた。「わたしにこれを見せようとしたのには理由があるの?」

「隠れ家がすぐそこにあるからだ」ミハイルは道路の向かいの建物を指さした。「長官になったとき、ガブリエルが長期の賃貸契約を結んだ」

「彼、よく来るの？」

「ベルリンに？」ミハイルは首を横にふった。「この場所を嫌悪している」

「じゃ、わたしたち、なぜここに？」

「ハニファだ」車のドアをあけながら、ミハイルは答えた。「ハニファに会うために来た」

42

ベルリン

　ドイツの公営テレビ局ZDF（ドイツ第二テレビ）に勤務するベテランのプロデューサー、ハニファ・カウリーがウンター・デン・リンデンの濡れた歩道に出てきたのは、午後八時十五分のことだった。この有名な通りの名前のもととなっている菩提樹(ぼだいじゅ)が葉を落とした並木のあいだを、冷たい風が吹き抜けていく。ハニファは震えながら、黒白のチェック柄のクフィーヤと呼ばれる男性用のかぶりものを自分の首にしっかり巻きつけた。一般のドイツ人と違って、彼女が選ぶ衣服はおしゃれのためではないし、パレスチナの血をひいてはいるが、反イスラエル主義のためでもない。彼女の目が通りの左右を見渡した。中東各地でジャーナリストとして活動した経験から、監視を見破ることには長(た)けている。相手が同じアラブ系の人間であればなおさらだ。不審な人物は見あたらなかった。そう言えば、この数週間、監視の目はどこにもなかった。たぶん、向こうもようやく、警戒をゆるめる気になったのだろう。

ハニファはウンター・デン・リンデンを歩いてフリードリヒシュトラーセまで行き、左に曲がった。かつてベルリンの壁に設けられていた検問所〝チェックポイント・チャーリー〟の近くに、仕事のあとでオマールとよく待ちあわせたカフェバーがある。二人のいつものテーブル──視界をさえぎられることなく正面ドアまで見通せる奥の隅の席──に、四十代初めと思われる金髪の魅力的な女性がすわっていた。パレスチナ解放機構の幹部として活動した詩人、マフムード・ダルウィーシュの詩集を読んでいる。ハニファが近づくと、女性はページから目を上げて微笑し、ふたたび視線を落とした。

ハニファは不意に足を止めた。「おもしろい？」

女性が返事をするまでに時間がかかった。「すみません」英語で言った。「ドイツ語はできません」

アクセントは紛れもなきアメリカのものだった。ハニファは英語がわからないふりをして、魅力的な金髪女性からなるべく離れたテーブルを見つけようかと思った──いえ、よそのカフェへ行こうかしら。ハニファがアメリカ人以上に軽蔑する相手がいるとすれば、イスラエル人だけだ。もっとも、アメリカの中東政策が気紛れなことを考えると、どちらもいい勝負だが。

「その本」ハニファは英語に切り替えた。「その本がおもしろいかどうかを尋ねたのよ」

「こんな悲痛な詩をおもしろいなんて思える人がいて？」

そう言われて、ハニファは驚いた。心地よい驚きだった。「わたし、この人が亡くなる少し前に会ったわ」

「ダルウィーシュに？　本当？」

「最後のインタビューのひとつをわたしが担当したの」

「メディア関係の方？」

ハニファはうなずいた。「ZDFよ。あなたは？」

「目下、長期休暇中なの」

「すてきね」

「そうでもないわ」

「アメリカからいらしたの？」

「ええ……」女性はハニファの首に巻かれた黒白のチェック柄のクフィーヤをじっと見た。「アメリカ人だからって、嫌がらないでね」

「えっ、どういうこと？」

「このところ、アメリカ人はあまり評判がよくないから」女性は詩集をテーブルに置き、開いたページがハニファに見えるようにした。「これをよくご存じ？」

「もちろん。とても有名な詩よ」ハニファは詩の冒頭の部分を記憶からひきだして暗誦した。「〝連なる丘の斜面にこうして立ち、黄昏と時間の砲火を前にすると……〟」微笑した。

「もとのアラビア語のほうが、はるかにすてきな響きだけど」

「お国はパレスチナなの？」

「両親は高地ガリラヤ地方の出身よ。一九四八年にシリアから追放されて、最後にここにたどり着いたの」ハニファは声を落としていたずらっぽく言った。「嫌がらないでね」

女性は笑みを浮かべた。

ハニファは空っぽの椅子にちらっと目をやった。「誰かと待ち合わせ？」

「ええ、たいていそうね。でも、今夜は違うわ」

「ご一緒してもいい？」

「どうぞ」

ハニファは椅子にすわり、自己紹介をした。

「なんてきれいなお名前なの」女性は言った。それから片手を差しだした。「わたしはサラ・バンクロフト」

それから一時間半のあいだ、クローネンシュトラーセの隠れ家に一人で腰を下ろしたガブリエルは、国を追われたジャーナリストで、殉教者オマール・ナーワフの未亡人ハニファ・カウリーが語るイスラエルとユダヤ人をめぐる話を、辛い思いで盗聴していた。ハニファがえぐろうとしない傷口はひとつもなかった。ホロコースト、パレスチナ人の逃亡と追放、パレスチナ難民が大量虐殺されたサブラー・シャティーラ事件の恐怖、オスロ合意。ハニファはこの合意を狂気の沙汰だと言った。少なくともその点だけは、ガブリエルも彼女の意見に全面的に賛成だった。

音源として使われているのは、サラがカフェの席についてすぐテーブルに置いた電話だった。カメラは天井を向いていた。ときおり、パレスチナに和平をもたらす計画について語るハニファの両手がちらっと映しだされた。ふたつの国家（ひとつはユダヤ人国家、もうひとつはアラブ人国家）を共存させる案はすでに過去の遺物だ、とハニファは断言した。まともな解決策はただひとつ、ふたつの民族から成るひとつの国家を築き、難民認定を受けた五百万のパレスチナ人全員に全面的な〝帰還の権利〟を認めることだというのが、彼女の意見だった。

「でも、それじゃユダヤ人国家が消滅することにならない？」サラが尋ねた。

「ええ、もちろん。でも、それが大事な点なの」

ハニファはそのあと、マフムード・ダルウィーシュの詩を朗読し、ガブリエルも隠れ家でそれに耳を傾けた。パレスチナの苦難とイスラエルの迫害を訴える詩。朗読を終えたハニファは最後に、できたばかりのアメリカ人の友に向かって、なぜよりにもよってこのベルリンで長期休暇を過ごすことにしたのかと尋ねた。サラはこの日の午後にガブリエルが作っておいた筋書きどおりの話をした。子供のいない結婚生活が悲惨な形で終わったという話を。屈辱と失意に包まれ、知人が一人もいない街で何カ月か過ごそうと決めた。友達がベルリンの仮住まいを貸してくれた。カフェの先の角を曲がったところなのよ、とサラは説明した。クローネンシュトラーセに。

「ところで、あなたは？」サラは尋ねた。「結婚してるの？」

「仕事と結婚してるようなものね」

「お名前に聞き覚えがあるんだけど」

「ありふれた名前ですもの」

「お顔にも見覚えがあるわ。まるで前に会ったような感じ」

「よくそう言われるわ」

すでに九時半になっていた。飢え死にしそうだとハニファが言った。何か料理を頼もうと提案した。しかし、サラは自分のアパートメントで食事をしようと強く言った。「戸棚は空っぽだけど、〈プラネート・ヴァイン〉でワインを二本選んで、〈サパ・スシ〉でシュリンプ・ロールを少し買っていけばいいわ」

「わたしは〈イズミ〉のほうが好き」

「じゃ、〈イズミ〉で」

よく冷えたグリューナー・ヴェルトリーナー二本の代金はサラが、スシ代はハニファが払った。数分後、ガブリエルは二人が並んでクローネンシュトラーセを歩いてくるのを目にした。ノートパソコンを閉じ、明かりを消して、カウチに腰を下ろした。「悲鳴をあげないでくれ」低くつぶやいた。「何をしてもいいが、ハニファ、悲鳴だけはあげないでくれ」

43

ベルリン

ハニファ・カウリーは悲鳴こそあげなかったものの、テイクアウトのスシが入った袋を落とし、鋭いあえぎを漏らした。ミハイルが背後のドアを閉めていなかったら、隣人たちに聞かれそうな声だった。ドアの閉まる音に驚いて、ハニファは一瞬ミハイルをにらみつけ、それからガブリエルに視線を戻した。さまざまな表情が雲の影のように彼女の顔を横切った。最後は相手の正体に気づいたことをはっきり示す表情になった。

「驚きね、あなた――」

「そう」ガブリエルは相手の言葉をさえぎった。「わたしだ」

ハニファはドアのほうへ手を伸ばしたが、ミハイルがバスを待つ男のような顔でドアにもたれていた。そこでハニファはバッグから電話をとりだし、番号をタップしようとした。

「わたしならやめておくだろう」ガブリエルは言った。「このビルは電波状態がひどく悪い」

「あなたが助けを呼べないように」

「それとも、あなたが電波を遮断したのかしら。わたしが助けを呼べないように」

「あなたの身は安全そのものだ、ハニファ。はっきり言って、このところの状況に比べれば、いまのほうがはるかに安全だ」

ガブリエルがミハイルにちらっと目をやると、ミハイルはハニファの手から電話をとりあげた。次に彼女のバッグもとりあげて中身を調べた。

「この人、何を捜してるの？」

「自爆テロ用ベスト、ＡＫ－47……」ガブリエルは肩をすくめた。「こういう場合につきものの品を」

ミハイルは電話を自分の手元に残して、バッグだけを返した。ハニファがサラを見た。

「この人もイスラエル人なの？」

「ほかにどう考えられる？」

「この人の英語はまるでアメリカ人みたい」

「民族離散（ディアスポラ）が工作員勧誘の大きな利点になっている」

「散り散りになった民族はユダヤ人だけじゃないわ」

「まあね」ガブリエルはうなずいた。「パレスチナの人々も苦難を強いられた。ただ、ホロコーストのような組織立った絶滅運動の標的にされたことは一度もなかったはずだ。だからこそ、われわれユダヤ人は自分たちの国家を持たなくてはならない。ドイツ人や、ポーランド人や、ハンガリー人や、ラトビア人を頼ったところで、守ってはもらえない。歴史の教訓だ」

ガブリエルはこれを英語ではなくドイツ語で言った。ハニファも同じくドイツ語で応じた。「それがわたしを拉致した理由なの？　人の顔にまたしてもホロコーストをぶつけて、わたしを流浪の民にしたことを正当化しようとしたの？」

「拉致などしていない」

「警察はそうは思わないでしょうね」

「まあね」ガブリエルは答えた。「だが、わたしはＢｆＶ（憲法擁護庁）の長官ときわめて友好的な関係にある。理由は主として、ドイツの安全を脅かす事柄に関して膨大な情報を長官に渡しているからだ。まあ、あなたが警察に訴えでれば、わたしを多少厄介な立場に追いこむことはできるだろう。だが、あなたが貴重な機会を逃すことになる」

「どういう機会？」

「中東の今後の進路を変える機会だ」

ハニファは問いかけるようにガブリエルを見つめた。彼女の目は漆黒に近く、まぶたがふっくらしている。クリムトが描いたアデーレ・ブロッホ＝バウアーに見つめられているような感じだ。「どうすれば変えられるの？」ようやくハニファが尋ねた。

「殺害される前にオマールが何を取材していたかを、わたしに教えてほしい」返事がなかったので、ガブリエルは言った。「オマールがあの総領事館で殺されたのは、彼がソーシャルメディアに書いていたことのせいではなかった。ハリードの失脚を狙った陰謀のことを警告しようとして殺されてしまったのだ」

「誰がそんなことを？」

「ハリードだ」

ハニファの目が細められた。「いつもどおり」と吐き捨てるように言った。「ハリードの思い違いだわ」

「なぜそう言える？」

「陰謀のことを警告しようとしたのはオマールじゃなかったから」

「では、誰だ？」

ハニファは躊躇（ちゅうちょ）し、それから言った。「わたし」

44

ベルリン

玄関ホールにスシが散乱していたので、ミハイルは一階に下りて近所にあるペルシャ料理のテイクアウト店まで行き、グリルした肉とライスを数人分買ってきた。クローネンシュトラーセを見下ろす窓辺に置かれた長方形の小さなテーブルを囲んで、みんなで食事をした。ガブリエルは通りに背を向けてすわり、説得を受けたばかりのハニファ・カウリーは彼の左側にすわった。食事のあいだじゅう、ハニファはサラのほうをほとんど見ようとしなかった。パレスチナの文学界の至宝とされるマフムード・ダルウィーシュの詩集を、自分をおびき寄せる餌として使ったサラを、彼女がまだ許していないのは明らかだった。また、サラのことを、帰国するパレスチナ難民で埋めつくしたいと彼女が願っている国、イスラエルの出身だとは思っていないことも明らかだった。

ハニファがそれを確認したければ、ヘブライ語を二言三言話すようサラに頼めばすむことだった。しかし、ハニファはかわりにこの機会を利用して、イスラエルの諜報機関の伝説的長官とイスラエル国民が彼女の民族に対してなした犯罪的行為を糾弾した。ガブリエルは延々と続く非難攻撃にほぼ無言で耐えた。アラブとイスラエルの対立をめぐる議論が始まれば、たちまち虚しい堂々めぐりになってしまうことを、はるか昔に悟っていた。それに、一時的な同盟者となったハニファを失いたくなかった。パレスチナの地をめぐる戦いでユダヤ人が勝利を収め、アラブ人が負けた。アラブ人はことあるごとに知恵で負け、戦いで負けた。指導者に恵まれなかった。ハニファの悲嘆と腹立ちはもっともだ。ただ、非難攻撃に使った言葉がドイツ語でなければ、もう少し耐えやすかったかもしれない。なにしろここはヒトラーとナチスがヨーロッパからユダヤ人を駆逐しようと計画し、実行に移した都市なのだ。だが、いまさら舞台を替えることはできない。大きな運命のルーレットがまわりはじめ、この夜、どちらもパレスチナの子であるガブリエル・アロンとハニファ・カウリーがベルリンで顔を合わせることになったのだ。

食後のコーヒーを飲み、バクラバという中東の菓子を食べながら、ハニファはガブリエルから過去の手柄話をいくつか聞きだそうとした。ガブリエルがやんわり受け流すと、今度はアメリカ人に対して、イラクへの強引な軍事介入に対して、火のような舌鋒(ぜっぽう)を向けた。彼女はかつて、有志連合の侵攻に続いてバグダッドに入り、イラクの治安がまたたくまに悪化して暴動や宗派間の対立に変わっていく様子を記録した。二〇〇三年の秋、血塗られたラマダン攻撃が続いていた時期に、泊まっていたパレスチナ・ホテルのバーで背の高いハンサムなサウジアラビアのジャーナリストと出会った。西欧諸国の記者たちにはあまり知られていないものの、アラブ世界で最大の影響力と最高の情報源を持つジャーナリストの一人だった。

「それがオマール・ナーワフだったの」

二人とも独身で、正直に白状すると、二人とも少々怯えていた。パレスチナ・ホテルがあるのは米軍管理区域のグリーン・ゾーンのすぐ外で、頻繁に暴徒のターゲットにされていた。なんと、まさにその夜、ホテルが迫撃砲の砲火にさらされた。ハニファはオマールの部屋に逃げこんだ。翌日の夜は静かだったが、ふたたび彼の部屋へ行き、その次の夜も行った。まもなく二人は熱烈な恋に落ちた。もっとも、米軍のイラク侵攻をめぐってはしじゅう口論していた。

「フセインは危険な怪物だから、たとえ米軍の手を借りるしかなくても排除する必要がある——オマールはそう信じてたわ。また、アラブ世界の中心に民主主義が確立すれば、ほかの地域へも必然的に自由が広がっていくという意見を受け入れていた。わたしはイラクへの軍事介入は悲劇で終わると思っていた。もちろん、わたしが正しかった」ハニファは悲しげに微笑した。「オマールはそれが気に入らなかった。宗教にとらわれず、西洋的な考え方をするサウジ人だったけど、それでもやはりサウジの男だったのね。この意味、わかってもらえるかしら」

「女に自分の間違いを指摘されるのが気に入らなかった」

「しかも、パレスチナの女に」

ただ、短いあいだだったが、オマールが正しかったかに思われた時期があった。二〇一一年の年明けから、〝アラブの春〟として知られる民衆の蜂起がアラブ世界を席巻したのだ。チュニジア、エジプト、イエメン、リビアで独裁政権が倒され、シリアでは全面的な内戦が始まった。先祖代々の君主が治める国々はなんとか持ちこたえたが、サウジアラビアでは過激な衝突が何度も起きた。何十人ものデモ参加者が撃たれたり殺されたりした。数百人が投獄され、多くの女性もそこに含まれていた。

「アラブの春が続くあいだに」ハニファは言った。「オマールは単なる特派員ではなくなっていた。『アラブ・ニュース』の編集長になったの。心のなかでは、サウジ国王がムバラクや、さらにはカダフィと同じ運命をたどるよう願っていた。でも、批判的な記事を書きすぎれば新聞は廃刊に追いこまれ、自分は投獄されるだろうとわかっていた。社説では体制支持を表明するしかなかった。デモ隊を外国かぶれの暴徒だと非難するコラムに自分の署名までしたのよ。以後、深い鬱状態に陥ってしまった。アラブの春を傍観するだけだった自分が許せなかったのね」

ハニファは、サウジアラビアを出てドイツで自分と一緒に暮らしてほしいと言って、オマールの説得に努めた。ドイツに移れば、逮捕を恐れることなく、好きなことを自由に書ける。そして、二〇一六年の初め、原油価格の下落に伴ってサウジ経済が停滞しはじめた時期に、オマールはついに同意した。しかしながら、その数週間後、ハリード・ビン・ムハンマドという名のサウジの前途洋々たる若きプリンスと出会ったのをきっかけに、決心をひるがえした。

「ハリードの父親が王座についた少しあとのことだった。ハリードはそのときすでに、国防大臣、第二副首相、経済開発評議会議長を兼任していたけど、まだ皇太子ではなく、王位を約束されてはいなかった。ある日の午後、ハリードはオマールに非公式のブリーフィングを提案し、宮殿に招いた。オマールは指示されたとおり、午後四時に宮殿に到着した。辞去したときは真夜中をかなり過ぎていた」

そのときのやりとりは録音されていないし――そもそもハリードがその事実を認めようとしない――記録も残っていない。オマールがオフィスに帰り着いてから急いで書いたメモがあるだけだ。それをハニファにメールで送って保管を頼んだ。メモに目を通したハニファは衝撃を受けた。二十年後には原油価格がゼロになるだろう、とハリードが予測している。サウジアラビアが国の存続を願うなら、変わる必要がある。それも迅速に。ハリードは経済の現代化と多様化を望んでいた。女性を束縛しているワッハーブ派の足枷をゆるめて労働力に加えたかった。サウード王家とナジュド出身の宗教・軍事上の同胞組織〈イフワーン〉の盟約を破棄したかった。サウジアラビアを、映画館、コンサートホール、ナイトクラブ、カフェがあり、男性も女性も宗教警察（ムタワ）を恐れることなく同席できるような、ふつうの国にしたかった。

「ホテルやレストランでのアルコールの提供を許可する話までしていたわ。そうなれば、サウジの国民も、一杯やりたくなるたびに車を飛ばしてバーレーンまで行く必要がなくなる。急進的な考え方だった」

「オマールも感銘を受けたのか？」

「いいえ」ハニファは答えた。「感銘を受けたというより、惚れこんでしまった」

まもなく、『アラブ・ニュース』の紙面に、ＫＢＭのイニシャルで知られるサウジ国王の精力的な若き息子を称える記事が頻繁に出るようになった。しかし、ハリードが皇太子に就任してしばらくすると、オマールは攻撃に転じた。きっかけとなったのは、何十人もの反体制派と民主主義擁護派の一斉検挙をハリードが命じたことで、そこにはオマールのもっとも親しい友も数人含まれていた。『アラブ・ニュース』はこの検挙に関して沈黙を守ったが、オマールはソーシャルメディアで批判を連発し、そのなかには、ＫＢＭをロシアの支配者になぞらえたツイッターの辛辣（しんらつ）な投稿もあった。ＫＢＭの側近がオマールにメッセージを送り、皇太子批判をこれ以上続けるのは控えるように命じた。オマールはこれに反発して、一般のサウジ国民がハリードの緊縮財政のもとで生活苦にあえいでいるときに、豪邸、クルーザー、絵画に十億ドルを超える金を注ぎこんでいるＫＢＭを揶揄（やゆ）した。

「あとは」ハニファは言った。「対立が深まるばかりだった」

しかし、サウジアラビアのような国で王族と反体制派のジャーナリストが対立した場合、どういう結果になるかは火を見るよりも明らかだ。ロイヤル・データ・センターがオマールの電話を盗聴するようになり、パソコンメールと携帯メールを傍受しはじめた。ソーシャルメディアへの投稿を差し止めようとまでした。それに失敗すると、今度はボットやトロールを介した何千ものフェイク投稿で攻撃しはじめた。しかし、とどめの一撃となったのは弾丸だった。四五口径の弾丸が一個、『アラブ・ニュース』のオマールのオフィスに届いたのだ。オマールはその夜のうちにサウジアラビアを出て、以後二度と戻ることはなかった。

ハニファのアパートメントにころがりこみ、ひそかに挙式して、『シュピーゲル』で仕事をするようになった。彼がソーシャルメディアに投稿するハリード批判が激しさを増すにつれて、フォロワー数が劇的に増えていった。サウジの諜報員たちがベルリンの通りで露骨に彼を尾行した。彼の電話には脅しのメールがあふれた。

「向こうが言わんとしたことは明白だった。オマールがサウジ王国を離れようと関係ない、いつでも迫害できる、ってこと。オマールはいつか拉致されるか、殺害されるだろうと覚悟を決めていた」

それにもかかわらず、危険を承知でカイロへ出かけた。新たな〈ファラオ〉を迎えたエジプトの日常を取材するためだった。オマールはその大統領をハリードのことに劣らず軽蔑していた。そして、ホテル・ソフィテルのロビーで身分が低めのサウジのプリンスにばったり出会った。リッツ・カールトンでハリードに財産を巻きあげられた王族の一人で、オマールと同じく、そのころは亡命生活を送っていた。二人はその夜、ザマレク地区のレストランでディナーをとることにした。この地区はナイル川の中洲のゲズィーラ島にあって、カイロでは裕福な一帯だ。季節は夏の終わり、八月で、蒸し暑い夜だった。それでもサウジのプリンスはテラス席で食べようと言いはった。テーブルにつくと、オマールに電話の電源を切ってSIMカードを抜くよう指示した。そのあとで、ハリードを王位継承者からはずそうという陰謀をめぐる噂を耳にしたことを、オマールに告げた。

「オマールは陰謀が成功するとは思えないと答えた。KBMが暗殺やクーデターの標的にされたことは数えきれないぐらいあるけど、すべて失敗だった。だって、保安機関もロイヤル・データ・センターもKBMが牛耳ってるんですもの。ところが、プリンスはこの陰謀は違うと主張したの」

「なぜ？」

「よその大国が関係しているから」

「どこの国だ？」

「プリンスは知らなかった。でも、ハリードの娘が巻きこまれることになるって、オマールに言ったそうよ。娘を誘拐してハリードに退位を迫る計画だったとか」

「八月というのは確かか？」

「携帯メールを見せてもいいわ。オマールがカイロから送ってきたメール」

「ハリードへの陰謀について触れた部分はあったか？」

「あるわけないでしょ。ロイヤル・データ・センターに通信を傍受されてることはオマールにもわかってたもの。ベルリンに戻ってから初めてわたしに打ち明けてくれた。話をした場所はティーアガルテン。電話は持たずに出かけた。わたしの反応がオマールは気に入らなかったみたい」

「陰謀のことをハリードに話すよう、きみはオマールに言ったんだね？」

「その義務があるって言ったの」

「ハリードの娘が殺されるかもしれないから？」

ハニファはうなずいた。「それに、いくら欠点や弱点が多くても、ほかのプリンスよりはましだった」

「オマールは承知しなかっただろうな」

「プリンスから聞いたことをハリードに話すのは、ジャーナリストとしての倫理に反するって言ったわ」

「で、オマールはどうしたんだ？」

「噂をニュース記事にするために中東に戻った」

「あなたは？」

「オマールのふりをした」

「どういうことだ？」

ヤフーのアカウントを作成し、アドレスはオマールの名前をもじったもの――omwaf5179@yahoo.com.――にした。それからハリード・ビン・ムハンマド皇太子殿下にインタビューを申しこむメールを、サウジのメディア省に何回も送った。返事はなかった――サウジアラビアでは別に珍しいことではない――そこで、オマールの連絡先のなかから見つけたアドレスに警告を送った。相手はＫＢＭに近い人物で、宮廷での身分も高い男性だった。

「そいつに陰謀のことを伝えたわけだな？」

「詳細は伏せておいたけど」

「リーマの名前は出したのか？」

「いいえ」
二、三日後、ハニファはベルリンにあるサウジ大使館からメールを受けとった。ハリードがオマールと会うことにしたので、リヤドに戻ってもらいたい、と書いてあった。オマールがサウジ王国に足を踏み入れるつもりはけっしてないことを、ハニファは返信できっぱりと伝えた。一週間が過ぎた。やがて、ハリードの宮廷にいる身分の高い男性のアドレスから、最後のメールが届いた。こう書かれていた——翌週火曜の午後一時十五分、オマールにイスタンブールの総領事館まで来てもらいたい。ハリードが待っている、と。

45

ベルリン

エジプトからベルリンに戻ったオマールに、ハニファは彼の名前を騙って何をしたかを打ち明けた。話をした場所は今回もティーアガルテンで、電話は持っていかなかったが、尾行されているのは明らかだった。オマールはハニファに激怒した。もっとも、監視の目を光らせているサウジの諜報員たちには怒りを悟られないよう気をつけた。中東の取材旅行は成果があった。カイロで会ったプリンスに聞かされたことのすべてに関して裏付けがとれた。ハリードに対する陰謀によその大国が関わっているのも本当だった。オマールはここでむずかしい選択に直面した。自分が探りだしたことを『シュピーゲル』に載せれば、ハリードはそれを利用して陰謀をつぶし、彼の権力基盤を盤石にするだろう。しかし、陰謀が計画どおりに進むのを黙認すれば、罪もない少女に危害が及ぶ。下手をすれば殺されてしまう。

「では、イスタンブールへの招待については?」

「オマールは罠だと思った」

「だったら、なぜ行くことを承知した？」

「わたしが説得したから」ハニファはしばらく黙りこんだ。「オマールの死はわたしの責任だわ。わたしが説得しなければ、彼があの総領事館に入ることはぜったいなかっただろうから」

「どうやってオマールの考えを変えさせたんだ？」

「もうじき父親になるって彼に言ったの」

「妊娠しているのか？」

「していたわ。いまは違う」

二人がティーアガルテンで話をしたのは金曜日だった。ハニファはハリードの宮廷にいる身分の高い男性のアドレスにメールを送り、指示されたとおりに来週火曜の午後一時十五分にオマールが総領事館を訪ねることを伝えた。オマールは土曜日と日曜日を使って、録音とメモを『シュピーゲル』に掲載するための筋の通った記事にし、月曜日にハニファと一緒にイスタンブールへ飛んでインターコンチネンタル・ホテルにチェックインした。その夜、二人でボスポラス海峡沿いの道を散歩したときは、サウジとトルコの両方の監視チームに尾行された。

「火曜日の朝、オマールは神経をぴりぴりさせていて、心臓発作を起こすんじゃないかと心配になったほどだった。どうにか彼を落ち着かせたわ。〝たとえ向こうがあなたを殺す気だとしても、自国の総領事館のなかで実行するなんてありえない〟って言ったの。十二時半に二人でホテルを出た。道がひどく混んでいたため、総領事館に着いたのは時間ぎりぎりだった。セキュリティ・ゲートのところで、オマールがわたしに電話を預けた。それからキスをして館内に入っていった」

それが午後一時十四分のことだった。三時少し過ぎにハニファは総領事館の代表番号に電話をかけ、オマールはまだそちらにいるのかと尋ねた。電話に出た男性が、オマールは約束の時間に現われなかったと答えた。その一時間後にハニファがもう一度電話をすると、別の男性が出て、オマールはすでに帰ったと言った。四時十五分、ハニファは数人の男が大きな荷物をいくつか持って総領事館から出てくるのを見た。そのなかにハリード・ビン・ムハンマド皇太子の姿はなかった。

ハニファがようやくインターコンチネンタルに戻ると、部屋が荒らされ、オマールのノートパソコンが消えていた。ハニファはＺＤＦ（ドイツ第二テレビ）本社に電話を入れ、『シュピーゲル』の記者がイスタンブールのサウジ総領事館に入ったあとで失踪したことを緊急に報告した。それから四十八時間以内に、世界の多くの者が同じ質問をしはじめた。オマール・ナーワフはどこにいる？

十日後、ようやく総領事館に入る許可を得たあとで、トルコ警察が次のような発表をおこなった――オマールは総領事館内で殺害され、遺体は無惨に切断されて遺棄された。アラブ世界の偉大なる改革者で、西欧社会の財界人やインテリに愛されていたKBMは、一夜にして唾棄すべき存在となった。

ハニファは十月下旬までイスタンブールにとどまって、トルコ警察の捜査を見守っていた。ついにベルリンに帰国すると、インターコンチネンタルの部屋と同じく、彼女のアパートメントも徹底的に荒らされていた。オマールの原稿やメモはすべて盗まれ、中東への最後の取材旅行のときにとったメモも消えていた。ハニファは打ちひしがれながらも、オマールの子供がおなかにいるのだからと自分を慰めた。しかし、十一月上旬に流産してしまった。

仕事に復帰後、最初に与えられた仕事の取材先は、こともあろうにジュネーブだった。セキュリティにうるさいヨルダン人外交官の妻のふりをしてインターナショナル・スクールを訪れ、生徒たちの午後の下校風景を見守った。そのなかに、ベンツの装甲リムジンで走り去る十二歳の少女がいた。エジプトの建設業界を牛耳っている大富豪の娘であることを、校長がこっそり教えてくれた。しかし、ハニファは本当のことを知っていた。リーマ・ビント・ハリード・アブドゥルアズィーズ・アル・サウード。悪魔から生まれた子。

「だが、子供が危険にさらされていることを、きみは悪魔に一度も警告しようとしなかったのだね？」

「オマールにあんな残虐なことをされたというのに？」ハニファは首を横にふった。「それに、警告する必要はないと思ったの」

「なぜ？」

「オマールのパソコンもメモもハリードが手に入れたんですもの」

ただし――ガブリエルは思った――それらを持ち去ったのがサウジの連中でなかったのなら、話は違ってくる。「では、ハリードが退位したことを聞いたときは？」

そのとき、ハニファは喜びの涙にむせび、ツイッターに嘲笑のメッセージを投稿した。数日後、ふたたびジュネーブを訪れてインターナショナル・スクールの生徒たちの午後の下校風景を見守った。悪魔の子供の姿はどこにもなかった。

「それなのに沈黙を続けたわけだな」

ハニファの黒い目がきらめいた。「あなただって、ハリードに奥さんを殺されたら――」

「この手でハリードを殺してやる」沈黙のあとで、ガブリエルは言った。「だが、オマールの死の責任を負うべきはハリードだけではない」

「あんなやつを許そうなんて思わないで！」

「ハリードがゴーサインを出したのは事実だが、もともとやつの考えではなかった。それどころか、ハリードがオマールに会うことにしたのは彼の話を聞くためだったんだ」

「なぜ聞こうとしなかったの？」

「オマールの目的はハリードの暗殺だと吹きこまれたからさ」

ハニファは信じられないという表情だった。「オマールが人に危害を加えたことなんて、生涯一度もなかったわ。誰がそんなことを言ったの？」

「アブドゥッラーだ。サウジアラビアの次期国王」

ハニファの目が丸くなった。「アブドゥッラーはハリードに陰謀を嗅ぎつけられるのを阻止するためにオマール殺しを画策した——そう言いたいの？」

「そうだ」

「そう考えれば、すべてのピースがぴったりはまるわね。なるほど」

「あなたの話はハリードの話と完全に一致している。ただ、腑に落ちない点がひとつある」

「何かしら？」

「中東を取材してきたあなたとオマールのようなベテラン記者コンビが、記事のコピーをとっていなかったなどとは、ふつうなら考えられない」

「あら、ミスター・アロン、とらなかったなんて、わたしはひとことも言ってないわ」

それどころか、数種類のコピーをとっていた。ハニファは暗号化したコピーをZDFの仕事用のアカウントと、個人用Ｇｍａｉｌアカウントに送っておいた。ロイヤル・データ・センターのハッカー連中を警戒して、メモリースティック三個にファイルを記憶させた。一個は自宅アパートメントに慎重に隠し、もう一個はZDFのベルリン支局へ持っていって鍵のかかるデスクの引出しにしまった。ここは二十四時間態勢で警備されている。

「では、三個目は?」ガブリエルは尋ねた。

ハニファはバッグのジッパーつきの仕切りからメモリースティックをとりだし、テーブルに置いた。ガブリエルは自分のノートパソコンを開いてUSBポートのひとつにメモリースティックを差しこんだ。名前のないフォルダが画面に出てきた。クリックすると、ダイアログボックスがユーザー名を要求した。

「Yarmouk」ハニファは言った。「難民キャンプの名称で――」

「知っている」ガブリエルが七つの文字を打ちこむと、アイコンがひとつ現われた。

「Omarよ」涙が頬を伝うあいだに、ハニファは言った。「パスワードはOmar」

46

アカバ湾

ベルリン発のエル・アル航空二三七二便がベン・グリオン空港に着陸したのは、午後四時を数分過ぎたときだった。滑走路で待っていた〈オフィス〉のSUV車に、ガブリエル、ミハイル、サラがぎゅう詰めになって乗りこんだ。学者っぽい雰囲気のリサーチ課のチーフ、ヨッシ・ガヴィシュが助手席に乗っていた。SUV車が走りだすと、ヨッシからガブリエルにファイルが渡された。プリンス・アブドゥッラーの波乱に富んだビジネス界でのキャリアを詳細に分析したもので、その一部はハリードがガブリエルの自宅を訪ねたときに渡した資料に基づいていた。

「動かぬ証拠をつかんだぞ、長官。金はすべて例の人物から出ている」

空港の北の端でローターの先端を垂れ気味にして待機中のプライベート・ヘリ、エアバスH一七五VIPのそばまで行って、SUV車は停止した。操縦席にいるのはハリードのお抱えパイロットだ。ヨッシはミハイルにジェリコの四五口径を、ガブリエルにはベレッタの九ミリを渡した。

「イスラエル空軍機が行けるかぎりの地点まで追尾する。エジプト領空に入ったあとは自力で飛んでくれ」

ガブリエルは〈オフィス〉支給のブラックベリーとノートパソコンをSUV車に残し、ミハイルとサラのあとから贅沢な設備のそろったキャビンに入った。ヘリは海岸沿いに南下して、イスラエル南西部のアシュドド、アシュケロンという街の上空を過ぎ、そこから内陸へ向かった。ガザ地区の領空を避けるためだった。休戦ラインのイスラエル側に広がる穀物畑に炎が上がっていた。

「ハマスが発火性の凧や気球で畑に火をつけるんだ」ミハイルがサラに説明した。

「楽な人生じゃないわね」

ミハイルはガザ市の無秩序なシルエットのほうを指さした。「だが、連中の人生よりはましだ」

ネゲヴ砂漠が眼下を通り過ぎるあいだに、ガブリエルはヨッシから渡されたファイルに二回くりかえして目を通した。窓の外の空がゆっくりと暗くなり、アカバ湾の南端に着くころには、海面はもう真っ黒だった。ティラン島の沖に〈トランキリティー号〉が錨を下ろし、特徴のあるネオンブルーの航海灯が光を放っていた。巨大なクルーザーを守ろうとするかのように、左舷に上陸用舟艇が浮かび、右舷にも別の一艘が浮かんでいた。

〈トランキリティー号〉にはヘリパッドが二カ所あって、エアバスは前方のヘリパッドに降り立ち、パイロットがエンジンを切った。ミハイルがキャビンを出ると、〈トランキリティー号〉のロゴつきナイロンジャケットをはおったサウジの護衛二人が立ちはだかった。一人が片手でミハイルを制止しようとした。

「もっといい考えがある」ミハイルは言った。「とっとと失せ――」

「通してもかまわん」クルーザーのどこか上のほうからハリードの声がした。「すぐに上がってもらえ」

ガブリエルとサラは前方のデッキでミハイルに合流した。護衛二人が綿密な身体検査をおこない、サラに対してはとくにきびしかったが、三人をハリードのもとへ案内するつもりはなさそうだった。そこで三人は〈トランキリティー号〉の船内を付き添いなしで好き勝手に歩きまわった。ピアノラウンジ、ディスコ、会議室、映画館、ビリヤード場、サウナ、スノールーム、舞踏室、フィットネス・センター、アーチェリー・センター、ロッククライミング・ルーム、子供の遊戯室、そして、海中見学センター。分厚いガラスの向こう側で、紅海に棲息する海洋生物が矢のように泳いだり跳ねたりして、仲間どうしで楽しんでいる。

ハリードは第四デッキにいた。オーナー用スイートルームの外のデッキだ。〈ノース・フェイス〉のファスナーつきフリース、色褪せたジーンズ、イタリア製のエレガントなスエードのモカシン。風が小さなプールの水面を波立たせ、屋外の暖炉でパチパチはぜる炎をさらにあおっている。これが最後の薪（まき）だとハリードが説明した。薪以外は、食料も燃料も真水もふんだんにストックしてある。「必要なら一年でも、それ以上でも、海の上で暮らしていける」ハリードは両手を勢いよくこすりあわせた。「今夜はやけに冷えるな。なかに入るとしよう」

　ハリードは三人をスイートルームに招き入れた。エルサレムにあるガブリエルのアパートメントより広い部屋だ。「きっと快適だろうな」豪華な部屋を見まわしながら、ガブリエルは言った。「専用のディスコもスノールームもなしで、いままでどうやって生きてこられたのかわからない」

「わたしにとってはどれも意味がない」

「それはあなたが国王の息子だからだ」ガブリエルはベン・グリオン空港でヨッシから渡されたファイルを見せた。「だが、あなたが国王の母親違いの弟に過ぎなかったら、感じ方が違うかもしれない」

「エルサレムできみに渡した資料に目を通してくれたようだな」

「あれは出発点として使わせてもらった」

「そこからどこへ行き着いた？」

「ここだ」ガブリエルは言った。「〈トランキリティー号〉」

サウジアラビア王国が莫大なオイルマネーを王室のメンバーに分配する方法としては、主として、公式に認められている月々の王族手当という形をとる。しかしながら、サウジの王族全員が同じ身分に生まれついているわけではない。サウード王家のなかでも身分の低い者は数千ドルを現金で受けとる場合が多いが、初代国王イブン・サウードと直接の血縁関係にある者には、はるかに莫大な額が支給される。初代国王の孫が受けとる標準的な額は月に約二万七千ドル、ひ孫の場合は約八千ドル。宮殿建設、結婚、子供の誕生に対しても追加の支給がある。サウジアラビアでは、少なくとも王族メンバーにとって、子孫を増やすことが豊かな収入につながるわけだ。

最高額の王族手当は、食物連鎖の頂点に立つ少数の特権階級、すなわち、初代国王の息子たちに支給される。息子は全部で四十五人いて、アブドゥッラー・ビン・アブドゥルアズィーズもその一人だ。皇太子になる前は月額二十五万ドル、つまり、年間三百万ドルを受けとっていた。快適に暮らすには充分すぎる額だが、贅沢三昧の暮らしはできない。ロンドンとコートダジュールにあるサウード王家の遊び場で過ごすとなれば、なおさらだ。アブドゥッラーは収入を増やすために、国庫の金をじかに吸いあげたり、王国との取引を希望する西欧の企業から賄賂やリベートを受けとったりしてきた。英国の航空宇宙産業関係の企業は〝コンサルティング料〟としてアブドゥッラーに二千万ドルを支払った。ガブリエルの説明によると、アブドゥッラーはその金の一部でベルグレーヴィアのイートン広場七十一番地に豪邸を購入した。

「あなたは最近、そこで食事をしている。違うか？」

返事がなかったので、ガブリエルは説明を続けた。アブドゥッラーはもうひとつのファミリー・ビジネスにも長けている――収賄と窃盗というビジネスに。しかし、投資に次々と失敗したのに加えて法外な出費が続いたせいで、二〇一六年に深刻な財政難に陥った。生活費を補うために王族手当を少し増やしてほしい、と兄であるムハンマド国王に頼みこんだ。国王が救いの手を差し伸べるのを拒むと、アブドゥッラーは隣人に、すなわち、イートン広場七十番地の屋敷の所有者に借金を申しこんだ。隣人の名はコンスタンチン・ドラグノーフ。友達のあいだでは〝コニー・ドラグ〟で通っている。

「コンスタンチンを覚えているだろう、ハリード。あなたにこのばかでかい船を売りつけたロシアの億万長者だ」ガブリエルは考えこむふりをした。「ええと、いくら払ったんだった？」

「五億ユーロ」

「現金で。そうだな？　コンスタンチンは下船に同意する前に、モスクワのガスプロムバンクにある彼の口座のひとつに送金するよう言いはった。数日後、コンスタンチンはあなたのおじさんに一億ポンドを貸した」ガブリエルは言葉を切った。「つまり、オイルダラーの再循環ということだな」

ハリードは無言だった。

「興味深い男だ、われらがコンスタンチンは。新興財閥の二代目で、旧ソ連崩壊後に国の資産を略奪した初代の成金連中には含まれていない。多くのオリガルヒと違って、コンスタンチンはさまざまな事業に手を広げている。また、クレムリンときわめて親しい。ロシアの財界では、コンスタンチンの金の大部分はじつを言うと〈皇帝〉、つまり、ロシア大統領のものだと言われている」

「われわれのような者にとっては当然のことだ」

「われわれ？」

「〈皇帝〉やわたし。われわれは隠れ蓑や幽霊会社を使って活動する。きみはこれがわたしの船だと言うが、名目上のオーナーはわたしではないし、フランスのシャトーも所有していない」ハリードはサラにちらっと目を向けた。「ダ・ヴィンチも」

「では、あなたのような人々が権力を失ったあとは？」

「金もおもちゃも消えてしまう。アブドゥッラーはすでに何十億もわたしから奪いとった。そして、ダ・ヴィンチも」

「あなたのことだから、なんとか生き延びるだろう」ハリードが眺めているエジプトの海岸線の景色に、ガブリエルも見とれた。「だが、あなたのおじさんに話を戻そう。言うまでもないが、アブドゥッラーはコンスタンチン・ドラグノーフが貸した一億ポンドをまったく返済していない。借金だとは思っていないからだ。しかも、それは始まりに過ぎなかった。あなたがリヤドで王族の粛清に精を出すあいだ、アブドゥッラーはモスクワでビジネス取引をおこない、大きな利益を上げていた。この二年のあいだに三十億ドル以上も稼いでいる。すべてコンスタンチン・ドラグノーフのコネのおかげだ。言い換えれば、ロシア大統領のおかげだ」

「大統領はなぜアブドゥッラーにそこまでの関心を？」

「おそらく、サウード王家の内部に同盟者がほしかったのだろう。鋭い政治感覚ゆえに尊敬されている人物。アメリカのことをロシア大統領に劣らず嫌悪している人物。若き未知数の未来の国王にとって信頼できる助言者になりうる人物。未来の国王を説得してモスクワ寄りの姿勢をとらせ、中東におけるクレムリンの影響力を強めてくれる人物」ガブリエルは向きを変えてハリードを見た。「未来の国王のために口うるさい聖職者を始末してくれるであろう人物。もしくは、退位を迫る陰謀について未来の国王に警告しようとしていた反体制派のジャーナリストを」

「アブドゥッラーがロシアと共謀して、サウジアラビアの王座を奪うつもりだったと、きみは言いたいのか？」

「わたしが言っているのではない。オマール・ナーワフだ」ガブリエルはハニファ・カウリーに渡されたメモリースティックをポケットからとりだした。「この船にパソコンはないだろうな？」

「これはクルーザーだ」ハリードは言った。「一緒に来てくれ」

スイートルームの彼専用の書斎にもｉＭａｃが置いてあるが、ハリードも馬鹿ではないので、〈オフィス〉長官がそこにメモリースティックを差しこむのを許すようなことはしなかった。かわりにガブリエルを連れて、ホテルにあるような〈トランキリティー号〉のビジネスセンターまで行った。ワークステーションが六つあり、ネット接続されたパソコン、プリンタ、この船の衛星通信システムに接続された複数チャネルの電話が使えるようになっていた。

ハリードがパソコン端末の前にすわり、メモリースティックを差しこんだ。ダイアログボックスがユーザー名を尋ねてきた。

「Yarmouk」ガブリエルは言った。

「キャンプの？」

「彼女の両親は一九四八年にそこで生涯を終えた」

「ああ、知っている。われわれのほうにも彼女に関するファイルがある」ハリードが難民キャンプの名前を打ちこむと、アイコンが現われた。

「Omarだ」ガブリエルは言った。「パスワードはOmar」

47

アカバ湾

記事はワード数にして一万二千語、自由を得たジャーナリストの流れるような文体で綴られていた。冒頭は亡命中のサウジのプリンスとカイロのホテルのロビーで出会う場面だ。その夜、食事をしながら、プリンスは祖国の未来の国王に対する陰謀をめぐって驚くべき話を始めた。未来の国王を評して〝世界でいちばんおもしろいやつ〟という露骨な言い方をした。これはメキシコのビールのCMに登場する男につけられたキャッチフレーズだ。

あとに続くのは、プリンスの話の裏をとるためにジャーナリストがおこなった迅速な調査の様子。遠く広く旅をしてまわり、各地にいる多くの情報源から話を聞いた。彼の旅にはドバイも含まれていて、リヤドの秘密情報機関が容易に潜入できるその街で、ジャーナリストは神経を尖らせながら四十八時間を過ごした。彼が集めてまわったさまざまに異なる糸を、情報源の一人であるきわめて有能な人物がよりあわせて筋の通った話にしてくれたのは、この街にあるブルジュ・アル＝アラブ・ホテルのスイートルームでのことだった。

それによると、KBMはサウード王家内部で孤立しはじめているとのこと。ホワイトハウスとイスラエルはKBM贔屓だが、彼は一族の総意によって国を統治するというサウード王家の伝統を踏みにじり、身内に非道な仕打ちをしている。宮殿のクーデター、もしくはそれに類したものが起きるのは時間の問題だ。忠誠委員会もアブドゥッラーのまわりに結集しつつある。アブドゥッラーが皇太子の地位を手に入れようとして、精力的に動いているからだ。

「そうそう、ついでですが」情報源の男性は次のように言った。「モスクワ・センターが裏で糸をひいてるってことは言いましたっけ？　アブドゥッラーはもうロシア大統領の言いなりだ。王座を手にした暁には、クレムリンのほうへ大きく身体が傾いて、うつぶせにばったり倒れてしまうでしょう」

ジャーナリストはドバイをあとにしてベルリンに戻り、自身もジャーナリストである妻が皇太子の宮廷のメンバーとひそかに連絡をとっていたことを知った。記事の最後の部分は次のように締めくくられていた――熟慮に熟慮を重ねた末に、ジャーナリストはトルコへ出かけて、彼を亡命に追いやった男と会おうと決めた。午後一時十五分、イスタンブールのサウジ総領事館で会うことになった。

「つまり、わたしに連絡をとろうとしていたのは、オマールではなくハニファだったわけか」

「そうだ」ガブリエルは答えた。「そして、総領事館に入るようオマールを説得したのもハニファだった。オマールが亡くなったことで自分を責めている。あなたを責めるのと同じぐらいに」

「わたしが退位したあと、わたしの墓の上で踊っただろうな」

「ハニファにはその権利があった」

「リーマに危険が迫っていることをわたしに知らせるべきだった」

「彼女も努力はした」

ハリードはパソコン画面で長い記事を読むのに疲れてしまい、プリントアウトを手にしてとなりの会議室のテーブルへ移動していた。足元の絨毯に紙が何枚か落ちている。怒りにまかせてハリードが投げ捨てたものだった。

「ハニファがそこまでわたしを憎んでいるのなら、なぜオマールの大傑作をきみに渡してもいいと思ったのだろう?」紙の一枚を拾い、顔をしかめて読みなおした。「オマールがわたしのことをこんなふうに書いたなんて信じられん。甘やかされた子供だと言っている」

「確かに甘やかされた子供だ。しかし、あとの部分についてはどうだ?」

「わたしを失脚させる陰謀の陰に〈皇帝〉がいるという部分か?」

「そう、それだ」

ハリードは床の紙をもう一枚拾った。「オマールの情報源によると、陰謀が生まれたのはわたしがワシントンを最後に訪問したあとのことだった。わたしはあのとき、ロシアから兵器を買うのをやめて、アメリカの兵器に一千億ドルを注ぎこむことに同意した」

「陰謀が生まれたのももっともだ」

「もっともだが、真実ではない」沈黙が流れた。やがて、ハリードが静かな口調で言った。「わたしが推測するに、〈皇帝〉はおそらく、それ以前にわたしを排斥(はいせき)しようと決めていたのだろう」

「なぜ？」

「中東に対して彼なりの計画があったからだ」ハリードは答えた。「だが、わたしはそんなものに関わりたくなかった」

二人はオーナー専用のスイートルームに戻った。風のあるデッキに出て、ハリードがオマールの記事を一枚ずつ暖炉にくべていった。ようやく口を開いたとき、彼が語ったのはモスクワのことだった。初めてモスクワを訪れたのは皇太子になる一年前だと言ったが、ガブリエルには聞く必要もないことだった。当時のハリードは経済計画を発表したばかりで、西欧諸国のマスコミは彼の言葉を残らず追っていた。ハリウッドは彼に惚れこんでいた。世界中のどの企業のＣＥＯでも数分以内に電話口に出た。

シリコンバレーもそうだった。

「酒と薔薇(ばら)の日々だった。青二才の日々でもあった」ハリードは自嘲気味につけくわえた。「世界でいちばんおもしろいやつだしな」

モスクワ訪問の目的は純粋に経済分野のものだった、とハリードは説明した。サウジ経済を世界のガソリンスタンド以外の状態へ変身させるのに必要なテクノロジーと投資を確保するのが、ハリードの努力目標の一部だった。それに加えて、ハリードと彼を迎えたロシア側の面々は、原油価格にてこ入れする方法を討論する予定だった。価格は一バレル四十五ドルあたりを推移していて、サウジとロシアの経済を支えていけるレベルではなかった。ハリードは一日目をロシアの銀行家たちとのミーティングにあて、二日目はロシアのハイテク企業のCEOたちと会ったが、深い感銘を受けるには至らなかった。ロシア大統領との会談は三日目、金曜日の午前十時の予定だったが、始まったのは午後一時になってからだった。

「あの男に比べれば、わたしのほうがまだ時間を守るほうだと言えよう」

「それで、会談は?」

「最悪だった。大統領は大股を広げて椅子にふんぞりかえっていた。側近どもが絶えず邪魔をし、大統領は電話に出なくてはと言って三回も席をはずした。もちろんパワープレイさ。心理戦だ。わたしに身のほどを思い知らせようとしていた。わたしはアラブの国王の息子だ。だが、〈皇帝〉から見れば何者でもない」

そのため、氷のような会見の最後に、黒海に面した宮殿で週末を過ごそうと〈皇帝〉に誘われたときは、ハリードも驚いた。宮殿の数々の贅沢な設備のなかには、金箔張りの室内プールもあった。ハリードは専用の棟をあてがわれたが、側近たちはいくつかのゲストハウスに分散させられた。〈皇帝〉の妻と子供の姿はなかった。二人だけの週末だった。

「正直に白状しよう」ハリードは言った。「あの男と二人きりになると、自分の身が安全とは思えなくなる」

二人は土曜の午前中をプールサイドでのんびり過ごし――二〇一六年の真夏のことだった――午後からセーリングに出かけた。その夜はクリーム色と金色で統一されただだっ広い部屋でディナーをとった。食事がすむと、海を見下ろす崖の上の小さな別荘(ダーチャ)まで二人で歩いた。

「そのときだった」ハリードは言った。「話を聞かされたのは」

「どんな話を？」

「マスタープラン。青写真」

「なんの？」

ハリードはしばらく考えこんだ。「未来の」

「で、その未来とはどのような？」

「どこから始めればいい？」

「二〇一六年の夏の話なら、まずアメリカからいってみようか」

〈皇帝〉は――ハリードは言った――その秋の米大統領選に大きな期待をかけていた。また、中東の覇者としてのワシントンの日々が終わりに近づきつつあることに自信を持っていた。アメリカはイラクに侵攻し、血と富で高い代価を支払った。手に負えない数々の問題と共に、中東全域を過去のことにしようと必死だった。それとは対照的に、ロシア大統領はシリアのための戦いに勝利した。旧友を救うべく駆けつけ、有事のさいにはワシントンではなくモスクワが頼りになることを、中東のほかの国々に印象づけたのだった。

「アメリカを捨ててロシアの側につくよう、〈皇帝〉に言われたのか？」

「きみの考え方は狭すぎる。やつが望んだのは提携だった。西側世界は死につつあると言った。ひとつには、やつが行く先々で社会の分断と政治の混乱の種を全力でまいてきたからだ。未来はユーラシア大陸にあると言った。膨大なエネルギーと水と人間が無尽蔵に得られる地だ。ロシア、中国、インド、トルコ、イラン……」

「そして、サウジアラビア？」

ハリードはうなずいた。「一緒に世界を支配しようと言われた。最高にすばらしいのは、やつが民主主義だの人権だのという説教をぜったいにしないことだった」

「そのような申し出をよくも拒絶できたものだな」

「しごく簡単だった。わが国の経済を発展させるためにわたしが求めていたのは、アメリカのテクノロジーと専門知識であって、ロシアのものではなかった」不意に、昔のKBMのごとく生き生きした表情になった。「答えてくれ。きみの国が最後に購入したロシアの製品はなんだった？　ウォッカと石油とガスのほかに連中は何を輸出している？」

「木材」

「本当か？　われわれも砂を輸出すべきかもしれん。それでわが国の問題はすべて解決だ」

「きみの気持ちを〈皇帝〉に伝えたのか？」

「ああ、もちろん」

「向こうはどう反応した？」

「死んだ魚のような目でこちらをじっと見て、わたしが間違っていると言った」

「数カ月後、あなたと父上はモスクワを訪問した。あなたは原油価格引上げの政策を発表した。そして、ロシアの防空システムも購入した」

「両方に賭けて危険を分散させた。それだけのことだ」

「ブエノスアイレスでのあの馬鹿馬鹿しい握手はどうなんだ？　あなたと大統領はまるで、ワールドカップで勝利のゴールを決めたばかりという表情だった」

「腰を下ろしたあとで、やつがわたしの耳に何をささやいたかわかるかね？　ロシア側の申し出について考えなおす機会はあったか、とわたしに尋ねたんだ」

「あなたの返事は？」

「正直なところ、覚えていない。どう答えたにしろ、間違っていたようだ。その二週間後にリーマが誘拐された」ハリードは彼の名義ではない巨大な船を眺めた。ふたたび手をこすりあわせていた。まるで血のしみを落とそうとするかのように。「娘の死の復讐はけっしてできないということだな」

「なぜそんなことを言う？」

「〈皇帝〉は世界最強の権力者だぞ。それを忘れるな。また、フランスのあの野原へわれわれを呼び寄せた女は、ほぼ間違いなくロシアの工作員だ」

「爆弾を爆発させた男もな。だが、何を言いたいんだ？」

「二人ともモスクワに戻った。見つけだすのは不可能だ」

「いや、あなたを驚かせてみせよう。それに、復讐にはあらゆる形とサイズがある」

「それもユダヤの諺か？」

ガブリエルは微笑した。「けっこう近い」

48

ノッティング・ヒル、ロンドン

雨に濡れたロンドンの夕方の五時半、イスラエルの秘密諜報機関の長官ガブリエル・アロンは、ノッティング・ヒルの聖ルカ・ミューズにある隠れ家のドアに銀色の重いノッカーを打ちつけ、四十歳になっても少年っぽい外見の男性に招き入れられた。ガブリエルのことを〝ミスター・マッド〟としつこく呼ぼうとする男だ。狭苦しいリビングに入ると、グレアム・シーモアが意気消沈した様子でテレビに見入っていた。英国の有権者たちの希望を容れてEUから離脱しようというジョナサン・ランカスター首相の計画が、下院で屈辱的な否決にあって、だめになってしまったのだ。

「現代に入ってから、英国のいかなる指導者もこれほどひどい敗北を喫したことはなかった」シーモアの目はいまもテレビに据えられたままだった。「ジョナサンの不信任投票が実施されるに違いない」

「切り抜けられるだろうか？」

「たぶん。だが、保証はない。これだけの敗北のあとだからな。ジョナサンの政権が倒れたら、次の選挙は労働党が勝利する公算が大きい。つまり、きみは英国史上もっとも強硬なる反イスラエル派の首相を相手にしなくてはならなくなる」

シーモアは隠れ家に新たに備えつけられた飲みもののワゴンまで行き、カットグラスのタンブラーに氷を入れた。ビーフィーターのボトルをガブリエルのほうへふってみせた。ガブリエルは片手を上げて断わった。

「冷蔵庫にナイジェルがサンセールのボトルを入れている」

「わたしには少々時刻が早すぎる、グレアム」

シーモアは腕時計を見て眉をひそめた。「おいおい、もう五時だぞ」氷の上からジンをたっぷり注ぎ、トニックウォーターを少し加えて、くし形に切ったライムをのせた。「乾杯」

「何に乾杯だ？」

「かつての偉大なる国家の終焉に。われわれが知っている西洋文明の死に」シーモアはテレビを見つめ、ゆっくりと首をふった。「いまいましいロシアの連中が大喜びするに違いない」

「レベッカも」

シーモアはゆっくりうなずいた。「夢にまであの女が出てくる。罰あたりなことを言うようだが、あの朝、ポトマック川できみが彼女を溺れさせてくれればよかったのにと思うことがときどきある」

「溺れさせる？　彼女の頭を水中に沈めたのはこのわたしだぞ。覚えてるだろう？」

「きっと大きな試練だっただろうな」シーモアはガブリエルをしばらく気づかわしげに見つめた。「フランスで起きたことと同じぐらいの試練だ。フランスから帰国したとき、さすがのクリストファー・ケラーもショックで悄然としていた。命を落とさずにすんで、きみは幸運だった」

「ハリードも」

「退位して以来、消息がまったくわからない」

「シャルム・エル・シェイク沖で停泊中のクルーザーにいる」

「気の毒に」下院でジョナサン・ランカスターが立ちあがり、たったいま喫した敗北の大きさを認めようとしたが、野党の平議員たちに容赦なく野次を飛ばされただけだった。シーモアはリモコンをテレビ画面に向け、消音ボタンを押した。「こんなふうに簡単に消せればいいのに」グラスを手にして、ふたたび椅子にすわった。「だが、暗いニュースばかりではないぞ。きみのおかげで、今日の午前中は外務大臣とけっこう愉快なミーティングができた」

「ほう？」

「きみが渡してくれたイランの核関連の資料を大臣に見せたんだ。ところが、大臣はすぐにファイルを閉じて、話題をアブドゥッラーに切り替えた」

「アブドゥッラーの何について？」

「宗教界の強硬派を懐柔するためにどこまでやる気でいるのか？　ジハーディストとテロリストに対して昔ながらの二枚舌のゲームを続けるのか？　中東地域に安定をもたらす勢力となるのか、それとも、混乱をもたらすのか？　外務大臣が知りたがっていたのは主として、ロンドンとつながりの強いアブドゥッラーなら、アメリカよりわれわれのほうになびくのではないかということだった」

「つまり、最新鋭の戦闘機をアブドゥッラーが望むだけ何機でも売ってやろうということだな。わたしの国の安全が脅かされるのはお構いなしに」

「まあな……。わが国はアブドゥッラーを国賓としてロンドンに迎え、アメリカの連中の鼻を明かしてやろうと思っている」

「ロンドンに迎えるのはすばらしい案だ。ただ、残念ながら、あなたたちはアブドゥッラーを味方にひきいれるチャンスを逃してしまった」

「なぜ？」

「すでに言い寄った者がいる」

「いまいましいアメリカの連中め」シーモアはつぶやいた。

「それならまだましだ」

「何を言っている？」

ガブリエルはリモコンをとり、テレビの音量を最大にした。

英国議会民主主義の不協和音に負けないようにしながら、ガブリエルはフランスでリーマが殺害された夜以降の出来事をグレアム・シーモアに語った――おじのアブドゥッラーの唐突な金満生活に関する財務データをハリードが渡してくれた。それをもとにして、アブドゥッラーとコンスタンチン・ドラグノーフなる男とのあいだに明白なつながりがあることを、〈オフィス〉のアナリストたちが突き止めた。ドラグノーフはロシアの新興財閥で、大統領と個人的な友人関係にある。ハリードからのデータのほかに、オマール・ナーワフが書いた未発表の記事も入手した。ハリードを失脚させてアブドゥッラーを新皇太子に据える陰謀にロシアの情報機関が関わっていた、という趣旨の記事だ。ナーワフの殺害をハリードに助言したのはアブドゥッラーだった。そして、ベルグレーヴィアの屋敷から凄惨な手順を指示したのもアブドゥッラーだった。ハニファを通じて連絡をとり、ハリードが待っていると言ってオマール・ナーワフをイスタンブールのサウジ総領事館におびき寄せた。その夜、切断されたナーワフの遺体を遺棄するあいだに、彼が泊まっていたインターコンチネンタル・ホテルの部屋とベルリンのアパートメントにロシアの工作員たちが忍びこみ、パソコン、ポータブル・ストレージ・デバイス、手書きのメモを持ち去った。

「誰に聞いた？」

「ハニファ・カウリー」

「ナーワフの妻か？」

「未亡人だ」ガブリエルは言った。

「ロシアの工作員のしわざだとどうやって見抜いたのだろう？」

「見抜いてはいない。それどころか、サウジの連中がやったと思っている」

「きみがサウジではないとする理由は？」

「ホテルの部屋とアパートメントを荒らしたのがサウジの連中だったら、オマールの記事はハリードの手に渡っていただろう。だが、わたしが記事を見せるまで、ハリードは何も知らなかった」

シーモアはワゴンのところに戻ってジントニックを新たにこしらえた。「きみがわたしに言おうとしたのは、つまり、オマール・ナーワフ殺しはおじのアブドゥッラーにそそのかされたからだ、とハリードが自己弁護しているということか？」

ガブリエルはシーモアの皮肉を無視した。「ロシアとイランと中国がペルシャ湾でアメリカにとってかわったら、中東がどうなるかわかるか？」

「悲劇だ。だからこそ、サウジの支配者がまともな神経の持ち主であれば、リヤドとワシントンの絆を断ち切るようなまねをするわけがない」

「サウジの支配者がクレムリンに恩義を受けているのでなければな」ガブリエルは小さな庭を見渡せるフレンチ・ドアまでゆっくり歩いた。「アブドゥッラーが〈皇帝〉の親友の一人とつきあっているのを知っていたかね？」

「知ってはいたが、さほど重視しなかった。アブドゥッラーはとるに足りぬ存在だ」

「いまやとるに足りぬ存在ではないぞ、グレアム。王位継承順位のトップにいる」

「そうだな。現国王が亡くなれば――近々そうなる可能性が高いが――アブドゥッラーが王位につく」

ガブリエルはふりむいた。「わたしに発言権があれば、そうはさせない」

シーモアは苦笑した。「サウジアラビアの次の支配者を自分が選べるなどと、きみ、本気で思っているのか？」

「いや、そういうわけではない。だが、ロシアの操り人形が王座につくのを許すつもりはない」

「どうやって阻止する気だ？」

「殺せばすむことだと思う」

「きみがサウジアラビアの未来の国王を殺すことはできん」

「なぜ？」

「社会倫理にもとるし、国際法違反でもある」

「だったら、かわりに殺してくれる者を見つけるしかない」

49

ヴォクソール・クロス、ロンドン

一週間後、国家の自殺をどのように遂行するのがベストかをめぐって、国会議員の多くが熾烈な議論を戦わせているあいだに、英国政府はアブドゥッラー皇太子にロンドン公式訪問をどうにか要請することができた。返事がないまま五日が過ぎた。外務省の廊下を、そして、ＭＩ６の本部ビルであるヴォクソール・クロスとキング・サウル通りの人目につかない部屋々々を、冷たい疑惑の風が吹き抜けた。サウード王家の使いの者によってリヤドの英国大使館にようやく返事が届けられると、政府は大いに安堵した。訪問は四月上旬の予定となった。英国の航空宇宙関連企業であるＢＡＥシステムズも、その他の防衛関連企業も大喜びだったが、同じ分野のアメリカ企業のほうはおもしろくなかった。テレビのコメンテーターたちは、英国とサウジアラビアの首脳会談を現在のアメリカ政府の中東政策に対する譴責とみなした。癇癪持ちで、きらびやかな品が大好きな未知数の若き皇太子に、ワシントンはすべてを賭けてきた。ところが、若き皇太子は失脚し、英国が——分断され衰退してはいるものの――外交のイニシアティブをとることにみごとに成功したのだ。〝すべてが失われたわけではない〟と『インディペンデント』紙が断言した。〝おそらく、わが国にはまだ希望があるだろう〟

しかしながら、四月に予定されているアブドゥッラーの訪英を、チャールズ・ベネットはメディアのように喜ぶ気になれなかった。理由は主として、首脳会談が準備されていることも、あるいは、首相官邸と外務省が首脳会談を考えていることすら、ベネットは事前に知らされていなかったからだ。通常の慣習に反することだ。サウジの王族の訪問を事前に通告してもらう必要のある人物がロンドンの官界にいるとすれば、MI6の複数の中東支局を束ねる統括責任者がそれだった。アブドゥッラーとの会談の前に首相が検討しておくべき情報の多くを準備するのがベネットの役目だ。アブドゥッラーはどういう人物か？核となる信仰は何か？ ワッハーブ派の熱心な信者なのか、それとも、宗教界に迎合しているだけなのか？ テロとの戦いにおいて信頼できるパートナーになるのか？ イエメンに対し、そして、カタールに対して何を計画しているのか？ 信用していいのか？ 英国の手でうまく操れるのか？

必要な査定と評価をおこなうために、ベネットはこれから急がなくてはならない。個人的には、アブドゥッラーをダウニング街に招くのはあまりにも時期尚早だと思っている。ハリードの退位後の混乱がまだ治まっていないし、アブドゥッラーはハリードの改革を逆行させつつある。状況が安定するまで待ったほうがいい――ベネットならそうアドバイスしただろう。ジョナサン・ランカスターがアブドゥッラーとの会談をひどく急ぐ理由も、ベネットにはよくわかる。首相は外交で成果を上げる必要があるのだ。それに、もちろん、通商面も考慮しなくてはならない。ＢＡＥとその同類企業は、アメリカがアブドゥッラーを釣りあげる前に自分たちの手でつかまえたいと望んでいる。

ストーク・ニューイントン駅七時十二分発の電車がリヴァプール・ストリート駅に到着すると、ベネットは私用のｉＰｈｏｎｅから顔を上げた。いつものように最後に車両を出てから、長いまわり道をして通りに出た。ビショップスゲート区はまだ明るくなっていない。テムズ川まで歩き、ロンドン橋を渡ってサザーク区に出た。

バラ・マーケットから職場までは急いで歩いて二十分ほどの距離だ。ベネットはルートをいろいろと変えるのを好んでいる。今日は聖ジョージ・サーカスとアルバート・エンバンクメントを通ることにした。ベネットは身長百八十センチ弱、マラソン選手みたいに細くて、頭が薄くなりつつある五十二歳の男性で、頬がこけ、目が落ちくぼんでいる。スーツとオーバーはサヴィル・ロウで誂えるような高級品にはほど遠いが、スレンダーな体格のおかげでよく似合っている。スクールタイは丁寧に結ばれ、オックスフォード・シューズは磨いたばかりでよく光っている。訓練を積んだ者なら、ベネットの視線に油断のなさを見てとるかもしれないが、それを別にすれば、服装にも、容貌にも、彼がヴォクソール橋のたもとにそびえる秘密情報機関の醜悪な本拠地へ向かっていることを示すものはいっさいない。

ベネットはこの建物がどうしても好きになれない。昔の陰気なセンチュリー・ハウスのほうがはるかに好みに合っている。そちらはごく平凡なコンクリート製の二十階建てオフィスビルで、冷戦時代が終わりを迎えようとしていた時期に、ベネットは新人としてそのビルにやってきた。同期の見習いの多くと同じく、秘密情報機関の仕事に自ら応募したのではなかった。英国でもっとも排他的なこのクラブに入会するには、自分から頼むのではなく、招いてもらう必要がある。それも家柄がよく、強いコネを持ち、オックスフォードかケンブリッジのいずれかを優秀な成績で卒業した者に限られる。ベネットの場合はケンブリッジ卒で、専攻は中東の歴史と言語だった。ＭＩ６に入ったときには、アラビア語とペルシャ語を流暢にしゃべれるようになっていた。モンクトン砦でＩＯＮＥＣという、ひよっ子スパイを鍛えあげるためのＭＩ６のきびしい訓練を終了したのち、工作員の勧誘・指揮を担当するためにカイロへ送られた。

その後、アンマン、ダマスカス、ベイルート勤務を経て、バグダッド支局長に任じられた。ベネットがイラク国内に潜入させた数人の工作員から届けられる不正確な、もしくは紛らわしい情報が、かの悪名高き九月文書に盛りこまれる結果となった。サダム・フセインを権力の座からひきずりおろすためのアメリカ主導の戦争に英国が加わったとき、ブレア政権がこの文書を使って参戦を正当化したのだ。しかしながら、ベネットのキャリアがダメージを受けることはなかった。リヤドへ異動となってふたたび支局長の地位につき、二〇一二年にはさらに昇進して、MI6でもっとも重要なポストのひとつである中東統括責任者となった。

ベネットはアルバート・エンバンクメントから堂々とヴォクソール・クロスのビルに入り、念入りな身体検査と身元チェックに耐えたのちにようやく、ロビーの奥へ進むことを許された。これはすべて、〝レベッカ・マニング後〟におこなわれているセキュリティ強化策の一部である。疑惑が黒死病のごとくビル内に広がっている。職員たちは恐怖の病に感染するのを恐れて、言葉を交わすことも、握手をすることもめったにない。対岸のMI5から重要な情報が入ってくることはなくなり、こちらから提供する情報も『エコノミスト』誌で読める程度のものだけになってしまった。ベネットが仕事の上でレベッカと関わったのはほんの一時期だったが、それでも多くの同僚と同じく調査官の前にひきずりだされ、徹底的な尋問を受けることとなった。何時間にもわたる尋問の末にようやく、身の潔白を認められた。現在のベネットはMI6の内部の人間を誰一人信用していない。相手が職員の身元調査に携わる猟犬どもとなればなおさらだ。

ロビーを抜けたあと、カードをスキャナーに通し、キーを叩き、網膜認証を受けてから、自分のオフィスへ向かった。オフィスに入ると背後のドアを閉め、オーバーをフックにかけた。パソコンのハードディスクは勤務規定に従って金庫に入れてある。それをセットして、夜のあいだに届いた急ぎの連絡をチェックしていると、内線電話に作業を邪魔された。画面に表示された発信者名はナイジェル・ウィットカム。ウィットカムは〝C〟の執事長と処刑人を兼任している人物だ。MI5からヴォクソール・クロスに移ってきた。その点だけでも、ベネットはウィットカムを毛嫌いしている。

受話器を耳元へ持っていった。「もしもし」

「〝C〟から話があるそうです」

「いつ？」

電話が切れた。ベネットは椅子から立って上着のしわを伸ばし、髪を気にして手でなでつけた。おいおい！　デートに出かけるわけじゃないんだぞ。エレベーターホールまで行き、最初に来たエレベーターに乗りこんで上へ向かった。ドアが開くと、ウィットカムがかすかな笑みを浮かべて待っていた。

「おはよう、ベネット」

「やあ、ナイジェル」

二人でシーモアの執務室に入った。歴代の長官が使ってきたマホガニー製のデスク、テムズ川を見渡せる大きな窓、古いりっぱなグランドファーザー時計。この時計はなんと、英国秘密情報部の初代長官、サー・マンスフィールド・スミス・カミング自身が製作したものだ。シーモアは書類の余白にパーカーの万年筆で走り書きをしていた。インクは緑、シーモア専用とされている色だ。

カサッという音を耳にしてベネットがふりむくと、ウィットカムがそっと部屋を出ていくところだった。シーモアがベネットの存在に驚いたかのように顔を上げ、パーカーの万年筆をケースに戻した。思いきり伸びをしてから、デスクをまわり、片手を銃剣のように突きだしてやってきた。

「やあ、チャールズ。来てくれて礼を言う。しばらく前から進めていた特別作戦のことを、そろそろきみにも伝えておこうと思ってね。これまできみに黙っていたことは謝るが、とにかく聞いてくれ」

その夜、ベネットはMI6のプライベート・ラウンジでウィスキーを一杯飲み、リヴァプール・ストリート駅七時三十分発の電車に間に合うようヴォクソール・クロスを出た。彼が乗った車両は混んでいた。空席がひとつしかなかった。ダッフルコートを着て黒いベレー帽をかぶった小柄な男のとなりの席で――ポーランドかスラブ系だろうとベネットは見当をつけた――くたびれた革の肩掛けカバンからいまにも『資本論』を出してきそうな男だった。ベネットは七時三十分発の電車によく乗るが、この男を見かけたのは今日が初めてだった。

ストーク・ニューイントンまでの十三分間は沈黙のなかで過ぎていった。ベネットが先に電車を降り、ホームの階段をのぼって、切符売場になっているガラスのボックスまで行った。駅はスタムフォード・ヒルの小さな三角形の広場にあって、駅舎のとなりには、この界隈の移民たちを顧客とする金融機関と、〈クーキーズ〉というカフェがある。栗色のピクニックテーブルのひとつで、四十代初めの金髪のカップルがスムージーを飲んでいた。ベネットより数秒遅れてベレー帽の小男が駅から姿を現わし、ウィロー・コテージズにあるキングダム・ホールのほうへまっすぐ歩いていった。ベネットのほうはスタムフォード・ヒルに並ぶ店舗の前を歩きはじめた——〈カーテンと寝具のプリンセス・パレス〉〈パーフェクト・シャツ〉〈ストーキーのカラオケ店〉。〈ニュー・チャイナ・ハウス〉。ここは〈キングズ・チキン〉という昔ながらの店に対抗意識を燃やしているが、ベネットはどちらかと言えば〈キングズ・チキン〉のほうが好きだ。同僚の多くと違って、彼は裕福な家庭の生まれではない。ノッティング・ヒルやハムステッドのようなおしゃれな地区は、給料だけで暮らしている男にとっては金がかかりすぎる。それに、ストーク・ニューイントンにはのどかな村のような雰囲気があって、そこが気に入っている。ときどき、南へ向かって十キロも行かないうちにチャリング・クロスの喧騒に出会うことが、ベネットですら信じられなくなる。

チャーチ通りの店舗とレストランのほうがいくらか高級だ。ベネットはふと思いついたという様子で生花店に入り、妻のヘスターのためにヒヤシンスの花束を買った。右手に花を持って通りの南側を歩き、アルビオン・ロードと交差する角まで行った。〈ローズ&クラウン〉の窓から温かな光がこぼれ、歩道にひとつだけ置かれたテーブルにいるヘビースモーカーの二人組を照らしていた。片方の男にベネットは見覚えがあった。

角を曲がり、アルビオン・ロードを歩いて赤レンガのホークスリー・コート公営住宅の前を通り過ぎた。向こうから女が乳母車を押してやってくる。それを除けば、歩道に人影はなかった。ベネットの耳に自分の足音がこだました。ヒヤシンスの濃厚な香りが鼻についた。なぜヒヤシンスを買ったのか？　桜草かチューリップにしておけばよかった。

午前中にヴォクソール・クロスの最上階へ呼ばれたことと、〝C〟がようやく彼に話そうと決めた作戦について考えた。サウジアラビアの次期国王となるアブドゥッラー皇太子がＭＩ６の古くからの協力者だと知らされて、ベネットは義憤に駆られたふりをし、「グレアム、そんな重大な作戦をよくも長いあいだわたしに黙っていられたものですね。ひどいじゃありませんか」と言った。ただ、文句を言いつつも、作戦の大胆さを賞賛せずにはいられなかった。かつてのＭＩ６はやはり死に絶えていなかったのかもしれない。

公営住宅を過ぎると、アルビオン・ロードは急に豊かな雰囲気になる。ベネットが住んでいるのは白い瀟洒（しょうしゃ）な三階建ての家で、塀に囲まれた前庭がついている。ベネットは玄関ホールにコートをかけてリビングに入っていった。ヘスターがカウチに寝そべり、白ワインの大きなグラスをそばに置いて、リーバス警部シリーズの新作を読んでいた。〈ボーズ〉のスピーカーから何やら退屈な音楽が流れている。ベネットはうんざりしながらスイッチを切った。

「聴いてたのに」ヘスターが本から視線を上げてしかめっ面になった。「またお花？　今月に入って三度目よ」

「きみが記録をとっていたとは知らなかった」

「お花がもらえるようなことを、わたし、何かしたかしら」

「きみに花を買って帰っちゃだめなのか？」

「ばかげた行動に走らなければね」

ヘスターは本のページに視線を戻した。ベネットはコーヒーテーブルに花を乱暴に置くと、夕食を捜し求めてキッチンへ行った。

50

ハロー、ロンドン

チャールズ・ベネットがストーク・ニューイントンに帰る夕方の電車でベレー帽の男と乗りあわせたのは、じつは今日が初めてではなかった。七時三十分発の電車の同じ車両に乗ったことがこれまでに二回あった。ベレー帽の男はまた、ロンドンへ向かう電車にベネットと一緒に乗ったことも何回かある。この日の朝も乗っていた。カトリック教会の神父が着るような聖職服にローマンカラーを着けていた。ビショップスゲートで物乞いから〝お恵みを〟とせがまれると、右手を二回大きく動かしてそれに応じた。最初は垂直に、次は水平に。

チャールズ・ベネットが男に気づかなかったのも無理はない。男の名はエリ・ラヴォン。〈オフィス〉が生みだした最高の尾行の名手であり、天性の捕食者で、世界のどこの通りであろうと、鍛え抜かれた情報部員や筋金入りのテロリストを、相手にいっさい気づかれることなく尾行できる。アリ・シャムロンはかつて、〝ラヴォンは誰かと握手している最中に姿を消すことができる〟と言った。誇張だが、わずかな誇張に過ぎない。

ひとつの課を預かるチーフなのに、ラヴォンも〈オフィス〉長官と同じく、部下を率いて戦場に出ていくほうを好んでいる。しかも、チャールズ・ベネットは特別なケースだった。ベネットは〈オフィス〉と友好的な関係になることもある組織の職員で、その組織の上層部には最近までロシアのスパイが入りこんでいた。ベネットは調査官の尋問では潔白と認められたものの、疑惑の影はいまも消えていない。その大きな理由は、シリアで組織に勧誘させた重要な協力者二人が最近行方知れずになったことにある。おそらくレベッカ・マニングのせいだろうというのが調査官たちの一致した意見だが、ベネットもまだ無罪放免にはできないという者もいて、ほかならぬ〝C〟自身もそこに含まれている。なかには、ベネットをロンドン塔で逆さ吊りにして、腐敗したロシアのスパイであることを白状させるべきだと思っている者までいる。とりあえず中東統括責任者の座からひきずりおろして、これ以上の害をなせないよう、閑職に追いやりたいと願っている。ところが、ほかならぬ〝C〟自身が反対した。それ以上看過できなくなるときが来るまで、ベネットをいまの地位に置いておくと〝C〟は宣言した。いや、もっと好ましいのは、MＩ6が受けたダメージを少しでも修復する機会が〝C〟に与えられるときまで。そこで今日の午前中のミーティング・ヒルの隠れ家で〝C〟の旧友がその機会を与えてくれた。ノッティング・ヒルとなり、王座にのぼることになっているサウジのある王族をMＩ6がどう利用してきたかについて、〝C〟がベネットに機密情報を伝えたのだった。ベネットはいまや、最高機密（ただし偽物）を知る唯一の職員となった。

ベネットはまた、MI6の戦術に詳しいし、たぶん、監視チームの何人かの顔も知っているはずだ。そこで、〝C〟はベネットの監視を〈オフィス〉に一任した。この日の夕方、イスラエルの監視係はエリ・ラヴォンを含めて全部で十二人だった。ラヴォンはキングダム・ホールにちらっと顔を出して熱烈な歓迎を受けたあと、スタムフォード・ヒルからチャーチ通りまでベネットを尾行した。チャーチ通りにある〈エヴァーグリーン&アウトレイジャス生花店〉でヒヤシンスの花束を買う彼の姿を目にした。生花店を出たあとでベネットが花束を左手から右手に持ち替えたことに注目した。角を曲がってアルビオン・ロードに出れば、〈ローズ&クラウン〉の外のテーブルの客に花束がよく見えるはずだ。そのテーブルには男性が二人いて、ラヴォンにはまったく注意を向けなかったが、通りすぎるベネットを片方の男がじっと見ているようだった。ラヴォンは袖口に隠した超小型マイクに向かってささやきかけ、男がパブを出たら尾行するよう、チームメンバーのうち六人に命じた。

ラヴォンはチャーチ通りをそのまま歩きつづけて古い市庁舎まで行き、そこから逆戻りしてスタムフォード・ヒルにひきかえした。ミハイルとサラ・バンクロフトがすでに〈クーキーズ〉というカフェを出て、スーパーマーケット〈モリソンズ〉の駐車場に止めたフォード・フィエスタのなかで待っていた。ラヴォンはリアシートに乗りこみ、音を立てずにドアを閉めた。

「どうだった？」ミハイルが訊いた。

ラヴォンは返事をしなかった。監視係たちの報告に耳を傾けていた。みんながゲームに熱中している、と思った。間違いなくゲームに熱中している。

その屋敷はハローのハッチ・エンド地区にあるグリムズ・ダイク・ゴルフクラブを見渡す場所にあった。数多くの翼と切妻屋根から成るテューダー様式のだだっ広い建物で、鬱蒼たる木立に囲まれ、長い私道が屋敷に通じていた。ガブリエルはハリードに携帯メールを送っただけで、隠れ家を切実に必要としている女王陛下の秘密情報機関への贈物として、この屋敷を差しだすことができたのだった。寝室が八つあり、通常の倍の広さを持つファミリールームは目下、作戦の中枢センターになっていた。イスラエルと英国の工作員たちが二つの長い架台式テーブルで肩を並べて立ち働いている。大型のフラットスクリーンには防犯カメラのライブ映像が映しだされている。安全な回線を使った無線からは、現場の様子がヘブライ語と英国アクセントの英語で流れてくる。

ガブリエルの強い意見で、中枢センターも屋敷内の部屋もすべて禁煙とされ、吸っていいのは庭だけとなった。ガブリエルはまた、料理のケータリングもデリバリーも禁じた。

道路の先のピナー・グリーンにあるスーパー〈テスコ〉へメンバーが買物に出かけ、時間があればみんなで一緒に食事をした。おかげで全員が親しくなったが、これは共同作戦につきものの危険でもあった。メンバーの顔とスパイ技術を相手に知られてしまう。ガブリエルは監視係とその他の現場工作員にとくに高い報酬を支払うことにした。このメンバーの大半は今後、英国に潜入してひそかに活動することができなくなってしまう。

しかし、ガブリエルの工作員の一部は過去の共同作戦に加わったことで、英国側にすでに知られていて、サラ、ミハイル、エリ・ラヴォンもそこに含まれていた。三人がハッチ・エンド地区の屋敷に戻ってきたのは八時半だった。三人は部屋に入るとすぐに、フラットスクリーンの前にいるガブリエル、グレアム・シーモア、クリストファー・ケラーのところへ行った。画面に映しだされているのは、ギレスピー・ロードのアーセナル地下鉄駅の外に設置された防犯カメラの映像だった。〈ローズ&クラウン〉にいた男がいまは地下鉄入口のそばにあるキオスクの前に立っている。パブからまっすぐ歩いてくれば、せいぜい十五分で来られるはずだ。ところが、男がジグザグに進んだり、変なところで曲がったりして、ややこしいルートをたどったため、エリ・ラヴォンが選んだベテラン監視係のうち五人までが追跡を断念せざるをえなかった。

しかしながら、あと一人がどうにか地下鉄駅まで尾行を続け、ピカデリー線の同じ電車に乗ることができた。男はハイドパーク・コーナーで降りた。駅を出た男はメイフェアまで行き、尾行をまくための模範的な手順をまたしてもくりかえしたので、最後まで健闘していたラヴォンの監視係もついに脱落した。だが、もう大丈夫。ロンドン市内に張りめぐらされた、オーウェルの『一九八四年』を思わせる防犯カメラ網はけっしてまばたきしない。

メイフェアの通りをいくつも抜けてマーブル・アーチまで行き、そこから西へ曲がってベイズウォーター・ロードを進む男を、カメラが追った。男はやがて、〈オフィス〉が所有している隠れ家の暗い窓の下を通った。みんなから愛情をこめて〝ガブリエルのロンドンの仮住まい〟と呼ばれているところだ。そのあと、男は信号を無視して道路を渡り、ハイドパークに入り、視界から消えた。グレアム・シーモアはケンジントン・パレス・ガーデンズの防犯カメラに切り替えるよう技師たちに命じ、9：18：43p.m.にロシア大使館に入っていく男の姿をとらえた。技師たちが男の写真をデータベースと照合した。顔認証により、ドミトリー・メントフという男だと判明した。

「領事館セクションにいる無名の人物だ」グレアム・シーモアは言った。

「ロシア大使館に無名の人物は一人もいない」ガブリエルは言いかえした。「やつはSVRの工作員だ。そして、おたくの中東支局を束ねる統括責任者としばらく前に接触したばかりだ」

MI6の上級職員のなかに、ロシアのために働いている人物がまた一人いるかもしれないことが判明しても、ふたつの長い架台式テーブルからは、キーボードを叩く音と無線の雑音が聞こえてきただけだった。みんながゲームに熱中している。間違いなくゲームに熱中している。

51

エッピング・フォレスト、エセックス

土曜の朝の九時半、アルビオン・ロードの自宅を出たチャールズ・ベネットは、濃紺の防水アノラック、速乾性生地のズボンという服装だった。片方の肩にナイロンのリュックをかけ、右手にカーボン製の杖を持っている。ベネットは熱心なハイカーで、ブリテン諸島の多くを踏破している。ロンドン大都市圏の近くにすばらしいハイキングコースがたくさんあるので、週末はそのどれかで我慢することにしている。妻のヘスターは庭仕事だけでいい運動になると言って、ぜったい一緒に行こうとしない。ベネットはそれでかまわないと思っている。一人のほうが気楽だ。少なくともその点において、彼とヘスターの意見は完全に一致している。

この日の朝、ベネットがめざしたのはエッピング・フォレストのオーク・トレイルだった。東ロンドンのウォンステッドから北のエセックスまで広がる古代からの森林地帯だ。セイドン・ボアという村に近い森の小高いところに、全長十キロほどのトレイルが整備さ

れている。ベネットはヘスターのスウェーデン製セダンを運転して出かけた。地下鉄駅の駐車場に車を入れ、服務規程違反になるが、MI6支給のブラックベリーはグローブボックスにしまった。それから杖を持ち、リュックをかついで、コピス・ロウを歩きはじめた。

何軒かの商店とレストラン、村役場、教会を通りすぎた。セイドン平原に靄が薄くかかったさまは遠くの戦場に立ちのぼる硝煙のようで、やがて、森がベネットをのみこんだ。トレイルは幅が広く、凹凸がなく、落葉に覆われていた。前方の靄のなかから四十歳ぐらいの女性が姿を現わし、微笑して、おはようございますと挨拶した。ベネットはマグダのことを思い浮かべた。

マグダ……。

彼女と出会ったのは〈ローズ&クラウン〉だった。冷ややかなヘスターのもとにまっすぐ帰る気になれず、ビールを一杯飲もうと思って立ち寄ったのだ。マグダは最近ポーランドからこちらに移住してきた女性だった。まあ、本人はそう言っていた。透き通るような白い肌と、すぐに笑みが浮かぶふっくらした唇の美女で、離婚したばかり。友達と会う約束なのに――〝女友達よ。男の人じゃないわ〟――友達がなかなか来ないという。ベネットは疑惑を抱いた。それなのに、彼女と一緒に二杯目を飲んでいた。そして、今夜は行けなくなったというメールが〝友達〟から入ったときには、マグダを家まで送ることを承知していた。マグダは彼を連れてクリソルド公園に入り、古い教会の近くの木に彼をもたれさせた。ベネットが気づいたときには、ズボンの前が広げられ、彼女の唇が彼のものを包みこんでいた。

そのあとどういう展開になるのか、ベネットにはわかっていた。正直に言うと、マグダに目を奪われた瞬間からわかっていたのだと思う。一週間後にそれは起きた。スタムフォード・ヒルを歩いていると一台の車が横で止まり、開いたうしろの窓から片手が彼を差し招いた。エフゲニーの手だった。写真が握られていた。「乗ってったらどうだ？　外を歩くには天気が悪すぎる」

ベネットはゴミ箱のところまで来た。底のほうにチョークの印がはっきり見えた。トレイルを離れて、鬱蒼たる木々と下草のなかを進んだ。白樺の幹にエフゲニーがもたれ、火のついていない煙草が唇からだらしなく垂れていた。ベネットに会って心から喜んでいるように見えた。SVRの工作員の例に漏れず、エフゲニーも冷酷な悪党だが、何か魂胆があるときは愛想よくふるまうことができる。ベネットも同じスキルを持っている。二人は同じコインの裏表のようなものだ。ベネットは一瞬の弱さを露呈したばかりに、エフゲニーに従うしかなくなった。しかし、いつの日か、素行の悪さが災いして祖国の秘密を漏らす羽目になるのは、たぶんエフゲニーのほうだろう。それがゲームのやり方だ。たった一度のしくじりが破滅を招く。

「用心してきただろうな？」エフゲニーが訊いた。

ベネットはうなずいた。「そっちは?」

「A4ブランチのボケどもがつけてこようとしたが、ハイゲートでまいてやった」A4ブランチというのは英国内の治安維持と防諜にあたる情報機関MI5の組織のひとつで、監視を担当している。「なあ、チャールズ、あの連中はもう少し腕を上げる必要があるぞ。勝負にならんレベルまで落ちている」

「いまのロンドンには、冷戦たけなわだった時代より多くの工作員をきみたちが送りこんでるじゃないか。A4では太刀打ちできん」

「数で圧倒すれば安全だからな」エフゲニーは煙草に火をつけた。「さてと、長居は禁物。何が手に入った?」

「モスクワ・センターにいるあんたの上司たちが興味を持ちそうな作戦」

「どんな?」

「高い地位にいるある人物、うちの組織が長期にわたって協力者にしていた」

「ロシア人か?」

「サウード王家のメンバーだ」ベネットは答えた。「その情報源は数年前からわれわれのために活動し、王室内の問題とサウジ王国の政治情勢に関して定期的に報告をよこしている」

「あんた、中東統括責任者だろ、チャールズ。なぜいまになってそんな話を?」

「その情報源はロンドン支局に勧誘され、そちらから指示を受けてきた。わたしは今週その男のことを聞かされたばかりだ」

「誰に？」

「〝C〟自身」

「グレアムはなぜ、あんたに打ち明けることにしたんだろう？」

「高い地位にいるその協力者が数週間後にロンドンを公式訪問する予定だからだ」

「なんの話をしてるんだ？」

「サウジアラビアの次の国王となるアブドゥッラー皇太子はＭＩ６の協力者だったんだ。われわれがやつを所有している、エフゲニー。われわれのものだ」

52

モスクワ

レベッカが夢にうなされたのは、いつものように、あと二時間ほどで夜明けというころだった。木々に縁どられたアメリカの川岸近くで浅い水のなかに沈んでいた。誰かの顔が上からのぞきこんでいる。ぼやけていて、誰なのかはっきりしないが、怒りでひきつった顔だ。レベッカの意識が徐々に薄れはじめると、顔は闇のなかへ消えていき、父親が現われる。ダーチャのドアのところから彼女に呼びかける。〝レベッカ、可愛い、ダ、ダ、ダーリン、議論しなくてはならないことがある〟

レベッカはベッドにはっと身を起こし、空気を求めてあえいだ。カーテンのない寝室の窓の向こうにクレムリンの赤い星が見える。モスクワに来て九カ月たったいまでも、その光景にびくっとする。レベッカの心にはいまも、ワシントン北西部のウォレン通りにある小さなコテージで目をさますのを期待している部分がある。ＭＩ６で最後のポストについていたあいだ、そこが彼女の自宅だったのだ。夢に出てくるあの男さえ――ポトマック川で彼女を溺れさせようとした男さえ——いなければ、いまもあそこで暮らしていたはずだ。MI6の長官にだってなれたかもしれない。

クレムリンの上空はまだ真っ暗だったが、SVR支給の電話で時刻を見ると、もうじき七時だった。モスクワの天気予報によると、今日は小雪、気温は高めで零下十二度。暖かくなってきた印だ。布団をめくり、震えながらガウンをはおってキッチンへ行った。

現代的な明るいキッチンで、ドイツ製のぴかぴかの調理器具がそろっている。SVRの待遇はとてもいい——クレムリンの近くにある広いアパートメント、田舎のダーチャ、運転手つきの車。護衛までつけてくれる。ふつうならロシアの情報機関のトップにいるメンバーにしか許されない特権が自分に与えられている理由について、レベッカはなんの幻想も抱いていなかった。祖国のためのスパイ活動をする運命のもとに生まれ、育てられ、MI6に腰を据えて昇進していくあいだ、ロシアのために活動を続けてきたが、いまだにロシアから完璧な信頼を得るには至っていない。毎日出勤するモスクワ・センターでは〝ノーバヤ・ジェーブシカ〟、つまり、新入り女と呼ばれている。

コーヒーメーカーの抽出ボタンを押した。そして、騒音のなかでコーヒーの最後の一滴がポットに吐きだされると、大きなカップに注ぎ、ふわふわに泡立てたスチームミルクを加えて飲んだ。パリで過ごした子供時代はいつもこうしていた。当時の名前はベタンクール——レベッカ・ベタンクール。シャルロット・ベタンクールの婚外子だった。シャルロットは共産主義にのめりこんでいたジャーナリスト志望のフランス人で、一九六〇年代をベイルートで過ごし、『オブザーバー』と『エコノミスト』の特派員をしていたフリーランスの既婚男性と束の間の関係を持った。マニングというのは、母親がKGBに命令されて英国上流階級出身のホモセクシュアルの男性と結婚したことにより、名乗るようになった名字である。レベッカが英国籍を取得して、オックスフォードか、できればケンブリッジに入れるようにするための結婚だった。公式には、レベッカはいまも悪名高きマニング姓のままだ。しかしながら、モスクワ・センターの内部では実の父親の名字で呼ばれている。その名字とはフィルビー。

リモコンをテレビに向けると、数秒後にBBC放送が画面に登場した。仕事上の理由から、レベッカが見る番組は英国のものばかりだ。レベッカが所属しているのはSVRのPR局英国課。ロンドンの最新ニュースをつねに仕入れておくことが必須条件だ。このところ、気の毒なニュースばかり入ってくる。EU離脱は、クレムリンが裏でこっそり支援して実現させたもので、まさに国家の悲劇だ。もうじき以前の英国の脱け殻となり、広がるいっぽうのロシアの影響力と増大する軍事力に対してろくに抵抗できなくなってしまうだろう。レベッカはMI6の内側から英国に深刻なダメージを与えてきた。今後はモスクワ・センターのデスクからかつての祖国の息の根を止めるのが、彼女の任務となる。

携帯電話でロンドンからの主なニュースに目を通しながら、レベッカは本日最初のL&

Bを吸った。ロシアに来て以来、煙草の量が急激に増えている。ロンドンのレジデンテュラがベイズウォーターの店でL&Bをまとめ買いし、外交文書用の袋に入れてモスクワ・センターに送ってくれる。SVRの販売部から格安値段で買えるジョニーウォーカー黒ラベルも、飲む量が増えている。冬の天候のせいに過ぎないわ——レベッカは自分に言い聞かせた。夏が来れば、鬱々とした気分も消えるはず。

寝室に戻ってクロゼットからダークな色調のパンツスーツと白いブラウスをとりだし、整えていないベッドに置いた。煙草のL&Bと同じく、衣類もロンドンから届いたものだ。知らないうちに、父親と同じ道をたどっている。父親はモスクワの暮らしになじむことがどうしてもできなかった。BBCワールド・サービスのニュースに耳を傾け、『タイムズ』でクリケットの試合結果を丹念に追い、トーストにはイギリス製のママレードを、ソーセージにはイギリス製のマスタードを塗り、ジョニーウォーカーの赤ラベルをほぼいつも意識がなくなるまで飲んでいた。レベッカは子供のころ、ひそかにロシアを訪れるたびに、浴びるほど酒を飲む父親の姿を目にしたものだった。それでも父親が大好きだったし、いまでも好きだ。バスルームの鏡で自分の容貌を点検するとき、レベッカがそこに見るのは父親の顔だった。裏切り者の顔。スパイの顔。

着替えを終えたレベッカはウールのオーバーとスカーフで身体をくるみ、エレベーターでロビーに下りた。運転手つきのベンツがサドブニチェスカヤ通りで待っていた。うしろのシートにモスクワ・センターの直属の上司、レオニード・ルイシコフがすわっているのを見て驚いた。

車に乗りこんでドアを閉めた。「何か問題でも?」

「事情によりけりだ」

運転手が乱暴にUターンをし、アクセルを踏みこんだ。モスクワ・センターは反対方向だ。

「どこへ行くんです?」レベッカは訊いた。

「ボスから話があるそうだ」

「長官?」

「違う」ルイシコフは答えた。「ボスだ」

53

クレムリン

クレムリンの職員用出入口となっているホロヴィツカヤ塔のてっぺんを飾る赤い星は、降りつづける雪のためにほとんど見えなかった。運転手が大統領官邸の中庭で車を止めたので、レベッカとレオニード・ルイシコフは急いで官邸に入った。上の階にある華麗な執務室の金色のドアの奥で大統領が待っていた。デスクの向こうで立ちあがると、右腕を脇につけ左腕を機械的にふるという独特の歩き方でやってきた。青いスーツは身体に完璧にフィットし、わずかに頭を覆った白髪交じりのブロンドの髪には櫛の目がきれいに入っている。顔は腫れぼったくて、肌がつやつやで、毎年クールシュヴェルへスキーに出かけるためによく日焼けしていて、生身の人間ではないような感じだ。目は吊りあがり、どことなく中央アジアの雰囲気がある。

レベッカは温かく迎えてもらえるものと思っていた——大統領に会うのは、彼女のモスクワ到着を発表した記者会見の席以来だ——ところが、大統領は事務的に握手をしたあと、応接セットが置いてあるほうを無表情に示しただけだった。給仕係が何人か入ってきてお茶を注いだ。次に、大統領は前置きもなしに、SVRが受信した通信文のコピーをレベッカに渡した。ロンドンのレジデンテュラに勤務するエフゲニー・テプロフが夜のうちにモスクワ・センターに送ったものだった。内容はテプロフとコード名チェンバレンという工作員のひそかな会見に関するものだ。工作員の本名はチャールズ・ベネット。レベッカがMI6の内部でスパイ活動をしていたころ、ハニートラップを仕掛けてロシア側にひきいれた相手である。

モスクワで暮らすようになってから、レベッカのロシア語は格段に進歩していた。それでも、通信文には慎重に目を通した。顔を上げると、大統領が無表情に彼女を見つめていた。死体にじっと見られているような気がした。

「いつわれわれに話すつもりだったのだね？」ようやく大統領が尋ねた。

「何をでしょう？」

「アブドゥッラー皇太子が以前から英国情報機関の協力者だったことを」

嘘と裏切りのなかで人生を歩んできたレベッカなので、世界最強の権力を持つ男に尋問されていることへの不安はどうにか隠しおおせた。「わたしがMI6にいたあいだ」慎重に答えた。「ヴォクソール・クロスとアブドゥッラー皇太子の関係についてはまったく知りませんでした」

「きみはあと一歩でＭＩ６長官になるはずの人だった。知らないなどということがありうるのか？」

「ＭＩ６が秘密情報機関と呼ばれているのは故なきことではありません。わたしに知らせる必要はないと上のほうが判断したのでしょう」レベッカは通信文を返した。「それに、大半の時間をロンドンで過ごしているサウジのプリンスとＭＩ６がつながりを持っているとしても、さほど意外とは思いません」

「サウジのプリンスがわたしのために動いているとしたら、話は違うぞ」

「アブドゥッラーが？」レベッカは信じられないという口調になった。彼女の担当範囲は英国にかぎられている。それでも、ハリードの失脚については、かなり興味を持って追いつづけてきた。モスクワ・センターが手を貸していようとは思いもしなかった。もしくは、大統領が。

大統領はいつものように椅子に横柄にもたれていた。顎を下げ、かすかな上目遣いになっている。倦怠と威嚇をなぜか同時に相手に伝えることができる男だ。レベッカが推測するに、鏡を見ながらこの表情を練習しているのだろう。

「おそらく」しばらくしてから、レベッカは言った。「ハリードの退位は本人が望んだことではなかったのでしょうね」

「そのとおり」大統領は薄く微笑した。やがて、その表情からふたたび生気が消え失せた。

「王座につく権利を放棄するよう、われわれが勧めたのだ」

「どうやって？」

大統領がルイシコフに視線を向けると、ハリードの王位継承権を奪うためにとった作戦を、ルイシコフがレベッカにざっと説明した。極悪非道。それ以外の形容語句はない。だが、ロシアがＭＩ６と同じルールを守るはずなどないことは、レベッカにも昔からわかっていた。

「アブドゥッラーをサウジアラビアの次期国王にするために、われわれは大変な手間をかけてきた」ルイシコフが説明した。「だが、どうやら裏切られていたようだ」法廷で弁論をおこなう弁護士のごとく、芝居がかった調子で、ロンドンから届いた通信文をふってみせた。「もしくは、これが偽情報なのかもしれない。ＭＩ６が昔ながらの策略を使っているのかもしれない。アブドゥッラーが英国の協力者であると、われわれに思いこませようとして」

「なぜそんなことを？」

この質問に答えたのは大統領だった。「もちろん、アブドゥッラーの信用を落とすためだ。われわれが彼を警戒するように仕向けているのだ」

「グレアムは長官としてそれほどの逸材ではありません。そんな巧妙な策略をめぐらす能力はないでしょう」

「きみをつかまえたではないか」

「わたしの正体に気づいたのはアロンです。グレアムではありません」

「ふむ、そうだったな」大統領の顔を怒りがよぎった。「おそらく、今回の件にも関わっているだろう」

「アロンが？」

大統領はうなずいた。「われわれが少女を誘拐したあと、アブドゥッラーから聞いたのだが、ハリードはアロンに助けを求めたそうだ」

「少女ではなくハリードを殺害したほうが賢明だったと思いますが」

「やってはみた。残念ながら、計画どおりには運ばなかった」

レベッカはルイシコフの手から通信文をとり、ふたたび目を通した。「わたしにはアブドゥッラーが二股をかけてきたように思われます。ロシアの資金と支えが必要なあいだはそれを受けていた。ところが、いまでは王国の鍵が手に入ったので……」

「自由に行動しようと決めたわけか」

「もしくは、ロンドンの指示に従うか」レベッカは言った。

「では、やつが本当に英国の協力者だとしたら？　わたしはどうすべきか？　数十億ドルもの金を黙ってくれてやるのか？　英国の連中に陰でわたしを嘲笑させておくのか？　アロンにも同じ特典を与えてやるのか？」

大統領は片手をかざした。「では、どうすればいい？」

「アブドゥッラーを王位継承者からはずす以外に選択肢はありません」

「どうやって？」

「英国の威信と名声にできるかぎりダメージを与える方法で」

大統領の微笑はほぼ本物のように見えた。「きみのその言葉を聞いて安心した」

「なぜ？」

「アブドゥッラーをいまの地位に据えておくようきみが提言していたら、わたしは母国に対するきみの忠誠心を疑っていただろう」大統領はいまも微笑を浮かべていた。「おめでとう、レベッカ。その任務はきみのものだ」

「なんの任務でしょう？」

「アブドゥッラーの排除だ。もちろん」

「わたしが？」

「ロンドンで重要な作戦を遂行するのに、きみ以上の適任者がどこにいる？」

「そのようなことはわたしの担当範囲に入っていません」

「きみはＳＶＲの英国担当デスクのチーフではないのか？」

「副チーフです」

「ああ、そうだった」大統領はレオニード・ルイシコフにちらっと目を向けた。「わたしの間違いだ」

54

モスクワ——ワシントン——ロンドン

　ＳＶＲの対外防諜局は、ＭＩ６にはレベッカ・フィルビー大佐のモスクワの住所がわからないはずだと思っていた。はっきり言って、それは考えが甘いというものだ。ＭＩ６は彼女のアパートメントの所在地をまったくの偶然から知ることになった。ＭＩ６のモスクワ支局に勤務する職員の一人が、アルバート通りを歩いているレベッカを見かけたのだ。ボディガード二人といかつい感じの年配女性が一緒だった。あとをつけると、一行はクンツェヴォ墓地へ行き、史上最大の反逆者の墓に花を供え、それからサドブニチェスカヤ通りのしゃれた新築アパートメントの入口まで行った。

ヴォクソール・クロスの指示により、ＭＩ６のモスクワ支局はこの発見をきわめて慎重に扱った。レベッカを二十四時間態勢で監視するのはやめておいた。モスクワのような都市では不可能だ。ＭＩ６の職員たち自身がつねに監視されているのだから。また、同じ建物内に部屋を購入しようという軽率な案もすぐさま却下された。かわりに、ごくたまに遠くから監視するだけにした。レベッカが九階に住んでいることと、ヤセネヴォのＳＶＲ本部へ毎朝出勤することが確認された。私用で外出したり、レストランで食事をしたり、ボリショイ劇場の公演に出かけたりする姿は一度も見られなかった。彼女の人生に男の気配はなかった。ついでに言うなら、女の気配も。要するに、ひどく孤独な人生を送っている様子で、ＭＩ６の職員たちはいい気味だと喜んだ。

　ところが、三月上旬、ＭＩ６モスクワ支局には推測できないなんらかの理由から、レベッカが姿を消してしまった。姿を見ないまま五日が過ぎたところで、モスクワ支局長がヴォクソール・クロスへ連絡し、ヴォクソール・クロスではかねての手筈（てはず）どおり、ハローのハッチ・エンド地区にある数多くの翼と切妻屋根を持つテューダー様式のだだっ広い屋敷へそれを伝えた。屋敷のほうで慎重に検討した結果、レベッカの突然の失踪はこちらが池にまいたパン屑にモスクワ・センターが食いついた証拠だとの結論に至った。

　証拠はほかにもあった。例えば、ケンジントン・パレス・ガーデンズにあるロシア大使館から発信される暗号化データの通信量が急激に増えたこと。チャールズ・ベネットとＳＶＲ側の担当者であるエフゲニー・テプロフがエッピング・フォレストでふたたび会ったこと。そして、ロシアの現在の支配者とサウジアラビアの次期国王の両方の友人であり、ビジネス仲間でもあるコンスタンチン・ドラグノーフという人物が、三月中旬にロンドンに到着したこと。別々に見るかぎりでは、これらの出来事はなんの証拠にもならない。しかし、ハッチ・エンドの屋敷にいる英国&イスラエル・チームのプリズムを通して見れば、ロシアの大きな陰謀を示す最初の兆しだと思われた。

冬眠中の熊をふたたび起こしてしまったのはガブリエルだったが、ロシア側の反応については、〝鍋を見張っていると沸騰しない〟という作戦遂行のさいの強い信念に基づいて、ハッチ・エンドの屋敷ではなくキング・サウル通りの長官室から見守ることにした。三月下旬、アカバ湾に停泊中のハリードの巨大なクルーザーを再度ひそかに訪れた。リヤドからの最新ゴシップを聞くだけでもいいと思ったのだ。外部には伏せてあるが、ハリードの父親の容態が悪化していた——またしても発作を起こしたという。たぶん、心臓発作だろう。サウジ・ナショナル・ガード病院で数台の医療機器につながれている。ハゲタカどもが上空を旋回し、戦利品を分配して残った屑を奪おうとしている。ハリードは父親の枕元に付き添うため、リヤドに戻る許可を求めた。アブドゥッラーに拒否された。

「きみが奥の手を何か用意しているなら」ハリードは言った。「早く使ったほうがいい。でないと、サウジアラビアはじきに、アブドゥッラー同志とクレムリンにいる人形遣いに支配されることになってしまう」

突然の嵐で〈トランキリティー号〉のヘリが飛べなくなったため、ガブリエルはやむなく、クルーザーの贅沢なゲスト用スイートルームに一泊した。翌朝、キング・サウル通りに戻ると、デスクの上で報告書が待っていた。イランから盗みだしてきた核関連の資料の分析結果だった。核兵器開発は中止したと全世界に向かって言いながら、じつはイランが開発を続けていたことが、今回の資料によって争う余地なく立証された。ただ、アメリカの前政権とのあいだに結ばれた核合意の条項違反を裏づける確たる証拠はない。

その日の午後、ガブリエルはエルサレムの首相官邸の執務室でブリーフィングをおこなった。そして一週間後、ワシントンへ飛んで、アメリカ側にも報告した。驚いたことに、ミーティングが開かれたのはホワイトハウスのシチュエーション・ルームで、大統領も同席した。大統領は核合意からの離脱の意志を隠そうともせず、イランがひそかに核兵器開発を進めていたことを示す決定的証拠をガブリエルが持ってこなかったことに失望を示した。

そのあと、ガブリエルはラングレーに立ち寄り、ペルシャ・ハウス（CIAのイラン担当チーム）の職員たちに、ホワイトハウスのときよりも詳細な説明をおこなった。それがすむと、七階にある羽目板張りの部屋へ移り、モリス・ペインと二人だけでディナーをとった。殺風景な冬が終わってヴァージニア州北部にようやく春が訪れ、ポトマック河畔の木々が新たな緑をまといはじめていた。しおれたグリーンサラダと軟骨みたいに硬いビーフを食べながら、二人は数々の秘密といかがわしい噂を交換した。二人が仕える男たちの噂も含まれていた。CIAの歴代長官と同じく、ペインも情報畑の出身ではない。ラングレーに来る前は、軍人であり、ビジネスマンであり、ダコタ州の片方で選出された超保守派の国会議員だった。大柄で、あけっぴろげで、無遠慮。イースター島のモアイ像みたいな顔をしている。ＣＩＡの前長官とはまったく違うタイプなので、ガブリエルにとっては新鮮だった。前長官はエルサレムのことをいつもイスラムふうに〝アル＝クッズ〟と呼んでいたものだ。

「アブドゥッラーをどう思う？」コーヒーを飲みながら、ペインが唐突に尋ねた。

「あまり考えたことがない」

「英国のくそったれめ」

「英国が今度は何をしたんだ？」

「われわれがアブドゥッラーをワシントンに連れてくる前に、ロンドンに招待した」

ガブリエルは関心がなさそうに肩をすくめた。「あなたがいなければ、サウード王家は生き延びられない。アブドゥッラーは英国のおもちゃを少し購入してから、急いでこっちに走ってくるだろう」

「われわれにはそこまで言いきる自信がない」

「どういう意味だ？」

「噂によると、ＭＩ６がアブドゥッラーをがっちりつかんでいるとか」

ガブリエルは微笑を抑えこんだ。「アブドゥッラーが？　英国の協力者？　冗談はやめてくれ、モリス」

ペインは深刻な面持ちでうなずいた。「サウジの王位継承順位を変更することにきみが興味を示すのではないかと、われわれは考えていたのだが」

「どんな変更だ?」

「最終的にKBMのケツを王座に据えるという変更」

「ハリードは傷物商品だぞ」

「われわれにとってはハリードがいちばんましだ。きみもわかっているはず。ハリードはアメリカを愛していて、どういうわけか、きみのことも気に入っている」

「アブドゥッラーはどうするんだ?」

「脇へどいてもらうしかない」

「脇へ?」

ペインが無表情にガブリエルを見つめた。

「モリス、無理だ」

ディナーのあと、ガブリエルはCIAが用意した車でワシントンのダウンタウンのマディソン・ホテルに送ってもらった。くたくたに疲れていて、夢も見ない眠りに落ちたが、午前三時十九分、ブラックベリーに届いた緊急メッセージに起こされた。夜明けと共にイスラエル大使館へ行き、昼過ぎまでそこにとどまってから、ダレス国際空港へ向かった。アメリカで歓待してくれた人々にはテルアビブに戻ると言ってある。だが、午後五時半にブリティッシュ・エアウェイズのロンドン行きの便に搭乗した。

英国のEU離脱への動きによって、少なくともひとつはプラスの経済効果があった。ポンドの価値が十パーセント以上下落したおかげで、海外から毎月一千万人以上の観光客が流れこんでくる。MI5では、到着の様子をすべてビデオに収めて、テロリストや犯罪者やロシアの工作員といった不穏分子のチェックを徹底するようになった。ガブリエルの提案で、ハッチ・エンドにいる英国&イスラエルのチームもMI5と同じようにチェックを始めていた。その結果、ダレス国際空港を飛び立ったブリティッシュ・エアウェイズ二一六便が翌日午前六時二十九分にヒースロー空港に着陸したことも、ガブリエルが七時十二分に入国審査を終えたことも、チームの面々は把握していた。非EU市民の長蛇の列に並んだ彼の姿が映っている数分間のビデオも見つかった。ガブリエルが急ごしらえのオペレーション・センターに入っていったときは、大画面のモニターのひとつにその映像がエンドレスで流れていた。

ジーンズにフリースのプルオーバーという装いのサラ・バンクロフトが、そのとなりのビデオ画面にガブリエルの注意を向けさせた。そこに映っていたのは、ピーコート姿で夜の駐車場を歩く、ほっそりと均整のとれた身体つきの男性の静止画像だった。右肩にバッグをかけている。アメリカふうの野球帽が顔の大部分を隠している。

「この男に見覚えは？」

「ない」

ミハイル・アブラモフがリモコンを画面に向けて再生ボタンを押した。「今度はどうだ？」

男はトヨタのハッチバックに近づくと、バッグをうしろのシートに放りこみ、それから運転席にすわった。エンジンがかかった瞬間、自動的にルームライトが点灯した。小さなミスだが、スパイにあるまじきミスだ。男はあわててライトを消し、バックで駐車スペースを出た。数秒後、車はカメラの視界から消えた。

ミハイルが停止ボタンを押した。「どうだ？」

ガブリエルは首を横にふった。

「もう一度見てくれ。だが、今度は男の歩き方に注意を集中してほしい。前にも見ているはずだ」

ミハイルがビデオをもう一度再生した。ガブリエルは男のアスリートのような歩き方だけに注意を集中した。ミハイルの言うとおり、この歩き方は前にも見たことがある。ジュネーブでガブリエルの車の前を男が歩いていった。アタッシェケースを残して〈カフェ・ルモール〉を出た数分後のことだ。何歩かうしろをミハイルがつけていた。

「おれがこいつを見つけたと言いたいところだが」ミハイルは言った。「気づいたのはサラだ」

「ビデオが撮影された場所は？」

「ホリーヘッドのフェリー・ターミナルの駐車場。ダブリンからのフェリーで着いた」

「いつ？」

「二日前の晩」

ガブリエルは眉をひそめた。「二日前だと？」

「これでも精一杯やったんだ」

「ダブリンまでの交通機関は？」

「ブダペスト発の飛行機」

「車がどうやって用意されたかわかるか？」

「ドミトリー・メントフ」

「ロシア大使館の領事館セクションにいる無名の男か？」

「お望みならビデオを見せてもいいぞ」

「わたしの想像力を使うことにする。この坊やはいまどこに？」

ミハイルがリモコンのボタンを押すと、画面に新たなビデオ映像が現われた。海辺のホテルの外に止まったトヨタのハッチバックから男が降りてくる。

「グレアムはどこにいる？」

「ヴォクソール・クロス」

「何をしている?」

「あんたを待っている」

第四部

暗殺

55

フリントン＝オン＝シー、エセックス

十九世紀の終わりごろ、教会と、わずかな農場と、寄り集まったコテージ以外、そこには何もなかった。やがて、リチャード・パウエル・クーパーという男が海沿いにゴルフ場を造り、リゾートタウンが生まれて、広い並木道の左右に豪邸が建ち並び、遊歩道に沿って高級ホテルがいくつかできた。町のメインストリートであるコノート・アヴェニューはイースト・アングリア地方のボンド・ストリートと呼ばれるようになった。当時の皇太子がひんぱんに訪れていたし、一度、ウィンストン・チャーチルが夏の別荘を借りたこともあった。一九四四年にドイツ軍が最後の爆撃をおこなったとき、このフリントン＝オン＝シーに爆弾が命中した。

いまはもう、おしゃれなリゾートタウンではなくなったフリントン＝オン＝シーだが、町の人々は昔ながらの上品な生き方に、成否の程度はさまざまながらも、しがみついている。裕福で超保守的な老年層は、移民もＥＵも労働党の政策も認めようとしない。彼らに

とって大迷惑なことに、先日、フリントン初のパブがコノート・アヴェニューにオープンした。ただし、ビーチでアイスクリームを売るのも、崖の上のグリーンスウォードという草地でピクニックランチを楽しむのも、この町ではいまだに条例違反とされている。戸外で毛布を広げてランチをとりたければ、車を走らせて隣町のクラクトンまで行くしかないが、そちらに足を踏み入れたフリントンの住民はほとんどいない。

グリーンスウォードと海にはさまれた遊歩道には、パステルカラーの海の家が並んでいる。まだ四月の初めで、風が強くて肌寒い午後だったため、遊歩道にはニコライ・アザロフ以外に誰もいなかった。リュックを背負い、ツァイスの双眼鏡を首にかけている。すれ違った者が愛想よく挨拶したり、道を尋ねたりすれば、ニコライのことを外見どおりの人物だと思ったことだろう——立派な教育を受けた中流階級の英国人。出身地はたぶんロンドンか、ロンドンをとりまく州のひとつ。最終学歴はオックスフォードかケンブリッジ、もしくは、比較的新しい名門大学のどこか。もっと鋭い目の持ち主なら、男の顔立ちにスラブ系のかすかな特徴を見てとったかもしれない。だが、まさかロシア人だとは思わないだろうし、暗殺者であることも、モスクワ・センターに雇われた特別工作員であることも推測できるはずがない。

それはニコライが自分で選んだキャリアではなかった。本当は、ソ連崩壊後のモスクワで成長した若者として、俳優になることを夢見ていた。できれば西側で。不運なことに、彼が完璧な英国アクセントの英語を学んだ名門校はモスクワ国立言語大学で、SVRが人材スカウトに使うお気に入りの場所だった。卒業後、ニコライがSVRの教育機関である対外情報アカデミーに入ると、指導教官たちが、爆発物製造などを含むスパイ活動の暗黒面に関して彼には天性の才能があると判断した。訓練が終了すると、〝積極的手段〟を担当するSVR内の部局に配属された。反体制派のロシア市民や、ロシアの敵国に雇われてスパイ活動をしている情報部員を暗殺するのも仕事のうちだった。ニコライ自身も西側で暮らす同国人を十人以上殺害してきた――毒薬で、化学兵器や放射能兵器で、あるいは、銃や爆弾で――すべてロシア大統領じきじきの命令によるものだった。

フリントンの北にウォルトン゠オン゠ザ゠ネーズという町がある。ニコライは埠頭のカフェに立ち寄ってコーヒーを飲んでから、ハムフォード・ウォーター自然保護区の沼沢地をめざして歩きはじめた。岬の先端でしばらく足を止め、双眼鏡を目にあてて、北海の彼方にあるオランダのほうをじっと見つめた。次に、ウォルトン水路の浅瀬に沿って南へ向かった。やがて、トウィズル川まで来ると、立派なヨットやクルーザーが並ぶマリーナが見えてきた。英国を出るときは、入国のときと同じくカーフェリーに乗る予定だが、これまでの経験からすると、万一のときの手段も講じておくに越したことはない。作戦がつねに予定どおりに運ぶとはかぎらない。ジュネーブのときのように――不意に思った。あるいは、フランスのときのように。

〝おまえは死んだ！　死んだ、死んだ、死んだ……〟

女性が二人、行楽客か年金生活者だろうが、赤茶色のスパニエル犬を連れて小道をやってきた。ニコライがこんにちはと愛想よく声をかけると、向こうも甲高い声で挨拶を返してから北の岬のほうへ歩いていった。二人とも高齢だが、歩き去る姿をニコライは注意深く見つめた。一瞬、二人まとめて殺すのに最適な方法は何かとまで考えた。人との出会いは――とくに、エセックスの沼沢地のような辺鄙な場所での出会いは――相手が敵対者である可能性が高いことを訓練で教えこまれていた。ＳＶＲの一般工作員と違って、ニコライには、まず相手を殺し、事後処理についてはあとで考えるという権限が与えられている。アンナもそうだ。

時刻を確認した。もうじき二時。岬を横断してネーズ・タワーまで行き、次に、来た道をひきかえして海沿いにフリントンまで戻った。ベッドフォード・ハウスに着くころには、雲間からまばゆい太陽が顔をのぞかせていた。ベッドフォード・ハウスというのはこの町の黄金時代から生き延びてきたホテルの最後の一軒で、遊歩道の南端に建てられている。ヴィクトリア朝様式の霊廟みたいな建物の小塔に三角旗がひるがえっている。あの女がここを選んだ。西側ではレベッカ・マニングとして、モスクワ・センターではレベッカ・フィルビーとして知られている女。ベッドフォード・ハウスの経営者はニコライのことを、フィリップ・レーンというテレビのサスペンスドラマの脚本家で、構想を練るためにエセックスに来たのだと思いこんでいる。

ニコライはホテルに入ると、午後のお茶を飲むために、アトリウムのような雰囲気の〈テラス・カフェ〉へ行った。タイトスカートをはいたウェイトレスのフィービが、遊歩道を見渡せるテーブルに案内してくれた。ニコライは脚本家らしく見せるために、モールスキンのノートをテーブルに広げた。それから、さりげない態度でＳＶＲ支給の携帯電話を手にした。

アプリのなかに隠されたプロトコルのおかげで、盗聴の心配をせずにモスクワ・センターと連絡をとることができる。それでも、ニコライが打ちこんだメッセージの言葉遣いは曖昧すぎて、ＧＣＨＱ（英国政府通信本部）のような敵国の通信情報収集機関にも理解不能なほどだった。メッセージの内容は次のようなものだった。

〝監視の有無を確認するために長時間かけて歩きまわり、さきほど戻ったところだが、尾行を示す証拠は何もなかった。私見を述べるなら、チームの次のメンバーを呼び寄せても安全と思われる。その女性メンバーには、到着後ただちにフリントンへ向かい、当方がひそかに持ちこんでおいた暗殺用の武器を受けとってもらう。任務完了後は、こちらで責任を持って彼女を英国から安全に送りだす〟

とりあえず今回の作戦では、ニコライは体のいい配達係兼運転手に過ぎない。それでも、彼女との再会を楽しみにしていた。二人で現場に出たときは、つねに彼女のほうが優秀だ。

フィービがアール・グレイのポットをテーブルに置き、上品なサンドイッチの皿を添えた。「お仕事中？」

「いつもそうさ」ニコライは物憂げに答えた。

「どんな筋書きなの？」

「まだ決めていない」

「誰かが死ぬの？」

「数人ほど、たぶん」

そのとき、ホテルの玄関先に真っ赤なジャガーFタイプのオープンカーが止まった。運転席にいるのは五十歳ぐらいのハンサムな男性で、髪は金色、日に焼けた肌をしている。連れは黒髪の女性。腕を伸ばしてスマホに到着時刻を記録している。二人とも特別な機会のためにドレスアップしているという感じだ。

「エジャートン夫妻よ」フィービが説明した。

「えっ？」

「トム・エジャートンと奥さんのメアリ。新婚さんなの。急に結婚を決めたみたい」ボーイが車のトランクからスーツケース二個を出すあいだ、女性は海の景色を写真に撮っていた。「きれいな人だと思わない？」

「まったくだ」ニコライはうなずいた。

「アメリカ人かもしれないわね」

「アメリカ人でも温かく迎えてやろう」

ニコライはロビーに入ってくるカップルを見守った。ホテルの支配人がサービスのグラス・シャンパンをそれぞれに渡している。女性はホテルの落ち着いた内装を見渡すうちにたまたまニコライと目が合い、にっこり笑った。男性が、この女は自分のものだと言わんばかりに彼女に腕をまわし、エレベーターのほうへ連れていった。

「ぜったいアメリカ人だわ」フィービが言った。

「そうだな」ニコライは同意した。「そして、夫はやきもち焼きだ」

ブライダル・スイートは四階にあった。ケラーはキーカードをスワイプしてからドアを押しひらき、脇にどいてサラを通した。二人のスーツケースはベッドの裾のラゲージスタンドにのせてある。ケラーは〝起こさないでください〟のタグをノブにかけ、ドアを閉めてドアガードをかけた。

「きみがジュネーブの〈カフェ・ルモール〉で見た男だったか?」

サラは一度だけうなずいた。

ケラーはハッチ・エンドのチームに向けて、彼のブラックベリーで短いメールを送った。それからスーツの上着の内側に手を入れ、ショルダーホルスターからワルサーPPKを抜いた。「このタイプを使ったことは？」

「ワルサーじゃなかったけど」

「人を撃ったのか？」

「ええ、ロシア人を」

「よくやった。場所は？」

「腰と肩」

「おれが訊いたのは——」

「チューリッヒの銀行だったわ」

ケラーはスライドをひいて初弾を装填した。次に親指で安全装置をかけてから、サラに銃を渡した。「フル装填してある。全部で七発。発砲したいときは、安全装置を解除して引金をひくだけでいい」

「あなたはどうするの？」

「まあ、適当に」

サラは安全装置のオンオフを切り替える練習をした。「何不自由なく暮らしてきた女への結婚のプレゼントとしては完璧ね」

ケラーはシャンパングラスを掲げた。「初めての結婚かい？」

「あいにくそうなの」

「おれもだ」ケラーは窓辺に歩み寄り、花崗岩のような色の海を見つめた。「初婚どうしというハンディを克服したいものだ」

「ええ」サラは同意しながら、ワルサーをバッグにすべりこませた。「そうね」

56

ダウニング街十番地

その夜の八時十五分、ケラーとサラがベッドフォード・ハウスのグリルルームへ行き、ロシアの獲物から五メートルも離れていないところでゆっくり夕食をとっていたころ、ガブリエル・アロンとグレアム・シーモアを乗せたジャガーのリムジンが、ホース・ガーズ・ロードを少し入ったところにある警備厳重な門を通り抜け、ダウニング街十二番地にある五階建ての赤レンガの建物の外で止まった。かつては院内幹事長の公邸だったが、現在は首相のプレス&広報担当スタッフが使っている。となりの十一番地に住むのは財務大臣、そして、首相自身はもちろん十番地に住んでいる。ガブリエルとシーモアが近づくと、有名な黒い玄関ドアが自動的に開いた。獰猛な顔をした茶色と白のトラ猫にじっと見られて、二人はあわててなかに入った。

首相の首席補佐官で、選挙を経ずにポストを得た役人のなかでは英国最大の権力を有する人物、ジェフリー・スローンが玄関ホールで待っていた。ガブリエルのほうへ片手を差しだした。「あなたがセキュリティ・ゲートでＩＳＩＳのあの自爆テロ犯を殺害した朝、わたしはここにいました。それどころか、オフィスにいても銃声を聞くことができました」スローンはガブリエルの手を放してシーモアのほうを向いた。「首相はあまり時間がありません」

「長くはかからない」

「わたしも同席したいのですが」

「悪いが、ジェフリー、それは無理だ」

ジョナサン・ランカスターは上階のテラコッタ・ルームで待っていた。今日の午後、下院での不信任投票を辛くも生き延びたところだった。それでも、いまこの瞬間、政治記者たちがランカスターの政治生命の終わりを記事にしているはずだ。ランカスターはＥＵ離脱という愚行に反対してきたが、それが実現の方向へ向かい、彼のキャリアは実質的に終わってしまった。彼がいま温かく迎えたガブリエルとグレアム・シーモアがいなかったら、もっと早く終わりを迎えていたかもしれない。

ランカスターは腕時計にちらっと目をやった。「ディナーの客が待っているのだが」

「申しわけないのですが」シーモアが言った。「いまのわれわれは、ロシアに関してかなり深刻な問題を抱えこんでいます」

「またか！」

シーモアは重々しくうなずいた。

「で、今回の状況はどのような？」

「SVRの暗殺者が入国しました」

「いまどこにいる？」

「エセックスの小さなホテルです。ベッドフォード・ハウス」

「若いころのなつかしい思い出のあるホテルだ」ランカスターは言った。「そのロシア人を監視下に置いているだろうな？」

「厳重に監視中です」シーモアは答えた。「MI6の監視係四人がとなりのイースト・アングリア・インにチェックインしました。イスラエルの熟練工作員二人も一緒です。ロシア人の部屋に送信機をとりつけました。音声と画像の両方です。また、ベッドフォード・ハウス内部の防犯カメラのシステムにも侵入済みです。ロシア人の動きを逐一監視しています」

「ベッドフォードのほうにも誰か潜入させているのか？」

「クリストファー・ケラーを。この男は――」

「何者かはわたしも知っている」ランカスターが言葉をはさんだ。次にこう尋ねた。「ロシア人の標的についてはわかっているのか？」

「確証はありませんが、首相、アブドゥッラー皇太子をロンドン訪問中に暗殺する計画ではないかと思われます」

ランカスターはこの知らせを賞賛に値する冷静さで受け止めた。「ロシアがなぜサウジアラビアの将来の国王を殺そうとするのだ？」

「将来の国王がロシアの息のかかった人物だからです。アブドゥッラーが王位につくことになれば、サウジアラビアをクレムリン寄りに変え、ペルシャ湾における英国とアメリカの権益にとりかえしのつかない損害を与えることになります」

ランカスターは困惑の表情でシーモアを見つめた。「だったら、ロシアはなぜまたアブドゥッラーを排除しようとする？」

「アブドゥッラーがわれわれのために働いているような印象を、ロシアの連中がたぶん受けたからでしょう」

「われわれとは？」

「秘密情報部です」

「連中はいかにしてそのような結論に達したのだ？」

「われわれがそう伝えました」

「どうやって」

シーモアは冷酷な笑みを浮かべた。「レベッカ・マニングを利用して」

ランカスターは電話に手を伸ばした。「悪いがしばらくかかりそうだ、ジェフリー。招待客のみなさんにお詫びを伝えてもらいたい」受話器を戻してシーモアを見た。「じっくり聞かせてもらおう。話を続けてくれ」

しかし、サウジアラビアの次期国王の英国訪問中にロシアがその暗殺を企んでいると思われる理由を首相に説明したのは、秘密情報部の長官ではなく、ガブリエルだった。説明内容は数週間前にガブリエルが聖ルカ・ミューズでグレアム・シーモアに語ったのとまったく同じだったが、今回は、MI6の元職員でキム・フィルビーの娘であるレベッカ・マニングをターゲットにした偽装作戦の詳細が加わっていた。ランカスターは顎をこわばらせ、無言で聴き入った。ロシアはアメリカの政界に干渉する以前、英国にもちょっかいを出したことがあり、ランカスターが被害を受けている。また、EU離脱をクレムリンがひそかに支援してきたことを示す証拠も充分にある。EU離脱が英国を大混乱に陥れ、ランカスターの政治生命を破壊したのだ。ロシアへの報復をガブリエルに負けないぐらい望んでいる者がいるとすれば、それはジョナサン・ランカスター首相だった。

「で、そのベネットという職員は間違いなくロシアの手先だというのだな？」

ガブリエルがシーモアに話を譲ったので、今度はシーモアが説明をおこない、エッピング・フォレストでSVRのエフゲニー・テプロフと会ったことが二回確認されている、と報告した。

「またしてもスパイ・スキャンダルか」ランカスターは言った。「わが国もいい迷惑だ」

「ほかにもスキャンダルが噴出することはずっと覚悟していました、首相。ロシアの誘惑に弱そうな職員を見つけるのに、レベッカはうってつけの立場にいましたから」

「ベネットはどうやってこれまで露見を免れてきたのだ？」

「レベッカ逮捕のあと、活動を休止したのです。われわれはベネットのこともきびしく調べましたが――」

「ロシアの別のスパイが目の前にいることに気づかなかったわけか」

「いえ、首相。ロシアのスパイの疑いがある者をそのまま残しておいたのです。わたしの機関に破滅をもたらした女を破滅させるために、いずれ利用しようと思って」

「レベッカ・マニングのことだな」

シーモアはうなずいた。

「説明してくれ」

「もしも、首相がアブドゥッラーと会談なさる日の前夜にわれわれがＳＶＲの暗殺チームを逮捕したら、ロシアは国際的に大きなダメージをこうむり、リーク元としてレベッカが疑われることになるでしょう」

「ロシアは彼女のことを三重スパイだと思う――それがきみの魂胆かね？」

「そのとおりです」

首相は考えこむふりをした。「きみは、〝もしも、われわれがSVRの暗殺チームを逮捕したら〟と言った。それ以外の選択肢もあるのかね？」

「陰謀の進展を黙って見ていることもできます」

「その場合、ロシアは――」

「自分たちの協力者であるアブドゥッラー皇太子を、つまり、サウジアラビアの次期国王を殺すでしょう。そして、われわれが多少の運に恵まれれば」シーモアはつけくわえた。「レベッカまで殺してくれるかもしれない」

ランカスターはガブリエルを見た。「間違いなく、きみの思いつきだな」

「どちらの案がよろしいでしょうか？」

ランカスターは顔をしかめた。「何が起きる？　もしアブドゥッラーが……」

「王位継承者でなくなったら？」

「そう」

「ハリードの父王が手をまわして、息子をふたたび皇太子に据えようとするでしょう。とくに、アブドゥッラーがロシアと共謀してハリードの娘を誘拐し、殺害したことを知ったなら」

「それがわれわれの望みかね？　衝動を抑制できない早熟な息子にサウジアラビアの支配権を与えることが？」

「今度のハリードは違うはずです。われわれ全員が望んでいたＫＢＭになるでしょう」

ランカスターの微笑は人を見下したような感じだった。「きみが世間知らずなタイプだとは夢にも思わなかった」シーモアを見た。「アマンダにはまだ話していないのだろうな」

アマンダ・ウォレスはＭＩ５の長官だ。彼女には何ひとつ知らせていないことを、シーモアは表情で伝えた。

「アマンダが賛成するはずがない」ランカスターは言った。

「だからよけい知らせるわけにはいかないのです」

「知っているのは？」

「ハローにある隠れ家で活動中のイスラエルとＭＩ６のわずかな人間だけです」

「そのなかの誰かがロシアのスパイということはないのか？」ランカスターはガブリエルのほうを向いた。「事実上の国家元首が英国の領土内で暗殺されたらどうなるか、きみにはわかっているのかね？　わが国の評判が地に堕ちてしまう」

「ロシアの責任であることが知れ渡れば大丈夫です」

「ロシアは」ランカスターは辛辣に指摘した。「否定するか、もしくは、わが国を非難するだろう」

「そんなことはさせません」

ランカスターは見るからに危ぶんでいた。「連中はどうやってアブドゥッラーを暗殺する計画なのだ？」

「わかりません」

「場所はどこになる？」

「わかり――」

「見当をつけたまえ」

ガブリエルは議論の熱が冷めるのを待った。「ロシアの工作員の一人を監視下に置いてあります。その男がチームのほかのメンバーと接触すれば――」

「しなかった場合は？」

ガブリエルは一拍置いてから答えた。「今日は火曜日です」

「何曜日かを教えてもらうのにスパイは必要ない。それはジェフリーにやらせている」

「首相がアブドゥッラーと会見なさるのは木曜日です。いまから三十六時間のあいだ、監視と盗聴を続けます」

「三十六時間など問題外だ」ランカスターは腕時計を見て考えこんだ。「だが、二十四時間やろう。明日の夜、ふたたび集まることにする」いきなり立ちあがった。「さて、きみたちさえ構わなければ、わたしは晩餐をすませることにしたい」

57

アウドルプ、オランダ

アウドルプの村はずれにある砂丘のくぼみに一軒の貸別荘があった。ウェディングケーキのように白くて、屋根は赤い瓦葺き。容赦なく吹きつける北海の風から、プレキシガラスのボードが小さなベランダを守っている。暖房がなく、使用されている断熱材もごく薄いため、冬は住めたものではない。ときたま、孤独を求める無謀な人間が五月に別荘を借りることはあるが、ふつうは少なくとも六月中旬まで無人のままだ。

そのため、地元の不動産業者で別荘の管理にあたっているイザベル・ハルトマンは、三月中旬に問い合わせのメールを受けとって仰天したのだった。エクサン゠プロヴァンスに住むマダム・ボナールという女性が、この別荘を四月一日から二週間借りたいと言ってきた。料金は電信送金で前払いするという。次に届いたメールにはこう書いてあった――いえ、到着時に別荘のなかを案内してもらう必要はありません。印刷された説明書があれば充分です。そこで、イザベルはキッチンカウンターに説明書を置いておいた。鍵はテラスの植木鉢の下に隠した。通常のやり方ではないが、気にしなかった。テレビ以外の値打ち物は何もない。最近になって、ワイヤレス・ネットワークの接続設定をおこなった。外国の観光客をもっと呼び寄せるためだ。例えば、エクサン＝プロヴァンスのマダム・ヴァレリー・ボナールなどを。なぜこんな陰気なアウウドルプにやってくるのかと、イザベルは首をひねるばかりだった。アウウドルプという地名からして、手術で切除したくなるような響きだ。自分がエクサン＝プロヴァンスで暮らす幸運に恵まれたら、そこから一歩も出ないだろうとイザベルは思った。

別荘が辺鄙な場所にあるせいで、フランス人女性がいつ到着したのか、正確なことはイザベルにはわからなかった。おそらく、予定より一日遅かったものと思われる。というのも、貸別荘の未舗装の車道にオランダのプレートをつけたダークな色合いのボルボのセダンが止まっているのを目にしたのが、その日だったからだ。女性の姿も見かけた。女性は食料品の袋をふたつ持って〈ジャンボ〉というスーパーから出てくるところだった。イザベルは自己紹介しようかと思ったが、やめておいた。女性の物腰と鮮やかな青い目に浮かんだ表情に、ひどく近寄りがたいものがあった。

女性にはまた、痛ましいほど悲しげな雰囲気もあった。最近心に大きな傷を負ったに違いない、とイザベルは思った。子供を亡くしたとか、結婚生活がこわれたとか、裏切りにあったとか。何かに気をとられている。それだけは明らかだ。悲嘆に暮れているのか、それとも、復讐を考えているのか、イザベルには判断がつかなかった。

　翌日、村で女性の姿を見た。ニュー・ハーヴェスト・インでコーヒーを飲んでいた。その翌日も、アーケルスーク・ホテルでランチをとる彼女を見かけた。次に姿を見たのは三日後で、場所はふたたびスーパーの〈ジャンボ〉だった。このときは女性のカートがほぼ満杯だったので、客が来るのだろうとイザベルは推測した。翌日の午前中に、メルセデスEクラスで客が三人やってきた。全員男性というのがイザベルには驚きだった。

　女性を見かけたのはあと一回だけだった。翌日の午後二時ごろで、古いウェスト・ヘッド灯台の下に佇んでいた。ウェリントン・ブーツをはき、深緑の防水ジャケットを着て、北海の彼方に見えるイングランドのほうを凝視していた。イザベルはこんな悲しそうな女性を見たのは初めてだと思った。あるいは、こんなに決然たる表情の女性を見たのも。復讐を考えているのだ。イザベル・ハルトマンはそれを確信した。

　灯台の下に佇む女性は自分が見られているのを承知していた。だが、危険は感じなかった。詮索好きな不動産屋に過ぎない。オランダ人のその不動産屋が立ち去るまで待ってから、貸別荘のほうへ向かった。砂浜を歩いて十分ほどの道のりだった。ボディガードの一人が別荘のテラスに出ていた。もう一人は通信係と一緒になかにいた。ダイニングルームのテーブルには蓋を開いたノートパソコン。女性はヴェネツィア発ヒースロー行きのブリティッシュ・エアウェイズ五七九便のフライト状況をチェックした。それから、銀色の古いライターでL&Bに火をつけ、スコッチ・ウィスキーを指三本分ほどグラスに注いだ。天候のせいよ、と自分に言い聞かせた。夏が来れば、鬱々とした気分も消えるはず。

58

ヒースロー空港、ロンドン

ヴェネツィアから到着した便は乗客を吐きだすのに手間どっていた。そのため、エコノミー・クラスの二十三列窓側の席にすわったアンナは、スペースを侵害してばかりの隣席のヘンリーという男のじっとり汗ばんだ肉付きのいい腕を避けようとして、五分も余計に窓に身体を押しつけていなくてはならなかった。キャリーケースは頭上の荷物棚に収納してある。ハンドバッグは前の座席の下だ。バッグにはドイツのパスポートが入れてあり、生誕地はベルリンと記載されている。少なくともそれだけは事実だ。

アンナは一九八三年に東ベルリンで生まれた。二人の情報部員のひそやかな関係がもたらした望まれない子供だった。母親はヨハンナ・ホフマン、東ドイツの秘密警察シュタージの人間で、西ヨーロッパとパレスチナのテログループに物資の支援をする部局に所属していた。父親はヴァジム・ユラソフ、ドレスデンに配属されたＫＧＢの大佐だった。一家はベルリンの壁崩壊の数日後に東ドイツから逃げだしてモスクワに落ち着いた。ＫＧＢの承認を得て両親が結婚したのち、アンナはユラソヴァ姓を名乗ることになった。ＫＧＢの士官の子供たちしか入れない特別の学校に通い、名門のモスクワ国立大学を卒業したあと、ＳＶＲの教育機関である対外情報アカデミーに入った。同級生の一人に、ニコライ・アザロフという長身でハンサムな俳優志望の男がいた。二人は無数の作戦に共に参加し、アンナの両親と同じく、ひそかな男女関係になっていた。

空港ターミナルに入ると、アンナは人の流れに従って入国審査場まで行き、ＥＵ市民用の列に並んだ。制服を着けたカウンターの係官は彼女のパスポートをろくに見ようともしなかった。

「訪問の目的は？」

「観光」アンナは母親譲りのドイツ語訛りで答えた。

「何かとくに予定していることは？」

「劇場に通えるだけ通うつもりよ」

パスポートが返された。アンナは到着ロビーへ向かい、それからヒースロー・エクスプレスのホームまで行った。パディントン駅に着くと、ウォリック・アヴェニューを北へ向かって歩き、フォモーサ通りまで行って左に曲がった。あとをつけてくる者はいなかった。もう一度左に曲がり、ブリストル・ガーデンズに入った。シルバーブルーのルノー・クリオがエクササイズ・スタジオの外に止まっていた。ドアはロックされていない。アンナはキャリーケースをリアシートに投げこみ、運転席に腰をすべらせた。車のキーはセンター・コンソールに入っていた。エンジンをかけて歩道の縁からゆっくり離れた。カーナビに頼らなくてもすむよう、ルートはあらかじめ丹念に調べてあった。フィンチリー・ロードを北へ向かってA1まで行くと、そこから東へ向きを変えてM25（オービタル高速道路）を走り、A12に出た。背後の道路へ几帳面に目を向けて、尾行の有無を確認していたが、あたりが暗くなると心がさまよいはじめた。

両親に連れられて東ベルリンを脱出した夜のことが思いだされた。悪臭がしみついたソビエトの輸送機でモスクワまで運ばれた。乗客のなかに、頬がこけ、目の下に黒いくまを作った小男がいた。アンナの父親と同じく、KGBのドレスデン支局にいた男だ。通訳をしたり、ドイツの新聞の記事を切り抜いたりして日々を送っていた無名の人物だった。どういうわけか、無名だったその小男がいまでは世界最強の権力を持つ男になっている。わずか数年のうちに、第二次大戦後の世界経済と政治の秩序に大惨事をもたらした。EUは大混乱に陥り、NATO（北大西洋条約機構）は風前の灯火だ。英国とアメリカの政界にちょっかいを出したあと、この男はサウジアラビアにまで干渉している。サウード王家の王位継承順位を変更しようとする男に、アンナとニコライも協力した。ところが今度は、明確な理由を知らされないまま、二人で再度の変更に挑むことになった。

アンナがモスクワ・センターの命令に疑問をはさんだことは一度もなかった。〝積極的な手段〟に関する大統領じきじきの命令ともなればとくに。しかし、今回の任務には不安を感じていた。レベッカ・フィルビーのような人間から命令を受けるのは納得できない。MI6の元職員で、ロシア語もろくにしゃべれない女なのに。また、アンナは前回の任務でひとつやり残したことがあり、それが気にかかっていた。

ガブリエル・アロン……。

カルカソンヌのカフェで、チャンスがあるうちにあのイスラエル人を殺しておくべきだったが、モスクワ・センターの命令には逆らえなかった。センターのほうでは、ガブリエルをサウジの皇太子と少女ともども抹殺しようと企んでいた。アロンの復讐に怯えていることを認めても、アンナは恥だとは思わなかった。アロンはそらぞらしい脅しをかける人間ではない。

〝おまえは死んだ！　死んだ、死んだ、死んだ……〟

市場の立つ町、コルチェスターが近くなるにつれて、イスラエル人のことはアンナの頭から消えていった。フリントン＝オン＝シーに入るには、コノート・アヴェニューで踏切を渡らなくてはならない。ニコライは遊歩道沿いのホテルに泊まっている。アンナは車を駐車場係に預けたが、キャリーケースは自分でころがしてロビーに入った。

ラウンジバーでカップルがドン・ペリニヨンのボトルをあけて飲んでいた。金髪で日焼けした五十歳ぐらいのハンサムな男と、黒髪の女。アンナは偽名で用意されているルームキーを受けとりにフロントまで歩いたが、カップルは彼女のほうを見ようともしなかった。部屋は五階で、アンナがノックもせずに入ると、室内は真っ暗だった。服を脱ぎ、ＭＩ６の隠しカメラに見守られて、ゆっくりとベッドに近づいた。

59

ダウニング街十番地

二日連続で、ジャガーのリムジンがホース・ガーズ・ロード側のセキュリティ・ゲートを通り抜けた。八時十五分のことだった。茶色と白のトラ猫があわてて退却するあいだに、ガブリエルとグレアム・シーモアはどしゃ降りの雨のなかをダウニング街十番地へ急いだ。ジェフリー・スローンが無言のまま二人を内閣会議室へ案内すると、長いテーブルの中央で首相がいつもの椅子にすわっていた。首相の前には、アブドゥッラー皇太子のロンドン訪問に関する最終スケジュール表のコピーが置いてある。

スローンが出ていってドアが閉まると、グレアム・シーモアが約束どおり、最新報告をおこなった。今日の夕方、フリントン゠オン゠シーのベッドフォード・ハウスホテルに二人目のロシアの工作員(女性)が車で到着した。同僚と性行為に耽ったのちに、スチェッキン・マシンピストル九ミリ、弾倉二個、サウンド・サプレッサー、それと小さな品を受けとった。この品については、目下、技師たちが正体を追究中。

「可能性が高いのは？」ランカスターが尋ねた。

「考えたくもありません」

「女はいまどこに？」

「まだホテルの部屋です」

「女がどうやって入国したか、わかったのか？」

「調査中です」

「工作員はほかにもいるのか？」

「わからないことはわかりません、首相」

「陳腐な表現はやめてくれ、グレアム。連中が次に何をする気かを教えてほしい」

「無理です、首相。いまはまだ」

ランカスターは小声で悪態をついた。「二、三年前にブロンプトン・ロードで爆発したような爆弾が、女の車に積んであったらどうする？」ガブリエルのほうを見た。「あのときのことはきみも覚えているね、アロン長官？」

「女の車はすでに調べました。男の車も。二台ともクリーンです。それに」ガブリエルは言った。「明日、爆弾を持ってアブドゥッラーに接近するのはぜったいに無理です。ロンドン市内にきびしい交通規制が敷かれますから」

「車列を狙うという手もあるのでは？」

「車で移動中の国家元首を暗殺するのは不可能に近いことです」

「サラエボで暗殺されたフェルディナント大公にそう言ってくれ。あるいは、ケネディ大統領に」

「アブドゥッラーがオープンカーに乗ることはありません。それに、通りはすべて通行止めになり、駐車禁止になります」

「だったら、連中はどこで襲うつもりだろう？」

ガブリエルはスケジュール表のほうを見た。「拝見できますか？」

ランカスターはテーブル越しに押してよこした。わずか一ページで、箇条書きの項目が並んでいるだけだった。午前九時ヒースロー到着。十時半から午後一時までダウニング街で英国とサウジの代表団による会談。続いてワーキング・ランチ。三時半、皇太子が首相官邸を出て車でベルグレーヴィアの私邸へ移動、数時間休息の予定。午後八時、晩餐のためにふたたびダウニング街へ。ヒースローへ向かう時刻は仮に十時としておく。

「わたしの推測だと」ガブリエルは項目のひとつを指さした。「ここで襲うでしょう」

首相は自身で選んだ項目を指さした。「ここで襲ってきたらどうする？」彼の指がページの下のほうへ移動した。「あるいは、ここだったら？」沈黙が流れた。やがて、首相は言った。「できれば巻き添えにはなりたくない。どういう意味か、きみがわかってくれるなら」

「わかります」ガブリエルは答えた。

「ダウニング街の警備を当初の予定以上に厳重にすべきかもしれない」

「そうでしょうね」

「きみに警備を頼むのは無理だろうな」

「光栄です、首相。しかし、わたしがいれば、控えめに言っても、サウジの代表団は首をかしげるでしょう」

「ケラーはどうだ？」

「はるかにいい選択です」

ランカスターは室内にゆっくり視線を走らせた。「この部屋のなかでなされたすべての重大な決断のなかでも……」グレアム・シーモアに視線を移した。「明日のいかなる瞬間であれ、二人のロシア人の逮捕を命じる権限はわたしにあるものとする」

「もちろんです、首相」

「何か手違いがあった場合はきみの責任だ。わたしではない。この件に関して、わたしは命令を出したことも、黙認したことも、なんらかの役割を果たしたこともない。わかったね？」

シーモアは一度だけうなずいた。

「よし」ランカスターは目を閉じた。「神がわれわれ全員に慈悲を垂れたまわんことを」

60

ウォルトン＝オン＝ザ＝ネーズ、エセックス

クリストファー・ケラーはベッドフォード・ハウスの部屋でじっとしていたが、午前三時になると裏の通用口からこっそり抜けだし、遊歩道を北のほうへ歩いてウォルトン＝オン＝ザ＝ネーズまで行った。ステーション通りの〈テリーの骨董&古物〉の外で車が待っていた。ケラーはそばを二回通り過ぎ、そのあとで助手席に乗りこんだ。運転席にすわっているのは、トニーという名で通っている補助工作員だ。トニーがゆっくりと車を出すあいだに、ケラーはシートの背を倒して目を閉じた。この二晩、アメリカの美女とホテルの部屋で過ごし、彼女に好意を持つようになっていた。いまは二時間ほど睡眠が必要だ。目をさますと、薄闇の通りを歩く中東ふうのローブ姿の男たちが目についた。まだエッジウェア・ロードまでしか来ていない。トニーの運転する車はこの通りを進んでマーブル・アーチまで行った。そこからハイドパークに入り、ウェスト・キャリッジ・ドライブを通って公園を抜けてから、まだまどろんでいるケンジントンの通りを走り、クイーン

ズ・ゲート・テラスにあるケラーの贅沢な住まいに着いた。

「すてきですね」トニーは羨ましそうな声で言った。

「九時でいいかな？」

「できれば八時半のほうが。交通渋滞で悪夢のようになるので」

ケラーは車を降りると歩道を渡り、階段を下りて、メゾネット式住宅の地下の玄関にまわった。家に入り、コーヒーマシンにボルヴィックとカルト・ノワールを入れて、コーヒーができあがるのを待つあいだに『BBCブレックファスト』を見た。アブドゥッラー皇太子のダウニング街訪問により、EU離脱はトップニュースの座を奪われていた。解説者たちは友好的な顔合わせになることと、サウジが今後の兵器購入を約束することに期待を寄せていた。しかしながら、ロンドン警視庁のほうは苛酷な一日に備えて気をひきしめていた。なにしろ、サウジアラビアにおける民主派活動家の投獄や、反体制派ジャーナリストのオマール・ナーワフ殺害などに抗議するため、何千人ものデモ隊がトラファルガー広場に集結する予定だ。警視庁幹部の一人が言っていた――あれこれ考えあわせると、できればロンドンの中心部には近寄りたくないものだ、と。

「無理だね」ケラーはつぶやいた。

ニュースを見ながら一杯目のコーヒーを飲み、髭剃り（ひげそ）の合間に二杯目を飲んだ。シャワーを浴びていたとき、不意に、フリントンのホテルに残してきたアメリカの美女のことが心に浮かんだ。身づくろいと服装にいつもより神経を遣い、デザインも生地も上品なダークグレイのスーツと、白いシャツと、濃紺の無地のネクタイを選んだ。鏡で自分の姿をチェックして、狙いどおりの効果が出せたことを確認した。どこから見ても、王室・要人警護部（略してRaSP）所属の警官だ。RaSPは警視庁警護指令部に属し、王室、首相、国賓の警護を担当する。ケラーとRaSPの面々には長い一日が待っている。

地下のキッチンに戻って、『BBCブレックファスト』が八時半に終わるまで見た。それから、品のいいレインコートをはおり、階段をのぼって通りに出ると、MI6の車の運転席でトニーが待っていた。東へ向かってロンドン市内を横切っていたとき、ケラーの思いはふたたび女性のほうへ漂っていった。今度はMI6支給のブラックベリーを出して彼女にかけた。

「いまどこだい？」

「ダイニングルームを出るところよ」

「朝食の席で誰か興味深いやつに会ったか？」

「バードウォッチングの二人組とロシアの工作員」

「工作員は一人だけ？」

「ガールフレンドは二、三分前に出かけたわ」

「ガブリエルとグレアムは知ってるのか？」

「どう思う?」

「女はどこへ向かった?」

「あなたのいるほう」

「誰が尾行を?」

「ミハイルとエリ」

ベッドフォード・ハウスのエレベーターのピンという音と、ドアの開く音がケラーの耳に届いた。「きみはどこへ行く予定だい?」

「本と銃を持ってベッドで丸くなり、夫の帰りを待つつもりよ」

「銃の使い方を覚えてるかな?」

「安全装置をはずして引金をひく」

ケラーは電話を切り、憂鬱な思いで車の窓の外を見つめた。トニーが言ったとおり、渋滞で悪夢のようだ。

デモ隊がすでにトラファルガー広場に押しかけていた。ナショナル・ギャラリーの階段からネルソン記念碑まで広がって、旗をふったり、スローガンを叫んだりしている。ローブやベール姿の者もいれば、フリースやフランネルの者もいるが、サウジアラビアの事実上の支配者が英国政府の長から歓待を受けようとしていることに、誰もが憤っている。

ホワイトホールの官庁街は通行止めになっていた。ケラーは車を降り、クリップボードを手にした警視庁の警官にＭＩ６の身分証を提示したあとで、徒歩で進む許可を得た。サラ・バンクロフトのことはようやく頭を離れたが、かわりに、ロンドンの中心部で汚染爆弾を爆発させようというＩＳＩＳの企みをガブリエルと二人で阻止した朝の記憶がよみがえった。テロリストの顔に弾丸を何発も撃ちこんで殺したのはガブリエルだった。しかし、起爆装置のスイッチが自動的に入って爆発をひきおこし、死をもたらす塩化セシウムの靄が英国の権力の中枢地区に広がるのを防いだのは、ケラーのほうだった。爆弾処理班が起爆装置を無力化するために全力を傾けるあいだ、ケラーは死んだテロリストの親指を起爆装置のスイッチに三時間も押しつけたままでいた。疑いもなく、彼の生涯でいちばん長い三時間だった。

死んだテロリストと共に横たわっていた場所をよけて通り、ダウニング街のセキュリティ・ゲートの前まで行った。今回もまた、ＭＩ６の身分証を提示したあとで、なかに入る許可を得た。ダウニング街での本日の作戦を指揮するケン・ラムジーが、十番地の玄関ホールで待っていた。

ラムジーは無線装置とグロック17をケラーに渡した。「きみのボスが上のホワイト・ルームで待っている。話があるそうだ」

ケラーは歴代首相の写真が脇に並んでいる大階段を急いでのぼった。ホワイト・ルームの前の廊下でジェフリー・スローンが待っていた。ドアを開き、なかに入るようケラーにうなずいてみせた。ウィングチェアのひとつにグレアム・シーモアがすわっていた。もうひとつの椅子にはジョナサン・ランカスター首相。表情がこわばり、憂慮の色が浮かんでいる。

「ケラー」うわの空で首相が言った。

「首相」ケラーはシーモアに目を向けた。「女はどこです？」

「A12をロンドンに向かっている」

「アブドゥッラーは？」

「きみから報告したまえ」

ケラーはイヤホンを耳に差しこみ、安全な周波数を使ったRaSPのやりとりに聴き入った。「十時十五分きっかりに到着の予定」

「ならば」ランカスターが言った。「一階に下りて警護部の連中に合流してくれ」

「それはつまり――」

「首脳会談を予定どおり進めるという意味か、と訊きたいのかね？」ランカスターは椅子から立ちあがり、スーツの上着のボタンをかけた。「予定を変更する理由がどこにある？」

61

ノッティング・ヒル、ロンドン

午前十時十三分、ダウニング街の開いたゲートを車列が通り抜けるのと同じころ、一台の車――みすぼらしいオペルのハッチバック――がノッティング・ヒルにある聖ルカ・ミューズ七番地の外で止まった。リアシートにすわっているのはサウジの前皇太子、ハリード・ビン・ムハンマド・ビン・アブドゥルアズィーズ・アル・サウードで、たいそう機嫌が悪かった。おじのアブドゥッラーと同じく、けさヒースロー空港に到着した。移動はふだんならプライベート・ジェットなのに、今日はカイロ発の民間機だった。容易に忘れられそうもない屈辱だ。迎えの車を見て、ついに堪忍袋の緒が切れた。「ドアをあけてくれる気はないのか?」

ハリードはバックミラーに映る運転手の目をとらえた。

「ラッチをひけばいい、旦那。かならずあくから」

ハリードは雨に濡れた通りに出た。七番地のドアに近づいたが、ドアはぴったり閉じたままだった。うしろをちらっと見た。運転手が片手を動かして、ドアをノックして到着を知らせるよう合図をよこした。またしても人を馬鹿にする気か——ハリードは思った。ドアをノックしたことなど生まれてから一度もない。

にこやかな表情を浮かべた少年っぽい外見の男性が、ハリードをなかに通した。とても小さな家で、家具も少ししか入っていない。リビングには安っぽい椅子が二脚とテレビが一台。テレビはBBCに合わせてあった。その前にガブリエルが立ち、片手を顎にあて、首をわずかにかしげている。

ハリードは彼のそばへ行き、サウジの伝統衣装を着けたおじが稲妻のようなカメラのフラッシュを浴びてリムジンの後部から姿を現わすのを見守った。十番地のドアの前に、微笑を顔に貼りつけたジョナサン・ランカスター首相が立っている。

「ダウニング街に到着するのはわたしのはずだった」ハリードは言った。「おじではなく」

「きみではなかったことを喜ぶべきだ」

ハリードは不満そうに部屋を見渡した。「茶菓など用意されてはいないのだろうな」

ガブリエルはドアのほうを指さした。「セルフサービスだ」

ハリードはキッチンに入った。これも生まれて初めての経験だ。途方に暮れて叫んだ。

「ティーケトルはどうやって使えばいい？」

「水を入れて電源ボタンを押す」ガブリエルは答えた。「そうすれば湯が沸く」

気性の激しい若き甥と同じく、アブドゥッラー皇太子もこの日の午前中に足を踏み入れた邸宅には感銘を受けなかった。長年ロンドンで暮らし、上流階級とつきあってきたが、ダウニング街を訪問するのは今回が初めてだった。かなり地味な玄関ホールの奥に、極上の優雅さを誇る予想外に広い邸宅があるのだと周囲の者に言われていた。しかしながら、ざっと見たかぎりでは、そのようなことは想像できなかった。十億ドルもかけてリヤドに新築した彼の宮殿や、クレムリンの大宮殿のほうが、はるかに彼の好みに合っている。クレムリンでは、莫大な金を貸してくれた男と何回かひそかに会っている。今日は最初の借金返済をする日だ。

組立式みたいに見えるすり傷だらけの革椅子を、首相がアブドゥッラーにぜひ見てほしいと言った。ウィンストン・チャーチルが愛用していた椅子だという。アブドゥッラーはこの場にふさわしい賞賛の声をあげた。しかし、心のなかでは、この椅子もジョナサン・ランカスターと同じくお払い箱にする必要があると思った。

アブドゥッラーと側近たちはようやく、内閣会議室に案内された。まさに〝内閣〟という言葉にふさわしい部屋だった。アブドゥッラーは勧められた席にすわり、ランカスターが向かいにすわった。それぞれの前に、第一回首脳会談の協議事項のリストが置いてある。ところが、ランカスターがしきりに咳払いをし、リストのページをめくったあとで、最初に〝不都合な事項〟を処理してはどうかと提案した。

「不都合な事項？」

「当方が得た情報によると、十人以上の女性活動家が罪なくしてサウジの刑務所に監禁され、電気ショック、水責め、レイプの脅しなど、さまざまな形の拷問を受けているとのこと。まず、その女性たちの即時釈放が緊急の課題です。その点をクリアしないかぎり、国家どうしの正常な関係を築いていくことはできません」

アブドゥッラーは内心の驚きを隠そうとした。サウジの外務大臣と駐英大使から、和やかな会談になることを保証されていたというのに。

「その女性たちは」アブドゥッラーは冷静に答えた。「わたしの甥が逮捕したのです」

「たとえそうだとしても」ランカスターが反論した。「現在の監禁状態についてはあなたに責任があります。即時釈放していただきたい」

アブドゥッラーの視線は冷静で揺るぎがなかった。「サウジアラビア王国には、英国の内政に干渉するつもりはありません。そちらからも同じ礼儀を示してもらいたい」

「サウジアラビア王国は、わが国がサラフィー派ジハーディストのイデオロギーを奉じる世界の中心地となるよう、直接的、間接的に手を貸してこられた。それもやめていただきたい」

アブドゥッラーはためらい、それから言った。「次の協議事項に移ったほうがいいかと思いますが」

「いま移ったばかりです」

政府が通行止めにしたホワイトホールとウェストミンスター地区以外の場所では、ロンドンの昼下がりの道路はいつものように渋滞していた。おかげで、アンナ・ユラソヴァがタワー・ハムレッツ区からベルグレーヴィアのキナートン通りにあるQパーク経営の駐車場まで行くのに、予定をはるかに超えて二時間もかかってしまった。

ロンドンのレジデンテュラが駐車場のスペースをひそかに予約してくれていた。アンナはスチェッキンの九ミリをルノーの助手席のシートの下に隠してから、係員に車を預けた。アンナ次に肩からバッグをぶら下げて徒歩でスロープをのぼり、モトクーム通りへ向かった。ここは歩行者専用の小道で、ロンドンでもっとも高級な店舗とレストランが軒を連ねている。黒いスカートとストッキング、革のショートコートという装いで、ヒールをカツカツ鳴らして石畳を歩くアンナに、賞賛と羨望の目が向けられた。だが、誰にも尾行されていない自信はあった。

ラウンズ通りで左に曲がり、イートン広場へ向かった。広場の北西側は車も歩行者も立入禁止になっていた。アンナは警視庁の警官に近づき、広場にある屋敷の一軒で働いているのだと説明した。

「どちらの屋敷でしょう？」

「七十番地よ」

「バッグを調べさせてください」

アンナは肩からバッグをはずし、開いてみせた。警官はバッグのなかを徹底的に調べてから、通ってもいいと告げた。広場の西側に伸びるテラスハウスはロンドン屈指の豪華な邸宅だ。出窓が三つ、地上五階地下一階、二本の柱に支えられた優美な柱廊玄関。一軒ごとに番地が書いてある。七十番地の四段の石段をのぼり、人差し指で呼鈴を押した。玄関ドアが開いて、アンナはなかに入った。

アンナ・ユラソヴァは気づいていなかったが、ハッチ・エンドに詰めているチームが街頭の防犯カメラの助けを借りて彼女の動きを逐一監視していた。徒歩で彼女を尾行するエリ・ラヴォンは単なる保険のようなものだった。イートン広場七十番地の家に入る彼女を見守ったあと、ラヴォンは西へ歩いてカドガン・プレースまで行き、フォード・フィエスタの助手席にもぐりこんだ。ハンドルを握るのはミハイル・アブラモフだった。

「ロシアの連中がどこで実行する計画なのかを、ガブリエルが正しく言いあてたようだ」

「驚きの口調だな」ラヴォンは言った。

「とんでもない。それにしても、どうやってアブドゥッラーに近づく気だろう？」

ミハイルは指で神経質にセンター・コンソールを叩いた。ラヴォンは思った——秘密の世界に生きる男にしては、どうにも不似合いな癖だ。

「阻止できる方法はあるのか？」

「阻止って何を？」

ラヴォンはゆっくりと息を吐き、カーラジオをつけた。午後一時。BBCラジオ4のアナウンサーの声が流れた——ダウニング街では、首相と皇太子が昼食の席についたところです。

62

イートン広場、ベルグレーヴィア

アンナ・ユラソヴァをイートン広場の豪邸に招き入れたのは、ロシア大統領の友人であり、ビジネス仲間でもあるコンスタンチン・ドラグノーフだった。新興財閥が好むダークスーツに白いドレスシャツ。シャツは胸骨のあたりまではだけている。乏しい半白の髪と顎髭（あごひげ）は同じ長さに切りそろえてある。アンナはロシアの伝統である挨拶のキスのことを考えてすくみあがった。突きでた下唇は磨いたばかりのリンゴの皮のようにつややかだ。防御のため、唇のかわりに手を差しだした。

「ミスター・ドラグノーフ」英語で言った。

「コンスタンチンと呼んでくれ」ドラグノーフも英語で応じた。次にロシア語で言った。「心配はいらん。ゆうべ、レジデンテュラのチームが邸内を徹底的に調べた。クリーンだ」

ドラグノーフはコートを脱ぐアンナに手を貸した。目の表情からすると、ドレスと下着も脱がせたがっているようだ。コンスタンチン・ドラグノーフはロシアでもっとも節操のない女好きと言われている。助平男だらけの国でそこまで言われるとは、たいしたものだ。

アンナは優美な玄関ホールを見まわした。モスクワを離れる前に写真と見取り図をじっくり調べておいたので、邸内のことはよくわかっているつもりだった。だが、写真や見取り図だけでは、その豪華さは伝わらない。ため息が出るほど美しい屋敷だ。

アンナはふたたびコートをはおった。「家のなかを案内してもらおうかしら」

「喜んで」

ドラグノーフは彼女の先に立って廊下を進み、両開きドアの前まで行った。どちらのドアにも船の舷窓みたいな丸い窓がついている。ドアの向こうはレストランの厨房のようなキッチンで、モスクワにあるアンナのフラットよりも広い。ドラグノーフの無関心な態度からすると、この豪邸のキッチンにあまり足を踏み入れていないのは明らかだった。

「使用人たちには休みをとらせた。イギリス女の指示どおりに。アブドゥッラーはたぶん何も食べないと思うが、通行止めになる前にやつの贔屓のケータリング業者にカナッペのトレイをふたつ届けさせておいた。冷蔵庫に入れてある」

確かにトレイがふたつ、冷蔵庫に並んでいた。〈サブ＝ゼロ〉から届いたものだ。

「お酒は何がいいかしら」

「アブドゥッラーの気分次第だ。シャンパン、白ワイン、くたくたに疲れていたらウィスキー。ワインはカウンターの下のクーラーに入っている。蒸留酒はバーに置いてある」ドラグノーフは忙しく立ち働く給仕長のごとく、両開きドアを押しあけた。右側の奥まったところがバーになっている。「アブドゥッラーの好みはジョニーウォーカーの黒ラベル。やつのためだけにボトルが用意してある」

「飲み方は？」

「氷をどっさり。流し台の下に自動製氷機がある」

「アブドゥッラーが来るのは何時ごろ？」

「四時半から五時のあいだだ。理由はわかっていると思うが、長居はできない」

「どの部屋でもてなすの？」

「客間だ」

階段をのぼって二階にある部屋だった。アンナは数時間後にここでくりひろげられる場面を想像した。

「ふだんどおりにふるまうことが大切よ。何が飲みたいか、あなたから尋ねてちょうだい。あとはわたしにまかせて。できるかしら、コンスタンチン？」

「できると思う」ドラグノーフはアンナの腕をつかんだ。「見せておきたいものがもうひとつある」

「なんなの？」

「あっと驚くものだ」

ドラグノーフはアンナを連れて羽目板張りの小さなエレベーターに乗りこみ、最上階のボタンを押した。ドラグノーフの広々とした寝室——恐怖の部屋と言うべきか——がイートン広場を見下ろしていた。

「心配するな。ここに連れてきたのは、景色を見せたかったからだ」

「どんな景色？」

ドラグノーフは三つ並んだ出窓のひとつのほうへアンナを押しやり、広場の南側を指さした。「あそこの五十六番地に誰が住んでいるか、わかるかね？」

「ミック・ジャガー？」

「英国秘密情報部の長官だ。そして、きみはこれから、やつの大事な協力者をその鼻先で殺すわけだ」

「すばらしいわ、コンスタンチン。でも、その手をわたしのお尻からどけてくれなかったら、あなたも殺されるわよ」

ダウニング街のワーキング・ランチ用にとってあった話題は、イランの支援を受けているイエメンの反政府武装組織フーシをサウジアラビアが攻撃している件だった。ジョナサン・ランカスターは罪もない市民に対する無差別爆撃を中止するよう、アブドゥッラーに要求した。とくに、英国製戦闘機を使った爆撃を。アブドゥッラーはこれも自分ではなく甥が始めた戦争だと反論した。ただ、イランが中東全体に有害な影響を及ぼすのを看過するわけにはいかない、という甥の意見に賛成であることをはっきり述べた。

「われわれの懸念はほかにもあります」ランカスターは言った。「ロシアが中東への影響力を強めている点です」

「モスクワの影響力が強まっているのは、アラブの春という狂気によって同盟国シリアの支配者が排除されるのを、ロシア大統領が許さなかったからです。アラブ世界のほかの国々は、サウジアラビアも含めて、そのことに気づかざるをえなかった」

「ひとつ助言させてもらってもいいでしょうか、アブドゥッラー皇太子。ロシアの約束にだまされてはなりません。ハッピーエンドになるはずがない」

　二人の指導者がダウニング街十番地のドアから姿を現わしたのは、三時十五分のことだった。集まった報道陣に向かって首相がざっと説明したところによると、貿易と投資面で合意に至った額はかなりのものだが、会談前の予想に比べると数十億ドル低いという。アブドゥッラーが約束した今後の英国製兵器購入も、やはり同じような状況だ。「ええ」ランカスターは言った。「われわれは人権問題を含むむずかしい事柄についても議論をおこないました。いえ、皇太子の返答のすべてに満足したわけではありません。サウジの反体制派ジャーナリスト、オマール・ナーワフ氏が惨殺された件も含めて」そして、次のように締めくくった。「二人の旧友のあいだで正直な実り多き意見交換をすることができました」

そう言うと、アブドゥッラーと握手をし、待機しているベンツのリムジンのほうを示した。車列がダウニング街を出発した瞬間、クリストファー・ケラーは警護指令部の黒いバンの後部にもぐりこんだ。ふだんなら、イートン広場七十一番地のアブドゥッラーの私邸まで、車で二十分以上かかるだろう。しかし、ロンドン警視庁の先導つきで空っぽの通りを走ったおかげで、五分もかからずに到着した。

イートン広場に設置された防犯カメラの記録によると、アブドゥッラー皇太子はローブを着けた十人以上の側近と黒っぽいビジネススーツ姿のサウジの護衛数人を従えて、午後三時四十二分に私邸に入っている。ＲａＳＰ所属の警官六人はすぐさま、屋敷の外の歩道で警備についた。しかし、あと一人のメンバーであるケラーは警護指令部のバンの後部に残り、隣家の四階の窓辺に立つ女から身を隠していた。

ジョナサン・ランカスター首相が補佐官たちから離れ、階段をのぼってホワイト・ルームへ行くにも、ケラーと同じ長さの時間が、つまり五分が必要だった。部屋に入るなり、ダウニング街十番地で正式に用いられている便箋を一枚、胸ポケットからとりだした。元の便箋の束がグレアム・シーモアの前のコーヒーテーブルに置かれ、シーモアのパーカーの万年筆がその上にのっていた。

「国賓との会談中にこのようなメモを渡された首相は、英国史上これまで一人もいなかっただろう」ランカスターは便箋をコーヒーテーブルに落とした。「アブドゥッラーにはEU離脱に関する件だと言っておいた」

「女の現在位置を首相に知らせるべきだと思いましたので」

ジョナサン・ランカスターは便箋に視線を落とした。「頼みがある。このいまいましい便箋を焼き捨ててくれ。あとの便箋も」

「は？」

「メモをとったとき、下の便箋にも跡が残ったはずだ」ランカスターは非難がましく首を横にふった。「きみ、スパイ養成所で何も教わらなかったのかね？」

63

イートン広場、ベルグレーヴィア

ドアが閉まったとたん、非難の応酬が始まった。ダウニング街での会談は紛れもなき災厄だった。それ以外の言葉はない。災厄！　ランカスターが人権問題と投獄された女性たちの件で奇襲攻撃をかけてくることを、なぜ予測できなかったのか？　英国内のイスラム組織に対するサウジの財政援助をランカスターが議題として出す予定であることを、こちらはなぜ知らされていなかったのか？　なぜ不意打ちを食らったのか？　外務大臣のオベイドは、何を見ても陰謀だと騒ぎ立てる駐英大使カータニにすべての責任を押しつけた。廷臣長を務めるアル＝オマリは怒り心頭に発し、晩餐の予定をキャンセルして即刻リヤドに戻ろうと提案した。不意に老獪な政治家に変身してその提案を退けたのはアブドゥッラーだった。晩餐に出なかったら、英国を怒らせ、祖国における自分の立場が弱くなる、と主張した。友好的な雰囲気で訪問を終わらせなくてはならない。たとえ偽りの友好であろうとも。

そのいっぽうで、メディアに強気のコメントを出す準備がなされ、オベイドはＢＢＣへ、カータニはＣＮＮへ急いだ。不意に静かになった部屋で、アブドゥッラーは椅子にぐったりもたれて目を閉じ、片手を額にあてた。このしぐさは廷臣長アル＝オマリを意識したものだ。いかに些細な仕事でも、つまらない仕事でも、アル＝オマリはそうは思わない。昼も夜もアブドゥッラーのそばに侍っている。だから、この男の自尊心を傷つけないよう注意しなくてはならない。

「お加減がすぐれませんか、殿下？」

「少し疲れた。それだけのことだ」

「上の階へ行って休まれたほうがよろしいかと」

「その前にひと泳ぎしようと思う」

「サウナルームのスイッチを入れておきましょうか？」

「わたしにも自分でできることがまだいくつかある」アブドゥッラーはゆっくりと立ちあがった。「宮殿のクーデターか、イランによるサウジアラビア攻撃が起きないかぎり、七時半まで邪魔をしないでほしい。わかったね、マルワーン」

アブドゥッラーは階段を下りてプール室へ行った。ルーベンスやミケランジェロふうの豊満な裸体が描かれたアーチ形の天井に、水の青い光がちらちら反射していた。イスラムの敬虔な神学者たちがいまの自分を見たらどれほどショックを受けるだろう、と思った。

アブドゥッラーはハリードを失脚させるために、ワッハーブ派とサウード王家の古い盟約を新たなものにした。だが、心のなかでは、顎髯を生やした敬虔な連中のことを改革派に負けないぐらい嫌っていた。ダウニング街の会談が思いもよらず闘争的なものになったとはいえ、宗教色の濃い窮屈なリヤドから一時的に逃げだせて、アブドゥッラーはほっとしていた。女性の肉体を目にできなくていかに欲求不満に陥っていたかを実感した。スピードを上げて走るリムジンのスモークガラスの窓越しに、冬の寒さで青白くなった女たちの膝から下をちらっと見ただけでも興奮してしまう。

更衣室に入り、サウナルームのスイッチを入れてからローブを脱いだ。裸になって、等身大の鏡で自分の姿をつくづく眺めた。落胆した。思春期を過ぎてからついた筋肉はどれもとっくの昔に脂肪に変わっていた。胸筋は老婆の乳房のごとく垂れ下がり、巨大な太鼓腹にかぶさっている。脚はひょろっとしていて脛毛もなく、重い体重にあえいでいるかに見える。どこから見ても情けない外見を髪だけが救ってくれていた。豊かで、つやつやしていて、わずかに白髪が交じっている。

そろそろとプールに入ると、マナティーのような泳ぎで数往復した。そのあとでふたたび鏡の前に立ったとき、筋肉がややひきしまったような気がした。衣装戸棚に着替えが用意されていた。ウールのズボン、ブレザー、ストライプのドレスシャツ、下着、ローファー、ベルト。脇の下にデオドラント剤をスプレーし、髪を櫛でといてから、服を着た。

サウナルームの分厚いガラスドアは結露ですでに曇っていた。サウナを覗くような不届き者は一人もいない。世話焼きのアル＝オマリでさえも。アブドゥッラーは更衣室の外側のドアをロックしてから、以前はローブとプールで使うタオルの保管場所だった部屋のドアをあけた。いまでは一種の控えの間のようになっている。部屋の奥にもドアがある。そばの壁にはキーパッド。アブドゥッラーは四桁の数字を打ちこんだ。低い音を立ててロックがはずれた。

64

イートン広場、ベルグレーヴィア

となりとの境の壁に造られたコネクティング・ドアはすでにあいていた。通路の淡い光のなかに、コンスタンチン・ドラグノーフが立っていた。アブドゥッラーを長々と見つめた。無遠慮なその視線には恭しさのかけらもなかった。ロシア人にこのような無礼を働かれても仕方がない、とアブドゥッラーは思った。ドラグノーフとクレムリンにいるその友人の助けがなければ、いまもハリードが王位継承順位第一位のままだし、アブドゥッラーは権力の中枢から離れた家系に生まれた一文無しの中年プリンスに過ぎなかっただろう。

ようやく、ドラグノーフがわずかに頭を下げた。形ばかりのしぐさだった。「皇太子殿下」

「コンスタンチン。また会えてうれしく思うぞ」

アブドゥッラーは差しだされた手を握った。前に顔を合わせてから数カ月になる。あのときは、甥のハリードが誘拐された娘を見つけようとしてイスラエルの諜報機関の長官であるガブリエル・アロンという男を雇ったことを、ドラグノーフに伝えたのだった。

ドラグノーフがアブドゥッラーの手を放した。「ランカスターとの共同記者会見をテレビで見ました。正直な意見を申しあげると、ずいぶんぴりぴりされていたようですが」

「そのとおりだ。それに先立つ会談もぴりぴりしていた」

「大変でしたな」ドラグノーフは大きな金の腕時計に目をやった。「ここにいられるお時間は？」

「三十分。一分たりとも超えることはできん」

「階上へ行きましょうか？」

「広場に詰めている報道陣やカメラマンは大丈夫なのか？」

「シェードもカーテンも閉じてあります」

「きみのほうの使用人は？」

「若い女が一人だけ」ドラグノーフは狼のような微笑を浮かべた。「顔を見てのお楽しみということで」

二人は階段をのぼって広々とした客間へ行った。ペルメル街の紳士専用クラブのようなしつらえで、馬、犬、白いかつらをかぶった男たちの絵がかかっていた。黒いミニドレスのメイドが低いテーブルにカナッペのトレイを置いていた。年のころは三十五ぐらい。ドラグノーフはどこでこういう女たちを見つけてくるのだろう、とアブドゥッラーは首をひねった。

「飲みものはいかがです？」ドラグノーフが尋ねた。「ジュース？　ミネラルウォーター？　紅茶？」

「ジュース」アブドゥッラーは答えた。

「種類は？」

「フランスの葡萄から生まれて、細長いグラスに注ぐと泡立つものを」

「クーラーにルイ・ロデレール・クリスタルのボトルが入っているはずです」

アブドゥッラーは微笑した。「それがいい」

女がうなずいて出ていった。

アブドゥッラーは腰を下ろし、アブドゥッラーが勧めるカナッペを片手で断わった。

「ダウニング街でガチョウのように料理を詰めこまれた。八時には第二ラウンド開始の予定だ」

「たぶん、第一ラウンドよりましかと思いますが」

「疑わしい」

「もっと温かな歓迎を予期しておいでしたか？」

「そうなるはずだと言われていた」

「誰に？」

アブドゥッラーは尋問されているような気がした。「通常の外交ルートを通じて。それが何か問題なのかね？」

わずかな時間が過ぎた。やがて、ドラグノーフが静かに言った。「ロンドンのかわりにモスクワにおいでになっていれば、説教などされずにすんだでしょうに」

「皇太子になって初の外国訪問がモスクワだったりしたら、アメリカと、サウード王家内のわが敵対者たちに危険信号を送ることになってしまう。モスクワ訪問はわたしが国王になるまで待ったほうがいい。王座につけば、もう誰も逆らえない」

「そうかもしれませんが、クレムリンにいるわれわれの共通の友人は、殿下からはっきりした合図をいただきたいと願っております」

ついに来た――アブドゥッラーは思った。そちらも取引の条件を守るようにという圧力。アブドゥッラーは用心深く尋ねた。「どのような合図を？」

「殿下が資産総額一兆ドルを超える一族の長となられても、勝手な行動に出るつもりはないというお気持ちを、十二分に示すための合図です」ドラグノーフの微笑は無理に浮かべたものだった。「それだけの資産を手になさると、誰一人殿下に近づこうとしなかった時期に力をお貸しした者たちのことなど、忘れてしまわれるかもしれません。覚えておいてください。わが国の大統領が殿下に莫大な資金を注ぎこんだことを。大統領はそれなりの見返りを期待しております」

「礼はさせてもらう」アブドゥッラーは言った。「わたしが国王になったあとで」

「その前にとりあえず誠意を見せていただきたいとのことです」

「どのような誠意をお考えかな?」

「サウジアラビアの政府系ファンドから一千億ドルを拠出し、クレムリンにとって最重要案件であるいくつかのプロジェクトに投資をおこなう契約を結んでいただけるよう、願っております」

「きみにとっても最重要案件なのだろうな、たぶん」返事がなかったので、アブドゥッラーは言った。「ゆすられているような気がする」

「そうですか?」

アブドゥッラーはじっくり考えるふりをした。「そちらの大統領に伝えてくれ。来週モスクワに代表団を派遣する、と」

ドラグノーフは両手を合わせ、一致団結のしぐさをしてみせた。「うれしい知らせです」

アブドゥッラーは急にアルコールがほしくてたまらなくなった。うしろをちらっと見た。さっきの女はどこだ? 視線をもとに戻すと、ドラグノーフがキャビアのカナッペをむさぼっているところだった。黒いキャビアがひと粒、突きでた下唇にくっついていて、まるでチェックマークのように見える。

アブドゥッラーは視線をそらし、いきなり話題を変えた。「やつを殺す計画だったことを、なぜわたしに黙っていた？」

「誰のことです？」

「アロン」

ドラグノーフは手の甲で口を拭って、唇についていたキャビアをとった。「クレムリンとSVRの決定です。わたしが口出しできることではありませんでした」

「約束どおりハリードと王女だけを殺し、アロンを巻き添えにするのはやめるべきだった」

「やつも始末する必要があったのです」

「だが、始末できなかったではないか、コンスタンチン。あの夜、アロンは生き延びた」

ドラグノーフはくだらないと言いたげに片手をふった。「何をそんなに恐れておいでです？」

「ガブリエル・アロンを」

「恐れることなど何もありません」

「本当に？」

「やつを殺そうとしたのはわれわれです。殿下ではない」

「やつに区別がつくとは思えん」

「殿下はサウジアラビアの皇太子なのですよ、アブドゥッラー。ほどなく国王になられる方だ。いまの殿下には誰も、たとえガブリエル・アロンであろうと、指一本触れることはできません」

アブドゥッラーはうしろをちらっと見た。あの女はどこにいる？

アンナはSVRであらゆる武器の使い方の訓練を受けた――火器、ナイフ、爆発物――しかし、作戦遂行の重圧のもとでルイ・ロデレールのボトルの栓を抜く練習は一度もしたことがなかった。

ポンと大きな音を立ててコルクがようやくボトルから飛びだした瞬間、泡立つ高価な液体が何ミリリットルかカウンターにこぼれた。カウンターの汚れは無視して、アンナはメイド用エプロンのポケットに手を入れ、スポイトつきのピペットと、ほっそりしたガラスの小瓶をとりだした。小瓶のなかの透明な液体は地球上でもっとも危険な物質のひとつだった。瓶に入っているかぎりは無害だとモスクワ・センターがアンナに保証してくれた。しかし、いったんキャップをはずしたら、液体はたちまち気化して目に見えない致死性のアルファ線を放出しはじめる。作業は手早く、だが、きわめて慎重に進めなくてはならない。液体を口にするのも、蒸気を吸いこむのも、手を触れるのも厳禁。

クリスタル製のフルートグラスを二個のせたトレイがカウンターに置いてあった。アンナは震える手で小瓶の金属製キャップをはずした。ピペットで液体を二、三ミリ吸いあげと、味もないそうだ。

　小瓶のキャップを閉めてから、ピペットと一緒にエプロンのポケットに押しこんだ。次に、二個のグラスにシャンパンを注ぎ、左手でトレイを持ちあげた。放射性物質が入ったグラスは右側だ。弾ける泡と共にアルファ線が立ちのぼるのを肌で感じられそうな気がした。

　両開きのスイングドアの片方を押しあけ、バーにあった麻のカクテルナプキンを何枚かとった。客間に近づいたとき、サウジ皇太子の口から出た名前を耳にして、アンナの心臓がぐらっと傾いた。皇太子の前にカクテルナプキンを置き、そこに放射性物質入りのグラスをのせた。ドラグノーフのグラスは右手で持って彼に直接渡した。

　ドラグノーフが儀式ばった態度でグラスを掲げた。「将来に乾杯」と言って、シャンパンを飲んだ。

　サウジ皇太子は躊躇した。「じつは」しばらくしてから言った。「皇太子となるためにサウジアラビアに帰国した夜以来、アルコールは一滴たりとも口にしていなかった」

「よろしければ、メイドに何かほかのものを運ばせましょう」

「何を馬鹿なことを！」アブドゥッラーはグラスのシャンパンをいっきに飲みほした。

「まだあるかね？　シャンパンでも飲んでおかないと、ダウニング街の晩餐会は切り抜けられそうもない」

アンナは放射性物質に汚染されたグラスを受けとり、キッチンに戻った。サウジ皇太子はたったいま、ロンドン大都市圏の住人を一人残らず殺せるほどの量の放射性毒物を摂取した。細胞と臓器の破壊はもはや避けられず、治療薬も応急処置の方法もない。それにもかかわらず、アンナは皇太子にさらに毒物を与えようと決めた。今度はピペットを使うのを省略した。かわりに、残った液体をじかにグラスに落としてシャンパンを加えた。グラスの縁で泡が踊った。放射性物質を噴きあげるヴェスヴィオ火山が連想された。

客間でサウジ皇太子にシャンパンを出し、微笑と共に急いで部屋を出た。キッチンに戻ると、エプロンをはずしてゴミ箱に投げこんだ。空になった小瓶とピペットも投げこんだ。イギリス女からは、逃走するときには放射能で汚染された品を残していかないようにと命じられている。そんな命令に従う気など、アンナにはなかった。

目に見えない放射線の靄に囲まれて、アンナは電話で時刻を確認した。午後四時四十二分。上階の客間では、たぶん、アブドゥッラー・ビン・アブドゥルアズィーズ・アル・サウード皇太子殿下が死にかけているはず。アンナは震える手で煙草に火をつけた。

65

イートン広場、ベルグレーヴィア

コンスタンチン・ドラグノーフが自宅を出たのは午後五時二十二分だった。イートン広場の北西の角が通行止めになっているため、クリヴデン・プレースまでの短い距離を歩くしかなかった。メルセデス・マイバッハのリムジンがそこで待っている。ドラグノーフはアタッシェケースをつかみ、オーバーを腕にかけて、リアシートに乗りこんだ。リムジンは猛スピードで東へ向かい、〈オフィス〉の監視係がＢＭＷのバイクでそれを追った。

七分後に女性が姿を現わした。石段を下りたところで左へ曲がり、アブドゥッラー・ビン・アブドゥルアズィーズ・アル・サウード皇太子がダウニング街で八時に開かれる晩餐会の前に休息をとっているという住まいの前を通り過ぎた。住まいの前に立つ警護指令部の警官六人がその姿をしげしげと眺めた。バンの後部に身を隠したクリストファー・ケラーもじっと見ていた。もっとも、ケラーが彼女に関心を寄せているのはまったく違う理由からだった。

女性は警察の規制線を抜けると、エリ・ラヴォンの尾行に気づかないまま、キナートン通りのQパーク経営の駐車場まで歩いた。ルノー・クリオが出てくるまで十分近く待たされた。ようやく車に乗りこむと、北へ向かい、ロンドンの夕方のラッシュの流れに加わった。午後六時を何分か過ぎたころ、フィンチリー・ロードにあるスイス・コテージ地下鉄駅の入口の前を通り過ぎた。ラヴォンとミハイル・アブラモフがフォード・フィエスタであとに続いた。ハッチ・エンドの英国&イスラエル・チームは防犯カメラで彼女を追った。チームのリーダー二人は別々の場所にいた。グレアム・シーモアはダウニング街に。ガブリエルはノッティング・ヒルの隠れ家に。二人は安全な回線を使った電話で連絡をとりあっていた。最初に電話したのはガブリエルで、時刻は午後三時四十二分。アブドゥッラー皇太子がイートン広場の私邸に到着したときだった。以後、二人はその姿を見ていない。また、コンスタンチン・ドラグノーフかSVRの女性工作員がアブドゥッラーに会ったことを示す証拠も目にしていない。

「だったら、あの二人はなぜ急いで逃げだしたんだ?」ガブリエルは尋ねた。

「中止することにしたようだな」

「なぜ中止に?」

「われわれの監視に気づいたのかもしれない。もしくは、アブドゥッラーに会えなかったか」

「もしくは、アブドゥッラーはすでに瀕死の状態で」ガブリエルは言った。「手を下した犯人二人は急いで逃げだしたのかもしれない」

電話の向こうに沈黙が流れた。ようやく、シーモアが言った。「予定されている七時四十五分になってもアブドゥッラーが玄関から出てこなかったら、わたしから警視総監に電話して、ドラグノーフと女を逮捕してもらう」

「七時四十五分では遅すぎる。アブドゥッラーがまだ生きているかどうか確認する必要がある」

「首相からアブドゥッラーに電話してもらうわけにはいかない。すでにさんざん首相を巻きこんでしまった」

「だったら、ほかの誰かをあの住まいに送りこんで確認させるしかない」

「誰を？」

ガブリエルは電話を切った。

66

イートン広場、ベルグレーヴィア

ナイジェル・ウィットカムは車を飛ばし、ノッティング・ヒルからベルグレーヴィアまでをきっかり八分で走った。彼とガブリエルは車に残り、ハリードがイートン広場の通行止めの地点まで行った。七十一番地の玄関までハリードを案内したのはクリストファー・ケラーだった。

呼鈴を鳴らすと、廷臣長のマルワーン・アル＝オマリが出てきた。サウジの伝統衣装をまとっている。険悪な視線をハリードに据えた。「どういうご用件でしょう？」

「おじに会いに来た」

「僭越ながら、お会いになる気はないと存じます」

アル＝オマリは玄関を閉めようとしたが、ハリードが止めた。「よく聞け、マルワーン。わたしはサウード王家の一員で、おまえは名ばかりの執事のようなものだ。さあ、おじのもとへ案内しろ。わたしが――」

「なんだとおっしゃるのです？」アル＝オマリはどうにか微笑を浮かべた。「あいかわらず脅しをかけるおつもりですか？　少しは学習なさったかと思っておりましたが」

「わたしはいまも国王の息子だ。そして、マルワーン、おまえはラクダの糞だ。さあ、そこをどけ」

　アル＝オマリの微笑が消えた。「七時半まで邪魔をしないよう、アブドゥッラー殿下に厳命されております」

「緊急事態でなければ、わたしがここに駆けつけてくるはずがない」

　アル＝オマリは梃子でも動こうとしなかったが、やがて渋々脇へどいた。ハリードは玄関ホールに駆けこんだが、ケラーがあとに続こうとすると、アル＝オマリが彼の腕をつかんだ。

「なりません」

　ケラーは無言で広場に戻り、そのあいだに、ハリードはあとを追うアル＝オマリと共に急いで階段をのぼり、アブドゥッラーのスイートルームまで行った。ドアはロックされていた。アル＝オマリの遠慮がちなノックはほとんど聞こえなかった。

「殿下？」

　返事がないので、ハリードは廷臣長を押しのけて、てのひらでドアをがんがん叩いた。

「アブドゥッラー？　アブドゥッラー？　いるんですか？」返ってきたのは沈黙だけ。ドアの取っ手をつかんで揺すった。どっしりしたドアは船体のように頑丈だった。

ハリードはアル＝オマリに目を向けた。「どけ」

「何をなさるおつもりです？」

ハリードは右脚を上げると、靴底をドアに叩きつけた。木材の裂ける音がしたが、ドアは持ちこたえた。二回目の蹴りで取っ手が台座から浮き、三回目でドアのフレームが砕けた。自分の足の骨も何個か砕けたことをハリードは確信した。

痛みをこらえて脚をひきずりながら、豪華なスイートルームによろよろと入った。リビングにも、寝室にも、誰もいなかった。ハリードはアブドゥッラーの名前を叫んだが、依然として返事はなかった。

「きっと浴室のほうでしょう」苛立たしげにアル＝オマリが言った。「邪魔するわけにはいきません」

寝室に付属するバスルームのドアも閉まっていたが、ハリードが取っ手を押すと開いた。アブドゥッラーは浴槽のなかにも、シャワー・コーナーにもいなかった。洗面台の前で身づくろいをしているのでもなかった。

あとひとつドアが残っていた。トイレのドアだ。ハリードはノックを省略した。

「そ、そんな……」アル＝オマリがつぶやいた。

67

ダウニング街十番地

午後六時二十四分、グレアム・シーモアはロンドン警視庁の警視総監、ステラ・マキューアンに電話を入れた。のちに当然ながら調査がおこなわれ、短時間の通話内容が明らかにされることとなる。ちなみに、通話時間は五分だった。電話のあいだ、シーモアは彼がダウニング街十番地のホワイト・ルームにいることも、心配そうな顔の首相がそばにすわっていることも、いっさい漏らさなかった。

「SVRの暗殺チーム？」マキューアンが尋ねた。

「新たな連中だ」シーモアは嘆息した。

「標的は誰なの？」

「確かなことはわからない。われわれが推測するに、おそらくはクレムリンと衝突した何者か――もしくは、偽名でこの英国に住んでいたロシアの元情報部員だと思われる。あいにく、詳しい話はできないが」

「暗殺チームについては？」

「容疑者三名を特定した。一人は三十代半ばの女性。現在、ルノー・クリオでM25を東へ向かって走行中」シーモアは車の登録番号を告げた。「武器を持っていて、きわめて危険と思われる。武装警官の出動が必要だ」

「二人目は？」

「フリントンのベッドフォード・ハウスというホテルで女を待っている。今夜、二人で英国を離れる予定と思われる」

「そこからハリッジの港まではすぐだわ」

「最後のフェリーは」シーモアはつけくわえた。「十一時に出る」

「フリントンはエセックス州にある。つまり、エセックス警察の管轄よ」

「これは国家の安全保障に関わる問題だ、ステラ。きみの権限で進めてほしい。それから、男の扱いはくれぐれも慎重に。女よりさらに危険だとわれわれは見ている」

「武装警官を配備するのにしばらくかかるわ。そちらで男を監視してくれれば――」

「している」

ステラ・マキューアンは三人目について尋ねた。

「ロンドン・シティ空港でプライベート・ジェットに乗りこもうとしている」シーモアは答えた。

「行き先はモスクワ？」

「われわれはそう信じている」

「名前はわかってるの？」

シーモアは名前を告げた。

「新興財閥の？」

「コンスタンチン・ドラグノーフはただの新興財閥ではない。ただの財閥を超える存在があるとすれば」

「令状もなしにロシア大統領の友人を拘束することはできないわ」

「やつを検査して、化学薬品と放射性物質の有無をチェックしろ。拘束するに充分な証拠が見つかるはずだ。だが、急いでくれ。コンスタンチン・ドラグノーフをそのジェット機に乗せてはならん」

「部分的に隠しごとをされてるような気がするけど、グレアム」

「わたしは秘密情報部の長官だ。秘密を残しておくのが当然ではないかね？」シーモアは電話を切ってジョナサン・ランカスターを見た。「困ったことに、さらに興味深い進展になりそうです」

「さらに？」

ドアにノックが響いた。ジェフリー・スローンだった。いつも以上に青ざめていた。

「何かあったのか、ジェフリー？」

「皇太子が体調を崩したようです」

「病院へ運ぶ必要があるかね？」

「ただちにリヤドに戻りたいとのことです。現在、代表団と共にイートン広場の自宅を出ようとしておられます」

ランカスターは考えこむ様子で顎に手をあてた。「報道担当部に声明を作成させろ。軽いタッチにするんだ。一日も早い回復を願っている、G20で皇太子と会うのを楽しみにしている――そういった感じで」

「承知しました、首相」スローンは出ていった。

ランカスターはシーモアを見た。「ただちに帰国するという決断は、われわれにとって思いもよらぬ幸運だったな」

「幸運はこれと無関係です」

「どうやって段取りをつけたのだ？」

「国に戻って治療を受けるよう、ハリードがおじを説得したのです」

「いい判断だ」ランカスターは言った。

シーモアのブラックベリーが鳴りだした。

「今度はなんだ？」

シーモアは首相に電話の画面を見せた。ＭＩ５長官、アマンダ・ウォレスからだった。
「健闘を祈る」ジョナサン・ランカスターはそう言うと、そっと部屋を出ていった。

68

ロンドン・シティ空港

コンスタンチン・ドラグノーフが最初のサイレンを耳にしたのは、イースト・インディア・ドック・ロードで交通渋滞に巻きこまれていたときだった。運転手のヴァジムにカーラジオをつけるよう命じた。ラジオ4のニュースキャスターは退屈そうな口調だった。

〝サウジアラビアのアブドゥッラー皇太子は体調不良により、今夜予定されていたダウニング街の晩餐会に出席できなくなりました。ジョナサン・ランカスター首相は皇太子の一日も早い回復を願い……〟

「もういい、ヴァジム」

運転手はラジオを消すと、ロウワー・リーの交差点で右折した。イースト・インディア・ドックの古い船溜まりを過ぎ、次にリーマス・ペニンシュラに新たに建設された光り輝く高層オフィスビル群を通り過ぎた。ノース・ウールリッチ・ロードを東へ五キロほど走るとロンドン・シティ空港がある。空港に入るには、環状交差路を二カ所通らなくてはならない。最初の交差路はスムーズに流れていたが、二カ所目で警察の検問がおこなわれていた。

ライムグリーンの上着を着た警官がマイバッハに近づいてきて――やけに用心しているようにドラグノーフには思われた――運転席の窓を軽く叩いた。運転手のヴァジムが窓をあけた。

「足止めして申しわけありません」警官は言った。「保安上の緊急事態ですので」

「何があったんだ？」うしろのシートからドラグノーフが尋ねた。

「爆破予告です。おそらくいたずらと思われますが、目下、搭乗客は空港ターミナルに入ることができません。入れるのはプライベート機の搭乗客のみです」

「わたしが民間航空機を利用するような人間に見えるか？」

「お名前は？」

「ドラグノーフ。コンスタンチン・ドラグノーフだ」

警官はマイバッハを二カ所目の環状交差路へ誘導した。ヴァジムは車を進めてすぐに右折し、ロンドン・ジェット・センターの駐車場に入った。ロンドン・ジェット・センターというのは、この空港を拠点として運航支援をおこなっている事業者だ。

ドラグノーフは小さく悪態をついた。駐車場には警視庁の車両と警官がひしめいていた。ＳＣＯ19（銃器専門指令部）の警官も何人か含まれている。銃を構えた警官四人が即座にマイバッハをとりかこんだ。五人目がドラグノーフの窓をこぶしで叩き、降りるように命じた。

「どういうことだ?」ドラグノーフはきつい調子で訊いた。

SCO19の警官がH&K G36をドラグノーフの頭に突きつけた。「さあ!」

ドラグノーフはドアのロックをはずした。SCO19の警官がすぐさま乱暴にドアを開き、うしろのシートからドラグノーフをひきずりだした。

「わたしはロシア連邦の市民で、ロシア大統領の個人的な友人だぞ」

「それはまた遺憾なことだ」

「きみたちにわたしを逮捕する権利はない」

「逮捕しようというのではありません」

ジェット・センターの外に奇妙な形のテントが設営されていた。SCO19の警官がドラグノーフの電話をとりあげ、テントに彼を押しこんだ。テントのなかには、かさばった防護服に身を包んだ技師が四人いた。一人が小型スキャナーをドラグノーフの胴体にすべらせ、手足の上も往復させて、検査をおこなった。ドラグノーフの右手にスキャナーを走らせた瞬間、驚愕の表情であとずさった。

「どうした?」SCO19の警官が尋ねた。

「針がふりきれた」

「どういう意味だ？」

「測定不能なほど大量の放射線を浴びているということだ」技師は警官にもスキャナーを走らせた。「そして、きみも」

同じころ、アンナ・ユラソヴァはすでに、ベルグレーヴィアのコンスタンチン・ドラグノーフの邸内で浴びたタイタニック級の放射線の影響を受けはじめていた。頭痛が始まり、震えが止まらず、ひどい吐き気に襲われていた。M25を走る途中で二回ほど、道路脇に車を寄せて吐こうかと思ったが、やがて、胃を空っぽにしたい衝動は薄れていった。ところが、ポッターズ・バーという町に通じる出口が近くなるころ、ふたたび吐き気がこみあげてきた。それだけに、前方に交通事故の現場らしきものが見えてきたときは、思わずほっとした。

右側三車線が封鎖され、先端が赤く光る懐中電灯を手にした警官がすべての車を左車線へ誘導していた。アンナがその横を通り過ぎた瞬間、暗いなかで二人の目が合った。

車の流れが止まった。次の吐き気がこみあげてきた。アンナは額に手をあてた。じっとり汗ばんでいた。

吐き気が治まった。不意に凍えるような寒さを感じた。ヒーターのスイッチを入れてから、助手席にころがっているハンドバッグに手を入れた。電話を見つけるのにしばらくかかり、ニコライの番号をタップするにもしばらくかかった。

すぐに彼が出た。「いまどこだ？」

アンナは現在地を告げた。

「ニュースを聞いてたか？」

聞いていなかった。吐き気をこらえるのに必死だった。

「アブドゥッラーが晩餐会をキャンセルした。どうやら具合が悪いらしい」

「わたしも」

「なんの話だ？」

「きっと被爆したんだわ」

「飲んだのか？」

「馬鹿言わないで」

「だったら、そのうち治まるさ」ニコライは言った。「インフルエンザみたいなもんだ」

またしても吐き気に襲われた。アンナはついに車のドアを大きく開き、激しく嘔吐した。胃の痙攣（けいれん）がひどくて視野がかすむほどだった。ようやく視野が鮮明になった瞬間、タクティカル・ギアを着けた警官数人が銃を構えて車を囲んでいるのが目に入った。

アンナは電話を膝に置いてスピーカーホンに切り替えた。

「ニコライ？」

「その名前は使うな」

「もうどうでもいいわ、ニコライ」

アンナは助手席のシートの下に手を伸ばし、スチェッキンの床尾を握った。どうにか一発だけ撃つと、ハリケーンのごとく飛んできた弾丸で車の窓が粉々になった。

おまえは死んだ――アンナは思った。死んだ、死んだ、死んだ……。

銃撃が続いたのはせいぜい二、三秒だった。銃声がやむと、ミハイル・アブラモフはフォード・フィエスタのドアを乱暴に開き、破壊されたルノーに向かって高速道路の端を駆けていった。運転席側の開いたドアから、銃を手にした女の身体がシートベルトに支えられてだらりと垂れていた。警察無線の声が響き、周囲の車の人々が恐怖の悲鳴を上げていた。どこかから――ミハイルは思った――ロシア語で叫ぶ男の声が聞こえてくる。

〝そこにいるのか、アンナ？　何があった？　聞こえるか、アンナ？〟

突然、SCO19の警官二人が身体を回転させ、H&K G36をミハイルに向けた。ミハイルは両手を上げてゆっくりあとずさり、フォードに戻った。

「女は死んだのか？」エリ・ラヴォンが訊いた。

「完全に。フリントンのホテルにいる女の友達もそれを知ってる」

「どうやって知った？」

「撃たれた瞬間、女がその男と電話をしていた」

ラヴォンはガブリエルにメッセージを送った。即座に返事が来た。

「どう言ってる?」ミハイルは尋ねた。

「ただちにホテルを出るよう、ガブリエルがサラに指示したそうだ。おれたちには、大至急エセックスへ向かえとのことだ」

「あいつ、本気か?」背後では、夜の闇を切り裂いて何台もの車の警笛が響きわたっている。ひどい渋滞だ。「ガブリエルに伝えたほうがいい。しばらくここから抜けられそうもない、と」

69

フリントン゠オン゠シー、エセックス

ニコライ・アザロフはアンナの電話との接続を必要以上にひきのばしてしまった。彼の電話の記録では五分十二秒。ライフルのすさまじい銃声、ガラスが砕け散る音、アンナの苦悶の叫びを耳にした。次に聞こえてきたのは、きわめて特異な犯行現場の捜査が始まった瞬間の混沌とした状況だった。死亡が宣告され、そのすぐあとに〝針がふりきれた〟というような警告の叫びが続いた。同じ人物の声が、除染がすむまで車から離れているよう警官たちに指示した。ところが、車のすぐそばにいた一人が床にころがったアンナの電話を見つけた。さらに、通話中であることに気づいた。電話を回収する許可を上司に求めたが、拒否された。「女が電話に手を触れていたら」上司はどなった。「電話も大量の放射能に汚染されている」

そこでニコライは電話を切った。アンナの死から五分が過ぎていた。違う――怒りのなかで思った。死ではない。虐殺だ。ロンドン警視庁や、さまざまな州と地方の警察の規則

や方針に、ニコライは精通している。一般の警察官は銃を持たない。銃を持つのは認可を受けた武装警官か、ＳＣＯ19に配属されて高度な訓練を受けた銃器専門の警官にかぎられる。武装警官が一般的に所持する銃は、ニコライが電話越しに銃声を聞いたようなオートマティック・アサルト・ライフルではない。こうした火器で武装するのはＳＣＯ19の警官だけだ。連中がＭ25にいたということは、つまり、アンナを待ち伏せしていたという意味だ。放射能検知器を持った危険物対応チームの存在も然り。だが、アンナが放射能に汚染される可能性を警視庁はどうやって予測できたのか？　答えは明白だ――ニコライは推測した――英国側がアンナをずっと監視していたのだ。

しかし、それならなぜ、警察はおれを逮捕しようとしなかったんだ？　目下、彼はラウンジバーのいつものテーブルで紅茶を飲んでいた。午後の早い時間にチェックアウトだけしておいた。車は遊歩道の縁に置いてある。小型の旅行カバンはホテルのボーイに預けてある。作戦遂行のための重要な品は何も入っていない。マカロフの九ミリは背中のくびれの部分に差しこんである。ズボンの右ポケットには放射性毒物が入った予備の小瓶が隠してある。英国に持ちこむようモスクワ・センターに命じられたのだ。放射能が容器から洩れることはないとセンターが断言していた。だが、危険物対応チームの技師の声を聞いてしまった以上、センターの言葉はもう信じられなかった。

〝針がふりきれた……〟

カウンターの上のほうにあるテレビにちらっと目をやった。チャンネルはスカイ・ニュースに合わせてあった。ダウニング街から今夜の晩餐会の中止が発表される少し前に、ハリード・ビン・ムハンマドがイートン広場のおじの家を訪問したようだ。この件が注目を浴びたのには別の理由があった。退位後の彼が公の場に姿を見せたのはこれが初めてだったのだ。スカイ・ニュースはイートン広場に到着したときの彼をビデオ撮影するのに成功した。西洋ふうの装いで、かぶりものもないため、別人のようだった。しかしながら、ニコライの目はハリードの横を歩く英国人の護衛にひきよせられた。前にどこかで見た男だ。間違いない。

電話を手にとった。スカイ・ニュースは自社のサイトにビデオ映像つきでニュースをアップしている。ニコライはそれを三回見た。やはり思い違いではなかった。

〝新婚さんなの。急に結婚を決めたみたい……〟

ニコライは電話の電源を切ってSIMカードを抜きとった。それから、遊歩道を見渡すテラスに出た。あたりは暗くなり、風はやんでいた。監視の気配は見当たらないが、自分が監視されているのはわかっていた。車も監視されている。遊歩道の縁に置いてある。突然、そのうしろに別の車が止まった。ジャガーFタイプのオープンカー。鮮やかな赤。

ニコライはほくそ笑んだ。

上階の部屋で、サラはワルサーPPKをバッグに押しこみ、それから廊下に出た。エレベーターを待っていたとき、電話が鳴った。

「いまどこだ？」ケラーが心配そうな声で訊いた。

サラは説明した。

「ホテルを出るのにどれだけかかるんだ？」

「いま出ようとしてるところ」

「早く出ろ、サラ。大至急」

エレベーターがやってきた。サラはキャリーケースをころがして乗りこんだ。

「まだ切ってない？」

「切ってないとも」

「今夜の予定は？」

「遅めのディナーにしようと思ってた」

「どこか特別なところで？」

「おれの家」

「食事の相手がほしくない？」

「いいね」

エレベーターが停止し、ヒュッと音を立ててドアが開いた。フロントを通り過ぎるとき、サラは客室係の責任者マーガレットとコンシェルジュのエヴァンズに陽気に別れの挨拶をした。ラウンジバーのテレビに、ハリードの横について画面を横切るケラーの姿がちらっと映った。ラウンジバーにいた男が急いで出かけようとするかのように立ちあがった。ロシアから来た暗殺者だ。

サラはまわれ右をしてエレベーターに戻ろうかと考えた。だが、かわりに足を速めた。ホテルの玄関まで二十歩もなかったが、ロシア人が苦もなく追いついて、何か硬いものをサラの背中の下のほうに押しつけた。銃以外のものと間違える余地はなかった。

ロシア人は左手でサラの腕をつかんで微笑した。「残りの生涯を車椅子で送りたくなければ」と、低く言った。「このまま歩くんだ」

サラは電話をきつく握った。「まだ切ってない？」

「心配するな」ケラーが言った。「切ってないとも」

70

フリントン＝オン＝シー、エセックス

ホテルを出ると、ロシア人がサラの手から電話を奪い、接続を切った。通りに車が二台止められ、駐車場係が番をしていた。目の前の光景に唖然としていた。四十八時間前にこの女性は新婚の夫とホテルに到着した。今度はいきなり別の男と出ていこうとしている。

駐車場係がサラの手からキャリーケースを受けとった。「どちらの車に？」と尋ねた。

「ミセス・エジャートンのほうに」ロシア人がきびきびした英国のアクセントで答えた。

サラは驚きをどうにか押し隠した。どうやら、このロシア人はしばらく前から彼女の存在を知っていたようだ。彼は駐車場係から二台の車のキーを受けとり、〝ミセス・エジャートン〟のキャリーケースをジャガーのトランクに入れるよう指示した。サラはバッグだけは放すまいとしたが、ロシア人が彼女の肩から奪いとって、それもトランクに投げこんだ。バッグは予想外に重い音を立ててドサッと落ちた。

ロシア人は右腕にオーバーをかけていた。左手でトランクの蓋を閉め、次に助手席のド

アをあけた。サラは車に乗りこみながら遊歩道に目を走らせた。近くにＭＩ６の監視係が四人いる。誰も武装していない。サラの行方を見失わないことが最優先なのだ。駐車場係がロシア人が助手席のドアを閉め、車のうしろを通って運転席側にまわった。駐車場係がチップを待っていた。ロシア人は十ポンド札を手渡してから、運転席にすわり、エンジンをかけた。銃はすでに左手に移ってサラの右のヒップに向けられている。車が遊歩道の縁を離れたとき、サラがうしろにちらっと目をやると、駐車場係が走って追いかけてくるのが見えた。

ロシア人が彼の旅行カバンを積みこむのを忘れたのだった。

ロシア人は角を曲がってコノート・アヴェニューに入り、アクセルをめいっぱい踏みこんだ。サラの窓の外をいくつかの店が矢継ぎ早に過ぎていった。〈カフェ19〉〈オールソーツ調理器具〉〈カクストン書店&ギャラリー〉。ロシア人が彼女のヒップに銃身をきつく押しつけていた。右手でハンドルを握りしめている。バックミラーに視線を据えたままだ。

「前方を見たほうがいいと思うけど」サラは言った。

「誰だ？　あの連中は」

「海辺の町で心地よい夕暮れを楽しもうとしている無邪気な英国国民でしょ」

ロシア人はサラのヒップに銃をねじこんだ。「うしろのバンに乗ってる二人だ」英国ふうのアクセントは消えていた。「エセックス警察？　ＭＩ５？　ＭＩ６？」

「なんの話だかさっぱりわからないわ」

ロシア人は銃口をサラの側頭部に当てた。

「言っとくけど、あの二人が誰なのか、わたしは知らないのよ」

「あんたの夫は何者だ？」

「シティで働いてるわ」

「いまどこにいる？」

「ホテルに戻って、わたしがどこへ行ったのかと首をひねっているでしょうね」

「数分前にテレビでやつを見たぞ」

「まさか」

「ハリードを護衛して、イートン広場のおじの住まいに入っていくところだった」

「誰なの、ハリードって？」

銃身で殴られたことにサラは気づかなかった――右目の二センチほど上。気が遠くなりそうな激痛だった。「あなた、いま、人生で二番目に大きなミスを犯したわね」

「一番目はなんだ？」

「ハリードの娘に爆発物をくりつけたこと」

「うまくいって喜んでいる」道路を渡る歩行者をよけようとして、ロシア人はハンドルを切った。「あんたの夫は誰のために働いている？」

「MI6よ」

「では、あんたは？」

「CIA」それは嘘だが、ごく小さな嘘だった。そう言っておけば、ロシア人が彼女を殺すのを躊躇するかもしれない。

「では、うしろからついてくる二人は？」

「SCO19の警官」

「嘘だ、ミセス・エジャートン」

「だったら、嘘ってことにしておきましょ」

「やつらがSCO19なら、ホテルでおれを殺したはずだ」ロシア人はコノート・アヴェニューから脇道にそれ、静かな住宅地を無謀なスピードで走り抜けた。しばらくしてからバックミラーをチェックした。「くそ」

「うまくまけた？」

ロシア人は冷たく微笑した。「だめだ」

　車はスピードを上げてアッパー・フォース・アヴェニューを走り、フリントン鉄道駅の駐車場まで行った。駅舎はレンガ造りの古いもので、入口の上には白い柱廊に支えられた急勾配の屋根がのっていた。ここで見た花はいつまでもサラの記憶に残るだろう——駅舎の正面にハンギングバスケットがふたつ吊ってあり、赤と白のゼラニウムが咲いていた。

列車が着いたばかりと見えて、心地よい夕暮れの町にわずかな乗客が出てきた。派手なジャガーFタイプから降りる長身の男に一人か二人がちらっと目を向けたが、ほとんどの者は知らん顔だった。

あとから駐車場の狭いスペースに入ってきた白いフォードのバンに、ロシア人は足早に近づいた。サラが警告の叫びをあげたが無駄だった。ロシア人が運転席側の窓に弾丸を四発、フロントウィンドーにさらに三発撃ちこんだ。

「疑問に思っているかもしれないから言っておくと」運転席に戻ってから、ロシア人は言った。「あんたのために一発残してある」

車は駅の駐車場からエルム・ツリー・アヴェニューに出て、猛スピードで北へ向かった。どこへ行くかを心得ているように、サラには思われた。ウォルトン・ロードで右折、コールズ・レーンでもう一度右折。低木の列に縁どられた小道を進むと、やがて沼沢地に出た。人の存在を最初に感じたのは、マリーナの入口にある角砂糖みたいな形の警備員詰所を見たときだった。なかに警備員が一人いた。ロシア人はサラの懇願を無視して、銃に残っていた最後の弾丸を警備員に撃ちこんだ。それから装塡しなおして、さらに三回撃った。

落ち着き払ってジャガーに戻ると、マリーナへ続く道に車を走らせた。マリーナに人の姿がないのを知って、サラは心の片隅で安堵した。ロシア人はわずか五分のうちに三人も殺している。海に出てしまえば、殺す相手はサラ以外に誰もいなくなる。

71

エセックス――ロンドン・シティ空港

午後七時二十六分、フリントン＝オン＝シーの鉄道駅で銃声が聞こえたとの通報を受けて、エセックス警察が出動した。そこで被害者を二人発見。一人は四発、もう一人は三発撃たれていた。狼狽した様子の男性二人が必死に救命処置をおこなっていた。衝撃で呆然としている目撃者たちの説明によると、犯人は身なりのいい長身の男で、真っ赤なジャガーのスポーツカーを運転していたという。助手席に女性が乗っていた。銃撃のあいだ悲鳴をあげつづけていた。

これがもし、小火器が広く普及し、銃による暴力が日常茶飯事のアメリカで起きたことなら、警察は激怒したドライバーによる銃撃事件として処理していたかもしれない。しかしながら、エセックス警察がそのような推測をすることはなかった。ロンドン警視庁の協力を仰ぎ、狼狽した様子の男性二人からも事情を聞いて、銃撃犯がロシアの工作員であることを突き止めた。女性は共犯者ではなく人質だった。女性がプロの情報部員だったという過去については、エセックス警察のほうへはひとことも知らされず、アメリカ人であることを知るにとどまった。

ロシア人と女性の行方を追って必死の捜索が続いたにもかかわらず、一時間半以上が過ぎ、やがて、コールズ・レーンの突き当たりにあるマリーナに巡査二人が立ち寄った。ゲートの詰所で警備員が死んでいた。至近距離から四発撃たれていて、マリーナの事務所の外に真っ赤なジャガーがぞんざいに止めてあった。事務所のなかが荒らされていた。警察ではマリーナの防犯カメラの助けを借りて、ロシア人が地元の実業家所有のクルーザー、バヴァリア27スポーツを奪っていったことを確認した。ボルボ・ペンタのツインエンジン搭載。燃料タンクの容量は一四七ガロン。ロシア人はマリーナを出る前に満タンにしていった。全長わずか二十九フィートのバヴァリアは湾内や沿岸クルージング用に設計された船だ。しかし、船の操縦に慣れた者が舵をとれば、わずか数時間でヨーロッパ大陸に到着することも充分に可能だ。

巡査二人は知らなかったが、目下、外交と国家の安全を脅かす危機が急速に迫りつつあり、殺された警備員と消えたクルーザーはその小さな一部であった。危機を織りなす要素には、M25高速道路で死亡したロシアの女性工作員と、放射能汚染が深刻すぎてよそへ移せないため、ロンドン・シティ空港の危険物対応テント内に拘束中のロシアの新興財閥も含まれていた。

午後八時、ランカスター首相は英国の危機管理グループ、COBRAを召集した。グループのメンバーはいつものように、内閣府のブリーフィング・ルームAに集まった。ついでに言っておくと、COBRAの最後のAはここからとったものだ。最初から喧嘩腰の会議になった。MI5長官のアマンダ・ウォレスは、ロシアの暗殺チームが英国に入国したことを知らされていなかったせいで激怒していた。職員を二人亡くしたばかりのグレアム・シーモアにしてみれば、内輪もめをしている場合ではなかった。次のように言った――MI6がロシアの工作員のことを知ったのは、SVRに対して防諜作戦を進めていたときだった。彼らが本当に英国に入国したことを確認したあとで、首相と警視庁にそれを報告した。要するに、規則どおりに進めてきた。

不思議なことに、この会議の議事録にはアブドゥッラー皇太子の名前がいっさい出てこない。皇太子の突然の体調不良とロシアの暗殺チームに関係があるかもしれないという可能性についても。グレアム・シーモアはあえてその点に触れようとはしなかった。首相も同様だった。

ただ、九時になると、首相はダウニング街十番地の玄関の外でふたたびカメラの前に立った。今度は、ロンドン大都市圏とエセックス州にあるフリントン゠オン゠シーというリゾートタウンで起きた大事件について、英国民に説明するためだった。首相の言葉に真実はほとんど含まれていなかったが、あからさまな嘘ではなかった。真実を語るのを避けただけだった。例えば、トゥイズル河畔のマリーナで殺された警備員のことや、盗まれたクルーザー、バヴァリア27のことや、かつてCIAの人間だったアメリカ人女性が人質にされていることを。

ランカスターはまた、人質になったその女性を見つけるためにイスラエル諜報機関の長官であるガブリエル・アロンに広い裁量権を与えたことについても、しいて語る必要はないと判断した。九時十五分、もっとも信頼できる工作員二名と、クリストファー・ケラーという名のMI6の職員を連れて、アロンがロンドン・シティ空港に到着した。滑走路にガルフストリームG五五〇が待機していた。行先はまだ決まっていない。

72

ロンドン・シティ空港

ロンドン・ジェット・センターの入口の外で警視庁の警官が見張りに立っていた。ガブリエルが近づくと、警官はかさばった防護服の袖をひっぱってみせた。

「これ、本当にいらないんですか?」透明な防護マスク越しに尋ねた。

ガブリエルは首を横にふった。「わたしのイメージが崩れかねない」

「もうひとつの危険よりましだと思いますが」

「やつのそばにいても安全な時間はどれぐらいだ?」

「十分なら命に別状はありません。二十分になると危ない」

ガブリエルはテントに入った。がらんとした内部にはビジネススーツを着たグレイの髪の男性がいるだけで、長方形のテーブルの端で椅子にすわっていた。重装備のSCO19の警官四人がまわりを半円形に囲んでいなければ、プライベート機を利用する典型的なタイプに見えたかもしれない。ガブリエルは男性からできるだけ離れてテーブルの反対端に腰を下ろし、腕時計で時刻を確かめた。午後九時二十二分。

〝十分なら命に別状はありません。二十分になると危ない〟

男性はテーブルの上で重ねた自分の手をじっと見ていた。ようやく顔を上げた。一瞬、ふつうの服装で自分の前に出てきた人間がいたことに安堵したように見えた。やがて、不意に表情が変わった。ベルリンの隠れ家でハニファ・カウリーが浮かべたのと同じ表情になった。

「やあ、コンスタンチン。気を悪くしないでほしいんだが、きみのその姿、まるでぼろ雑巾だな」

ガブリエルはSCO19の警官たちをちらっと見て、テントを出るよう目の動きだけで指示した。一瞬が過ぎた。四人はぞろぞろと出ていった。

ガブリエルの権威を目のあたりにして、コンスタンチン・ドラグノーフは明らかに動揺していた。「わたしがここに押しこめられたのはあんたのせいだ」

「きみが放射能をまきちらす花火になったせいさ」ガブリエルはいったん言葉を切り、それからつけくわえた。「女も同じ状態だ」

「どこにいる？」

「きみと似ていなくもない状況にある。だが、きみのほうがはるかに深刻な危機に瀕している」

「わたしは何もしていない」

「だったら、放射能を垂れ流しているのはなぜだ？　また、ベルグレーヴィアのきみの豪邸が放射能汚染区域になっているのはなぜだ？　危険物対応チームは被爆を避けるために十五分交代で作業をしている。ある技師はあそこに戻るのを拒否した。それぐらいひどい状態なんだぞ。客間は悪夢のようだし、キッチンは目もあてられない。女がシャンパンを注いだカウンターはひどく汚染され、小瓶とスポイトつきのピペットを投げ捨てたゴミ箱のせいでスキャナーがこわれるところだった。アブドゥッラーが使った空のシャンパングラスにも同じことが言えるが、きみのグラスだってけっして無事ではなかった」ガブリエルは秘密を打ち明けるような口調になった。「ひとつ疑問に思うことがある」

「なんだ？」

「きみの良き友人である〈皇帝〉は、ついでにきみも殺そうとしたのではないだろうか」

「なぜそんなことをしなきゃならん？」

「〈皇帝〉はきみを信頼して数十億ドルを渡し、アブドゥッラーをクレムリンの操り人形に仕立てようとした。ところが、それだけの金をかけて手に入れたのはＭＩ６の協力者だった」ガブリエルは微笑した。「もしくは、〈皇帝〉はそう思いこんだ」

「英国側のスパイではないというのか？」

「アブドゥッラーが？」ガブリエルは首をふった。「馬鹿なことは言わないでくれ」

ドラグノーフの顔が憤怒で紅潮した。「悪党め」

「ほめても何も出ないぞ、コニー」

「わたしがあんたに何をしたというんだ？」

「ハリードが娘を見つけるためにわたしを雇ったことを〈皇帝〉に報告し、〈皇帝〉はその機会を利用してわたしを殺そうとした。あの夜、リーマのコートの下に隠された爆弾に気づかなかったら、わたしも一緒に死んでいただろう」

「あの子を助けようと努めるべきだったな。そのほうが良心の咎めを感じることもなかっただろうに」

ガブリエルはゆっくり立ちあがると、テーブルの反対側まで歩き、渾身の力をこめてドラグノーフの顔にこぶしを叩きこんだ。ロシア人は横ざまに倒れ、床の上で動かなくなった。その頭がまだ肩についているのを見て、ガブリエルは意外に思った。

「誰が計画したんだ、コンスタンチン？」

しばらくのあいだ、ドラグノーフは声も出せなかった。ようやく、うめきながら言った。

「なんの計画だ？」

「アブドゥッラーの暗殺」

ドラグノーフは何も答えなかった。

「きみが現在置かれている立場を説明してやろうか？　英国の刑務所で残りの生涯を送る

ことになる。イートン広場の住まいのような豪華さは望めないだろう」

「そのようなことは大統領が許さない」

「大統領はきみを助けられる立場にはない。それどころか、わたしが推測するに、英国政府がロシア大統領の逮捕状を出すかもしれない」

「では、今回の作戦の指揮をとったＳＶＲの職員の名前をあんたに教えたとしたら？　それで状況に何か変化があるか？」

「きみの協力はけっして忘れない」

「あんた、いつから英国政府にかわって発言できるようになったんだ？」

「わたしはリーマにかわって発言している。わたしが知りたいことを話してくれないなら、もう一度殴りつけてやる」

ガブリエルはふたたび腕時計で時刻を確かめた。九時二十六分……エセックス警察からの連絡では、サラとロシアの暗殺者はフリントンの北にあるマリーナから七時四十九分にクルーザーで出航したという。いまごろは十キロほど沖合に出ているだろう。沿岸警備隊が捜索を続けているが、まだ見つかっていない。

「さあ、教えてくれるね、コニー」

ドラグノーフはいまも床に倒れたままだった。「イギリス女だ」

「レベッカ・マニングか？」

「いまは父親の姓を名乗っている」

「会ったことは？」

「二回ほど顔を合わせる機会があった」

「どこで？」

「ヤセネヴォの小さな別荘（ダーチャ）。看板が出ていた。なんと書いてあったか思いだせないが」

「〈バルト海リサーチ委員会〉か？」

「そう、それだ。なぜ知っている？」

ガブリエルは答えなかった。「ふつうの状況なら、きみを助け起こすところだが。手を貸さなくても理解してくれるね？」

ドラグノーフは自力で椅子に戻った。顔の左側がすでにひどく腫れ、目があかなくなりかけている。ガブリエルは思った――全体の印象としては、前より少しましになった。

「話を続けろ、コニー」

「はっきり言って、そうむずかしい作戦ではなかった。ロンドン滞在中に少し時間をとってほしいとアブドゥッラーに頼むだけでよかった」

「それがきみの役割だったのか？」

ドラグノーフはうなずいた。「こういうことはそうやって運ぶものだ。つねに友人関係がものを言う」

「アブドゥッラーは地下の通路を使ってきみのところへ？」

「玄関は使ってないからな。そうだろう？」

「ルイ・ロデレールのグラスのほかに何を勧めた？」

「じつを言うと、あの男は二杯も飲んだ」

「どちらも放射能に汚染されていたのか？」

ドラグノーフはうなずいた。

「どんな物質を使った？」

「聞いていない」

「尋ねるべきだったな」

ドラグノーフは無言になった。

「女はなぜきみと一緒に空港へ行かなかったんだ？」

「なぜ本人に訊かない？」

「……女はすでに殺されたからだ、コンスタンチン。話を続けるのを拒んだら、きみも殺されるぞ」

「たわごとだ」

ガブリエルはブラックベリーのスリープ状態を解除して、ドラグノーフの前のテーブルに置いた。画面に出ていたのは、ルノー・クリオの運転席のドアのところで上半身を垂らした血まみれの女の写真だった。

「くそっ」

ガブリエルはブラックベリーを上着のポケットに戻した。「話を続けろ、コニー」

「別々に英国を出るよう、イギリス女に指示されていた。アンナは今夜、ハリッジからフク・ファン・ホラント行きのフェリーに乗る予定だった。十一時に」

「アンナ？」

「ユラソヴァ。大統領はアンナのことを彼女が子供だったころから知っている」

「ホテルにいた工作員も女と一緒に英国を出る予定だったのか？」

ドラグノーフはうなずいた。「ニコライというやつだ」

「オランダに着いたあと、二人はどこへ行く計画だった？」

「飛行機を使っても安全であれば、スキポール空港へ直行することになっていた」

「安全でなかったら？」

「隠れ家が用意してある」

「どこに？」

「知らん」ガブリエルが怒りの形相で椅子から立とうとすると、ドラグノーフは両手で顔を覆った。「頼む、アロン、やめてくれ。本当のことを言ってるんだ。隠れ家はオランダ南部にある。どこか海岸の近くだ。だが、わたしはそれだけしか知らん」

「いまもそこに誰かいるのか？」

「護衛が二人と、安全な回線でヤセネヴォと連絡をとる係が一人」

「モスクワ・センターとの連絡になぜ安全な回線を必要とする？」

「仮の宿ではないからだ。前哨基地のようなものだ」

「そこにはほかに誰がいる、コンスタンチン？」

ドラグノーフは返事を躊躇したが、やがて答えた。「イギリス女が」

「レベッカ・マニング？」

「フィルビーだ。いまは父親の姓を名乗っている」

73

北海

ニコライ・アザロフはけっして船の操縦のベテランではなかったが、父親が旧ソ連海軍で高い地位にいたため、彼も船にはけっこう詳しかった。マリーナを出ると、バヴァリア27の舵をとって浅いウォルトン水路を抜け、北海に出た。岬をまわったあとは真東へ進路をとってスピードを二十五ノットに上げた。この船の最高巡航速度を少し下まわる程度だった。それでも、船に搭載されたガーミン社の航法システムの予測によると、到着時刻は午前一時十五分とのこと。

目的地までは直線コースだった。ニコライは船の方向を定めてから、英国側に現在位置を把握されるのを防ぐために航法システムのスイッチを切った。彼の電話――アンナが殺される直前にかけてきた電話――は、ウォルトン水路の底に沈んでいる。ホテルの外で女から奪った電話も海底に沈めた。だが、通信手段がないわけではなかった。バヴァリアの船上ではインマルサット衛星電話とワイヤレス・ネットワークが使える。ニコライはマリーナを出てすぐに、ネットワークを遮断しておいた。電話機は女に奪われる危険がないよう、彼のポケットに入れてある。

女のスーツケースはジャガーのトランクに入ったままだが、バッグはニコライがとりあげた。なかから出てきたのは、メーク用品、抗鬱剤の小瓶、現金六百ポンド、そして、ワルサーPPKだった。興味深い武器を選んだものだ。パスポートや運転免許証はなし。クレジットカードやバンクカードもなし。

前方の海域に船影はまったくなかった。ニコライはワルサーの弾倉をはずして薬室の弾丸をとりだした。次に自動操舵装置をオンにしてから、銃と抗鬱剤の小瓶を持って昇降口の階段を下りた。サロンに入ると、テーブルのところから女が彼をにらみつけた。頰が赤く腫れあがっている。クルーザーに乗るのを拒んだ女をニコライが殴りつけたせいだ。

ラジオからBBC放送が流れていた。電波が弱くて音声は途切れがちだ。首相がダウニング街十番地の玄関の外で報道陣への発表をおこなったところだった。ロシアの工作員の遺体が放射能を帯びていたため、M25は通行止めになった。ロシアの新興財閥の身体も放射能を帯びていたため、ロンドン・シティ空港は閉鎖された。三人目のロシア人はフリントン＝オン＝シーの鉄道駅で二人の人間を殺害した。警察は目下、全力で行方を追っている。

ニコライはラジオを消した。「マリーナの警備員のことは言わなかったな」

「遺体がまだ見つかってないのかも」

「そいつは疑わしい」

ニコライは女の向かいにすわった。頬が腫れあがっているにもかかわらず、女はじつに魅力的だった。似合わない黒髪のウィッグをはずせば、もっときれいだろう。

抗鬱剤の小瓶を女の前に置いた。「どうして鬱なんだ？」

「あなたみたいな連中と過ごす時間が多すぎるから」

ニコライは小瓶に目をやった。「一錠飲んだほうがよさそうだ。気分が楽になるぞ」

女は無表情に彼を見つめた。

「こいつはどうだ？」ニコライは透明な液体が入った小瓶をテーブルに置いた。

「なんなの？」

「アブドゥッラーがベルグレーヴィアにあるコンスタンチン・ドラグノーフの豪邸を訪ねたときに、アンナがやつに飲ませたのと同じ放射性物質だ。そして、どういうわけか、あんたとお友達連中はそういう事態になるのを黙って見ていた」

女が小瓶に視線を落とした。「処分したほうがいいと思うけど」

「どうやって？　北海に流すのか？」ニコライはふざけ半分に嫌悪の表情を浮かべた。

「環境に与える被害のことを考えてみろ」

「いまこの瞬間にわたしたちが受けてる被害はどうなの？」

「口に入れないかぎり、危険性はまったくない」

「モスクワ・センターがそう言ったの？」

ニコライは小瓶をズボンのポケットに戻した。

「そこに入れておくのがいちばんね」

ニコライは思わず笑みを浮かべた。女の豪胆さに感心していることは自分でも認めざるをえなかった。

「いつから持ち歩いてるの？」女が訊いた。

「一週間になる」

「あなたから緑色がかった不気味な光が出てるのはそのせいだったのね。チェルノブイリより高濃度かもしれない」

「ついでに、あんたも」ニコライは女の頬の腫れを調べた。「痛むか？」

「頭痛ほどひどくないわ」

「ウィッグをとれ。見せてもらおう」

「せっかくだけど、もう充分見たでしょ」

「おれの言葉が聞こえなかったようだな」ニコライは声を低くした。「ウィッグをとれと言ったんだ」

女がためらうと、ニコライはテーブル越しに手を伸ばしてウィッグをむしりとった。女の金髪はもつれ、右耳の上に乾いた血がこびりついていた。それでも、ニコライは前に会った女だと気がついた。〈ジュネーブ・インターナショナル〉の警備主任をしていた馬鹿男に爆弾入りのアタッシェケースを渡した日のことだ。この女は日除けの下のテーブル席にすわっていた。となりにロシア人っぽい容貌の男がいて、カフェを出るニコライをつけてきた。一台の車もあとからついてきた。ハンドルを握っているのはニコライが見たことのない男だった。こめかみのあたりの髪がグレイの男。しかし、翌日の夜までに、モスクワ・センターが男の正体を突き止めた。

ガブリエル・アロン……。

ニコライはウィッグを脇へ放った。ウィッグをはずした女はさらに美しかった。女がアロンのもとでどんな任務を負っていたのか、だいたい想像がつく。イスラエルの連中もSVRに負けないぐらいハニートラップを使っている。

「アメリカ人だと言っていたように思うが」

「アメリカ人よ」

「ユダヤ系の？」

「ユダヤ教じゃなくて、じつは米国聖公会の信者なの」

「移住したのか？」

「イギリスに？」

ニコライは彼女に三度目のパンチを見舞った。その衝撃で彼女の鼻から血が噴きだした。彼女は衝撃のあまり黙りこんだ。

「おれはニコライ」しばらくして、彼は言った。「あんたは？」

女は返事をためらい、やがて答えた。「アリソン」

「名字は？」

「ダグラス」

「おいおい、アリソン、正直に答えないと……」

いまはもう、さほど気丈な女には見えなくなっていた。「わたしをどうする気？」

「殺して海に投げこむつもりだった」ニコライは彼女の腫れた頬に手を触れた。「あんたには気の毒だが、考えが変わった」

74

ロッテルダム

その夜、ジョナサン・ランカスター首相は一台の飛行機だけにロンドン・シティ空港を離陸する許可を与えた。その飛行機はガルフストリームG五五〇、午前零時二十五分にロッテルダムに着陸した。キング・サウル通りの手配によって、空港ターミナルの外でアウディのセダン二台が待っていた。ケラーとミハイルはそのままヘレヴートスライスという町へ向かった。南オランダで最大のマリーナのひとつがある町だ。船が苦手なエリ・ラヴォンに、ガブリエルは第二の候補地を選ぶように言った。

「オランダの海岸線がどれぐらいの長さか、知ってるかね？」ラヴォンが言った。

「四百四十一キロ」

ラヴォンは電話から顔を上げた。「なんでそんなことまで知ってる？」

「機内で調べておいた」

ラヴォンはふたたび視線を落とし、電話の画面に出ている地図を調べた。「もし、おれが舵をとっていたら……」

「そしたら？」

「暗いマリーナに入っていくようなまねはしない」

「じゃ、どうする？」

「どこかの海岸に船を乗り捨てるだろう」

「どこだ？」

ラヴォンはユダヤ教の律法（トーラー）に目を通すかのように、地図をじっくり見た。

「どこだ、エリ？」いらいらしながら、ガブリエルは訊いた。

「ここだ」ラヴォンは電話の画面を軽く叩いた。「レーネスセ」

ニコライはインマルサット衛星電話で一度だけ短い連絡をしたあと、船のスピードを三十ノットに上げた。その結果、ガーミン社の航法システムの最初の予測より十五分早くオランダの海岸に到着した。航海灯は消してあった。そのスイッチを入れると、次の瞬間、陸のほうで懐中電灯が光るのが見えた。

ニコライはふたたび航海灯を消し、スピードを最大にして、船が海底の砂地にめりこむ衝撃を待った。めりこんだ瞬間、船は激しく揺れて停止し、右舷のほうへ大きく傾いた。ニコライはエンジンを切って昇降口に首を突っこんだ。傾斜したギャレーのチーク材の床で、女が足場を確保しようとあがいていた。

「警告してくれてもよかったのに」

「行くぞ」

女が昇降口の階段をぎこちなくのぼってきた。ニコライは女を操舵室にひっぱりあげ、船尾のほうへ押しやった。

「水に入れ」

「あの水がどんなに冷たいか知ってるの？」

ニコライは女の頭にマカロフを向けた。「入るんだ」

女はまず靴を脱ぎ、スイムステップに足をかけて水にすべりこんだ。爪先が海底についた。水が胸まで来ていた。

「歩け」ニコライは命令した。

「どこへ？」

満潮線のあたりに姿を見せた二人の男のほうをニコライは指さした。「心配するな。なんの危険もない連中だ」

サラは震えながら岸をめざして水中を歩きはじめた。ニコライが音もなく水に入り、マカロフを掲げ持ってサラに続いた。砂丘の向こうの公共駐車場にオランダのプレートをつけたスウェーデン製のセダンが止まっていた。ニコライはサラと一緒にリアシートにすわり、銃を彼女の脇腹に押しつけた。眠りについている海辺の町を車が通り抜けたとき、対向車線を一台の車がやってきてビュンとすれ違った。

駐車場はカモメたちのものになっていた。ガブリエルは小道を通って浜辺へ急ぎ、海岸から三十メートルほど沖に航海灯を消したクルーザー、バヴァリア27スポーツを見つけた。水辺まで走り、満潮線のまわりの堅い平らな砂地を電話の光で照らした。至るところに足跡があった。靴をはいた男三人、はだしの女一人。足跡はどれもまだ新しい。あと一歩のところでサラに追いつけなかった。

走って駐車場に戻り、アウディに乗りこんだ。

「何か見つかったか?」ラヴォンが訊いた。

ガブリエルは状況を説明した。

「上陸したのはせいぜい数分前って感じだな」

「そのとおり」

「まさか、さっきの車にサラが乗ってたなんてことはないだろうな?」

「いや」アウディをバックさせながら、ガブリエルは言った。「乗ってたと思う」

車は右に大きな内湾を、左に海を見ながら、陸と陸を結ぶ狭い道路を走っていた。湾と海の位置からすると北へ向かっているわけだ、とサラは思った。暗いなかに道路標識が見えてきた。アウドルプという町の名前は、サラにとってなんの参考にもならなかった。

　車は環状交差路をまわり、それからスピードを上げて、テーブルの天板のように平らに広がる農地を走り抜けた。最後に角を曲がって、標識の出ていない狭い小道に入った。小道の先には木造の貸別荘がいくつかあり、草に覆われた砂丘の陰に隠れていた。そのうち一軒は背の高い生垣に囲まれ、古めかしいスイングドアつきの独立したガレージがついている。ニコライはボルボをそこに入れて施錠してから、サラを別荘へ連れていった。

　ウェディングケーキのように白くて、屋根は赤い瓦葺き。プレキシガラスのボードがベランダを風から守っている。そこで女性が一人待っていた。ガラス瓶に入れられた標本みたいだ。防水ジャケットをはおり、ストレッチジーンズをはいている。目が不自然なほど青い――そして、疲れが滲んでいるように、サラには思われた。夜のせいか、女性の外見はどうも冴えない。

　前髪が片方の目の上に垂れた。女性はそれを手で払いのけてサラを注意深く観察した。どことなく見覚えのあるしぐさだった。顔にも見覚えがあった。サラは不意に、どこでその顔を見たかを思いだした。

　モスクワの大統領官邸で開かれた記者会見……。

　ベランダに立つ女はレベッカ・マニングだった。

75

ロッテルダム

車はボルボ、ダークカラーの最新モデルだった。その点についてガブリエルとエリの意見は完全に一致した。二人ともフロントグリルをはっきり目撃し、円形のオーナメントと、左下から右上に斜めに走る特徴的な線をとらえていた。ガブリエルはセダンだと確信していた。ところが、ラヴォンはステーション・ワゴンだと言って譲らない。

車が向かっていた方向については、論争の余地はなかった。北だ。ガブリエルとラヴォンは海岸沿いの小さな村々を集中的にまわり、いっぽう、ミハイルとケラーは内陸の大きな町を調べてまわった。四人で合計百十二台のボルボを見つけた。サラはどの車にも乗っていなかった。

正直なところ、見つけだすのは不可能だった――ラヴォン曰く、〝オランダの干し草の山のなかで針を捜すようなものだ〟――しかし、七時十五分まで捜索を続け、そののちにロッテルダム南部の工業地区にあるコーヒーショップに全員が集まった。彼らが朝いちばんの客だった。となりにガソリンスタンドがあり、通りの向かいに車の販売代理店が二軒ある。もちろん、ボルボも扱っている。

環境に優しいオランダのパトカーが通りをゆっくり走っていった。

「何事だろう?」ミハイルが言った。

答えたのはラヴォンだった。「たぶん、田舎道を夜通し車で走りまわってた馬鹿どもを捜してるのさ。もしくは、レーネスセの近くでバヴァリア27を座礁させた天才を」

「もう見つかったと思うか?」

「クルーザーが?」ラヴォンはうなずいた。「見落とすほうがむずかしい。すでに明るくなってるから、とくにな」

「見つけたあとはどうなる?」

「オランダ警察が船の所有者と出航地点を突き止める。ほどなく、オランダの警官が総出で、ロシアの暗殺者とサラ・バンクロフトというアメリカ人の美女を捜すことになる」

「望ましい展開かもしれん」ミハイルは言った。

「レベッカとお友達のニコライが急場しのぎにサラを殺そうと決心しなければな」

「すでに殺した可能性もある」ミハイルはガブリエルを見た。「女の足跡があったのは確かか?」

「間違いない」

「なぜサラをわざわざ海岸まで連れてきたのかね？　荷物を減らしてモスクワへ逃げたほうが楽なのに」

「たぶん、その前にサラにいくつか質問するつもりだろう。連中の立場だったら、きみもそうするんじゃないか？」

「暴力を使う気だろうか？」

「条件によりけりだな」

「どんな？」

「誰が質問をするか」ガブリエルはケラーが不意にブラックベリーのキーを操作しはじめたことに気づいた。「どうした？」

「コンスタンチン・ドラグノーフの具合がよくないらしい」

「それはそれは」

「ゆうべ、女と二人でアブドゥッラー皇太子に毒を盛ったことを、いましがた警視庁の連中に白状したそうだ。ランカスターが十時にダウニング街で声明を出すことになった」

「頼みがある、クリストファー」

「なんだい？」

「いますぐ声明を出すよう、グレアムとランカスターに言ってくれ」

76

ダウニング街十番地

グレアム・シーモアがダウニング街十番地の玄関ホールで待っていると、ジョナサン・ランカスターがジェフリー・スローンを脇に従えて大階段を下りてきた。スローンは神経質にネクタイを直していて、まるで首相官邸の外に並んだカメラの列の前に彼自身が立たされようとしているかに見える。ランカスターは水色のメモカードを何枚か握りしめていた。シーモアを内閣会議室へ連れていき、厳粛な面持ちでドアを閉めた。

「完璧に運んだ。きみとガブリエルが保証してくれたように」

「ひとつだけ問題があります、首相」

「慎重に練りあげた計画も失敗に終わることが多い……」ランカスターはメモカードをかざした。「ロシアの連中がサラを殺そうとするのを、このカードで阻止できると思うか？」

「ガブリエルはそう考えているようです」

「ガブリエルがコンスタンチン・ドラグノーフを殴りつけたというのは本当か？」

「残念ながら」

「強烈だったかね?」ランカスターはいたずらっぽく尋ねた。

「きわめて」

「コンスタンチンが大怪我をしていなければいいが」

「いまのところ、当人は覚えてもいないでしょう」

「具合が悪いそうだな」

「一刻も早く飛行機に乗せたほうがいい」

ランカスターは一枚目のメモカードに視線を落とし、唇を動かしながら、用意した声明文の一行目をリハーサルのつもりで読みあげた。シーモアは思った――首相の言うとおりだ。完璧に運んだ。ガブリエルと力を合わせて、ロシアの連中をやつらと同じ手で打ち負かしてやった。〈皇帝〉は以前にも、大量破壊兵器を使って無謀な殺戮をおこなったことがある。だが、今回は現場を押さえられてしまった。きびしい結果に直面することになるだろう――制裁、国際社会からの排斥、G8への参加停止もありうる。ダメージは永久的なものになりそうだ。

「肝のすわった女だな」不意にランカスターが言った。

「サラ・バンクロフトのことですか?」

「レベッカ・マニングだよ」首相はいまもメモカードに視線を落としていた。「安全なモスクワでじっとしているものと思っていた」声をひそめた。「父親と同じように」

「彼女とは今後いっさい関わりを持つつもりがないことを、われわれが明言しましたからね。ロシアの国外に出ても彼女の身は安全というわけです」

「ミズ・フィルビーに対するわが国の姿勢を見直すべきかもしれない。こんな仕打ちをされたのでは、鎖で縛って英国に連行したいぐらいだ。じっさい……」ランカスターはメモカードをふってみせた。「用意した声明文に小さな修正を加えようかと思っている」

「やめておくよう助言します」

ドアが開き、ジェフリー・スローンが顔をのぞかせた。「時間です、首相」

政界のベテラン俳優であるランカスターは肩に力を入れてから、世界でもっとも有名なドアの外へ大股で出ていき、まばゆいフラッシュを浴びた。シーモアは声明発表をテレビで見るため、スローンについて彼のオフィスに入った。首相はたった一人でこの世界にいるかに見える。声は冷静だったが、怒りを含んでナイフのように鋭かった。

〝この極悪非道なる暴挙は、ロシア大統領じきじきの命令を受けてロシア連邦の情報機関が実行したものであり、とうてい看過できません……〟

完璧に運んだ――シーモアは思った。ただ、ひとつだけ問題がある。サラが囚われの身になってしまった。

77

アウドルプ、オランダ

サラが別荘に連れてこられて数分もしないうちに、人質をとる予定ではなかったことが明らかになった。ニコライがベッドのシーツをずたずたに裂いてサラの手足を縛り、猿ぐつわをきつくはめた。別荘の地下は石壁に囲まれた狭い部屋になっていた。サラはじっとり湿った壁にもたれてすわり、立てた膝に顎をのせた。浜辺まで歩いてずぶ濡れだったため、ほどなく歯の根も合わないほど震えはじめた。リーマのことと、この子が無惨に殺される前に囚われの身として過ごした幾多の夜のことを思った。十二歳の子がそんな苛酷な状況に耐えられたのなら、わたしだって耐えてみせる。

石の階段のてっぺんにドアがついている。ドアの向こうから、二人の人間がロシア語で話しているのが聞こえてきた。一人はニコライ、もう一人はレベッカ・マニングだ。声の調子からすると、ロシア大統領の親しい友人の逮捕とＳＶＲの女性工作員の死に至るまでの出来事を、つなぎあわせようとしているようだ。自分たちの作戦が最初から漏洩していて、ロシアの潜入スパイだったレベッカ・マニングの仮面をはいだ男、ガブリエル・アロンがなんらかの関わりを持っていたという結論に、二人がすでに達しているのは間違いない。いまのレベッカは自分のキャリアを守るために、いえ、たぶん命までも守るために戦っている。いずれ、サラを殺そうとするはずだ。

サラは少しでも寝ておかなくてはと思い、とろとろと浅い眠りに落ちた。せめて激しい震えだけでも止めたかった。夢のなかの彼女はナディア・アル＝バカリと一緒にカリブ海のビーチに横たわっていたが、目がさめると、ニコライと護衛二人が彼女を見下ろしていた。三人はティッシュの箱を持つかのように軽々とサラを抱きあげ、階段の上まで運んだ。リビングの真ん中に白木のテーブルが置かれていた。男たちはサラを椅子に無理やりすわらせ、猿ぐつわだけははずしたが、手足は縛ったままにしておいた。ニコライが彼女の口を手でふさぎ、悲鳴をあげたり助けを呼ぼうとしたりしたら殺すと言った。その態度からすると、口先だけの脅しではなさそうだった。

レベッカ・マニングはサラの存在に気づいていないかに見えた。腕組みをしてテレビに見入っていた。チャンネルはＢＢＣだ。英国を公式訪問中だったサウジアラビア皇太子の暗殺を企てたと言って、ジョナサン・ランカスター首相がロシアを非難したところだった。

〝この極悪非道なる暴挙……〟

レベッカはランカスターの声明にもうしばらく耳を傾けてから、リモコンをテレビ画面に向けて音を消した。それから向きを変え、サラにけわしい目を向けた。

ようやく尋ねた。「あなた、誰？」

「アリソン・ダグラス」

「どこの人間？」

「ＣＩＡ」

レベッカはニコライに視線を送った。こぶしではなく平手打ちが飛んできたが、それでも激痛が走った。サラはニコライの脅しに震えあがっていたため、悲鳴を押し殺した。

レベッカがサラに一歩近づき、透明な液体の入った小瓶をテーブルに置いた。「一滴摂取すれば、お友達の大天使でもあなたを救うことはできなくなるわ」

サラは無言で小瓶を凝視した。

「これで記憶が鮮明になるはずね。さあ、名前を言いなさい」

サラはニコライが片手をひいて構えるまで返事をひきのばし、それからようやく名前を名乗った。

「仕事用の名前？」レベッカが訊いた。

「いいえ、本名よ」

「サラはユダヤ系の名前ね」

「レベッカもそうだわ」

「誰のために働いてるの、サラ・バンクロフト？」

「ニューヨーク近代美術館」

「隠れ蓑として？」

「いいえ」

「じゃ、その前は？」

「ＣＩＡ」

「ガブリエル・アロンとはどういう関係？」

「作戦で二回ほど一緒だったわ」

「例えば？」

「イヴァン・ハリコフ」

「アブドゥッラー暗殺の計画をアロンは知ってたの？」

「もちろん」

「どういうわけで？」

「彼の思いつきよ」

　レベッカはサラの言葉に、みぞおちを殴られたかのような衝撃を受けた。しばらく無言だった。やがて尋ねた。「アブドゥッラーはＭＩ６の協力者だったの？」

「いいえ」サラは答えた。「ロシアの協力者だった。それなのに、レベッカ・マニング、あなたはアブドゥッラーを殺してしまった」

ガブリエルのブラックベリーが振動して電話の着信を知らせたのは、八時半のことだった。見覚えのない番号だった。ふつうなら、そんな電話は躊躇なく切るところだ。しかし、今回は切らなかった。ロッテルダムで八時半にかかってきた電話を切るわけにはいかない。〝応答〟をタップして、ブラックベリーを耳にあて、もしもしとつぶやいた。

「出てくれないんじゃないかと思ったわ」

「きみは誰だ？」

「この声に聞き覚えはない？」

女性の声。疲労と煙草でわずかにしゃがれている。アクセントは英国のものだが、かすかなフランス訛りが感じられる。なるほど、そうか。聞き覚えのある声だ。レベッカ・マニングの声だった。

78

アウドルプ、オランダ

そのビーチ・パビリオンの名前は〈ナチュラル・ハイ〉。夏のあいだ、オランダの海岸でもっともにぎわうスポットのひとつになる。しかし、いまは四月の朝の十時半、コロニアル様式の無人の館という雰囲気だった。天候は気まぐれで、いま強烈な太陽が照りつけていたと思ったら、次の瞬間、強烈な雨になる。ガブリエルはカフェという避難所からそれを見つめていた。マクベスのセリフが浮かんできた。〝こんないいとも悪いとも言える日ははじめてだ……〟突然、コーンウォール西部のリザード岬の崖の上にある海辺のカフェを思いだした。海沿いの小道を歩いてよくそこまで出かけ、ポットの紅茶と濃厚なクロテッド・クリームを添えたスコーンを頼み、そのあとふたたび歩いてガンワロー入江の彼のコテージに戻ったものだった。前世のことのような気がする。いつの日か、長官の任期が終わったら、あらためて訪ねてみよう。もしくは、キアラと子供たちをヴェネツィアへ連れていこう。カンナレージョ区の広いアパートメントを住まいにし、フランチェスコ・

ティエポロのもとで絵画の修復を手がけることにしよう。世界も、そこで生じる数多くの問題も、自分の横を通り過ぎていくだけだ。夜は家族と過ごし、昼はベッリーニ、ティツィアーノ、ティントレット、ヴェロネーゼといった古い友人たちと過ごそう。ふたたび無名の存在となり、絵筆とパレットを手にして作業用の足場にのぼり、シートの奥に身を隠すのだ。

しかし、いまの彼はどこからもよく見える場所にいた。窓際のテーブル席に一人ですわっていた。テーブルにはブラックベリーが置いてある。取引条件を交渉するあいだに、危うくバッテリーが切れるところだった。取引のタイミングに関して、レベッカがひとつふたつ難癖をつけたが、ガブリエルがロンドンに最後の電話をかけたあとで交渉が成立した。ダウニング街のほうもガブリエルに劣らず、交換を熱望しているようだった。

そのとき、ブラックベリーが光った。電話してきたのはエリ・ラヴォンだった。いまは外の駐車場にいる。「彼女が到着した」

「一人か?」

「そのようだ」

「どういう意味だ?」

「つまり」ラヴォンは言った。「車内にはほかに誰の姿もないということ」

「車種は?」

「ボルボ」

「セダン？　ステーションワゴン？」

電話が切れた。セダンだな――ガブリエルは思った。

背後にいるミハイルとケラーの様子を窺った。二人は奥の隅のテーブルについている。別のテーブルには、革ジャケットを着たＳＶＲの工作員が二人。レベッカ・マニングがカフェに入ってきてガブリエルの前にすわるのを、二人のロシア人は注意深く見守っていた。深緑の〈バブアー〉のジャケットを着たレベッカはいかにも英国人という雰囲気だ。電話をテーブルにのせ、その横にＬ＆Ｂの箱と古い銀色のライターを置いた。

「見てもいいか？」ガブリエルが尋ねた。

レベッカはうなずいた。

ガブリエルはライターを手にとった。刻まれた文字がかすかに見てとれる。〝母なる国への終生の奉仕に感謝して……〟

「新品を買ってくれてもよさそうなものだが」

「父が使ってたライターなの」

ガブリエルは彼女の腕時計に目を向けた。「それも？」

「ＳＶＲの私設博物館で埃をかぶってたから、時計店へ持ちこんで修理してもらったのよ。正確に動いてるわ」

「だったら、どうして十分遅刻したんだ?」ガブリエルはライターを煙草の箱にのせた。

「これはしまっておくほうがいいと思う」

「海辺のカフェでも?」レベッカは煙草とライターをバッグに戻した。「ロシアのほうがもう少し寛容だわ」

「きみの国の平均寿命にそれが反映されている」

「最新リストではきっと、北朝鮮より下になってるでしょうね」レベッカの微笑は心からのものだった。スコットランド北部にあるＭＩ６の秘密の収容所で最後に顔を合わせたときと違って、今回は誠意がこもっていた。「このあいだ、母があなたのことを尋ねていたわ」いきなり彼女が言った。

「いまもスペインに?」

レベッカはうなずいた。「モスクワで一緒に暮らしてくれるよう願ってたけど……」

「しかし?」

「一度来てくれたのよ。でも、モスクワは好きになれなかったみたい」

「いろいろあったからね」

ウェイトレスがそばをうろうろしていた。

「きみも何か頼んだほうがいい」ガブリエルは言った。

「長居するつもりはないわ」

「なぜ急ぐんだ?」

レベッカはコーヒー・フェルケートと呼ばれる熱いミルクコーヒーを頼んだ。ウェイトレスが立ち去ると、電話のロックを解除してガブリエルのほうへ押しやった。画面にサラ・バンクロフトの静止画像が出ていた。片方の頬が赤く腫れている。

「誰がこんなことを?」

レベッカは彼の質問を無視した。「再生して」

ガブリエルは〝再生〟のアイコンをタップし、我慢できるかぎり耳を傾けた。やがて〝停止〟をタップし、テーブル越しにレベッカをにらみつけた。「この録画をけっして公表しないよう助言したい」

「わたしたちの立場が正当化されるわ」

「重大なミスになるぞ」

「そうかしら?」

「サラはイスラエルではなくアメリカ市民だ。サラをここまでいたぶったことをCIAが知ったら、報復に出るだろう」

「アブドゥッラーはMI6の協力者だという偽情報をあなたがこちらに流したとき、あの女はあなたのもとで動いてたのよ」レベッカは電話をとりもどした。「でも、ご心配なく。録画はわたしが個人的に使うだけだから」

「それで充分だと思っているのか？」

「なんのこと？」

「ＳＶＲできみのキャリアを維持していくのに」

ミルク入りのダッチコーヒーをウェイトレスがテーブルに置くあいだ、レベッカは黙りこんだ。「そういうことだったの？　わたしを破滅させようとしたの？」

「違う。あの男を破滅させるのが狙いだった」

「わが国の大統領を？　風車に向かって突進したわけね、ドン・キホーテ」

「二、三時間待ってくれ。クレムリンがサウジアラビアの次期国王暗殺の指令を出したというニュースが広まるまで。ロシアは世界中の嫌われ者になるだろう」

「暗殺の黒幕はあなただわ。わたしたちじゃない」

「そう言ってがんばるがいい」

「インターネット・リサーチ・エージェンシーのトロールたちが荒らし行為を終えるころには、ロシアの関与を信じる者なんて世界に一人もいなくなるわ」レベッカはコーヒーに砂糖を入れ、考えこみながらスプーンでかきまぜた。「で、その〝嫌われ者状態〟を強固にするのは誰なの？　あなた？　英国？　合衆国？」レベッカはゆっくりと首をふった。「あなたはたぶん気づいてないでしょうけど、長年大切にされてきた西側の体制はもうぼろぼろなのよ。これからはわたしたちの時代よ。ロシア、中国、イラン……」

「サウジアラビアが抜けてるぞ」

「中東からの米軍撤退が完了すれば、サウジはほかに頼れるところがなくなり、ロシアに庇護してもらうしかないと悟るはずだわ。アブドゥッラーが王座にいてもいなくても」

「ハリードが国王になれば、話は違ってくる」

レベッカは片方の眉を上げた。「それがあなたの計画だったの？」

「次の国王を選ぶのはサウジの忠誠委員会であって、イスラエル国ではない。だが、わたしが選ぶとしたら、おじがロシアの放射性毒物の恐るべき副作用に苦しんでいるあいだ、おじの身を案じていた人物にするだろう」

「これのこと？」レベッカはガラスの小瓶をテーブルに置いた。

ガブリエルは身をひいた。「何が入っている？」

「名前はまだないわ。インターネット・リサーチ・エージェンシーが何かしゃれた名前を考えてくれるはずよ」レベッカは微笑した。「イスラエルっぽい響きのものを」

「アブドゥッラーが生き延びる可能性は？」

「ゼロね」

「では、きみはどうなんだ、レベッカ？」

レベッカは小瓶をバッグに戻した。

「向こうで信頼を得ることは二度とできないぞ。こんな結果になったからな。どうなると思う？　向こうの連中は、きみがモスクワ・センターに足を踏み入れた瞬間からＭＩ６の指示で動いていたのだと思うかもしれん。いずれにしろ、あっちに戻るなんて愚の骨頂だ。運がよければ、人里離れた寒村へ追放される程度ですむかもしれない。名前のかわりに番号で呼ばれているような村だ。結局は父親と同じ運命をたどることになるだろう。打ちひしがれた酔っぱらいの老いぼれになり、孤独のなかで生きていく」

「あなたに父のことをそんなふうに言う権利はないわ」

ガブリエルはレベッカの非難を黙って受け止めた。

「で、わたしにどこへ行けと言うの？　英国に戻ればいいの？」レベッカは眉をひそめた。

「真心からのアドバイスに感謝するけど、ロシアでチャンスに賭けてみるつもりよ」電話に手を伸ばした。「そろそろ終わりにしない？」

ガブリエルは彼の電話を手にとり、短いメッセージを打ちこんで送信した。十秒後に返信があった。「ドラグノーフの飛行機の離陸許可が下りたところだ。約四十五分後には英国の領空を出ているだろう」

レベッカは電話番号をダイヤルした。ロシア語で二言三言話してから電話を切った。

「レーネスセの中心部に、教会をとりかこむ大きな広場があるわ。人が多くてとてもにぎやかなところ。いまからきっかり一時間後に、ピッツェリアの前で彼女を車から降ろすことにする」レベッカは時刻を確認するかのように、父親の古い腕時計に目をやった。それから電話をバッグにしまい、ミハイルとケラーがすわっているテーブルのほうを見た。

「ひどく青白い顔をしたあの男、見覚えがあるわ。ワシントンの〈スターバックス〉であなたがわたしを罠にかけたとき、あの男も店内にいたでしょ？」

ガブリエルはためらい、それからうなずいた。

「もう一人のほうは？」

「ジョージタウンのあの狭い通りできみに撃たれた男だ」

「残念だわ。殺したと思ってたのに」レベッカ・マニングは唐突に立ちあがった。「続きはまたね」そう言って出ていった。

79

レーネスセ、オランダ

教会はレンガ造りの簡素なもので、周囲が石畳の環状交差路になっていた。ガブリエルとエリ・ラヴォンは小さなホテルの前に車を止めた。ミハイルとケラーは〈フィッシュマルクト・レーネスセ〉というシーフード・レストランの外に駐車場所を見つけた。二人の背後に、十一時四十三分きっかりにサラを車から降ろすとレベッカ・マニングが約束したピッツェリアがある。

いまは十一時三十九分。ミハイルはバックミラーで、ケラーはサイドミラーでピッツェリアを監視していた。ケラーはマールボロを続けざまに吸っている。ミハイルは彼の横の窓を何センチかあけて広場を見渡した。

「なあ、おれたち、ここで狙われたらひとたまりもないぞ」ミハイルはいったん言葉を切り、それからあとを続けた。「おれの組織の長官も」

「話はつけてある」

「ハリードもそうだった」ミハイルはケラーが煙草を揉み消し、すぐまた次のに火をつけるのを見守った。「本気で禁煙する必要があるぞ」

「なぜ？」

「サラが煙草嫌いだから」

ケラーはサイドミラーに視線を据えたまま、無言で煙草を吸った。

「きちんと話し合ったほうがいいと思わないか？」

「何を？」

「サラに対するきみのあからさまな思いについて」

ケラーはミハイルを横目で見た。「何を考えてるんだ、あんたらは？」

「あんたらって？」

「あんたとガブリエル。他人の私生活に干渉するのはやめて、何かもっとましなことをしたらどうだ？」

「好むと好まざるとにかかわらず、きみはいまやわれわれの仲間だ、クリストファー。つまり、われわれがきみの恋愛問題に首を突っこみたくなれば、いつでもその権利があるということだ」短い沈黙ののちに、ミハイルは静かな声でつけくわえた。「とくに、おれの元フィアンセが関係している場合は」

「あのホテルでは何もなかった。あんたが言ってるのがそのことなら」

「それに、おれはサラに恋なんかしていない」

「きみがそう言うのなら」ミハイルは時刻を確かめた。十一時四十一分。「わだかまりを作りたくない。それだけさ」

「なんのことだ?」

「われわれの関係に」

「おれたちがそういう関係だとは知らなかった」

ミハイルは思わず苦笑した。「いい仕事をいくつもしてきただろ、きみとおれで。これからも一緒に仕事をしていくと思う。サラのせいで気まずくなるのはいやなんだ」

「なぜそんな心配をする?」

「頼みがある、クリストファー。おれがつきあってたときよりもサラを大切にしてくれ。大切にされて当然の女だ」ミハイルは視線を上げてバックミラーを見た。「いまはとくに」

一分が過ぎた。また一分。ダッシュボードの時計は十一時四十四分になっていた。それから、ケラーの電話の時刻表示も。煙草を揉み消しながら、ケラーは小声で悪態をついた。

「レベッカが時間を守るなんて本気で思ってたわけじゃないだろう? ガブリエルのせいで、いささか不安定な未来が待つ国に帰ることになったんだぞ」

ケラーはうわの空で鎖骨をさすった。「自業自得ってもんだ」

「おっ」不意にミハイルが言った。「車が来た」

車はピッツェリアの前で止まった。ダークカラーのボルボのセダン。前に男が二人、うしろに女が二人すわっている。女の一人はキム・フィルビーの娘。もう一人はサラ・バンクロフトだった。サラは最後の反抗の印に、車を降りたあと、ドアをあけたままにしておいた。レベッカがうしろのシートで身を乗りだしてドアを閉めた。次の瞬間、車は急発進し、ミハイルの窓から数センチのところを走り過ぎた。

サラは呆然とした様子で、まばゆい陽光のなかにしばらく立ちつくしていた。しかし、走ってくるケラーに気づいた瞬間、大きな笑みを浮かべた。

「ゆうべのディナーの約束をすっぽかして悪かったわ。でも、仕方がなかったの」

ケラーは彼女の腫れた頰に手を触れた。

「あのホテルにいたお友達のしわざよ。ついでに言っておくと、名前はニコライ。そのうち、あなたが仕返ししてくれるわね」

ケラーは彼女に手を貸して車のリアシートに乗せた。ミハイルの運転する車がガブリエルとエリ・ラヴォンの車について二台で町から離れるあいだ、サラは愛らしく並んだ小さなコテージが窓の外を過ぎていくのを見つめていた。

「以前はオランダが好きだったのに。いまは一刻も早く離れたくてたまらない」

「ロッテルダムに飛行機が用意してある」

「どこへ行くの？」

「家に帰るんだ」ケラーは言った。

サラは彼の肩に頭を預け、目を閉じた。「もう帰ってきたわ」

第五部

復讐

80

ロンドン――エルサレム

放射能汚染がもっともひどかったのは、イートン広場にある、となりあった二戸の住まいだった。何が起きたかは、七十一番地のバスルームの奥にあるトイレから七十番地の客間とキッチンまで続く放射性物質の跡を見れば一目瞭然だった。警視庁はゴミ箱に捨てられていた凶器を見つけた――空になったガラスの小瓶、スポイトつきピペット、クリスタル製のフルートグラス、メイドのエプロン。どれを調べても、一秒間に測定された放射線の数が三万に達していた。警視庁の証拠保管室に置いておくのは危険すぎるため、英政府の核施設であるオルダーマストンの原子力兵器研究所へ送られた。

暗殺の実行犯だった女が最初に死亡した。遺体は高レベルの放射線を浴びていたので、放射能漏れの危険のない棺に安置され、女が乗っていた車、ルノー・クリオの運転席も放射能汚染がひどいためにオルダーマストンへ送られた。ロンドン・ジェット・センターのテント内の椅子も汚染されていた。汚染の元凶であるコンスタンチン・ドラグノーフは放射線病の重い症状を発症したあと、プライベート・ジェットで英国を出国する許可を与えられた。ロシア政府は最初の公式声明のなかで、騒ぎがあった夜にドラグノーフが体調を崩したのは単なる食中毒によるものだと述べた。ドラグノーフの自宅内部の放射能汚染については、ロシアの信用を傷つけてアラブ世界における評判を落とすために英国秘密情報部が仕組んだことだ、というのがクレムリンの主張だった。

翌日、ロンドン警視庁のステラ・マキューアン警視総監が、ドラグノーフの供述の録画映像を一部公表するという異例の措置をとったため、ロシア側の防衛線は崩れてしまった。クレムリンは録画を偽物だと主張し、ドラグノーフ自身もこれに同調した。目下、モスクワのルブリョフカ地区にある屋敷で静養中と言われている。じつのところは、クンツェヴォの中央クリニカル病院という、ロシアの政府高官やビジネス・エリート専用の病院で厳重な警備のもとに置かれている。命を救おうとする医者たちの努力も虚しいだけだ。ドラグノーフの細胞と臓器の破壊は避けがたいことで、それを阻止できる薬も救急療法もない。じっさい、ドラグノーフはすでに死んだも同然だった。

しかしながら、それから三週間にわたって持ちこたえた。ロシアにとっては悲惨な三週間で、モスクワの威信は、一九八三年に起きたソ連軍機による大韓航空〇〇七便撃墜事件以来と言ってもいいほど大幅に低下した。アラブとムスリム世界に抗議の嵐が吹き荒れた。カイロのロシア大使館前で爆弾が爆発した。パキスタンのロシア大使館にデモ隊が押し寄せた。

西欧社会の反応は穏やかだったが、ロシアが外交と財政面で被った損害は壊滅的だった。会談はキャンセル、銀行口座は凍結、大使たちは召還され、正体を知られているSVRの工作員たちは追放された。ただ、ロンドンでは追放の対象を絞ることにした。それによってロシアにメッセージを送ろうとしたのだ。ドミトリー・メントフ、エフゲニー・テプロフという、外交官の隠れ蓑をまとって活動していたSVRの職員二人が、好ましくない人物として国外退去を命じられた。同じ日の夜、チャールズ・ベネットというMI6の上級職員がセント・パンクラス駅でパリ行きのユーロスターに乗ろうとしたところを、ひそかに拘束された。この逮捕のことが英国民に知らされることはけっしてないだろう。

秘密にされたことはほかにも多々あった。すべてが国家安全保障という名のもとにおこなわれた。例えば、ロシアの暗殺チームが英国に来ていることを情報機関がいつ、どうやって知ったのかは、国民には知らされなかった。あるいは、コンスタンチン・ドラグノーフが今回の作戦で果たした役割を認めたのに、なぜ出国を許可されたのかについても、納得のいく説明はなされなかった。

メディアの容赦なき監視の目にさらされて、ほどなく公式発表に亀裂が入った。ダウニング街ではついに、出国許可が首相じきじきの命令だったことを認めた。もっとも、首相の動機には触れずじまいだった。『ガーディアン』紙の有名な報道記者が、ドラグノーフが出国できたのは、きびしい尋問を受けたのちに人質と交換されることになったからではないか、との説を述べた。〝ドラグノーフを虐待するような者はロンドン警視庁には一人もおりません〟というステラ・マキューアン警視総監の慎重な声明から、外部にそういう人間がいたのではという憶測が生まれた。

論争の嵐のなかでほぼ忘れられてしまったのが、アブドゥッラー・ビン・アブドゥルアズィーズ・アル・サウード皇太子だった。サウジアラビア政府が多額の出資をおこなっている国際ニュース衛星放送、アル＝アラビーヤの報道によると、アブドゥッラーはロンドンから帰国した九日後の午前四時三十七分に死去したとのこと。最期を看取った人々のなかに、アブドゥッラーが可愛がっていた甥のプリンス・ハリード・ビン・ムハンマドもいた。

しかし、そもそもロシアはなぜアブドゥッラー皇太子を暗殺したのか？　クレムリンはアラブ世界の新たな友人たちに積極的に言い寄っていたのではなかったか？　撤退を始めたアメリカにかわって、ロシアが中東の支配者になろうとしていたのではなかったか？　リヤドから返ってきたのは沈黙だけだった。モスクワから返ってきたのは否定とごまかしだった。テレビのコメンテーターたちは憶測を重ねた。報道記者たちは取材を進め、結果をふるいにかけた。真実に多少なりとも近づいた者は一人もいなかった。

ただ、手がかりは至るところにあった――イスタンブールの総領事館に、ジュネーブの私立学校に、そして、フランス南西部の野原に。しかし、放射線の痕跡と同じく、肉眼では証拠を見ることができない。ジャーナリストのなかに、大部分の者よりはるかに詳しい事情を把握している女性が一人いたが、仲間には明かそうとしないある理由から、あえて沈黙を守っていた。

クレムリンがコンスタンチン・ドラグノーフの死を遅ればせながら発表した日の夕方、女性はベルリンのオフィスを出て、いつもの習慣で通りの左右に目を走らせてから、かつての検問所の近くにあるフリードリヒシュトラーセのカフェへ向かった。尾行がついているのは承知のうえだった。いつか、向こうから接触してくるはずだ。そのときまでに準備を整えておこう。

放射線の痕跡があとひとつだけあったが、その存在が公になることはけっしてないだろう。その痕跡はロンドン・シティ空港から始まって、オランダの海辺のカフェへ、エルサレムのアパートメントへ、そして、テルアビブの平凡なオフィスビルの最上階へと移っていった。ウージ・ナヴォトが断言した――これは長官として早くも非凡な業績を残しているガブリエルの次なる偉業と言っていいだろう。現場で暗殺を実行した長官も、爆破事件で負傷した長官も、ガブリエルしかいない。今度はそれに、〝放射線か、ロシア人か、それ以外の何かに汚染された初の長官〟という怪しげな栄誉が加わったのだ。ナヴォトは冗談半分にライバルの幸運を羨んでみせた。キング・サウル通りに戻ってきたガブリエルに言った。「幸運が続いているうちに辞任したほうがいいぞ」

「辞任しようとしたことはある。じつを言うと、何回も」

長官室のドアに誰かが〝警告・放射線区域〟と書かれた黄色いステッカーを貼りつけていた。そして上級スタッフの最初のミーティングでは、ヨッシ・ガヴィシュから、ガイガー・カウンターとガブリエルの名前を刺繍した防護服が贈られた。それがみんなのお祝いの気持ちだった。あらゆる点から見て、今回の作戦は圧倒的な成功だった。ガブリエルが巧みに餌をまき、敵を大失態へと誘いこんだ。それと同時に、中東におけるロシアの影響力が増大するのを阻止し、リヤドにいたクレムリンの操り人形の排除に成功した。サウジの王座はハリードの手の届くところに戻ってきた。あとは、二度目のチャンスを与えてほしいと言って、ハリードが父王と忠誠委員会を説得すればいいだけだ。これに成功すれば、ガブリエルはハリードの大恩人ということになる。二人で力を合わせて中東を変えていけるだろう。イスラエルの――そして、ガブリエルと〈オフィス〉の――可能性は無限だ。

しかしながら、ガブリエルの最優先事項はイランだった。その日の夕方、カプラン通りの首相官邸を数時間訪れて、イランが極秘にしてきた核関連資料の内容を首相に説明した。その後、テレビのプライムタイムに開かれたイスラエル首相の記者会見が世界中に生中継されるあいだ、ガブリエルはカメラに映らないよう、脇に控えていた。三日後、『ハアレツ』紙と『ニューヨーク・タイムズ』から取材を申しこまれたので、ウージ・ナヴォトに、不都合な箇所を削除したうえでイランでの作戦について説明するよう指示した。その記事に込められたメッセージは明白だった。ガブリエルがテヘランの心臓部に忍びこみ、イランの現政権にとってもっとも貴重な秘密を盗みだしたのだ。核兵器開発計画を再開する気なら、ガブリエルがふたたびイランに出向くことになる。

ただ、大成功を収めても、リーマのことが彼の脳裏を去ることはめったになかった。ロシアを敵にまわして作戦に没頭していたあいだは、一時的に忘れていられた。だが、キング・サウル通りに戻って以来、リーマに心の安らぎを奪われている。不格好に膨らんだトグルボタンつきのコートを着て、エナメル靴をはいたリーマが夢に出てくる。ナディア・アル＝バカリに不気味なほど似ていることがよくあったが、ある悪夢のなかでは、ガブリエルの息子のダニエルになっていた。その場所ははるかに遠いフランスの野原ではなく、雪に覆われたウィーンの広場だった。コートとエナメル靴の子供が――幼い少年の顔をした少女が――ベンツのエンジンをかけようとしていた。「きれいねえ」少女が言った瞬間、爆発が起きた。やがて、炎が少女を包み、少女はガブリエルを見て言った。「最後のキスを……」

翌日の夜、キッチンの小さなカフェテーブルでマッシュルーム入りフェットチーネで静かな夕食をとりながら、ガブリエルはフランス南西部の野原で何が起きたのかを、キアラに詳しく語った。電話で聞いたロシアの女の声、車のリアウィンドーを砕いた弾丸、白くぎらつくヘッドライトの光のなかでリーマの遺体を拾い集めていたハリード。爆弾はわたしを狙ったものだった、とガブリエルは言った。実行犯たちに復讐し、策略に満ちた大きなゲームで敵を打ち負かした。それが中東の歴史の道筋を変えることになるだろう。だが、リーマは永遠に戻ってこない。しかも、リーマが誘拐されたことも、無惨に殺されたことも、まだ公にされていない。リーマは実在しなかったかのようだ。

「だったら」キアラが言った。「あなたの力でなんとかしてあげて」

「どうやって？」

キアラはガブリエルの手に彼女の手を重ねた。

「そんな時間はない」ガブリエルは抵抗した。

「その気になればどんなに速く仕事を進められる人か、わたしがこの目で見てきたわ」

ガブリエルはキアラの提案について考えこんだ。「エフライムに頼んで、美術館の保存修復ラボを使わせてもらってもいいな」

「だめ」キアラは言った。「このアパートメントでやるのよ」

「子供たちがいるのに？」

「もちろん」キアラは微笑した。「そろそろ、あの子たちに本当のガブリエル・アロンを見せてやらなきゃ」

いつものように、ガブリエルは自分でカンバスを用意した。一八〇センチ×一二〇センチ、枠はオーク材、布はイタリア製のリネン。下地塗りはヴェネツィア時代の師であったウンベルト・コンティから最初に教わったやり方で進めた。使う絵具の色合いはヴェロネーゼふうで、ティツィアーノっぽさも少し入っていた。

リーマと顔を合わせたのは一度だけだ。忘れようとしても忘れられない状況のもとだった。また、リーマがスペインのバスク地方に監禁されていたときにロシアの連中が撮影した写真も、ガブリエルは目にしている。それも記憶に刻みつけられている。少女は疲れた顔で、やせ細り、髪はひどくもつれていた。しかし、その写真には王族にふさわしい堂々たる威厳が感じられ、さらに重要なことだが、個性が出ていた。いい意味でも、悪い意味でも、リーマ・ビント・ハリードはあの父親の娘だったのだ。

リビングのテラスに近いところを一時的なアトリエにした。いつもの習慣で、作業スペースの守りを固めた。画材に手を触れないよう、子供たちにきびしく言い渡した。しかし、念のためにかならず、ウィンザー&ニュートン・シリーズ7という最高級の絵筆の一本をある決まった角度でカートに置くことにしていた。そうしておけば、侵入者があったかどうかは一目瞭然。いつも誰かが忍びこんでいた。惨事に至ることはほとんどなかったが、一度だけ、キング・サウル通りから帰宅したら、カンバスの左下の隅に指紋がいくつかついていたことがあった。分析の結果、アイリーンのものと判明した。

朝のうちに一時間ほど、夕食後に何分か、といった具合に、時間を見つけては制作を進めた。子供たちは彼のそばをめったに離れようとしなかった。スケッチも下絵も省略した。それでも、画家としてのガブリエルの腕はみごとだった。ナディアのときと同じポーズにしようと決め、カラヴァッジョ風の黒を背景にして、白いカウチにリーマをすわらせた。手足のポーズは子供っぽいが、全体の雰囲気をやや大人びたものにした。十二歳のかわりに、十六か十七歳。そうすれば、ハリードはもう少し長いあいだ娘と一緒にいられる。リーマの姿がカンバスに現われるにつれて、ガブリエルの夢のなかから徐々に彼女が消えていった。最後に夢に出てきたとき、リーマは父親に宛てた手紙をガブリエルに預けた。ガブリエルはそれも絵に描きこんだ。そのあと、カンバスの前に長いあいだ立ちつくした。右手を顎にあて、左手で右の肘を支え、首を軽くかしげて自分だけの思いに沈んでいたため、横にキアラが立っていることに気づかなかった。

「終わったの、シニョール・デルヴェッキオ？」

「いや」絵筆の絵具を拭きとりながら、ガブリエルは言った。「あと少しだ」

81

ラングレー――ニューヨーク

その日の午後、CIA長官モリス・ペインは彼専用の安全な回線を使ってガブリエルに電話をかけ、ワシントンに来てほしいと頼んだ。召喚というわけではないが、都合のいいときにどうぞという招待でもなかった。ガブリエルはカレンダーと相談するふりをしたあとで、いちばん早くて来週の火曜日になると答えた。

「もっといい提案があるぞ。明日はどうだ？」

本当のことを言うと、ガブリエルは出かけたくてうずうずしていた。アブドゥッラーを王位継承者から排除するためにとった作戦の一部始終を、ペインに説明する義務がある。さらに、ハリードが王座につくことを、ペインとホワイトハウスにいる彼のボスに承認してもらう必要がある。忠誠委員会では新たな皇太子をまだ選定していない。サウジアラビアはまたしても、正式な後継者がいないまま、八十代の病身の国王に統治されているわけだ。

ガブリエルは夜間の便でワシントンへ飛び、翌日、ラングレーの七階にあるペインの執務室で彼に会った。その席でわかったのだが、アブドゥッラーの死去に関してガブリエルが果たした役割を告白する必要はなかった。アメリカ側はすべてを知っていた。

「どんな方法で？」

「SVR内部に情報源がいるんだ。きみのせいで向こうは大混乱のようだぞ」

「レベッカ・マニングに関して何か噂は？」

「フィルビーのことかね？」ペインは苦々しげに首をふった。「いつわたしに打ち明けるつもりだったんだ？」

「わたしの役目ではなかったから、モリス」

「どうやら、風前の灯火のようだぞ」

「ロシアに戻るのはよせと言ったのに」

「彼女に会ったのか？」

「オランダで。人質の交換について相談しなくてはならなかった」

「ドラグノーフと女の交換か？」ペインは突きでた顎をなでながら考えこんだ。「先日のディナーのことを覚えてるかね？」

「楽しい思い出だ」

「あの地域の安定のためにアブドゥッラーに脇へどいてもらうことを考えてはどうだ、とわたしがほのめかしたら、きみはマザー・テレサをバラせと言われたような顔でわたしを見た」

ガブリエルは無言だった。

「なぜわれわれを仲間に入れてくれなかった？」

「〝船頭多くして〟ってやつだ」

「サウジアラビアはアメリカの同盟国だぞ」

「そして、わたしの努力によって、いまも同盟国のままだ。あとは、あなたからリヤドに伝えるだけでいい――ハリードが皇太子に返り咲くことをワシントンは歓迎する、と」

「われわれの耳に入った噂では、ハリードが皇太子のままでいる期間は長くないそうだ」

「たぶん」

「国王になる覚悟はできているだろうか？」

「別人のようになるはずだ、モリス」

ペインにはそこまでの確信はないようだった。急に話題を変えた。人と話をするときの彼の癖だ。「ロシアの連中、ずいぶんいたぶってくれたそうだな」

「サラのことか？」

ペインはうなずいた。

「あの状況では」ガブリエルは言った。「もっとひどいことになりかねなかった」

「現場に出たときの様子はどうだった？」

「天性の才能がある」

「だったらなぜ、ニューヨークの美術館に勤めてるんだ？」

「サラのファイルを読んでくれ」

「読んだばかりだ」ペインのデスクにコピーがのっていた。「きみが彼女を説得してうちに復帰させることはできないか？」

「無理だね」

「なぜ？」

「わたしの勘違いかもしれないが、すでによそから声がかかっているようだ」


ガブリエルは三時のニューヨーク行きの列車に間に合うようにラングレーを出た。イスラエル領事館の車がペンシルヴェニア駅で彼を出迎え、春の夕方の暖かな街を走って、二番街と東六十四丁目の角まで送った。ガブリエルが入ったのはイタリアン・レストラン。古めかしくて、ひどく騒々しい店だった。バーの人込みをかき分けて、サラのいるテーブルまで行った。サラはビジネススーツ姿で、オリーブ三個を添えたマティーニを飲んでいた。ガブリエルがそばまで行くと、笑みを浮かべ、キスを受けるために顔を上げた。ニコライというロシアの暗殺者と北海を渡ったあの夜の痕跡は、もうどこにもなかった。それどころか──席につきながら、ガブリエルは思った──以前にも増して輝いている。

「これになさいよ」サラはきれいにネイルした爪でグラスの縁を軽く叩いてみせた。「その背中の痛み、ぜったい消えるから」

ガブリエルはイタリア産のソーヴィニヨン・ブランを頼んだ。すぐさま、見たこともないほど大きなグラスでワインが運ばれてきた。

サラがマティーニのグラスを何ミリか持ちあげた。「秘密の世界に乾杯」混みあった店内を見渡した。「お友達が一緒じゃないの？」

「連中の分の予約がとれなかった」

「じゃ、あなたを独り占めできるのね。何か淫らなことをしましょうよ」サラはいたずらっぽく笑うと、マティーニを少し飲んだ。声もしぐさも別の時代から来た女のようだ。ガブリエルはいつものように、フィッツジェラルドの小説の登場人物と会話をしているような気がした。

「ラングレーはどうだった？」サラが訊いた。

「モリスがきみのことばかり言っていた」

「わたしがいなくて、みんな、寂しがってる？」

ガブリエルは微笑した。「街じゅう、火が消えたようだ。きみをとりもどすためなら、モリスはどんなことでもするだろう」

「やってしまったことはとりかえしがつかないわ」サラは声を落とし、内緒話をするときのひそやかな声になった。「ただし、ハリードだけは例外ね。悲劇のヒーローの破滅をあなたが救ってくれた」そう言って微笑した。「ハリードはあなたの手で修復されたのよ」

「完全に」ガブリエルは言った。

「ハリードの帰還にモリスはゴーサインを出した?」

ガブリエルはうなずいた。「ホワイトハウスもだ。ハリードのドラマのシーズン2が制作に入ろうとしている」

「シーズン1ほど波乱含みではないことを願いましょう」

ウェイターがやってきた。サラはインサラータ・カプレーゼと子牛のソテーを頼んだ。ガブリエルも同じものにした。

「仕事はどうだい?」

「わたしがMoMAを留守にしてたあいだに、ナディア・アル=バカリ・コレクションが壁から落ちるようなことはなかったみたい。それどころか、スタッフはわたしの留守にほとんど気づいてなかったわ」

「今後の予定は?」

「場所を変えようかと思ってるの」

今度はガブリエルのほうが店内を見渡した。「けっこうすてきなところじゃないか、サラ」

「アッパー・イースト・サイドが？　それなりに魅力はあるわよ。でも、わたしは昔からロンドンのほうが好きだった。とくに、ケンジントンが」

「サラ……」

「わかってる、わかってる」

「あいつに会いにロンドンへ行ったのか？」

「先週末に。このマティーニに負けないぐらいすてきだったわ。ねえ、彼のメゾネットって最高ね。たとえ家具が入ってなくても」

「あれを買う金をどこで手に入れたか、あいつ、きみに話したかい？」

「コルシカ島のドン・オルサーティとかいう人のことを何か言ってたわ。そっちにも家があるんですってね」

「モネの絵もある」ガブリエルはサラを非難の目でじっと見た。「きみとつきあうには、やつは年をとりすぎてる」

「わたしがこの何年かデートしてきた相手のなかでは、彼がいちばん若いわ。それに、服を脱いだ彼を見たことはある？」

「きみ、見たのか？」

サラは視線をそらした。

「わたしの説得できみをあきらめさせるのは無理なのか？」

「どうしてあきらめさせようとするの？」

「殺しで生計を立ててきた男と関わりを持つのはまずいんじゃないかと思って」

「あなたがクリストファーの過去を大目に見ることができるのなら、どうしてわたしが大目に見ちゃいけないの？」

「わたしの場合、ロンドンに越してやっと暮らそうと思ったことが一度もないからだ」ガブリエルはゆっくりと息を吐いた。「きみ、仕事はどうするつもりだ？」

「こんなことを言うと、あなたにはショックかもしれないけど、お金は問題じゃないのよ。父の遺産のおかげで、とっても裕福に暮らしてるの。でも、やっぱり何かしたいわね」

「どんなことを考えてたんだい？」

「画廊経営かしら、たぶん」

ガブリエルは微笑した。「セント・ジェームズのメイソンズ・ヤードにいい画廊がある。イタリアの巨匠の作品を専門に扱っているところだ。オーナーが二年ほど前から引退したがっていて、あとを託せる者を探している」

「財務状況はどうなの？」当然の関心をそこに向けて、サラは尋ねた。

「あるロシアの実業家を顧客にしたおかげで、きわめて楽な状態だ」

「その作戦のことなら、クリストファーがすべて話してくれたわ」

「本当に？」ガブリエルは困惑した。「では、オリヴィア・ワトソンのことも？」

サラはうなずいた。「それから、モロッコのことも。誘ってもらえなくて残念だわ」

「オリヴィアはベリー通りで画廊をやっている」ガブリエルは警告した。「きみが彼女とばったり会う可能性もある」

「そして、クリストファーがミハイルとばったり会う可能性もあるわ。わたしたちが次に……」サラは途中で言葉を切った。

「少々気まずい思いをするかもな」

「かもしれない。でも、なんとかなるわ」サラは急に悲しげな表情になり、笑みを浮かべた。「人はそうやって生きていくのよ。そうでしょ、ガブリエル」

そのとき、彼のブラックベリーが振動した。独特の振動パターンなので、キング・サウル通りからの緊急メッセージだとわかった。

「何か深刻な問題でも？」サラが尋ねた。

「忠誠委員会がたったいま、ハリードを新皇太子に選定した」

「早かったのね」突然、サラのｉＰｈｏｎｅも振動しはじめた。メッセージを読むサラの顔に笑みに浮かんだ。

「ケラーだったら、わたしから話があると伝えてくれ」

「ケラーじゃないわ。ハリードよ」

「用はなんだ?」

サラはガブリエルに電話を渡した。「あなたよ」

82

ティベリア

皇太子に返り咲いたハリード・ビン・ムハンマドがまず公式におこなったのは、ロシア連邦との絆を断ち切り、サウジアラビア王国からロシア市民を追放することだった。中東を専門とするアナリストたちは彼の自制心を賞賛し、以前のハリードなら荒っぽい行動に出ていただろうと述べた。だが、新たなハリードは老練な政治家並みの明敏さと思慮分別を発揮していた。誰か賢明な人物が彼の耳にささやきかけているのは明らかだ、とアナリストたちは推測した。

サウジ国内においては、おじの短期間の統治がもたらしたダメージを――そして、ハリード自身がもたらしたダメージをも――消し去るべく、機敏に動いた。女性の人権を求める活動家や民主改革の支持者たちを刑務所から釈放した。さらに、オマール・ナーワフと同じくハリードを個人的に非難していた人気ブロガーを自由の身にした。恐怖の宗教警察（ムタワ）がリヤドの通りから姿を消すにつれて、活気が戻ってきた。新しい映画館がオープンした。

サウジの若者たちが夜遅くまでカフェにたむろするようになった。

しかし、ハリードの行動はだいたいにおいて、身につけたばかりの用心深さを特徴としていた。宮廷は彼の命令に喜んで従おうという忠臣にあふれているが、古株の伝統主義者も何人か交じっていて、中東情勢を見守る者たちに向かって、ハリードは合議制による統治というサウード王家の伝統に立ち戻ろうとしている、と述べている。以前のハリードがせっかちな男だったのに対して、新たなハリードは性急さより漸進主義を好んでいるように見える。“少しずつ（シュワイヤ）、少しずつ（シュワイヤ）”が公式スローガンのようになっている。とはいえ、ハリードはけっして甘く見ていい支配者ではなく、ある有名な改革派の男は公の場に登場したハリードに野次を飛ばしたあとで、それを思い知らされる結果となった。懲役一年の刑という宣告が、反体制派に対するＫＢＭの忍耐にも限度があることを示していた。中東情勢を見守る者たちは言った――ハリードは良識ある専制君主だが、専制君主であることには変わりがない。

ハリードの私的な面での行動も変化した。超大型クルーザーとフランスのシャトーを売り払い、リッツ・カールトン・ホテルに軟禁した男たちに数十億ドルずつを返却した。また、アート・コレクションの多くも手放した。ダ・ヴィンチの《サルヴァトール・ムンディ》の売却は、ロンドンのメイソンズ・ヤードにある〈イシャーウッド・ファイン・アーツ〉に一任された。購入仲介者の欄に記入されたのは、かつてニューヨーク近代美術館に勤務していたサラ・バンクロフトの名前だった。

ハリードの妻アスマは公の場に夫と並んで姿を見せるようになったが、娘のリーマ王女の姿はどこにもなかった。スイスの上流階級向けの学校で寄宿舎生活を送っているとの噂が流れた。だが、噂はほどなく、ドイツの『シュピーゲル』誌に衝撃の暴露記事が出たために消えてしまった。記事の一部はオマール・ナーワフの取材に基づくもので、KBMの劇的な失脚とその後の復権に至るまでのさまざまな出来事を詳細に伝えていた。ハリードは数日間の沈黙ののちに、記事が真実であることを涙ながらに認めた。

その結果、西欧諸国を中心として、またしても大きな再評価がおこなわれることとなった。ロシアの無謀な企みが、われわれにとっては逆に幸いだったのかもしれない。そろそろ若きプリンスを許して、仲間としてもう一度受け入れてはどうだろう？　ハリードを避けていた者たちが急に彼の復帰を懇願するようになったため、ワシントンからウォール街に至るまで、ハリウッドからシリコン・バレーに至るまで、ずいぶんと騒がしくなった。

しかし、誰もがハリードから離れていった時期に、一人だけ、彼を支えつづけた男がいた。そして、六月の蒸し暑い夏の宵に、ハリードはこの男の招待に応じた。

新たなKBMも以前の彼と同じで、やはり遅刻した。ガブリエルとの約束は午後五時だったのに、彼のガルフストリームがようやくラマト・ダヴィドのイスラエル空軍基地に着陸したのは、もうじき六時半というころだった。ハリードは機内から一人で出てきた。身体にぴったり合ったブレザーをはおり、スタイリッシュなアビエーター・モデルのサングラスに夕日が反射していた。ガブリエルはハリードに片手を差しだしたが、今日もまた、握手のかわりに温かな抱擁を受けた。

空軍基地を出た二人はガブリエルが生まれた町を通り抜けた。ガブリエルはハリードに次のように語った——わたしの両親はドイツ出身で、ホロコーストの生き残りだった。ラマト・ダヴィドに住むほかの人々と同じように、わたしの一家も軽量ブロック製の小さな家で暮らしていた。家のなかには、大虐殺(ショアー)の炎のなかへ消え去った、愛する人々の写真がどっさり飾られていた。家のなかの悲しみから逃れるために、わたしはイズレルの谷を歩きまわった。この谷は古代イスラエルの十二部族のひとつであるゼブルン族にヨシュアが授けたものとされている。大人になってからの日々は、ほとんど海外かエルサレムで過ごしてきた。だが、わたしにとってはイズレルの谷が永遠の故郷だ。

ハイウェイ七号線を東へ向かうあいだに、ハリードの電話が何度もピッと鳴って振動した。いずれもホワイトハウスからの連絡だった。九月に開かれる国連年次総会のときに、大統領とニューヨークで短時間だけ会う約束になっているのだ、とハリードが説明した。このまま順調に運んだら、秋にふたたび訪米し、ワシントンで正式な首脳会談に臨む予定だという。

「すべてを水に流してくれたようだ」ハリードはガブリエルを見た。「まさか、きみが何か手をまわしたのではあるまいな？」

「わたしがアメリカをせっつく必要はまったくなかった。アメリカは関係正常化を強く希望していたから」

「だが、わたしの復権をお膳立てしてくれたのはきみだ」ハリードはしばし言葉を切った。「きみとオマール・ナーワフだ。『シュピーゲル』に出たあの記事が、わたしの上に垂れこめていた暗雲をすべて吹き払ってくれた」

ハリードはついに電話の電源を切った。それから三十分、高地ガリラヤ地方を横断する車のなかで、ハリードはガブリエルに驚嘆すべきブリーフィングをおこなった。サウジアラビアの事実上の支配者がくりひろげる秘密のガイドツアーだ――サウジのＧＩＤ（総合情報部）がイラン革命防衛隊の司令官に関してよからぬ噂を耳にしている。財政面の不祥事に関することだ。生の情報がじきにキング・サウル通りにも届くだろう。アメリカがシリアから撤退を始めた現在、わたしとＧＩＤはシリアでなんらかの役割を果たしたいと強く願っている。ＧＩＤと〈オフィス〉が力を合わせてひそかに計画を進めれば、イランとその同盟者ヒズボラがシリアで暗躍できなくなる方向へ持っていけるかもしれない。ガブリエルはハリードに、ガザ地区からのロケット弾とミサイルの発射をやめるようハマスを説得してくれないかと頼んだ。ハリードはできるかぎりやってみようと答えた。

「だが、あまり期待しないでほしい。ハマスの狂信者どもはきみに対するのと同じぐらい、わたしに対しても敵意を持っている」

「アメリカ政府の中東和平案に関して何か聞いているか？」

「いや、別に」

「われわれのほうで和平案を考えたほうがいいかもしれない。あなたとわたしで」

「シュワイヤ、シュワイヤ、わが友よ」

車はやがて、干からびた平原に差しかかった。一一八七年七月、酷暑の日の午後に、喉の渇きにあえぐ十字軍をサラディンがこの平原で打ち負かし、劇的な勝利によってエルサレムはついにイスラム教徒の手に戻ることとなったのだ。ほどなく、ガリラヤ湖が見えてきた。湖畔の道路を北へ向かうと、崖の上に建てられた砦のようなヴィラが見えてきた。急傾斜の車寄せに数台のセダンとSUV車が列を作っていた。

「ここはどこだ？」

ガブリエルは彼の側のドアをあけて車を降りた。「一緒に来てくれ。案内しよう」

玄関ホールでアリ・シャムロンが待っていた。警戒の目でハリードをしばらく値踏みし、それからようやく、しみの浮いた手を差しだした。

「こんな日が来るとは夢にも思わなかった」

「来てはいない」ハリードは共謀者めいた口調で言った。「少なくとも、公式には」シャムロンはリビングのほうを手で示した。〈オフィス〉の上級スタッフがほぼ全員そろっている――エリ・ラヴォン、ヤコブ・ロスマン、ダイナ・サリド、リモーナ・スターン、ミハイル・アブラモフとナタリー・ミズラヒ、ウージ・ナヴォトとベッラ。キアラと子供たちがオーク材のイーゼルの横に立っている。そこに絵が置かれ、黒い布がかかっていた。

ハリードはガブリエルを見た。困惑していた。「なんなんだ？」

「ダ・ヴィンチのかわりにと思って」

ガブリエルはラファエルとアイリーンに向かってうなずいた。二人はキアラに手伝ってもらって黒い布をはずした。ハリードは軽くふらつき、心臓のあたりに手をあてた。

「なんと」と、つぶやいた。

「すまない。事前に言っておくべきだった」

「あの子……」ハリードの声が細くなって消えた。リーマの顔のほうへ手を伸ばし、次に手紙のほうを指さした。「これはなんだね？」

「娘から父親へのメッセージ」

「なんと書いてあるんだ？」

「それはあなたたち二人の秘密だ」

ハリードはカンバスの右下の隅をじっくり見た。「サインがない」

「画家が匿名を望んだのだ。絵のモデルの影が薄くならないように」

ハリードは顔を上げた。「有名なのか、その画家は？」

ガブリエルは悲しげな笑みを浮かべた。「一部の世界では」

リーマの肖像画に見守られて、みんなでテラスに出て食事をした。イスラエル料理とアラブ料理が並んだ豪華な食卓で、モロッコの香辛料を使ったシャムロンの妻の有名なチキン料理もそこに含まれていた。こんなおいしいものは食べたことがないとハリードが断言した。ガブリエルの勧めるワインを思慮深く断わった。自分はもうじきメッカとメディナの二カ所にある聖なるモスクの守護者となる身だ、と言った。たとえわずかなアルコールであろうと、口にする日々は終わったのだ。

ガブリエルと〈オフィス〉のさまざまな課のチーフに囲まれて、ハリードは過去ではなく未来のことを語った。未来の道は困難に満ちている、と警告した。彼の国は裕福ではあるが、伝統に縛られ、進歩が遅く、多くの点でまだまだ野蛮だ。さらに、アラブの春がふたたび訪れようとしているが、自分の支配に公然と盾突くことは許さない、とハリードはきっぱり言った。ガブリエルたちに対して、忍耐強く見守ってほしい、現実に即した期待を持ちつづけてほしい、パレスチナの人々がもっと楽に暮らせるようにしてほしい、と頼んだ。いつの日か、なんらかの形で、イスラエルによるアラブの土地の占領を終わらせる必要がある。

十一時少し前に、湖畔にサイレンが鳴り響いた。次の瞬間、ヒズボラのロケット弾がゴラン高原の上空に弧を描き、これを迎撃するために、ガリラヤ地方に配備されているアイアンドームのランチャーからミサイルが発射された。一段落したあと、ガブリエルとハリードは二人だけでテラスの手すりのところに立ち、湖を進む一隻の船を見守った。船尾に緑の航海灯が光っていた。

「けっこう小さいな」ハリードが言った。

「湖が？」

「いや。船が」

「おそらく、ディスコはついていないだろう」

「スノールームも」

ガブリエルは静かに笑った。「恋しいか？」

ハリードは首をふった。「わたしが恋しいのは娘だけだ」

「肖像画が多少なりとも慰めになればいいが」

「あれほど美しい絵を見たのは初めてだ。だが、どうか絵の代金を受けとってほしい」

ガブリエルは手をふって拒絶した。

「では、せめてこれを進呈させてくれ」ハリードはメモリースティックをかざしてみせた。

「なんだ、それは？」

「スイスにある銀行の口座。一億ドル入っている」

「もっといいことを思いついた。その金でリヤドに〈オマール・ナーワフ・ジャーナリスト養成校〉を作ろう。アラブ世界の次世代の記者、編集者、カメラマンを育てるんだ。そして、あなたが感情を害するかどうかには関係なく、思いどおりのことを書いて活字にする自由を彼らに与えるんだ」

「きみが望むのはそれだけなのか？」

「そんなことはない。だが、まずはそこからスタートしよう」

「じつを言うと、わたしは別のところからスタートする計画を立てていた」ハリードはメモリースティックをブレザーのポケットに戻した。「国王になる前に、しなくてはならないことがある。きみが仲介役をこころよくひきうけてくれないかと願っていた」

「何をするつもりだ？」

ハリードは説明した。

「彼女を見つけるのはむずかしくないはずだ。あなたからeメールを送ればいい」

「すでに送った。じつは何回か。返事がない。電話にも出てくれない」

「理由がよくわからないな」

「かわりに連絡をとってもらえないだろうか？」

「なぜわたしが？」

「彼女もきみのことなら信頼しているようだから」

「そこまではいっていないと思うが」

「段どりをつけてくれないか？」

「会うつもりか？」ガブリエルは首を横にふった。「軽率な思いつきだ、ハリード」

「わたしの得意とするところだ」

「彼女の怒りはすさまじい。しばらく時間を置いたほうがいい。いや、それよりも、あなたの代理として、わたしが会いに行こう」

「きみ、アラブ世界のことをあまり知らないようだな」

「日に日に知識を増やしている」

「われらの文化の基本をなすことなのだ。わたしがじきじきに賠償しなくてはならない」

「遺族への補償金（ブラディ・マネー）か？」

「不吉な表現だな。だが、そう、血に染まった金（ブラディ・マネー）だ」

「あなたがしなくてはならないのは、イスタンブールの事件に対して全責任を負い、二度とそのような事態が起きないようにすることだ」

「わかった」

「彼女に言ってくれ。わたしではなく」

「そのつもりだ」

「だったら」ガブリエルは言った。「仲介役をひきうけよう。だが、何かまずいことになったときは、自分の責任だと思ってくれ」

「ユダヤの諺かね？」ハリードは腕時計に目をやった。「ずいぶん遅い時間だ、友よ。そろそろ失礼しよう」

83

ベルリン

ガブリエルは翌朝、彼女に電話をかけ、留守電にメッセージを入れた。一週間後にようやく、向こうから電話があった。幸先がいいとはとうてい言えない。ガブリエルの提案を聞いたあとで、彼女は答えた――わかった、ハリードの話を最後まで聞かせてもらうわ。でも、わたしからの許しの言葉は期待しないで。それから、血に染まったハリードのお金にも興味はないわ。ガブリエルが彼の計画について話しても、彼女は懐疑的だった。「ハリードがオマールの名前のついたジャーナリスト養成校をリヤドにオープンするより、パレスチナの独立国家誕生のほうが先になるでしょうね」

会うならベルリンにしてほしい、と彼女が強硬に言った。もちろん、大使館は問題外だし、大使公邸や、さらにはホテルに行くのも気が進まないという。かつての東ベルリンのミッテ区にある、彼女がオマールと暮らしていたアパートメントを提案したのはハリードだった。ガブリエルにこう言った――わたしのところの工作員が頻繁に出向いていたから、場所はわかっている。それでも、訪問に先立って徹底的なチェックをするつもりだ。じっさいには家捜しのようなものだが。会見を記録することも、あとで公式声明を出すこともない。それに、出された茶菓にはぜったい口をつけないことにする。ロシアの連中がおじのときと同じやり方でわたしの暗殺を企てているといけないから。

ハリードが危惧するのももっともだとガブリエルは思った。

というわけで、七月上旬の暖かく風のない午後、菩提樹の葉がぐったり垂れ下がり、黒い雲が低く空を覆ったベルリンの街に、黒のベンツが葬列のように何台も続き、ハニファ・カウリーが住むアパートメントの窓の下で止まった。ハニファは眉をひそめて時刻を確かめた。

ＫＢＭ時間……。三時半。一時間半も遅刻だ。

何台かの車のドアが開いた。そのうち一台からハリードが降り立った。歩道を渡って建物の入口まで来るあいだ、護衛が一人ついているだけだった。警戒してないのね――ハニファは思った。わたしを信用している。イスタンブールでのあの日の午後、わたしがこの男を信用したように。わたしがオマールの姿を見たのはあの日の午後が最後だった。

ハニファは窓辺から離れ、リビングを見渡した。至るところにオマールの写真がある。バグダッドのオマール。カイロのオマール。ハリードと並んだオマール。イスタンブールのオマール……。

この日の朝、サウジ大使館からやってきた一団がアパートメントを乱暴に家捜ししていった。何を捜しているのかは言わなかった。中庭に面したベランダに置いてある大きな素焼きの植木鉢のチェックを怠った。いや、ハニファが育てたゼラニウムをひっこ抜いただけで、その下の湿った土を探ることまではしなかったのだ。

防水布で包み、水を通さないポリ袋に入れて密封して、土のなかに隠しておいた品がいまハニファの手のなかにあった。パレスチナ人社会で暮らす問題児で、ケチな犯罪者で、売れないラップミュージシャンのタリクから買ったものだ。彼にはＺＯＦ（ドイツ第二テレビ）の番組制作の参考にするのだと言っておいた。彼のほうは信じていなかった。

アパートメントの建物は古く、エレベーターは気まぐれだった。二分か三分たってようやく、廊下に男性の重い足音が響いた。男性の声も聞こえてきた。悪魔の声。どうやら誰かに電話をしているようだ。相手があのイスラエル人ならいいのにとハニファは思った。完璧な詩ができあがる。ダルウィーシュだってそれ以上の詩は書けないだろう。

玄関ホールへ足を運ぶハニファの心に、午後一時十四分に総領事館に入っていくオマールの姿が浮かんだ。次に何があったかは想像するしかない。ほんの一瞬、温かく迎えるふりをしたのか？　それとも、野獣のごとくすぐさま襲いかかったのか？　絶命するまで待ってから切断にとりかかったのか？　それとも、刃が肉を切り裂いたとき、オマールはまだ息があり、意識もあったのか？　そんな残虐な行為は許せない。復讐あるのみだ。ハリードはそれを誰よりもよく知っているはず。なんと言っても、アラブ人だ。砂漠の民だ。それなのに、護衛を一人しか連れずに、わたしに向かって歩いてくる。たぶん、かつての無謀なKBMのままなのだろう。

ついにノックの音が。ハニファはドアの掛け金に手を伸ばした。護衛が突進してきて、悪魔は顔を覆った。Omar――銃を構え、引金をひきながら、ハニファは思った。パスワードはOmar……。

著者ノート

本書『過去からの密使』はエンターテインメント小説。あくまでもそのつもりで読んでいただきたい。作中に登場する氏名、人物、場所、事件はすべて著者の想像の産物であり、小説の材料として使っているに過ぎない。

本書に描かれている〈ジュネーブ・インターナショナル・スクール〉は実在の学校ではないので、くれぐれもジュネーブ州に実在するインターナショナル・スクールと混同しないでもらいたい。こちらは一九二四年に国際連盟の協力を得て創設された学校である。ニューヨーク近代美術館を訪れれば、ファン・ゴッホの《星月夜》を含めて数えきれないほどの名画が鑑賞できるが、ナディア・アル＝バカリ・コレクションと呼ばれるものはどこにもない。ジジ・アル＝バカリと娘のナディアが登場するのは"*The Messenger*"（二〇〇六）と、続編の"*Portrait of a Spy*"（二〇一一）。どちらの作品でもサラ・バンクロフトが活躍する。サラは"*The Secret Servant*""*Moscow Rules*""*The Defector*"にも登場する。サラが秘密の世界にたびたび戻ってくるのを、わたしは喜んでいた。

飛行機と列車の運行時刻を作品の筋書きに合わせて勝手に変更させてもらった。現実の世界で起きたことについても、その時期をいくつか変えることにした。本書には、〈モサド〉がイランの核関連資料を鮮やかに盗みだす場面があるが、これは完全に想像で描いたものであり、わたしがイスラエルやアメリカの情報源から得たいかなる情報にも基づいてはいない。テルアビブのキング・サウル通りにある目立たない建物で〈モサド〉が作戦の計画を練ったことも、その遂行を見守ったこともないと、わたしは断言できる。なぜなら、ここはわたしの作品に登場する〈オフィス〉の本部に過ぎないのだから。『過去からの密使』の七章に、〈モサド〉本部の本当の所在地がけっこう露骨に描かれているが、これはナルキス通りにあるガブリエル・アロンの自宅の住所と同じく、イスラエルでもっとも広く知れ渡った秘密のひとつである。

〈アルファ・グループ〉というフランスのテロ対策ユニットは、少なくともわたしの知るかぎりでは存在しない。中世の面影を残すアヌシーの古い建物の一階には〈ブラッスリー・サン＝モーリス〉という名のすてきな店があるし、人気店の〈カフェ・ルモール〉はシルク広場に面している。どちらの店も情報機関の工作員や暗殺者が出入りするようなところではなく、カルカソンヌのジェネラル・ルクレルク通りにある〈プラン・シュッド〉もその点は同じである。〈ナチュラル・ハイ〉というのは、オランダの魅力的なリゾートタウン、レーネスセにあるビーチ・パビリオンの名前で、わたしの知るかぎりでは、ガブリエル・アロンも、レベッカ・フィルビーも、ここに足を踏み入れたことは一度もない。

フリントン＝オン＝シーのベッドフォード・ハウスやイースト・アングリア・インに予約を入

れようとするのはやめたほうがいい。どちらも実在しないからだ。エセックスのトウィズル川のほとりにマリーナがあるのは事実だが、ニコライ・アザロフが警備員を惨殺する場面がもし事実だったとすれば、レストラン〈ハーバー・ライツ〉の客たちに目撃されていたに違いない。クリストファー・ケラーがロンドンのドーチェスター・ホテルに入ろうとする場面では、ワルサーPPKの威力を描写するのに『007／ドクター・ノオ』の映画のセリフが使われている。F・スコット・フィッツジェラルドの愛読者なら、ガブリエルとサラ・バンクロフトがマンハッタンの二番街と東六十四丁目の角に近いイタリアンで食事をする場面で、『グレート・ギャツビー』のセリフを口にしていることに気づいたはずだ。噂によると、そのレストランは〈プリモーラ〉。アッパー・イースト・サイドにあるわがお気に入りの店だ。

ダウニング街十番地を訪れた人々が、有名な黒い玄関ドアの近くに茶色と白のトラ猫が潜んでいるのをしばしば見かけるのは事実である。猫の名前はラリー、〝首相官邸ネズミ捕獲長〟という肩書を与えられている。ノッティング・ヒルの聖ルカ・ミューズ七番地の住まいをMI6の隠れ家に変えてしまったことについては、所有者の方にお詫びしたい。また、イートン広場の七十番地と七十一番地の豪邸をロシアによる暗殺の舞台に使ったことに対して、居住者の方々にお詫びしたい。もし英国首相とMI6長官がこのような陰謀を知っていたなら、ロシア大統領と情報機関が戦略面や広報面で大きな痛手をこうむるという成果が期待できたとしても、実行を許可するはずがなかったことは、わたしが自信を持って断言できる。

作中でロシアの暗殺者たちが使用する放射性毒物については、特定を避けることにした。ただ、毒性はポロニウム二一〇に酷似している。これは高レベルの放射性物質で、二〇〇六年、プーチン政権を批判してロンドンに亡命していたロシアの元情報機関職員、アレクサンドル・リトヴィネンコ殺害に使われたものである。大量破壊兵器が自国の領土で使用されても英国側がろくに抗議できなかったために、クレムリンが増長したのは疑いのないことで、二〇一八年三月には、英国で暮らしていたもう一人のロシア人、セルゲイ・スクリパリをターゲットにしている。GRU（ロシア連邦軍参謀本部情報総局）の元職員で二重スパイだったスクリパリは、ソ連時代に開発された神経剤ノビチョクを浴びたものの、どうにか一命をとりとめた。しかし、襲撃事件の四カ月後に死者が出ている。ドーン・スタージェスという、子供が三人いる四十四歳の女性で、聖堂の街ソールズベリーでスクリパリの近所に住んでいた。ロシア大統領ウラジーミル・プーチンによる反体制派弾圧の巻き添えになった民間の被害者である。亡くなった女性の息子がプーチンに対して、暗殺の実行犯と思われるロシア人容疑者二名を英国の官憲当局に尋問させてほしいと懇願したものの、当然ながら、プーチンはそれを無視した。

リヤドにロイヤル・データ・センターなるものは存在しないが、よく似たものはある。研究＆メディア関連センターという馬鹿げた名前がついている。責任者はムハンマド・ビン・サルマン皇太子の信頼篤き側近であるサウド・アル＝カハタニで、武力衝突に先立つ戦争の手段とも言うべき高性能のサイバーウェポンを、イタリア企業の〈ハッキング・チーム〉から購入した。次に、アラブ首長国連邦のセキュリティ企業〈ダークマター〉と、イスラエルのテクノロジー企業〈NSOグループ〉からソフトウェアと専門技術を導入した。噂によると、〈NSOグループ〉はイスラエルの情報収集機関である八二〇〇部隊のベテランメンバーをひきぬいているそうだ。〈ダークマター〉もまた、八二〇〇部隊の精鋭たちを雇い入れ、CIAや国家安全保障局の職員だったアメリカ人も何人か雇っている。じつを言うと、〈ダークマター〉のトップの一人は、国家安全保障局のきわめて高度なサイバー作戦に関わった人物と言われている。

サウド・アル＝カハタニの役目は研究＆メディア関連センターの管理運営だけにとどまらない。サウジアラビアの反体制派ジャーナリストで『ワシントン・ポスト』のコラムニストだったジャマル・カショギの惨殺と遺体切断を実行した秘密チームの指揮にもあたっていた。殺害はイスタンブールのサウジ総領事館の館内で二〇一八年十月におこなわれ、十一人のサウジアラビア人が起訴された。サウジの検察は、実行犯たちの独断による犯行であるという点を強く主張している。しかしながら、CIAはムハンマド・ビン・サルマン皇太子からじきじきに殺害命令が下ったという結論を出している。

ドナルド・トランプ大統領は、今回が初めてではないが、CIAのこの結論に異を唱えた。書面による声明のなかで、〝カショギは国家の敵で、〈ムスリム同胞団〉のメンバーだった〟というサウジ側の主張をくりかえし、皇太子の関与を否定している。「皇太子がこの悲劇的事件を承知していた可能性は充分にある——だが、そうかもしれないし、そうでないかもしれない」トランプ大統領はさらに次のようにも言っている。「いずれにしろ、大切なのはわが国とサウジアラビア王国の関係だ」

しかし、サウジアラビアは強固な制度に支えられた民主国家ではない。世界で最後の絶対君主制国家のひとつである。そして、王位継承順位がふたたび変化しないかぎり、無謀な人物であることが証明されたムハンマド・ビン・サルマンにより、おそらく今後何十年にもわたって支配されることになるだろう。わたしが創りだしたサウジの皇太子――西欧で教育を受けて英語も話せるKBM――は、最終的には罪を贖うことのできる人物として描かれている。しかし、ムハンマド・ビン・サルマン（MBS）のほうはたぶん、修復不能だろう。確かに、現代的な改革を推し進め、時代遅れの王国で長年禁止されてきた女性の運転免許取得の解禁も改革に含まれていた。しかし、そのいっぽうで、反体制派に対して、サウジの現代史には前例がないほど苛酷な弾圧を加えている。MBSは変化を約束した。だが、かわりに、中東地域に不安定をもたらし、国内では圧政を敷いている。

目下、アメリカとサウジの関係は冷えこんでいるようで、MBSは友達を求めて世界を駆けまわっている。中国の習近平国家主席は二〇一九年初めに皇太子を北京に迎えている。また、ブエノスアイレスで開催されたG20サミットの席で、MBSはウラジーミル・プーチンと悪趣味なハイタッチをしている。皇太子に近い消息筋からわたしが聞いた話だと、元気にあふれたこの挨拶は米議会にいるMBS批判派へのメッセージだという。サウジアラビアがアメリカだけに庇護を求める必要はもはやない。プーチンのロシアがすぐそばに待機している。質問はいっさい抜きで。

十年前なら、暗にこうした警告を送ったところで一笑に付されていただろう。だが、もはやそうではない。プーチンがシリア内戦に軍事介入したことで中東におけるロシアの存在感が強まり、アメリカの同盟諸国もその点に注目している。ＭＢＳの父であるサルマン国王はこの時期に一度だけ海外へ出かけている。訪問先はモスクワだった。カタール首長がワシントン訪問の前夜にモスクワに立ち寄り、トランプ政権を当惑させたこともある。エジプトのエルシーシ大統領はモスクワを四回訪問している。イスラエルのネタニヤフ首相も同じである。中東においてアメリカともっとも密接な同盟関係にあるイスラエルまでが、この地域で生き延びるために両天秤をかけることにしたわけだ。プーチンのロシアはいまや強大な国家で、無視できなくなっている。

サウジの指導者が長い歴史を持つアメリカとの絆を断ち切って、ロシア寄りの姿勢をとる可能性はあるだろうか？　その兆しはすでに見えはじめている。ロシアにすり寄っているのがムハンマド・ビン・サルマンなのだ。アメリカとサウジアラビアの関係はけっして共通の価値観に基づくものではなく、石油だけのつながりだった。現在エネルギー生産大国となったアメリカが以前と違ってサウジアラビアの石油を必要としていないことを、ＭＢＳは充分に承知している。しかし、プーチンのロシアなら、グローバルな石油供給ときわめて重要な価格の統制をおこなうためのパートナーとして、協力を仰ぐことができるはずだと、ＭＢＳは考えている。また、必要とあれば、ロシアから兵器を購入し、シーア派国家イランとの貴重な仲介役をロシアに頼むつもりでいる。そして、これがたぶんもっとも重要なことだが、口うるさいジャーナリストの殺害を新たな友人プーチンが批判することはけっしてないという安心感が、ＭＢＳにはあるのだろう。なんといっても、ロシアもその方面のことが得意なのだから。

謝辞

いつもながら、妻のジェイミー・ギャンゲルに感謝している。わたしが『過去からの密使』のプロット作りといくつかの大きな主題の構築にとりくむあいだ、こちらの話に忍耐強く耳を傾け、次に、第一稿を手際よくチェックしてくれた。しかも、CNNの特派員としてワシントンで起きる大事件の数々を取材するのと並行して、ここまでやってくれたのだ。妻の支えと細部への目配りがなかったら、締切前に原稿を書きあげることはできなかっただろう。妻への感謝の念は計りしれない。愛もまた然り。

サウジアラビアで矢継ぎ早に起きている出来事に関して、アメリカとイスラエルの情報部員、政策立案者、政治家たちに話を聞かせてもらった。また、ムハンマド・ビン・サルマン皇太子に近い数人の方々から貴重なご教示をいただいた。氏名は伏せたままにして、感謝を捧げたい。向こうもそれを望んでいるので。

美術と絵画修復全般に関するアドバイスをくれたデイヴィッド・ブルに、永遠の感謝を捧げたい。ボブ・ウッドワードは、トランプ政権とサウジアラビアの気まぐれな皇太子の複雑にからみあった関係をわたしがよりよく理解できるよう、手を貸してくれた。英国の不安定な政策と中東の新たなトレンドについては、アンドリュー・ニールが欠くことのできない情報源になってくれた。サウジアラビアが直面している経済問題については、わたしでも理解できる言葉でティム・コリンズが説明してくれた。

本書執筆中、何百という新聞と雑誌の記事を参考にさせてもらったが、膨大な数にのぼるので、ここで紹介するのは省略したい。自分たちの大切な仲間が無惨に殺された事件を取材するという、困難な仕事に挑んだ『ワシントン・ポスト』の勇敢な記者と編集者たちには特別に感謝している。彼らは並はずれたプロ意識のもとで取材を進め、民主主義がまともに機能するためにはなぜ上質のジャーナリズムが必要なのかを、あらためて立証してくれた。

大切な友人であり、古くからの担当編集者でもあるルイス・トスカーノは、原稿に無数の改善を加えてくれた。鷹のような目をした校閲者のキャシー・クロスビーは、タイプミスや文法の誤りをすべて直してくれた。この人たちの厳しい検閲を逃れたミスがあるとすれば、悪いのはわたしであって、彼らに責任はない。

わたしたちは家族と友人に恵まれていて、執筆に行き詰まったときは、みんなが愛と笑いでわたしたちの人生を満たしてくれる。次の人々に特別の感謝を捧げたい。ジェフ・ザッカー、フィル・グリフィン、アンドリュー・ラック、エルサ・ウォルシュ、マイクル・ジェンドラー、ロン・マイヤー、バカラック夫妻（ジェインとバート）、ウィンクラー夫妻（ステイシーとヘンリー）、モーリス・

テンプルズマンとキティ・ピルグリム、ナンシー・デュバックとマイクル・キジルバッシュ、スザンナ・アーロンとゲイリー・ギンズバーグ、バージャー夫妻（シンディとミッチェル）。娘のリリーと息子のニコラスはインスピレーションと支えを絶え間なく与えてくれた。締切前の作家と暮らすのがどんな感じなのかをよりよく理解したい人には、映画『ファントム・スレッド』の朝食のシーンをお勧めしたい。

最後に、ハーパーコリンズのすばらしいチームに心からの感謝を。とくに、ブライアン・マレー、ジョナサン・バーナム、ジェニファー・バース、ダグ・ジョーンズ、リーア・ワジーレフスキー、マーク・ファーガソン、レスリー・コーエン、ロビン・ビラルデッロ、ミラン・ボジッチ、デイヴィッド・コラル、リーア・カールソン＝スタニシック、ウィリアム・ルオート、キャロリン・ロブソン、シャンタル・レスティーヴォ＝アレッシ、フランク・アルバネーゼ、ジョシュ・マーウェル、サラ・リード、エイミー・ベイカーに。

訳者紹介　山本やよい

同志社大学文学部英文科卒。主な訳書にシルヴァ『亡者のゲーム』をはじめとするガブリエル・アロン・シリーズや、フィッツジェラルド『ブックショップ』(ハーパーコリンズ)、パレツキー『フォールアウト』パチェット『ベル・カント』(早川書房)など多数。

過去からの密使

2020年4月20日発行　第1刷

著　者　ダニエル・シルヴァ

訳　者　山本やよい

発行人　鈴木幸辰

発行所　株式会社ハーパーコリンズ・ジャパン
東京都千代田区大手町1-5-1
03-6269-2883(営業)
0570-008091(読者サービス係)

印刷・製本　中央精版印刷株式会社

ISBN978-4-596-54134-5